The
Smile
of
City

城市的笑容

合肥工业大学出版社

万以学 著

The
Smile
of
City

目录

Contents

The
Smile
of
City

壹

铜陵、徽州、淮南、合肥

　　铜陵没有所谓的大型古代城市遗址、特别风格建筑，没有挂上牌子的种种文物保护单位，但这些简单粗陋的工人居住村落，真实、完整地隐藏着这座城市的生命本源和遗传密码，积淀、容纳、镕铸了自己城市独特而丰厚的历史文化。

爬　山　记

一

　　2022 年元旦，在合肥与老朋友夫妇聚餐。他俩都是从铜陵走出去的佼佼者，且一直对铜陵抱有极深的感情。席间，聊起我们的父辈。他夫妇俩父母是干部，我父母是地道工人。在那个开发矿业的时代，他们都是铜矿的开拓者、铜陵市的开埠者。我们一致认定，我们父辈的共同特点是生活特别艰辛，但对工作都投入了百分之百，甚至百分之二百的热情与干劲。那是一种真正全身心的投入，以至对我们这下一辈，他们都没花过什么特别的精力管教。

　　这唤起了我的记忆。告别他们回到铜陵，我便约了老友稻田和橡树，去爬笔架山。我习惯叫爬山，不叫登山。像笔架山这样的山头并不十分高峻，也没什么名气，说登字总觉太庄重；再说我小时候这山上没有道路，手脚并用的时候常有。此外，爬既有上的意思，也有下的意思，还有在山上横着走的意思。用爬字虽然俗，但贴切；说文乎一点，它比较适合矿山子弟尚未觉醒的身份意识。

　　我们从立有"工人公园"字样牌楼的地方，开始爬山。冬天的山，有些萧瑟。山上很少游人，只有三两个锻炼的人。上山的台阶是上世纪 90 年代修的，一色青石条，垒得平平整整，有的上面或多或少积累些青苔，看上去已经有沧桑感了。路径也没有营造迂回曲折，而是依照山势，笔直地伸向山顶。漫山植被很茂密，林叶落尽，只有松树和竹丝保持着绿色；竹丝是一种不能成材的小竹，丛生，生命力挺顽强。但那是似披着一层白霜的苍绿，不是春天的那种青翠。沿笔架山脚一周，绵密地植着黑松。这种黑松，长起来很慢，俗称不老松。这些松树还是上世纪70年代种植的，转眼过去四五十年了，仍不见高大。在黑松林的边缘，杂树已生长起来，间或还有十分高大的树种，颇有原始次生林的模样。林下则是缠绕在一起的荆棘藤蔓和竹丝。它们横七竖八，封死了上山的各种小径，我们只能沿铺设的青石路行走。

记得小时候，这松树林下和未种植松树的笔架山的上半部分，都是清朗朗的，有稀稀的杂草和灌木。那时居住在笔架山下的工人子弟，有一个不是规矩的规矩，就是放学后上山砍柴。那时这笔架山是被封的，正式称呼为"封山育林"。我们曲解这封山育林主要指山脚下的人工种植的松树林，至于山上的那些杂树灌木野草，是延伸受到保护，顺便被封的。矿上下了很大的决心，专门成立了由伤病残工人组织的护林队，还沿山脚，以种植的松树林为界，拉了一道铁丝网，阻止人们上山砍柴。砍柴这个词不是很准确，也可以叫割草，但因为不仅是割野草，也砍混在野草中的杂树和灌木，而且砍字显然比割字更显得用力气，所以我们通通叫砍柴。我们只要上了山，是什么都砍，甚至连松树的枝丫也敢削，但不敢砍松树主干。砍松树主干，就是砍掉了一棵树，真是破坏植树造林了，那才是犯罪行为。所以搞到最后，笔架山的松树林，只有上面树冠一小片是绿的，下面都是光溜溜的树干，显得林间空荡而清朗。我们这帮子砍柴的家伙，与矿上的护林队形成了长期的拉锯战，总体上我们赢得多。据说，矿上的护林队因为保护不力，没少挨矿上的批评训斥。护林队员都是工人，在某种程度上，他们对我们的行为是睁一眼闭一眼的。但这事儿，我长大后才明白。

当时我们还发明了两个词：叨树棍子和挖树桩子。所谓叨树棍子，即拿把镰刀，专门去找灌木杂树，然后把它们挑（叨）出来砍掉，凑齐一小捆后背回家。这些灌木虽不是木材，但烧起来火力大、火势猛，几根就比得上一捆野草。人们都说，树棍子烧出来的饭也香，但我从未注意到。挖树桩子，就是挖树根，当然不是挖树根做根雕盆景，而是山上柴草都被砍完了，只得把埋在土里的野树灌木的根挖出来，它们比野草，甚至比树棍子都耐烧、好烧。现在回想，这对生态的破坏是真正彻底的了。

我家住的地方在笔架山西北麓的露采新村。70年代初中期，矿上的生产任务愈来愈重，村里的人口也愈来愈多。矿上在原来的居民村边上，像摊大饼一样，顺次又盖了些新平房。新居民有从工人新村、杨家山村迁来的，还有复转军人、新来的技工，也有"农转非"，即矿上从农村新招来的农民工。每家都得找柴火烧饭，所以我们砍柴的地点也越来越远，笔架山加上周边的罗家村一带，甚至田埂上的野草都被搜罗一空。入冬后，有时大人们还得跑到812队和大倪村、小倪村那边，才能砍到一点柴火。

直到70年代中期后，情况起了变化。国家因为煤炭生产量上去了，开始为中小城市及普通城市居民家庭供应煤炭。杨家山那儿办起了煤球厂，即将煤炭掺和上点黄泥，做成煤球或蜂窝煤块，凭票供应给普通城市居民。许多人家这时开始放弃烧柴火。只有真正贫困家庭，还在为了节约一点煤钱，坚持去砍柴。到我1978年上大学时，基本上就没有人再去砍柴了。很多人家虽然依旧保留了柴垛，但很快它们就变成了垃圾。没有人再用柴火烧饭了。

真正的改变是80年代中期，铜陵开始推广烧煤气。山上的柴草没有人去砍，植被便得到快速恢复。铜官山矿发展也进入新阶段，资源枯竭。护林队变得有名无实，没有人管山林了。还引发了几场山火，烧死了人。听说，后来干脆放开了，铜陵县洲圩地区和江北地区的人们可以自由上山砍柴；再后来，因为防火需要，想花钱雇人上山砍柴，也雇不到人了。

柴米油盐酱醋茶，柴摆在第一位。在传统社会，自然界提供的柴草类燃料，无法供养日益增多的人口，更是无法保护生态环境。我读过西方传教士写的一本书，描写的是20世纪初华北的初冬，白茫茫大地真干净，看不到任何垃圾，每一片树叶、每一根草、每一砣人畜粪便都被人拣拾回家，少数用作肥料，大多用来烧饭了。这反映的就是农耕时代，人们燃料紧缺的生活。从理论上推断，只有煤炭、石油等化石燃料才能满足时代需求。这大约也是农业国家必须转变为工业国家的内在要求。

笔架山的草木春秋，就是这段历史的一个侧面证明。

二

前些年因工作关系，我的膝盖因爬山受过伤，自此心里便留下阴影，对爬山有畏惧感。但这一次，不知不觉中，我们就爬到了山腰，继而又爬到了山顶。我真怀疑这笔架山是不是变矮了。我仔细观察，发现这笔架山除了我们走的这条路线，它的山脊线确实塌陷了。如笔架山主峰北侧的山峰，原来只比主峰稍矮一点，现在看去已矮去了一大截。那是因为开发矿山，人们在山肚子里挖矿而造成的地表崩塌。它崩塌的痕迹还在，只是被茂密的植物遮蔽了，不仔细分辨，不大容易看出来。

笔架山的山顶标志，是个碉堡。这碉堡不知什么时候修的，很坚固，反正我记事时它就在这里。碉堡的基础部分用大片石砌就，水泥勾缝，上半部是青砖和红砖，再加一个水泥平顶；砖墙部分，朝四面开了四个瞭望孔或射击孔，因为很大，甚至可以称为瞭望窗了。原来在大片石和砖墙部分，镶嵌着钢筋做成的爬梯，可以上堡顶的平台。现在这钢筋爬梯已被拆除了。片石和青砖红砖上，满是来此一游的人涂的鸦。但碉堡内外很干净，看来不仅有人打扫，爬上山的人也很注意卫生。

这是个瞭望的好地方。铜官山因有笔架山的间隔，也不具备观览条件。站在这个制高点上，整个铜陵市尽收眼底，一览无余。西南方向的铜官山、宝山，尽管在它们身上还能看到露天开采的痕迹，但并不损害它们的高大巍峨。北边有一道亮闪闪的细线，那是长江。东边和南边，是整个铜陵市区，一片片的高楼接到天边去了。虽有低矮的螺丝山等，但不影响视线。

我们俯视笔架山下，城市的发展脉络似乎都隐约可见。

围绕着笔架山，从东面始，依次是解放东村、解放西村、和平新村、友好新村、工人新村、长江新村、露采新村、平顶山村等。然后越过铜官山、金口岭矿的废石堆场和著名的铜官山矿露天采坑大洼凼，和解放东村相接，形成一个居民村环带。废石堆场经过整理，现也被开发出来，形成了大片的住宅楼。在铜官山和笔架山之间的废石堆场边，曾经建有赫赫有名的铜陵啤酒厂，如今也变成了居民住宅楼。历朝历代诗人骚客们所谓的沧海桑田、山河变易，在我们这个时代，却是短暂人生肉眼可见的变化。

从开发矿山滥觞，这些陆续兴建的系列居民新村，系统而鲜活地展现了铜陵独特的历史发展风貌。它是城市的初始生长点，城市从此开始其自我生长的生命旅程；后来它又成为城市的主体部分，清晰标示了其后续的发展轨迹。如果把这些新村放在新中国的时代大背景下看，它是一种与政治、与社会、与产业发展紧密关联的事件，具有鲜明时代特点，从解放、和平、友好等名称上，我们基本上能猜出它们建设的年代。把城市，特别是新建城市为产业工人兴建的新居民点命名为村，而不是什么街、巷、弄、里。村本来是用来命名农民生活聚落的，现在却用在了城市，只是这些村前冠了一个字

"新"，以示与农村的"村"的区别，不知是不是与这里的居民大部分人来自农村有关。当然，最重要的是新村里的居民，他们来自山南海北，北到辽宁、山东，南到浙江、福建，东到上海、江苏，西到湖北、河南，安徽省内各地市，包括高级领导干部、专业知识分子、退伍复员军人、工人、农民等。他们共同生活、工作，创造了城市，创造了属于自己独特的文化，包括政治组织、家庭制度、经济制度，以及生活方式、休闲娱乐方式等。据说新中国的第一个工人新村产生在上海，是依托一家新建工厂设立的，但那只是个案。在全国各类城市发展中，只有新中国建立之后新建的少数几个工矿城市才是这样，显得非常特别。

　　人们在这里欢笑／在这里哭泣／在这里活着／也在这里死去／在这里祈祷／在这里迷惘／在这里寻找／在这里失去（汪峰《北京北京》）。

　　铜陵没有所谓的大型古代城市遗址、特别风格建筑，没有挂上牌子的种种文物保护单位，但这些简单粗陋的工人居住村落，真实、完整地隐藏着这座城市的生命本源和遗传密码，积淀、容纳、镕铸了自己城市独特而丰厚的历史文化。城市独特的灵魂，与它历史环境风貌的相关联系无可置疑。

　　我们今天看不到村了。目之所及都是香格里拉、维多利亚、皇家、花园、公馆、别墅、洋房之类，取名要么很洋气，要么很古典，当然最后都归为某某社区。

三

　　天空下起了雨。只是三滴两星而已，但林子间那种长时间没有下雨的干涸枯燥感觉，瞬间被冲洗掉，变得湿润起来。我们加快步伐，沿着绕山腰的青石道路下山。出口处正设在"铜官山'1978文创园"。园内一个游人没有，所有的门都紧闭着，只有个把穿保安制服的人在游荡。我们穿过文创园，沿着居民村里新修的柏油路，往新建的画家村方向逛去。

　　这文创园去年我来过。它的核心是保留了过去和平新村的几栋工人居住平房，从它的名字可以猜想，和平新村建设年代是在抗美援朝胜利、国家和平来临之时。它旁边是"友好新村"，顾名思义，应该建设在上世纪50年代中苏友好的那几年。友好也是实指，这里原来有个专门接待外国专家的"友好招待所"。围绕这个招待所旁边的居民村即为友好新村。当然过去的村居建筑，包括友好招待所等早已被推平了，大多作为工棚房被改造为新的居民楼。只是居民身份变化比较大，据说现在这里居住的基本是原矿山上的工人，而当时这里住的，还有不少矿上的和更高层级机关有色公司的干部。

我们住在露采新村的一帮孩子们对友好新村及和平新村这里，一直保持着一种略带敬畏的好奇心，这可能与这里住有干部人家有关。我们对干部抱有复杂的感情。总体来说，一是觉得他们有本事，记得有一次听说矿长要到村里来，村里的气氛一下子就变了，后来矿长果然来了，他披着黄军大衣，站在那儿说，工人们包括家属就站在那儿听。也不知他说些什么，然后工人们"轰"地就散开了，然后家家户户就开始收拾什么，然后村里的气氛紧张兮兮，像是战争中空袭来临了。后来我们才知道，矿长来村做动员了，矿上要放"大炮"，即把几吨炸药搁在一起爆破。这个量的炸药爆炸，就是一次小地震。这种"放大炮"的开矿方法，技术要求很高，组织实施复杂，弄不好也是会死人的，但它本身也意味着工业管理、工业技术水平的突破。二呢，我们关心的则是这些干部们是不是和我们一样也要吃饭，还特别惦记着他们吃什么。记得有年夏天傍晚时分，我们从山上下来，特地绕道横穿过友好和和平新村。那时，大家都住平房，夏天天气炎热，很多人家都把晚饭放在外面吃。一般是在自家门口摆张凉床，把饭菜摆上去，人坐在大多是自己动手做的长木凳或小矮凳上，一家围成一圈吃饭。平房一栋一般有十户人家（也有六户或八户），夏天吃饭，一家一圈，一栋房形成一条长溜。每户之间，可以边吃饭边聊天，甚至可以边吃边分享菜肴。偶尔碰上喝酒，可以互敬，但我没见过分享的。每家门前都留有空地，不妨碍行人走路。你从旁边经过，很类似今天部队首长检查战士伙食。每家吃什么，一眼扫过，一清二楚。但偷看每家吃什么，是很不礼貌的行为。我们趿拉着拖鞋，假装偶然经过，偷偷瞄了下矿长（或是副矿长或是其他某个大干部）家的饭桌。他不用凉床，是个正儿八经的小方桌，桌上有两到三个菜，应该还有杯酒。后来怎么回想，也记不清具体是个什么菜。虽不敢停留不敢定睛看，但那菜香味可直冲鼻孔。感觉就是不一样，那菜那可真叫香，应该是香油放的比较多吧。

很多年过后，我都能记得那股香气。

后来上大学了。读马克思、恩格斯的书，读狄更斯的书，看到经典作家们所描写的英国工业化初期英国工人的惨状，总觉得那是另外一个社会、另外一个时代的事，从没有思考过其中的特殊性和必然性，没有想过要把英国工业化的历史与中国工业化的历史作一比较。工业化的内涵要求和发展过程自有其规律，特别是工业化初期所需要的大量原始资本积累，不经历苦难，不付出牺牲，确实是很难想象的。若没有殖民、没有战争掠夺，完全靠自我积累，那最后所依靠的、能依靠的其实就是老百姓的贡献与牺牲。他们付出了超强的劳动，承受着极低的工资报酬，几十年生活水平基本没有提升，甚至对有些人来说，实际生活水平不进反而倒退了。但就是这样的人民，硬是在这也不行、那也没有，一无所有、一张白纸的基础上，采出了矿，炼出了铜，一步一步地、稳步地完成了国家的目标。

我认为，这实际是一场苦难行军，或可类比我党历史上那次二万五千里的伟大长征。第一次长征，主体是十多万红军，牺牲巨大，但意义更大，其后的抗日战争、解放战争、抗美援朝战争是历史的、逻辑的自然展开，是第一次长征的继续。在第一次长征中，取得的最重要的成果，就是筛选出来的领导核心和大批干部。他们经历了最严酷的考验，最后到达陕北，他们是骨干中的骨干，精英中的精英。正是他们才能承上启下，在组织指挥抗日战争、解放战争、抗美援朝战争中发挥中坚作用。如抗美援朝，工业国家对农业国家的打击，向来是降维打击，但我们打赢了。其中最基本的条件，就是从最高层到一线指挥员，基本都是经过长征磨炼出来的。第二次长征，应该从国家"一五"计划开始计算，它规模更大，参加的人更多，时间更长，行军路线更曲折，情况更加复杂，任务更加艰巨。主体则是意识强烈、使命感强烈的全体国民。这当然包括铜陵人民，第二次长征在铜陵的出发标志，就是铜官山矿和铜陵一冶的建设。第二次长征所取得的辉煌的胜利与巨大的牺牲及其伟大的意义，世所瞩目。全民族勒紧裤腰带，加上拼命工作，才使国家完成了初步工业化。脱贫攻坚取得决定性成果就是它的胜利宣言书。在国家工业化阶段的苦难行军中，各行各业锻炼成长了一代又一代工程师、现代技工、农民和一线指挥员，他们无疑是当下取得胜利和将来继续取得胜利的关键。

很多人喜欢把77级、78级、79级三届大学生单独提出来说，认为他们是那个时代社会精英的集合体。我觉得最准确的表述是，他们就像经过长征到达陕北后、有幸进入军政大学学习的那一批人。我自己作为78级学生，觉得这三级学生中，没几个人会从内心认定，光靠那几年大学读书生活，能够支撑起自己以后的职业生涯。他们的智慧、勇气和底气，主要来自波澜壮阔的国家工业化实践或实验，包括所有的成功和失败，给他们提供的人生经验。

读毛主席的书，总觉得老人家有惊人的预见性。他在党的七届二中全会上说，夺取全国胜利，只是万里长征走完了第一步。如果这一步也值得骄傲，那是比较渺小的，更值得骄傲的还在后头。过了几十年之后来看中国新民主主义革命的胜利，就会使人感觉那好像只是一出长剧的一个短小的序幕。中国的革命是伟大的，但革命以后的路程更长，工作更伟大、更艰苦。

如今怎么看，国家的工业化就是毛主席说的这万里长征的第二步。牺牲巨大，胜利更大！它奠定了我们开始新时代、新长征的基础。我们正在进行的新时代的第三次长征，将经历的苦难和辉煌，并不会比前两次逊色。请牢记习近平总书记说的，中华民族伟大复兴，绝不是轻轻松松、敲锣打鼓就能实现的。全党必须准备付出更为艰巨、更为艰苦的努力。新的长征，并不仅仅意味着胜利、意味着辉煌，同样，它也意味着挫折、意味着沮丧。

四

我们从友好路走到笔架山路。我有点迷糊，几乎认不得路了。一直走到笔架山路与青山路交口，看到路两边的法国梧桐，才找回印象。记得这笔架山路原来是从铜官大道起，直接通到铜官山矿矿部的。现在青山路却打个弯，拐向长江东路了。笔架山路两旁种植的是那时候特时兴的法国梧桐树。只有一小段栽的好像是香樟树，好多年也长不成样子。现在笔架山路的梧桐树已比腰粗了。它们很幸运，没有被近年来此起彼伏的园林潮、绿化潮给换掉。

走在依然狭窄逼仄、人车涌动的笔架山路上。我闻着，怎么都觉着空气里边透着矿石的气味，还有一股淡淡的烧煤气味。它是一种人间烟火的清贫气。它还没有消散。

西方资源型城市的消亡是大概率事件，很多矿山城市，矿开完城市就会从地图上抹去，而中国特殊的历史地理和人口环境，使得资源型城市必须走自己的路。铜陵市现正东向发展，城市中心早已转移。笔架山东南麓的解放新村、友好新村、工人新村，作为老城区，已经经历了几番改造。只是由于财力或其他什么原因，改造工作不是一次规划建设完成的，各个时间段、各个小区改造标准不一，最后看上去显得零乱。这些改造新村的存在，本身就是抗天逆命的表征。它们构成城市产业发展与观念精神相互参与成长的"胎迹"。它既隐藏着独特的城市历史，也隐含着城市未来的生长动向，并终将成为这个城市发展历史的见证。当然，若断若续的各类新村的建设，对各个阶段曾在此生活过、工作过的人来说，不仅仅是这段时间的城市记忆，也具有识别我们自己身份的文化意义。铜陵是个移民城市，第一代移民来自祖国的四面八方，如今他们的第二代、第三代、第四代，很多人已在此扎根，同时也有很多人，因为种种机缘，星散全国甚至全球各地。特别需要有人，在更大的历史背景中去认识和理解这个城市的生长过程，建构起有人关注、保护和记忆的文化传统。对于远行的人来说，这就是牵绊、魅力。

我们这些上世纪五六十年代出生的人，真的很不幸，可以说是被苦难浸透、被耽误的人。但从我个人角度讲，又是幸运的，在中国工业化初始阶段，那特别苦、特别难的时候，自己正处在童年和少年。人在童年、少年时，对生活的艰苦，并不能有深刻的觉悟，世界对他来说，都是新鲜的，都是快乐的。时至今日，我们不能把经过"教育"得来的成年人的所谓认知，套用到童年的那个我身上。

生活的压力从来都在父母身上、在成年人身上。细细回想过去的家里生活，真的是苦，一年到头的山芋干子稀饭，永远都散发着淡淡臭味的咸菜，还有因贫穷导致的无止无休的吵吵嚷嚷。但父母总是表现得那么坚强。他们总抱着一种理想和一种希望生活，完全没有受虐受苦的心态，他们并不认为自己和他们的先辈一样，和历史上数不清的农民或采矿工人一样。他们可能并没有意识到自己在亲手打造中国工业化的大厦，但他们知道自己不是在为某支股票、某个人或某个家族打工，仅仅为了活着而挣钱。所有创造出来的财富，尽管没有被拿出来改善生活，但他们所创造出来的财富，都会被投入社会的再生产中，绝无可能被贪污、被挥霍，甚至于最后被极少数人窃取拿走。为国家工作，是他们的信仰和最大的精神动力。现在看，这是他们的幸运，更是国家的幸运，这是国家初创、正年轻时具有的特别气象，足以支撑着整个国家在波峰浪谷间力争上游，经得起如此艰难困苦，经得起如此灿烂辉煌。如今，在广大而崭新的中国之内，一个可持续的生长系统及其迸发出的综合能力已经形成，它的前进已是不可逆转和抗拒。如同我们爬上山峰，大自然展现在我们面前的自然而然的景色一样。

历史是一面镜子，照见我们的过去，照见我们的当下，也让我们窥见将来。联合国教科文组织《文化政策促进发展行动计划》指出：发展最终以文化概念来定义，文化的繁荣是发展的最高目标。每个城市都有自己的历史或事件需要记忆。关键是我们如何去定义、描述、整理、规范、重塑，来构建属于自己的文化，它将规定我们发展的思想、思维和选择路径。最好的方式，是要有有形的载体，也要有历史环境的整体性保护和发展，是"继其志、述其事"。复兴，某种意义上也就是对历史价值的反思、认知、实现。所以，我们要抱着感恩的心，善待参加第二次长征的广大干部和群众，和我们对待新中国成立前参加革命的人一样。

千秋伟业，百年正是风华正茂时。作为个人，都会渐渐老去，但我希望，自己能长久保留一点儿浑朴之气、童稚之气、草莽之气。

橡树是个现代诗人。他爬上笔架山，爬下笔架山后，写了首现代诗，以志此行。

有些薄薄的雾/塌陷区的标牌插在你童年的刀伤上/那刀痕如一只风筝/如今被一丛荆棘和茅草覆盖/在童年时光里/刀伤上鲜血是用草木灰止住的/但没有痛/因为母亲拉亮的那只电灯是最温暖的止痛片

那众多探矿井中/一直沉默至今/它们的沉默，胜过山下所有的车水马龙/它们如同山坡上许多塌下的坟/有些坟/今年冬至已没有人摆放菊花/祭祀他们的人可能已经老了/他们曾在负一千米坑道里，寻找光明/每前进一米/可能需要一生的力气

你说/那个上大学还不知道莎士比亚的中文系少年/那个偷梨子差点被捉住的家伙/营养不良/如今在招商局盐田港编财务报表/利润一栏数字大得和他肚子一样/不知真假/那个用几百万字码换一杯金庸请喝咖啡的天才/他们都有一个温暖的乳名/被母亲千百遍呼唤

在山顶鬼子修的碉堡里/你和小伙伴们在这里把世界分成东南西北/你们自以为是世界的中心/你们撒尿时/发出机关枪的轰鸣/你们说，这是抗日/然后四散逃窜

山脚下，一个写小说家伙，匪气十足/把一堆锈迹斑斑的矿车做成崭新的记忆/把裸露的石头刷上绿漆/想让人间一年四季都像春天/此时，他正在做午餐/他要给挖一辈子矿的父亲送午饭

在省城/你要混在帝都的兄弟思考他的父亲和父亲们/他在灯红酒绿中徜徉已久/他说他要越过铜陵/去南方

铜官山'1978文创园无疑是保护城市根脉、彰显城市气质、塑造城市形象的一个努力。它展现了对时间维度的敏感，形象表达了特定语境之下的集体表述和历史记忆，展示了人与给定空间之间的有意义的联系，其中充满的生活细节，也给了我们洞察这个城市中人生活的窗口。

回望铜官山

作为铜官山矿的职工子弟，对铜官山'1978文创园的建设与顺利开园，不自禁地有种欣慰的感觉。正是春暖花开日，趁回家方便，赶紧去参观。

铜官山'1978文创园园区的前身为和平新村，始建于上世纪60年代，是有色铜官山铜矿的矿工住宅区。当时，很多矿工家属并没有城市户口，只是跟随矿工来到这里生活，"无产者"的临时观念很重。这些所谓住宅，大多就是择地势较好地块，顺势用红砖和大青瓦盖成的一排排简易工棚。很少有人视这些工棚为永久居所，所以很多矿工也称其为"家属宿舍"。这些住宅，从取名上可以看出它的建设年代。或许解放新村比和平新村更早一点，它们都应该被认定为铜陵市的起源地。我们家住的露采新村，和一些直接以单位或地方命名的村，如建安、五松、金口岭等相比，则较晚。而"村"的称呼，则带有明显的农村血脉，铜陵过去没有街、区、巷、弄的叫法，因为绝大多数工人本来就是农民，他们把居住地叫村也不足为奇。当然，这新村与农村一家一幢而自然形成的村落或村庄还是有区别的。

铜官山'1978文创园园区的主要部分为矿工主题文化展区，核心是保留的3栋职工住宅或工棚。这几栋房子是典型的矿工新村住宅样式。屋面为大片黑瓦，坡顶。墙用红砖砌就，用黄泥粘连，砖缝用水泥勾缝。一栋10户人家，每家前后是漆成红色的木门，另加一扇窗子。每户正房24平方米，隔成为一前一后两小间。前面是会客吃饭学习等做一切事情的地方，后面是卧室。每栋房的正屋前，再盖一溜"披厦"，一家一个，用作厨房。原来并没有这些"披厦"，人家多把煤球灶放在正屋的前面隔间，或直接放在门外。后来有些人家因住房实在不够用，便自行在自家门前搭建厨房，引得群起效仿，再后来则由矿上统一盖了。"村"里的基础设施，主要是顺屋檐挖的沥水沟。南方太潮湿了，如果没有沥水沟，家里一到梅雨季，就是小泥潭。家里的地面，都是天然的泥土，由各家自行铲平夯实，后来矿上才给铺上水泥。开始时自来水管并没有铺设到每家每户，大多是一栋房才有一个水龙头。另外，在距离村子较远的地方建一个旱厕。以后条件逐渐改善，自来水才接入户，而厕所似乎一直没有进户。

这些房子在城市初创之时建设，极其粗陋，与现在人们想象的城市建筑，特别是各个城市致力保护的历史建筑，根本无法比较。这些房子或工棚，如今已变成现代城市形象的疤点，近年更成为政府拆迁重建、改善民生工作的重点。其中的住户都巴不得马上离开，政府巴不得其马上消失，当然也鲜有文人、建筑师觉得它们还有什么文物价值，觉得它们还有什么保留的必要。

然而，它们却带有城市的胎记，烙印着一个时代的色彩。铜陵人想到保护通常被人视为包袱的棚户区，不能不说独具慧眼。

铜官山'1978文创园努力保护和再现老矿工的生产生活场景。除了露天陈放收集来的如鼓风机、卷扬机等矿山设备外，在房子里面，则展陈横跨20世纪50年代到90年代的矿工日常生活用具，如方桌、碗橱、长板凳、被褥、三节电池手电筒、篾皮或铁皮水瓶、小闹钟、矿灯矿帽、象棋、饭盒、保健票，还有一桌显得丰盛的矿工家庭饭菜模型，等等。因为我从小生活在这种环境中，这样的现场使少小时的时间、地点、人物、事件等一体复活，有身临其境的现场感觉。人在少小时，并没有什么特别的艰苦和幸福的概念，都是平常好玩的日子。因为贫穷，每家每户吵嘴打架的事经常发生，大家也都习以为常。但各家之间，却鲜有打架吵嘴的。一杯酒，往往是矿工们回家后最大的享受。孩子们每周最大的期盼，则是每周末或发薪日子，老爸用保健票从矿上带回的一饭盒红烧肉。还有就是大雪覆盖下的一栋栋破旧杂乱的低矮平房里，透着的白炽灯昏黄的灯光，让人在外"疯"了一天后，回家感觉是温暖的。

铜官山'1978文创园还利用房子，恢复了理发店、邮局、大众澡堂、柴火灶、广播站等公共设施。这些属于矿上的"公家"东西，一般很少放在

"村"里。那时候的最大特点是公私不分，连人都是公家的人，并以此而自豪。园区还收集了最能反映人们精神文化生活的毛主席语录，和一些宣传标语，如"发扬铁人精神，努力开发矿业，人人争做劳模，平凡的劳动也能创造惊人的奇迹"等，让人体会当时最基层、最普通的工人的生活状态，他们是如何活着的，是如何思想的，让人嗅闻那时那种在普通工人身上体现出的"峥嵘岁月稠"感觉。此外，园区还复原了一小截矿井，在里边用现代音像和声光电技术展示了开矿技艺、矿山人物。

陪同的人介绍说，来这里参观游览的人大都是老人，有些老人在看到往日的情景再现时，泪眼蒙眬。来参观的有一些年轻人，基本都是本地人。节假日游人多，平常日子也有不少人来。

"行于今者盖寡"。矿工的生活原本是活态的，本来无法传承。时移世易，又处在一个切近比较求变的时代，更碰上百年未遇之大变，社会生活方式变幻如万花筒。今天更少有媒体或文化新人将目光投向曾经在生活底层的矿工。

每一个城市，其当下的形态都是历史积累和变迁的产物。对已经消失或行将消失的矿工日常生活，包括日常生活行为、仪式、规范、用品等，加以收集、整理与复原，全过程、全方位还原当时的生活场景，并与不远处的铜官山矿遗址公园遥相呼应，从而构成了一个完整而独特、充满难以言说的细节的历史文化空间，铜官山'1978文创园为我们解读特定年代的一些超常规做法，了解上世纪的中国是怎样发生天翻地覆的变化，共和国工业化初期苦难的长征史是怎样的悲壮激烈、举世罕见，从一个侧面提供了帮助。对铜陵这座新兴的工业城市而言，这些日常生活用品及其他遗存，除了给工业本身的发展历史见证外，更是城市历史、城市气质、城市性格重要而独特的展示和说明。对曾经生活在这里的人来说，对仍在这块土地上生活的后来人来说，知道自己从何处来，思考自己将到何处去，可以极大地拓展城市的社会功能和精神空间。从小处说，它也可以积累城市的历史，塑造城市的新形象，其社会学意义与学术价值也不容小觑。

近年来，全国有些地方利用旧的矿坑或矿井，着眼于发展旅游经济，结合生态恢复工程，做了一些文旅项目，有的颇能吸引眼球，甚至引爆了舆论。铜官山'1978文创园似乎也想走这个路子，希望让文化保护项目与经济社会发展同频共振。为提升物质空间的业态，在矿工生活展示区外，还雄心勃勃设立了特色文化商业街区、城市创意文化会客厅两大功能区。这是一个新的实体空间，设计了创意文化、创意办公、商业休闲、旅游开发等，想吸引各类市场主体和代表先进生产力的各种要素在此聚集，创造性地形成适应现代生活和公众文化需求的休闲场所和消费空间，引领城市的消费升级，甚至引领城市更新。

这已经超越文物、遗址、建筑保护的传统范畴，走向更为宽广的包括景观空间、生活方式在内的动态社会空间，涉及社会各个群体的感知和参与。如需要政府，通过政策、规划等形式体现自身文化与意识形态的诉求；如需要投资者和运营方，植入新产业要素，多引进外来特色品牌，不断改变和丰富原有业态；更需要居民群众积极转变观念，用在新的空间中的生活和工作，为物质空间注入能量，为冰冷的砖墙和机器赋予历史温度和时代活力。这无疑是拥抱城市记忆，创新发展文化的宏大抱负。但文化赋能经济社会事业发展，也许是不能承受之重。

我们站在文创园的高台上，看着城市鳞次栉比的房屋顶。园区周边环境未臻完善，尚需大的调整。

初春的阳光暖融融的。蒸腾的岚烟使得城市也充满春意。远处高大崭新的楼宇与近处低矮的老式红砖楼，如同山峦低丘般错落铺陈。这里有看得见的生死更替，人生喜乐，穷困潦倒，富贵繁华，优雅高尚，粗俗烟火。楼宇间杂着的上世纪种植的法国梧桐，浑身透着憋屈了一冬的饱满枝丫，纵横疏朗，有些已绽出手掌样的嫩叶，如同无数双手急切地伸向天空，似想拥抱太阳。

我出生、成长在这个城市。过去并不遥远，但今天也见出了陌生。城市存在一个空间里，也存在于某个时间段中，更是因人的理解而存在。在这个移民城市，在这个现今急速现代化的发展进程中，如何抓住人心，维系地方文化认同是个大课题。铜官山'1978文创园无疑是保护城市根脉、彰显城市气质、塑造城市形象的一个努力。它展现了对时间维度的敏感，形象表达了特定语境之下的集体表述和历史记忆，展示了人与给定空间之间的有意义的联系，其中充满的生活细节，也给了我们洞察这个城市中人生活的窗口。在那里，生活在自然地生长、变化和深入、延伸。

下午，我又去了有色公司的博物馆，那里对铜陵有色史做了更为宏大的叙事。我觉得把这两者结合起来效果可能会更好。但那是另外的话题了。

铜官山向来是铜陵的代称。早些时候，铜官山比铜陵有名。事实上，没有铜官山就没有铜陵市，当初铜陵市建市时的名字就叫铜官山市。

家在铜官山

一

11月底，我去黄山送走参加安徽省海外侨领"一带一路"研修班的各国侨领，就直接回铜陵了。母亲病很重，卧床数月，急剧消瘦，形销骨立。她几番说要去了，并执意召集我们开会安排后事。她年轻时吃过很多苦，还负过工伤，但从来生命意志坚强，等闲看待世间艰难困苦。父亲去世后，她一直住在铜官山脚下的平顶山村，坚决不挪地方。平顶山村，过去叫露采新村，住户基本上是原铜官山矿的工人。平顶山或露采，熟悉矿山的人都知道，根本就是矿山专用名词。

铜官山向来是铜陵的代称。早些时候，铜官山比铜陵有名。事实上，没有铜官山就没有铜陵市，当初铜陵市建市时的名字就叫铜官山市。

铜官山一直以来，都是铜陵地区第一名山，在八百里皖江享有盛誉，在中国的铜矿采冶行业更是赫赫有名。铜官山有悠久的采铜历史。《山海经》里记载了出铜之山约400处。《汉书·地理志》载汉武帝元封二年，即公元前109年，改故郡即秦制的鄣郡为丹阳郡，并设铜官，主管皖南片区的铜矿采冶事宜。这是国家有记载的第一个铜官。但这铜官的治所在什么地方，如今难以考证，但铜官山的名头是实在落下了。铜，同金。铜官本身既寓有财富之意，更有创造财富之意。即山铸钱，国用富饶。不论官方还是民间，都认为很吉祥的，争相取铜官名也不为异。历代绵延下来，全国冠名铜官的地方也不止一处，但沿用历史之长、名气之大，还得数铜陵的这一个铜官山。

铜官山矿是依托铜官山建立起来的企业。但我们经常混用，相互取代。如今铜官山正建设国家矿山遗址公园，已初见形状。

去铜官山矿山遗地公园，一条路是从市区的长江东路进入，穿过工厂和民居杂处的一片密集建筑，可到铜官山的南坡山脚。这里是公园的主出入口，顺着山势，新修建了旅游驿站、观山廊道、书屋和风雨亭等。主出入口的左上是铜官山东侧的登山步道，方便游客进山亲山、深度攀登；右下则为铜官山矿老炸药库，继续深入就进入铜官山矿露天坑采遗留下的大洼凼了。

在上世纪50年代，为便于露天开采，用大爆破方法削平了这里的小铜官山、观音涝山、老庙基山等数个山峰，碎石填谷，在铜官山、宝山和笔架山之间，形成了一个用废渣石堆放形成的平整场地。这个巨大的堆场，俗称"架头"。因里边还有不少残矿，后被铜官山矿组织矿工家属进行二次开采挖掘。我少时记忆深刻的图景之一，就是铜矿的家属工们，当时被称为"五七"妇女劳动大队，在夏天炽烈阳光下，戴着草帽，围成一圈，在废石堆里，把那些含有铜料的石头砸碎、分类、装筐，再运到矿上的选矿车间进行处理。所谓"五七工"或"五七战士"，指的是根据毛主席"五七"指示，由矿工家属组织起来到矿上从事辅助生产劳动的人，我母亲就是其中一个。计算一下，她们当时大多在30岁左右吧。在这个堆场的两端，则是矿山的露采点，由矿上组织正式职工进行开采。露采的结果，是形成了一大一小的两个矿坑，俗称大洼凼和小洼凼。我小时候，经常跑过堆场，去看那巨型矿车沿着大洼凼的岩壁一圈圈地盘旋，轻车下、重车上，很是壮观。后来，露天采场被废弃，大洼凼成了市里的垃圾填埋场。再后来，大洼凼又被垃圾填平，现在上面覆盖了层厚土，并零星种了些绿植，修有环形车道，似乎是想做成小游园。

铜官山北坡也修有登山步道。拾级而上，山脚下的原铜官山矿一览无余。原来夏天蒸腾着热浪、白花花的堆场不见了，目之所及，仍是不少废弃的近代采掘设备，如通风井卷扬机、运输皮带廊的水泥支架、矿山工棚等。"架头"北边的平顶山，过去多是八户或十户一栋的工棚房，现全改成楼房了，还延伸新盖了许多小高层。真正触目惊心的是因露采而剥去覆土的大片大片裸露的岩石，尽管做了些植物覆盖和生态修复工程，但无法掩盖被剖开的破碎的山体。黑褐色的岩石上，袒露着道道雨水冲刷的痕迹，可能岩石里含铁、硫等金属元素，那些痕迹要么枯白、要么焦黑，如同一双双深不可测的眼睛在凝望着什么。在岩缝和乱石堆中，杂生着芭茅、棘条和野蒿，在冬天的寒风中瑟瑟抖动。

继续攀登，登高远望，发现整个大铜官山和对面的笔架山等，已变成城市内部的自然山体景观。铜陵市区已然高楼林立，扩张得看不到边了。长江如带，成线条状在天际飘过。自觉得铜陵县旧县志所谓"维山挺秀，维川瀹灵，清淑郁蒸，人文蔚聚，峦层嶂叠，宝气烛天，湖汇江流，阴精沃地"等描述，所言非虚。

二

皖南的山大都俊秀挺拔，典型的如黄山，更以花岗岩构造成千奇百怪的美丽风景。铜官山为黄山余脉终端，构造呈现东北与西南走向。但与黄山诸峰不同，它没有黄山的峰林结构，看不到岩层的节理发育、侵蚀切割，几乎没有断裂和裂隙，因而也没有球状、柱状之类风化石头，没有泉潭溪瀑等丰富的地质风景景观。它并不风流倜傥、奇异峻峭，而是骨骼粗大、山脊厚实，如同一头巨大的老牛趴伏着。条条山脊如同根根粗大的骨骼，昭示着它无与伦比的资源赋存和无穷无尽的力量。在一个开阔明净的空间里，它不言不语，不怨不怒，背负着满身的刀斧伤痕，甚至断指残肢，充满时间的感伤。

有人说，文明的标志一是文字，二是金属，三是城市。古代所谓金属，大多数情况下指的就是铜。铜是人类最早发现和使用的金属之一。铜的采冶和使用，对推动人类社会发展和文明进步发挥了巨大的作用，以至于有"青铜时代"或"青铜文明"的断代称谓。青铜文明的物质基础，当然是铜产业，是采铜和炼铜。没有铜，也就没有所谓的青铜文化或青铜文明。

铜陵地处古扬州，《尚书》记载，荆扬"厥贡惟金三品"，铜为赤金。汉刘濞甚至在此铸钱直接充填国库。如今多以现在的行政区划来分析古代经济地理，为了历史名人和名胜之地经常你争我夺，出现错讹。因此，以自然条件，或以生产组织的空间布局来分析可能更为科学。

铜官山在中国工业史上的位置极其特殊。它坐落在著名的长江中下游铜铁成矿带上，是皖南沿江古代铜矿群落的中心。铜官山是一个"高地"，目前沿江和皖南地区发现的铜矿采冶遗址大都围绕铜官山分布。围绕着铜官山，密布着大大小小、自古及今的大小矿山和冶炼遗址。这一区域内有大龙山、阳白山、乌木山、罗家村大炼渣遗址以及古梅根冶、金牛洞采矿遗址等，可以远眺万迎山、大工山、凤凰山、狮子山、铜山等。从今天的遗址分布可以看到，在空间上它覆盖了宣城、芜湖、池州、黄山、马鞍山等地，时间上则从春秋、战国、秦、汉，延续到六朝、唐、宋等各个历史时期。

铜官山采铜历史源远流长。上世纪80年代，省有关部门组织"皖南古铜矿考古"，在这里挖掘出冰铜锭。这意味着铜官山采矿冶炼史可上溯到商周时期。铜官山脚下的金山古矿区地表遗存，罗家村大炼渣，年代系西周早期，被誉为中国之最。清顾祖禹《读史方舆纪要》：铜官镇，南唐因以名县。有泉源冬夏不竭，可以浸铁烹铜，旧尝于此置铜官场。有采铜专供梅根冶。北宋乐史撰《太平寰宇记》：铜山，在县南十里，其山出铜以供梅根冶。此处铜山即铜官山，梅根冶在今贵池大江之滨，即大通镇与贵池区之间，古代在此冶铸钱币，梅根港因此谓钱溪。清乾隆时期《铜陵县志》：铜官山，铜精山均有冶场。宋朝利国监，"在铜官山下之下，去县四里许"。新中国恢复铜官山矿开采时，还发现过唐代以前的采冶遗址，为此安徽地方报纸曾发过消息。一直到宋，围绕铜官山进行的采铜炼铜铸铜活动，在国家的经济和政治版图上都位置显赫。从已发现的古铜矿遗址，到近当代的开采冶炼，铜官山的"铜史"迄今已有3000年。3000年历史绵绵不绝，这可能正是铜官山的伟大之处。

中国文人向来偏爱撰写山水诗文，极少写到工业。似乎这些东西本身不具诗意，难入辞赋。冰冷的铜锭和散发着利益的铜臭，似乎距离诗情画意更远。就是今天，工业化、机械化在现代文人笔下，也是异化的东西，毫无趣味可言。但围绕铜和铜官山及周边大小矿山的采冶，却有不少文人留有文墨，成为文学史上不可忽略的一笔。例如，庾信之"北陆以杨叶为关，南陵以梅根作冶"；李白之"铜井炎炉歔九天，赫如铸鼎荆山前""炉火照天地，红星乱紫烟。赧郎明月夜，歌曲动寒川"；孟浩然之"火炽梅根冶，烟迷杨叶洲"；宛陵诗人梅尧臣之"碧矿不出土，青山凿不休。青山凿不休，坐令鬼神愁"。后来，即使皖南片区铜的采冶衰微了，铜官山也还留有回音回响。苏轼之"春池水暖鱼自乐，翠岭竹静鸟知还。莫言叠石小风景，卷帘看尽铜官山"；宋人戴昺之"鸣禽无数声相应，一阵微风野菊香"；元人贡奎之"山瘦木落衣，水涸石见底"；明人曹学佺之"杏叶山崩堰，梅根渚少烟。为鱼从古叹，置冶迄今传"等，这些都是不可多得的写"工业"的佳作。所谓宛陵、杨叶、梅根、南陵等地名，都在今铜官山的周边，也都曾设有铜的采冶铸场。

过去铜官山脚下遍地开着一种蓝色的形似牙刷的铜草花。这是古人通过植物找铜的线索。更科学一点的是以物寻物，如循着矿脉去找新矿苗，或利用磁铁矿再去找下部的铜矿等，这些古老的方法非常伟大。今天我们仍在开采的铜矿，大多是古人曾开采过的，考古亦已证明，铜官山矿曾在不同的朝代进行过开采。但再前进一步，进行深度开采和冶炼，古人的方法则不够灵了，需要有更新的技术来进行新的开采。

明朝以后，基本看不到铜官山开采的记录了。国家货币使用银的多了，使用铜的少了，工具使用铁的多了，使用铜的也少了，更多的因素可能是技术不过关，找不到铜了，出现了开采冶炼的技术断层。乾隆时期的《铜陵县志》谓，后"铜沙竭，监废"。《读史方舆纪要》也说：唐置铜官场，宋置利国监，岁久铜乏，场与监俱废。铜官山被认为没有铜矿，所以就半死亡了。在漫长的时间里，从罗家村炼渣遗址到汉坑采遗址，甚至至今仍存在的日本鬼子建的碉楼，各个朝代和时期的中国铜记忆，铜官山都一直在场，未曾缺席。它丰富的历史褶皱，充满元细胞，仿佛随时可能在历史的幽暗深处满血复活。

三

近代，铜官山矿又恢复开采。这与近代中国被迫打开大门、对外开放的曲折进程相连。清道光年间，鸦片战争后的 1848 年，安徽省允许英国人凯约翰承办歙（县）、铜陵大通、宁国、广德、潜山矿产，嗣以专办铜陵之铜官山，订约定期百年，占地三十八万四千余亩。这遭到皖中绅民坚决抵制，以银四十万两赎回自办。后省府还曾向日商三井借款二十万两，以铜官山矿砂作为抵押。但多年折腾下来，矿区如同虚设，采矿更是渺无踪影。

铜官山矿的真正恢复建设，是随着中华人民共和国的诞生而开始的。1950 年，铜官山矿开始恢复生产。国是我们的国，家是我们的家，住茅房、穿草鞋、吃粗粮，肩扛手提，硬是两年就让井下采矿和地面选厂投产。与铜官山建设相媲美，同时建设的是铜官山冶炼厂即后来有色一冶的建设，其粗铜冶炼尾气排放烟囱高达 110 米，内筑耐火材料，外围钢筋混凝土，当时仅30 来人，用几台破旧的卷扬设备，128 天就建成，从此成为铜官山的标志。

我的父亲母亲，就是上世纪 50 年代，从长江对面的无为来到铜官山的。一半是跑生活，一半是响应国家号召。母亲说，那时他们不知道东南西北，不懂什么事，只晓得要来铜官山，然后就来到铜官山了。我们小时候住在露采，印象深的事有两件，一是松树山的"火区"采铜，就是采高硫矿床。那是矿工们下班后在一起聊天聊得最多的话题。二是所谓"双三万"，年产粗铜、铜料各在三万吨。我什么也不懂，但每当矿山放"大炮"，弥漫在矿区和家属区里的那种紧张和上下一致、全力以赴的气氛，却让我们至今心有戚戚，心有所往。后来我参加工作后，按捺不住好奇心，还来到铜官山矿井下，专门去看"火区"采矿。在洞子里，佝偻着走半天，看到掌子面了，刚一伸腰，那眼睫毛被高温一燎，就被烤卷进眼睛里了。

母亲叹息，我没工夫管你们几个小孩，你们几个是自己长大的。现在我什么也不能干了，不让你们麻烦，让我走吧，不给你们增添负担。但说到那时的工作，她那耷拉下来的眼皮仍会睁开。说那时不知道劲从何来，刚开始的工资一天才三毛六分钱。从天不亮就出门到下午才回家，自带中饭，多是用一个搪瓷缸，后来用饭盒把饭菜放一起，到中午时加热吃。我偷看过她的饭盒，所谓菜只是一根咸萝卜头。我们在家的中饭，则是永远的咸菜，多数时候还是烂咸菜。她一个月工资十来块钱，关饷后的第一件事，就是与父亲的工资合并，把必需的米油盐"三大样"买回家。说到那时的精打细算，母亲仍很骄傲，说邻居过日子不行，常在月末拿一个勺子来借油，而她从未向别人家借过东西。说到她们"五七"家属工的工资后来涨到二十块时，母亲的声音都变了，充满了欢欣。我们家改善伙食主要期望父亲的保健票，最高面额是二毛五。那是专门发给打眼工和放炮工等高强度、高技术工种的，积攒上几张，就可以买一饭盒红烧肉了。问她最忆什么，她说是毛主席把她们妇女组织起来上班，能工作拿工资了。这是祖祖辈辈妇女没有过的，所以她们那代人特别自豪。母亲因为表现好，从"架头"上的砸石子工，被选到矿上炸药厂做装药工。因为终于不用在露天而在屋内上班了，她工作更加努力。有一天，她不慎从高高的装填工架上摔下，留下终生的工伤后遗症。因为"五七"大队家属工的退休没有政策，上世纪80年代末时，母亲她们还多次到政府部门反映问题。我在市里工作，当时市政府领导听说了，还问我要不要单独见下，我说不用。后来，家属工们终于涨了退休金。她说她的姐妹谁谁谁、谁谁谁，很多人没有享到福，走（死）早了，很为她们惋惜。

四

后来，铜官山矿的大洼凼越挖越深，井采部分也难以为继。矿上说资源枯竭，成本上升，生产经营整体出现亏损，终于在上世纪80年代被迫关闭，并被迫搞起多种经营，办水泥厂、再回采过去的废石厂等。记得矿上还办过一个微特电机厂，不知今天还在不在，但这些都与父母亲关系不大了，他们先后退休了。

其实我并不相信铜官山矿会枯竭，历朝历代铜官山曾被多次关闭，甚至沉寂千年，最后总能在某个机缘里复活。将来未可妄断和预设。但无论如何，关闭是好事。铜官山这头老牛，在干遍了各类苦活累活，挤尽了身上的乳汁和心血，应该停下喘气休息了。只是，铜官山已被截去了一肢，在大洼凼一侧，留下巨大的创面，甚至远在长江上都能看到，既像巨大爆破后留下的遗迹，又像巨大功勋奖章，俯视着越来越远去的城市。由于地下采空，铜官山对面的笔架山也持续多年不断坍塌，胸凹脊弯，山的威势不再，如同无血无肉无精气的野兽骨架了。铜官山矿职工的后代们则星云四散。

今天看，铜官山矿的复活和关闭轨迹，可以认为是国家工业化的悲壮长征史。一无所有，白手起家，衣衫褴褛，一滴汗一滴血地进行着原始积累。在这个过程中，是一代甚至数代人的巨大牺牲。母亲她们仅仅是为那几毛钱的工资去那么拼命吗？我不知道。可没有那点工资，我们甚至可能活不到今天。但只是这些，我又觉得玷污亵渎了他们。把他们的工作，所经受的那么多苦难，说得毫无意义，他们自己并不会认同。

铜官山矿关闭了，但故事还在继续。铜官山还在那里，但铜陵不一样了。铜陵的冶炼规模更大了，先是兴办了 10 万吨级的合资企业金隆公司。后来又上马了更大的采用闪速熔炼、闪速吹炼工艺的铜冶炼厂。记得 2009 年，时任有色公司负责人来与市主要负责人商谈铜冶炼工艺技术升级改造项目，想将厂址放在经开区化工园，我立即举手投了赞成票。这是一张感情票。如今，铜陵冶炼需要的海量铜精砂，基本是靠海外买矿解决。冶炼本身也早已走过粗炼阶段，精炼铜品位已到五个"9"的纯度，成为国家新标准了。铜陵现在正集中力量发展铜材加工业，发展铜基材料及制造业。铜的好处很多，其中之一是它属于基础材料，看不到它被淘汰的可能，从冰铜，到粗铜、精铜，从铜坯到铜线、铜板、铜棒，到印制电路板，可以肯定铜的使用永无尽期。我在日本看过铸造用粉末材料研究，其中铜料不可或缺，对高端精密零部件，尤其是异型件，通过粉末吹铸一次成型，省却数控机床的车刨铣磨等复杂工艺，省却大量人工物力，效率效益不知提高凡几。再一个就是铜的再生能力强，可以反复使用，如同新中国成立后的第一轮建设，如今虽然有些只留下了遗迹，但它们的精魂还在。永续的资源利用，可能还未破题呢。一代人有一代人的使命。后之视今，犹如今之视昔。不知道新的技术会把我们带向何方。但我们还是会记得原点，记得那个小屁孩，跟在摇摇晃晃行驶的汽车后面，追着去闻那燃烧不干净的汽车尾气。那个尾气，是当时新生活的象征，并不是后人所任意鄙视和嘲笑的。

五

站在铜官山上看长江，和在长江上看铜官山，能形成两种心境。流动的长江代表着远方，而巍然屹立的铜官山则代表着永远的故乡。长江，还在少年时下去游过泳，啥时能再去漂游一次？我问自己是不是有点矫情。我厌恶矫情，更厌恶忘却。

母亲躺在床上，薄薄的如一片纸。数个月来，她浑身疼痛，一直进食困难。常常几粒饭，要一两个小时才能咽下。我妹妹一直在她身边照护，说她夜里痛大了，就用青年时代的常用语言，喃喃自语说要斗争，绝不屈服。我哥哥说你回来和她说说话，她的精神状况就好点，甚至眼睛都会明亮起来。她说她没有牵挂，一生值了，可以走了。

我母亲忽然笑着说，我自己也不明白，几乎天天在干活，干那么重的活，怎么也不觉得苦。就像今天几乎没有人能理解，为什么那些石头要人工一块一块地慢慢砸，为什么那些废铜烂铁，有职工带着自己的老婆孩子自觉去捡，并把它们再送到矿上，连可以补助的一点劳保品也不要，为什么苦成那样，还是那么乐观。事过多年，人都老了仍然念念不忘，甚至不经意间还会透露点幸福感。是青春与岁月的区别，是肉体与灵性的区别，其间隔了一堵墙，还是几堵墙，其间到底有无血脉相连接呢？

我觉得酸楚，但仍然忍不住地想，母亲他们一辈子大部分时间都是在困顿中度过，因为贫穷而吵吵嚷嚷，为每一件衣裳、每一顿饭而挣扎奔走，但她和她身边的所有姊妹一样，却始终拥有着超凡的毅力和意志，乐观向前。最可能的情况是，他们从没有把自己看成是苦力，这使他们把自己与历史上那么多朝代及无数矿工区别开来，这使他们最后拥有了一个不同于前朝、前代、前人的青春和生命。这样的人生，谁能真正明白？他们实实在在感觉是在为国家工作，正是国家和那个他们自己可能也模糊的使命，赋予他们那么艰难的工作以意义，那么平凡的生命以意义。这是我们后辈在滚滚红尘中，遥望过去需要致敬的。他们绝不是一些人想的那样，从来不存在，或者即使存在，其卑微生活也毫无意义和价值。

本雅明说，纪念无名者比纪念名人更加困难，历史的建构是献给无名者的记忆。我对此并不以为然，像铜这样的物质，印在上面的字符都难以永存，何况做铜的人，瞬间便会归化于自然和尘土。关键是看人的书写，什么人在书写。

医生对母亲说，您老人家不要多想瞎想，您命长，要多吃点饭，多吃点自己喜欢吃的东西，身体自然就好了。我们也这么说，您一定要坚持，坚持就是胜利。

《大明一统志》载：铜官山，又名利国山。我觉得这"又名"或是原来的名字，也许更符合铜官山的定位。

> 早已被时光定格的很多记忆片段，会随时光而慢慢褪
> 色，最后让你觉得心如止水。但构成你生命生长的记忆片
> 段，显然不是这样。

已然成追忆

早已被时光定格的很多记忆片段，会随时光而慢慢褪色，最后让你觉得心如止水。但构成你生命生长的记忆片段，显然不是这样。她日常并不显现，但当她慢慢从脑海深处走来时，是无从追溯，更是无可阻挡、无从抗拒。如同星光照耀幽暗，勾画出自己模糊的生命轮廓。

时光不能关注。转眼孙树兴同志离开我们有两年了，一直想给孙树兴同志写点文字，但事实是，一坐下来，就感到心烦意乱，情绪汹涌，注意力难以集中。其实我称孙树兴为同志，并不顺口。倒不是"同志"这个词有段时间似乎离开了我们，在一些人那里变得拗口。在我们这一班人心目中，喊孙树兴同志为孙书记特别顺溜，似乎"书记"这个称谓是他专有的。我也喊其他同志为书记，却觉得那只是职务，从没有将人与职务融合在一起的意思。但考虑写成文字，掂量还是用"同志"这个称谓较好。孙树兴同志他们那一代，是一个用命去拼工作的时代，特别在描述人与人之间关系时，"同志"这个称谓相对更准确。否则很难准确理解上级与下级、长辈与晚辈、领导与秘书、公职与私交的关系。

我1982年大学毕业后，经组织分配直接进入公务员系统，其实个人的兴趣、志向和能力都不是当官的料。从矿工子弟一直到大学，我从未有机会接受从政的教育与训练。对职级、职位之类从不敏感，更没有什么神圣感、敬畏感，甚至缺少对官场礼仪的基本常识。庆幸那时多数人并不以此为意。

给孙树兴同志当秘书我也没有思想准备。当时我从团市委抽调去农村参

加整党；整党结束，原单位回不去，就留在市委办公室，打打杂，抄抄稿。后来孙树兴同志的秘书自己要求下基层到工厂一线工作，他的秘书岗位出现空缺。当时办公室内人手太少，可选择余地不大，领导就让我临时顶岗。

回想跟随孙树兴同志做秘书，大体有一年半时间，主要只做三件事。一是坐办公室接待。因来汇报工作的人多，大多有约，也有很多没有约径直来谈工作的，我就帮着招呼入座、倒茶，有时接接电话。还有时间则扎在科室里，整材料，抄稿子。二是跟着他跑工厂和农村调研。孙树兴同志下去，很多时候不带包，只手上拿着一个小本本。他的公文包比较大，就是带也是自己拎着，不让我拎。我这个秘书只拎着自己的一个小包。他对铜陵情况极其熟悉。下去调研，大多是带着问题，而不是带着人马，直奔田间地头、工地车间；一般不与县区领导打招呼，甚至乡镇领导、工厂领导也不说；只是有事要研究或交办才请他们来。他对一些具体情况了解极其深入，特别是事关民生的一些事务，如煤气、市场供应、农村"四荒"开发中涉及城市菜篮子问题等，县区领导和厂矿领导要倒过来听他解释说明一些具体细节。大年三十，他到市焦化厂检查全市煤气供应，他能直接指挥到管道阀门的开闭，现场工人师傅们对他的话也坚信不疑。因为工厂在搞高炉气、焦炉气和水煤气改造时，他是每晚必到，对工艺流程之熟悉有时连工程师也难做到。所以他的话很权威，别人很少能还嘴辩驳。他记忆力也特好，对相关事实特别是数字记得很牢。一遍听下来，他能就你汇报的内容立即复核一些数字，所以没有人敢在他面前编造数字搞假报告。三是写稿。孙树兴同志的日常讲话，基本不用稿，只是每年的年中和年末的工作会议讲话，才按规定搞文字稿。一般由办公室组织准备，我主要在办公室领导下写这个稿子。和当时很多领导不太一样，他不仅讲意思要求，还自己改稿，尤其是涉及经济的部分，有时是他自己写，我来抄。他极其认真，通常会对稿子反复修改，甚至逐字逐句改。有时稿纸上布满他的铅笔字和勾画线条，多到连他自己也不能把改动的地方再理出。这主要是他对实际工作的思考和再思考，必须准确反映事物的真实面貌与具体要求，真实地解决具体问题。不是我们秘书抄抄写写，也不是人云亦云、走套路玩概念可以应付的。而对他修改好的稿子，他仍给予我们很大的权力再改。就是经过常委会审议后的稿子，也曾有他进行新思考再大幅修改，重新再提交审议的事。在他那里，没有"一字不易"这一说。

对工作要求严格只是他的一面，另一面则是对同志的关心，特别是对年轻同志的关心、爱护和尊重。那不是作秀，而是发自内心的真诚提携。孙树兴同志很乐意听取不同意见，尤其是年轻人的意见，在很多地方，我甚至感到他是在有意激励引发不同意见。那年省委开展"理思路、奔小康"大讨论，因他在中央党校学习，主持市委工作的市长觉得按常规做法组织讨论，难以深入人心，取得实际效果，就在主题里加了"抓落实"三个字，还决心深化搞"醒来，铜陵"大讨论，并让我牵头组织写稿。我找了一帮人写出初稿，孙树兴同志看后说，辣味不足，让我们再补案例。后来的稿件，是经他审阅后，再由市长签发的。稿子引起了很大社会反响。

也许因为年轻时在矿山和公安工作过，又长期超负荷工作，孙树兴同志睡眠不好，有饮酒习惯。不喝上一点，很难入眠。他下乡和去工厂很少在下面吃饭，总是回来吃。我曾窃以为这也是原因之一，因为我在农村搞过整党，知道基层那时已经开始可以吃喝点了。我和他说反正吃饭我们都是交钱的，没有关系。他不批评我，但也从不采纳。给他当秘书的时间里，他的家门我从未进入过。有一天下班送他回家，他突然说，你要不急着回家就去给我买点酒。我感到很荣幸，这是他首次交办工作之外的事情给我。他自己上楼回家拿了个小塑料桶给我，让我去酒厂打酒。那时铜陵酒厂还在，生产俗称山芋干子的酒。市面上畅销的是一种三角形瓶子的口子酒，算是高档酒。我去酒厂，就在铜陵军分区旁边，如今已经拆了变成公园的地方。那时市里正大搞荒山、荒坡、荒水、荒滩所谓"四荒"开发，我们经常去酒厂搞酒糟改饲料试验，在酒厂混得人头很熟。我刚打好酒，赶来的厂长说，你买的都是酒尾巴，现在机关收账的人都下班了，钱就算了。正相互推让着，驾驶员老时见状上来，严肃地说，你要付钱，不然回去肯定挨骂。我说当然。厂长见我俩一个声调，才嘿嘿一笑把钱收了。

还有一次在合肥，省里在华侨饭店开会。那时自助餐还没有推广开，开会就餐多是 10 个人一桌，凑齐了才吃。会议当然是不供酒水的。孙树兴同志有时和会议同志一起吃，但多数是他夹点菜放在一个盘里端到一旁去吃。省上专门给他在角落里安个座，每餐给他一个玻璃杯，外表看是茶杯，实际里面装有二两酒。这是省委领导专门打招呼给他备的。参会的老同志大多知道内情，多是远远打个招呼"老孙吃饭呢"，从不靠近。白酒有酒味，靠近会闻到，还得多叨叨几句总不方便。其他与会的同志看他年纪大，见别人都很尊重的样子，也没人去打扰他。

后来，孙树兴同志从市委书记岗位退下，没有在市里保留或改任其他党政职务。退下后，他再也不问政事。对有些流言他听了也就是笑笑，不作解释辩白。涉及当前政务的，他总说他们干得很好，少去打扰、不去打扰就是最大的支持。为此他还很少外出参加社会活动。对此，一直有人半信半疑。开始几年，总有人上门看望，以后来的人慢慢少了，他自己的活动范围才慢慢大了起来。他那个时代的人，似乎从没有自己的生活，除了工作，可以说是一无所有。没有旅游、音乐会，甚至没有电影。在人情关系上，从不搞什么私谊，为自己退休后生活搞铺垫、埋线索。他学会了下围棋。和他下棋的，多是街坊邻居，有老干部，也有老工人。他倒没有什么不适应，但开始很多人对他不适应，后来都习惯了。据说也碰到过人半开玩笑、半发泄地当面怼他，他也只是笑笑，说我本来就是老百姓一个，一笑而过。其实他心里明镜一样，说搁在今天，那人那事他还会那么处理，没有个人恩怨的。

孙树兴同志逝世后，我的中学、小学同学潘树森闻讯写了一篇文章，我推荐在《铜陵日报》发表了，他的故事引起了许多人的共鸣：当时我们都在准备高考，以期改变命运。突然有一天，我们的班主任潘友全老师在课堂上找到潘树森，问他的户口在哪，他完全蒙了。他是"黑户口"，在原户籍地巢湖已经迁出，但在铜陵并未迁入。"黑户口"是一个很严重的事，按照政策是不能参加高考的。当时任市委常委、市公安局书记的孙树兴同志，在这件事上花了心思，还担了责任。最后潘树生顺利考入了安徽师范大学，同时解决了户口问题。他大学毕业后，孙树兴同志还关心过他家的生活。多年后，早已移居深圳的潘树森几次和我说了这事，他想请孙书记吃餐饭。我和孙树兴同志说，他说他不记得了。反复提醒，他方想起来，说过去铜官山区的向阳锅厂曾招过一个技术工人，是作为人才引进的。他家是有个孩子因没户口差点没参加上高考，他说你们还是同学啊。但阴错阳差，潘树森这餐饭一直未能请上，留下无法弥补的遗憾。

孙树兴同志退休多年，我去他家方便了，但我仍去得少，多数是逢年过节时去看他。每次去，他总留我吃饭，由他爱人徐阿姨亲自做菜，他酒量一直很好。后来我的工作变动频仍，四处交流，回铜陵越来越少。突然有一天，原铜陵市委办的同志给我打电话，说有个不好的消息，孙书记身体检查发现癌症病变。我同人民医院联系，院方给予了确认。我赶回去看他。他显得精神很好的样子说没事、没事。过一段时间，听说他出院回家了，再去看他。他则显得很疲惫、很无力，但很淡定，说今天不请你吃饭了，这一次情况恐怕不好。待我回单位不久，听说他又住院了。我趁国庆节回铜陵，到医院看他。他躺在病床上，微笑着，很镇定地握着我的手说，我这次进来怕是出不去了，我80多了，差不多了，该走了，不麻烦了。黝黑泛白的脸上看不出伤感、眷恋、遗憾，那是一种应该来了就来了、应该走了就走了的泰然吧。停了一会，他又说，你不要来了，看这一次就好了。你现在还在岗，工作忙，不用来看了，该干什么去干什么。然后很疲倦的样子，好像在说我说完了，我要休息了。我在离开房间的一刹那，回头看了一眼，似乎他的眼睛是睁的，眸子里有光闪动了一下，并没睡着。这就是他吧，总怕耽误别人的事、公家的事。他的儿子说他已郑重交代，如果情况恶化，失去说话能力，绝对不许做开颅开腔、切管插管等手术抢救，他不想浪费国家资源，自己也不想受罪。我再接到医院电话时，他已经走了，据说很安详。

如今孙树兴同志安静地归葬在乌木山公墓。今年清明，我去给他扫墓，他的墓位在山脊上。他的遗容照是他自己选的。一如既往，理着露出发根的平头，白花花的头发总是根根矗立着，嘴半张半抿慈祥地微笑着，似乎对一切世上事都了然于心；也许是老年的生活顺意，曾刀雕斧凿一般的脸上皱纹被抹平了不少，只留有眼角的皱纹阳光般射出。特别是那双眼睛，像星星般发着深邃晶亮润和的光，有一种无声无息的穿透力，穿过眼前的石碑、柏树、青山和绿水，静静地望着远方，静静地望着谷底一波一波来祭祀的人流，静静地望着你。我四周仔细看了一下，孙树兴同志墓位的前后左右都是普通的老百姓，也有他曾长期工作过的铜陵有色公司的工人。我相信他在这里安心。家里人懂他，把他放在老百姓中间。

孙树兴同志是山东招远人，有次他率队回山东考察，地方同志接待他时，听说他是当地人，大为惊诧，因为他们把本地出去的领导和专家搞了个"英雄榜"，竟然没有他。他的妹夫来接他回家吃饭，见他也坐小汽车，就一个劲问，他到底当多大的官。他的家人从不知道，那时他做市级领导已有多年。他在铜陵，始终住在普通市民社区里，从没想过要搞机关小区、干部小楼。在人世间不搞，到另一个世界也不会搞。我不知道他隔壁的人在冥冥中知不知道，他紧邻的是孙树兴同志，曾经的铜陵市的最高领导。他们理解的共产党人、共产党的官，原来应该就是这个样子吧。

我那成年的儿子主动在他老人家的墓前磕了一个头。

孙树兴同志的忌日快到了，权以这篇小文为纸钱遥祭。盼望您在天上一切安好。

　　大通的精神气质和运转动力，体现在青通河、鹊江和长江上。而澜溪与和悦两条街则是它们身上开出的鲜艳的花。

大 通 观 澜

　　沿铜（陵）池（州）公路向西，车行约半小时便可抵达两地的界河青通河。

　　青通河源出九华山，是长江的一级支流。在青通河和铜池公路的夹口处，神椅山下，便是过去上九华山的驿站——大士阁，相传地藏菩萨曾在此落脚休息过。在《九华山志》中，大士阁列为九华一景，又称九华山头天门。经大士阁再往前行，就进入大通镇的主街澜溪街了。大通，大道通天，名字很霸气。大通的别称亦为"澜溪"。澜溪，感觉很温婉，充满着诗意，所以中国地理地名中有不少"澜溪"称谓。宋人陈岩有诗：小溪亦有怒涛翻，可但沧溟始足观。世事会心无广狭，请君来此试观澜。但大通的"澜溪"之名，历史久远，有说远在东晋时，邑人就已称澜溪镇。

　　大通又名澜溪，应该有附庸风雅意思。然而既能够担起"大通"这个名字，也能担起"澜溪"的名字，更多有地理环境支撑。《孟子·尽心上》：观水有术，必观其澜。《尔雅》：大波为澜，小波为沦。长江上的水文观测点，大通向来占据重要一席。长江自西向东流的过程中，在此出现一个折，拐弯向东北方向走去，所以有长江在此拐弯之说；长江入东海，而东海潮汐对长江的影响据说到大通止，所以又有大海在此回头之说。长江拐弯、大海回头之处，当然"大通""观澜"的地理条件都是具备的。从大处说，大通控制着两湖、江西和安徽的中部和长江下游的物资人文交流；从小处说，也是皖南山区商品货物与人流的进出口交汇处，比方说铜料、铜钱、青砖、茶叶、木材、缫丝等从这里出，同时下江地区的物资与人流也由这里进入皖南内部地区。在自然经济为主的时代，这等地理位置，想让它不重要都难。

青通河是经过鹊江再进长江的。青通河汇入长江的入口处，因泥沙淤积在长江中形成了和悦洲。鹊江就是和悦洲和长江南岸之间的夹江。和悦洲外，才是长江主航道，这使大通地理位置更加微妙，既让大通享受了大江的通海便利，又利于船只停泊，得到陆地的实惠，使大通成为水陆枢纽，大道通衢。观澜只是心情，把大江视若溪流，体现一种气派、气度；大通正是实惠，上下左右勾连逢源。大通实际地域变成两块，一在江南，即背靠长龙山的澜溪街，处在长江与青通河的夹口处，腹地深广，进退有据；二在江心，即和悦洲，既是左右逢源，也是左扼右控，俯察长江，东连吴越，西望荆楚。

大通的精神气质和运转动力，体现在青通河、鹊江和长江上，而澜溪与和悦两条街则是它们身上开出的鲜艳的花。

澜溪街，背靠长龙山，顺青通河和鹊江展开。澜溪街道如一般传统街道，用青石铺就，但非常宽阔，汽车可以双向行驶，显著区别于其他江南古镇。这种街道，也许称马路更合适。这是民国后，现代化的因素进入大通的最明显痕迹。街道两边建筑新旧杂陈。新建筑也有历史了，多是上世纪五六十年代或稍晚一点的机构办公用房，说明计划经济时期这里也曾拥有辉煌。据介绍那时这里驻扎着国营的传统八大公司，比县城还齐全。当然，耐看的还是民国或更远时期的徽派老建筑，都属前店后坊性质。临街是店面，大门大都是排门，排门一开，店面也就全开了，后面则是加工作坊。也有店坊一体的，如白铁皮匠就在店面里开工。白天，排门依次叠靠在一起，到打烊时再逐一上起。长街二三时，店铺数百家。尽管没有都开业，但街道两侧的店家排列整齐，鳞次栉比，顺次展开百货店铺、服装店、食品店、茶馆、剃头（理发）店、酒馆等。游客们喜欢逛的有一家剃头店。店内家什看去古旧，有散发着古味的手动推剪、油光锃亮的荡刀布、有点让人望而生畏的剃胡刀，还有不少现代工业产品，如镜子、转椅，还是上世纪的进口货，应有收藏价值了。市面上主打的当然是地方特产，如铜陵生姜，属白姜品种，块大皮薄，汁多渣少、肉细脆嫩，香味浓烈；小磨麻油，以芝麻为主要原料，色泽清纯，香味醇和，久存不变，质地优良。美食当然是豆腐干子，形方体薄，质地稍韧，色艳味浓，鲜美耐嚼，品种有火腿、虾米、排豆腐等系列。买一块，放进嘴里嚼着，不喝啤酒，都有微醺的意思。

然而观赏澜溪街，最好的地点并不在街道上，而是在鹊江上。澜溪街临水的房屋，并不受店家住家重视，却留有往昔的相对完整面貌。在通往和悦洲的渡轮上回望，参差不齐，斑驳杂乱，尽显时代变迁的沧桑之感。全镇制高点长龙山的西瓜顶，天主教堂及钟楼的遗迹还在。从另一个侧面印证了西方文化曾颇具声势地侵入，大通那是晚清被动开放的后果之一。大通受西方人重视，《中英烟台条约》中提到，大通被英人要求"轮船准暂停泊"，成为专门开放给英轮的寄航港。据说抗战胜利后，有西班牙传教士还妄想着试图恢复洋人的特权。天主教堂作为一个远去的时代见证，却有时刻提醒的时光味道。看得它起，看到它倒，它的残破框架里，藏着无数屈辱和奋争，不是一般的复古建筑或风花雪月诗词文章所能替代的。

和澜溪街相比，和悦洲上的和悦街的历史要长得多。和悦洲是长江里的沙洲，现在旅客眼里、口里的大通，很多时候是专指和悦洲。洲为长江沙洲，说明它其实是处在惊涛骇浪中，根基一直不牢，且时时在变化移动中。和悦洲过去曾叫荷叶洲或杨叶洲，据说都是根据沙洲的形态变化来取名的，南朝庾信《枯叶赋》可作辅证：北陆以杨叶为关，南陵以梅根作冶。现在的"和悦"称谓，据说是曾国藩的手下大将彭玉麟取的，转为以人为本、和颜悦色、和气发财的意思了。现在和悦洲上，还建有完全自然环境下的长江白鳍豚养护场。在人与人之间和谐的意思上，又加持了一层人与自然和谐的意思。

澜溪街与和悦街之间是鹊江，用轮渡相连接。轮渡是人车混用的。轮船靠上和悦洲的渡口，是十三条巷中的"清"字巷渡口。电视纪录片《渡口》，说的就是改革开放后"清"字巷里三户人家的故事。现在乘轮渡往返的，除少量旅客外，主要是和悦街上的居民，还有摆渡的水手。他们年岁其实和我差不多，甚至比我还小。但聊起来，感觉上我的心态是年轻，他们是老一代似的。和悦洲上的街不是一条，而是有所谓的三街十三巷。三街平行于江流，指商号集中的大街、金融事务的二街、服务行业聚集的三街。街之间以巷连接，分别以江、汉、澄、清、浩、泳、濚、泂、汇、洙、河、洛、沧命名。这些巷名都带有水字，山管人丁水管财，寓意财源茂盛达三江，财源广进。每条巷子都有直通江边的码头。但只有"清"字巷上的渡口还在，还有少许人家，其他除了残存的基础，则既无渡口也无街巷，基本消失了。街道的路面用长方形或正方形石板铺设，路下设置的排水沟系统，还能看到，它们直通长江。街道两侧是依稀的徽州建筑风格的店铺，倾圮严重，显示出别一番苍凉味道，让人很难想见和悦街往时的繁华。在和悦街的繁华时代，在商会注册的商号就有四百多家，交纳会费的近千家。大小码头几十个，人烟辐辏。

清朝时，朝廷在此设有纳厘助饷的"厘金局"、盐务督销招商局，专征两湖、江西和安徽中路的盐税。还有大通水师营，隶属长江水师提督，驻军两千人，由正三品参将统领，并配长龙船和千年头炮，来往船只都由水师盘查。《中英烟台条约》签订后，大通为皖江重要商埠和英轮寄航港，英、日商还在此开办了轮船公司。民国前期，大通就有了代表现代的各类机构，如发电厂、邮局、银行、报社、学校，以及前面提到过的教堂等，据称安徽省的第一份电报就是从大通发出的。

把大通的繁华拦腰折断的是抗战前期日本人的狂轰滥炸，大通化为一片焦土，并从此一蹶不振。而后，随着交通运输形式的改变，特别是铜陵地区现代工业的崛起，大通地理位置的重要性下降，被日益边缘化，再也没有机会重现往日"繁华"。我研究了上世纪前半叶的大通史料，说句实在话，有的繁华不要也罢。现在的大通，中心已经转移，人口除了迁移出去，也多往镇里的新建小区集中了。大通小镇百年史，沧海桑田，如同魔幻。上世纪90年代，我曾陪同南美的一个著名青年设计师来考察，和他讲起大通曾经的繁荣，他看着一片残垣断壁和遍地瓦砾，耸耸肩膀，不置可否。他似乎并不认同这里的价值。没有石头的建筑存世，西方人难以理解东方的民居价值和人文情怀。

近年来，时兴对古镇进行旅游开发。当地政府也对大通镇的澜溪街与和悦街陆续进行了几次整修。对澜溪街主要做了些修复整修工作，对和悦街则以整理清扫为主，没有费心去做什么恢复重建工作。在清洁的街道上，看着两边破烂的建筑，不问过去历史、也不问现在如何，只是走走青石板或麻石板的路，可以放纵自己的惋惜与惆怅。这满足了部分游客访古寻幽、叹息其前世今生的心理需求，也没有糜费财力。这比许多地方生造一些仿古仿旧的东西，吃力却被人讥评的做法要高明。修复再建的，无法还魂逝去的生命，如今的游客也不傻。保护应该有限、有边界，其实中国这么大，历史这么久，古为今用，从来都是不易之理。但在讨论问题时，却常常被情绪所取代，有的是爱惜羽毛，有的则是怕背上"不懂文化"名声。大通这么做，反倒显出其眼光与远见、毅力与决心了。

从断壁残垣中出来，沿新修的景观道，乘电动车行不远，便到和悦洲的洲尾。这里的观景台，正是观澜的好去处。大江滔滔，从左边浩浩荡荡而下，鹊江则从右边缓缓融入，蔚成一大观。遥遥前方正是羊山矶。羊山矶坚挺的矶头，生生矗立于大江之中。大江遭遇阻拦，水流回转进而北向，在此形成宽阔的水面。长江主航道上，一团一簇的金色水团，不知从哪来，要到哪去，汹涌翻滚着向前，使你尽管立在岸上，还是感到心旌摇摇。而矶前水流回环之处，在午后的阳光下，波光闪烁，涌动的是一丝莫名的温柔。心中的念头忽闪忽闪，然后归于寂灭，并终归于水。直直地把人看得愣了，看得呆了。心中胸中脑中念中，似乎很有些感慨要暴发，但还未张口就发现所谓感慨其实是一无所有。直面日月经天，江河行地，自己的感慨不仅显得渺小、无力、无轻重，更是多余。这才想起自古以来，为什么直接描绘长江的诗文少之又少。最多是借着点长江水花，取点意抒点情。哪怕饮得长江一瓢水，都是极致文章，足以发百十代、千百年、亿万人的胸臆。李杜白刘千古传，长江东去不复流。人生境遇岁月论，成败终由青山定。

往前看，羊山矶后方是铜陵长江公路大桥，是上世纪 90 年代的作品。它连接着合肥到黄山，现已成为国家 G3 骨干公路网的一部分。回望，大通，且是一部浓缩的、有着清晰的线索与脉络的近代中国史。日本人摧折了它的繁荣，现代工业的发展又使之边缘化，但在新的世纪里，它可能又找到了新的发展方向。小镇正在努力转型，这是大时代背景下的小课题，却是当地人生的大课题。它还在奋斗，还要去不断奋斗。未来并不是十分清晰，唾手可得。

每年的汛期，中央电视台的气象播报，都有大通水文站的水情水汛。这是长江水情水汛的一个重要观察点。大时代是由小瞬间组成的，大变革也是由平凡人创造的。窥一斑而知全貌，观澜而知大水。小镇大通，可以是我们看人间世道变化的一个窗口。

对这一片区漫长的采冶历史并叠加上空间的交错变
化，进行综合解读，或可获得包含着整个中国铜采冶业漫
长发展历史的宏大拼图，帮助我们透视伏脉潜藏的中国工
业产生、发展、衰败和不断更新的社会文化生态发展规律。

凤 凰 遥 望

凤凰山处在铜陵市的东南部，由横山、灵凤山、金山等一组山脉构成，
自古就为地方名胜。从沿（长）江高速公路的"铜陵东"出入口下来，经过
永泉农庄旅游度假区，再前行右拐，便进入九（九榔）凤（凤凰山）公路。
按社会主义新农村建设要求，公路沿线进行了适度规模的整饰，路、林、田、
村、居等次第展开，呈现一派典型的江南景色。一路风景，赏心悦目，很适
宜自驾。

中国古采矿史上最重要的发现之一，金牛洞古采矿遗址，就在凤凰山脚
下凤凰村的相思河畔。它是凤凰山-大工山古采掘冶炼一体的综合铜加工区的
一部分。上世纪80年代群众在此办乡镇企业，进行露采铁矿，结果洞塌山
平，塌出一个椭圆形古采矿场，并在采场边坡上暴露出汉代的采矿井和采掘
遗物。现建有金牛洞遗址陈列馆，外有文化部原部长朱穆之题写的"金牛洞
古采矿场"铭石，还有题词廊和铜陵地区矿物岩石林。2吨重的铜牛雕塑，
憨憨地立在入口处；象征1992年立的92根水泥立柱及铁链，将遗址坑口围
合住。坑口四周植的松柏，几十年下来，早已成荫，四合环抱。当时的采矿
活动应是露天开采，再沿矿脉开凿，不断深掘及至地下。通过清理出的平巷
斜井，可以隐约看到支护框、排水、提升等设施，其基本原理与技术应该与
今天的开采差不多，最大的区别可能在动力系统，没有电能。遗址陈列馆里
展出了出土的铜斧、铜凿、石范、石锛、木铲、铜灯、铁錾、木屐、陶罐、

瓮、壶、豆、碗等，反映出当时的工作和生活情形。

遗址起始年代远在春秋。金牛洞周边一带，包括附近的药园山、虎形山、万迎山等，古采矿、冶炼、铸造遗址众多，共有近 20 处，分布范围达 50 平方千米。出土的冰铜锭、粗铜锭、银铅锭、木炭等，特别是大量的古代炼渣堆积，说明我们聪明的先民们为避免远距离运输，省工省力，多即山取铜，在山上获取铜矿石和炼铜燃料（薪或煤）后，就地冶炼粗铜，实行采冶一体。专家估计，这里积存的炼渣数量约有数百万吨，意味着曾产铜超 3 万吨。这个体量，就是放在今天看，也是一个相当惊人的数字。上世纪 90 年代初在这里踏勘时，我曾拾过两块炼渣，至今还保留着。渣为黑色，扁条状，渣面有流动的皱褶，很美观。这种渣说明那时冶铜，即采用了煤作燃料，冶炼时炉温很高。

上世纪 80 年代金牛洞等皖南古铜矿遗址的发现，对铜陵现代城市的建设有着重要意义。金牛洞像个穴位，它让我们听到了这座城市悠久深远的声音，唤起了铜陵人关于自己城市历史的文化记忆。铜陵向来以采矿为己任，如同中西方古代的采金人。过去很少人把自己采矿的地方，视为一个城市和永远的居所。但金牛洞的发现，把铜陵的昨天、今天、明天连在了一起，赋予城市以历史的纵深感，具备了宏大的叙事可能。在回答城市和居民"从哪里来"的重大问题的同时，它也隐含着"到哪里去"的意向和旨趣。市委市政府抓住这个历史机遇，适时提出了"中国古铜都，现代铜基地"口号，作为解放思想的重要支撑，对城市转型发展打了一剂强心针。最终，这来自远古的声音，终于变成了今人的"醒来，铜陵"的大合唱，并使"铜"的历史记忆变成了城市的集体自信与自尊。一个地方民风、民气的提振，市民的自豪感、使命感，并不是无缘无故就有的，所以人文考古这样的事，看来是象牙塔或书斋功夫，缥缈务虚，没有什么特别切近的利益，既不能当饭吃，也不能当铺睡，其实这些绝不是末技或"逸兴雅致"这些词语所能涵盖的。人们在回望自己的本源与来处时，会受到刺激，会重新思考自己的使命与价值。"天命不绝"的信念，会让一些人自觉承担起接续传承的使命，而让另一些想开溜、想去寻找更适宜的地方和机会的人，犹疑起来。

采冶业是制造业的基础。古时有所谓"陵阳之金与丹阳之铜"，大范围大包括皖南的铜陵、贵池、南陵、青阳、宣城、当涂和江苏的江宁、句容、溧阳等地所产之铜，但核心当指以铜官山、凤凰山、大工山为中心所产的金属铜料。《新唐书·地理志》：利国山（即铜官山）有铜有铁，凤凰山有银。铜陵自古有"八宝"之说，前五宝都是金属，指"金银铜铁锡"。拉开一点距离看，铜陵在苏皖沿江矽卡岩成矿带的核心地区，矿藏资源富集。汉代设置的郡级铜官唯有丹阳，主要目的当然是监督采铜冶铜铸铜。铜官冶、梅根监、宛陵监、利国山等重要名称的相继出现，说明围绕铜官山-凤凰山-大工山的采冶业，周边地区的制造业也成长起来。最典型的制造，一是兵器，吴越兵器都是精品良器。干将与莫邪，以及欧冶子这些铸造大师，都在皖南一带活动，如芜湖的神山、庐江的冶父山。二是铸钱，贵池的梅根冶，长年开炉铸钱，以至形成"钱溪"。三是礼仪生活用具。"汉有善铜出丹阳，和以银锡清且明"。铜陵地区出土的铜镜，至今仍有良好的映象效果和坚固耐用的质地。古代芜湖的冶炼及铁器工艺精湛，其延续至今的铁画制作，都与皖南深厚的采掘冶炼基础分不开。

用今天的眼光看，在资本时代和知识经济时代，作为现代工业的基础，重化工业包括采冶业，仍是非核心城市成就大产业最有利的条件和选择。2005年，我为全威铜业引进德国光亮铜杆加工设备"开球"，其立业基础就是铜陵有相当的冶炼能力和电解铜产量，可以满足部分需要。如今全威在铜陵的公司，连续多年登上安徽民营企业百强的榜首，其本部甚至挤进了世界500强。历史的玄妙，有时非凡人所能窥得。我曾与人论争，看美欧的那些世界500强公司，也不都是在纽约、伦敦的，很多也在中小城市，甚至就是在小镇上。大企业一定要在大城市，并没有必然逻辑。

我们放眼远望，仍能四处看到残缺的小山丘和被挖的深浅不一的坑洞、裸露着的深黑色矿石和焦黄色的渣土。这些采掘点，多为上世纪末大力发展乡镇企业和个私经济的遗迹，后因发现金牛洞古冶炼遗址，便以保住文物的名义被叫停。历史还是很相似的。地理上与凤凰山连在一起的是南陵县大工山。南宋时，南陵知县郭峣有份《申免工山坑冶札子》，该札子写得情真意切："本县有工山祠血食岁久，凡有雨旸愆伏，官民求祷，无不灵验……止缘庙后创兴铁冶，凿断山谷，耗泄气脉，惊触神灵，作坏风水，以至灾害。……考西汉贡禹尝论工山取铜之害，以其凿地数百丈，销阴气之精，地藏空虚，不能含气出云，斩伐树木，犯冒时禁，水旱之灾未有不由此也……浸淫岁久，始在山麓，今在山腹，侵截地脉，震惊神灵，伐两山之木以供薪炭，虽稚叶柔条不得免焉，神所依蔽以出云气者，殆将无余……峣亲率官吏伏谒祠下，撤盖徒步至于山巅，周览徘徊，见其林木荒残而山之高下掘凿殆遍。"这札子从积极的一面看，禁止滥采滥挖，破坏山川地貌，起到了保护生态环境的作用，另从经济上论证了买断采冶权利，一年也只认缴纳课一百贯，真的是不挖也罢。从消极的一面看，是人为停滞生产的发展，简单一纸禁令，便导致此后停采数百年。究其根柢，还是时代的局限，是思想和技术限制了人们的想象力与发展。思想看不见摸不着，却起着规定人们行动的作用。南陵大工山，其南麓寺祭祀供奉的大工山菩萨，类似于渔民供奉的妈祖，保佑的是矿工和矿山安全生产。后来采矿禁止，祭祀供奉对象就被置换成了孝子。技术革命和创新是行动和前进的基础，否则人类只是在原地打转。

离开金牛洞，我们来到凤凰山矿。作为对照的样本，凤凰山矿和金牛洞在一个区域，确实是上天给铜陵的礼物。凤凰山矿是有色金属采选联合企业铜陵有色公司的下属矿山。得益于现代科学技术，它继承了金牛洞的血脉，并以更大规模的现代化形式重现。这是我国第一座引进国外先进技术设备的矿山。一是引进时间早，1965年就从瑞典阿特拉斯公司引进了竖井设备；二是引进国别多，除了瑞典，还有芬兰、美国等世界上采矿工业水平较高的国家；三是走出了引进、优化、改造的新路子，并没有躺在国外先进设备身上。据统计，矿山建成投产后的头10年，对引进设备进行技术改造并获得成功的项目就有40多项。1973年就成为全国选矿自动化试点单位。其完全开放的态度与特别务实的行动，可能会打破很多人对新中国成立后30年的想象。铜陵有色第一张专利证书就来自凤凰山矿（可能也是全市第一张）。在曾经很辉煌的土地上，再次书写了辉煌。当然，是又一次！

我们走在破损的矿区马路上，依次看着矿井厂房、交通设施、宿舍、住宅、办公楼、小卖部以及渣堆场等，努力寻找一点往昔的回忆。上世纪80年代，我常来凤凰山矿，看朋友、采风和喝酒，对那种用于办公工作的结实红砖楼房和用于矿工生活的简易红砖黑瓦平房印象深刻。斗转星移，如今铜陵有色的冶炼矿石来源主要依靠进口，凤凰山矿等已退出主力矿山行列。我们所经过的地方，都十分寂静，不仅矿上熟悉的机器轰鸣声、汽车马达声没有了，甚至连人声也听不到了。今年雨水多，茂密的树木、藤条、野草到处攻城略地，肆意攀缘，呈现出一派生机勃勃的荒凉。这些当代"开发矿业"的地表存在，不过几十年的演化与融合，就渐成为区域整体性的自然一部分。

历史是一种思维方式。以时间为轴线，把凤凰山矿与金牛洞放在一起，把大工山、凤凰山、铜官山乃至梅根冶放在一起，对这一片区漫长的采冶历史并叠加上空间的交错变化，进行综合解读，或可获得包含着整个中国铜采冶业漫长发展历史的宏大拼图，帮助我们透视伏脉潜藏的中国工业产生、发展、衰败和不断更新的社会文化生态发展规律。我觉得铜陵有关部门联合芜湖、池州等地，共同申报世界文化遗产具有可行性，且对皖南地区和长江流域，甚至整个中华文明，都具有重要的意义。

联合国教科文组织在 1972 年公布的《世界文化遗产和自然遗产保护公约》，将文化遗产分为三类，古迹、建筑群、遗址。《实施〈世界遗产公约〉操作指南》肯定了"文化景观"是人类改造自然过程的产物这一特点。在具体组织实施中，世界遗产中心对于"工业景观"的评定与一般的文化遗产评定标准基本一致，主要依据《实施〈世界遗产公约〉操作指南》的第 77 条。如，为文明或传统文化提供见证，是历史上建筑、技术或景观的杰出范例，与具有突出普遍意义的文化与精神有联系等。铜官山-凤凰山-大工山采矿冶炼集群，已有 2000 多年了，屡仆屡起，至今尚在存续，全世界都很难找，完全"具备景观的美学性、特殊性、多样性和稀缺性特征"。

一直很感慨，很多城市在历史上昙花一现，特别是矿山城市，随着资源枯竭，人走市歇城灭，重新被大自然逐渐接管；而另外一些城市则总会在旧的土壤中不断开出新的花来，衰而复起，生生不息，一直不倒不败。我到英国德比郡参观，他们对 19 世纪的煤矿进行了再开发，统筹解决工业废弃地引发的经济社会文化生态等一系列问题，甚至把一次矿难中的遇难矿工做成雕塑，形成了别具一格的核心景观。在产业转型和城市现代化的时代背景下，努力保留文化记忆和基因的传承逻辑，重构体现工业文化特色和未来可持续发展的区域空间布局，重新诠释经济、社会、文化与生态多层面的场景，对促进形成地方认同感和文化归属感，增强公众的历史知识和美学教育，增强"自然保护"意识，引导未来的文化创新和城市发展，无疑有着不可替代的作用。具体的矿物资源可能枯竭，但对资源的重新认识、定义和利用却无止境。在上世纪 90 年代初市委市政府组织的"醒来，铜陵"的大讨论中，我们曾专门以此为题开展了讨论。当下，随着生态文明观、科学发展观的重要政策落地，重铸资源优势将继续见证铜陵的荣光。

在凤凰山的大小山岭间，也就是在数千年的采掘冶炼遗址之上，漫山遍野种植着牡丹。铜陵牡丹，又称凤丹，既有观赏牡丹的雍容华贵，富丽端庄，更是药用花卉。它几乎与铜矿石一样古老，仅栽培历史就有 1800 年了。它枝干高大挺拔，叶子肥硕丰满。每年 4 月花开，艳丽妖娆，风光无比，却常被人拿来与洛阳、菏泽的牡丹媲美。其实真的没有必要，"凤丹"原本就是独特的，硬性攀比，只能说明自己不自信。在各种名目的现代经济发展中，无论传统或现代，只要是好的，都会有自己的一席之地。唯一重要的，是自己要不断开出新的花朵来。

我们站在凤凰山上，遥望。忽然觉得，个人是多么渺小，历史中的一粒尘，根本就是微不足道。但人作为一个族群，是那么有企图心，所以又有很多寄托，如凤凰。凤凰遥望，遥望凤凰，可兼有美好向往和涅槃重生之义。

站在苍苍翠翠的林中，听松涛阵阵，想一代文人，诗酒半生，日丽春敷，风云变态，归葬于此，不禁慨然。

谒 贤 记

合肥铜陵黄山高速公路，属于 G3 京台高速。其中枞阳段有个浮山出口，是专门为浮山风景区设置的。

从车中远望浮山，因视角关系，浮山外观并不奇伟，也没有"山浮水面水浮山"的感觉。但在安徽的名山大川中，浮山自然地名列其中。其实它十分内秀，奇峰怪石，瑰丽空幻，特别受文人们钟爱，甚至有"山水形胜地，文人争霸处"的说法。《太平寰宇记》就说浮山"此山内古迹不可胜纪"，像个大隐隐于市的高人。

我此行的目的不是游览浮山，而是拜谒围绕着它归葬在故里的一批文人，他们都是在中国传统文化史上赫赫有名的古散文大家。浮山名头大，我想与这么一批文人紧密相关。正是仲秋，晚稻泛金，田垄间聚集着浓浓的丰收气息。枞阳属丘陵地，没有很高大的山脉，地势缓和，丘陵缓坡土层很厚，似乎每个山坡上都植满针叶阔叶树木。稻田、旱地等农地沿着山脚线开发，没有肆意爬坡上坎。林地田地界线分明，错落有致。民宅散居在林地与田地之间，因多用当地含铁高的土烧制的一种红瓦，所以星星点点红，掩映在层层叠叠绿中。远远看去，绚烂多姿，令人心旷神怡。

车在一个简易的"浮渡村"标牌前，拐进一条"村村通"公路，然后再沿着山坳，拐进一条郁郁葱葱草木芜杂的土路。下车后，还能闻到刚砍伐下来的草木清香。听"方以智墓"到了，我还真不敢相信，这么一个百科全书级的人物，就葬在这么一个充满乡土味的山野里。有介绍说墓园在浮山北麓，但感觉与浮山有些距离。草路接着青石铺设的墓道。墓冢以花岗石相围，由三道路拜台、祭坛依次构成。墓碑造型如一般长方形，却有一个很大的碑盖，使墓碑成了一个 T 形。碑盖为两层，上面一层是褐色的麻石，下层是白石，雕刻有龙纹和狮子图案；墓碑上有方密之（方以智，字密之）先生事略字样，尚可辨识；两侧的方形石柱刻有楹联一对：博学清操垂百世，名山胜水共千秋。墓园布局是依山顺势，墓冢则建在土山上部，视野开阔，有传统风水葬地所谓的纳气、藏风，靠山、向阳、面水，太师椅之怀抱之状。墓地看似冷僻，却符合"支巅垄麓，并须使异日不为道路，不为城郭，不为沟池，不为贵势所夺，不为耕犁所及"的要求。

姚鼐是桐城派的集大成者，他的墓冢在一个叫铁门口的地方，不知姚鼐在世时这个地方是否叫这个名字。

义津镇朱公村境内的姚师山麓，在安徽省道 228 的边坡上开了一个豁口，进入这个道口，便发现已经进村，到铁门口了。不几步，便见有一块空旷地，已到了墓园的后面。墓侧的小道杂乱，积蓄着没有来得及蒸发的雨水，一踩一个坑。转到墓园正面，花岗石条砌成的祭台和拜台，雨后淹渍斑驳。两边设有望柱，却也素朴无华。青砖砌成的墓，圆锥形的墓冢上有几束艳丽的塑料花，特别醒目，近看都是姚氏后人献的。一米多高的白色墓碑上方有双龙戏珠图案，墓碑的字为楷书阴刻，但大多已难以识别，隐约可见"大清嘉庆"几个字。墓园侧边立有三块大小不一、颜色有别的保护碑，都是不同年代文物保护部门立的。这也说明经历过几个世纪的沧桑，墓未移动过，这本身就是奇迹了。

环顾四周，我没有发现书上记载的姚师山，倒处处是森森修竹，然后是散布的村民住宅。枞阳人很善于经营自己的居所，屋前屋后的林木一般保护得很好，营造出阴凉清幽的氛围。

我们想看看墓地风水，便走过墓前横亘着的房屋。没有水泥小道处，尽是农村常见的桔梗和散养畜禽落下的粪便。因刚下过雨，更是难以下脚了。拣一处稍厚实的野草墩站下，抬眼瞭望，倒也田畴开朗，风物有常。想姚鼐文章重考据，重辞章，讲究格律声色与神理气味，极尽华美。但数百年来乡音、景物依旧，不知可否慰藉在天之灵魂。

出铁门口，仍循 228 省道前行，不远处就是方苞的故乡方高庄了，仍属义津镇。

方苞是桐城派的创始人物，也是清初的文人领袖。他倡导的义法论，所谓言之有物，言之有序，义以为经，而法以纬之，深得文章写作之奥，影响深远。很遗憾，方苞墓冢在南京六合，没有归葬故里，也说明桐城方氏开枝散叶，流泽之巨，难以想象，以至梁实秋说桐城方氏，其门望之隆也许是仅次于曲阜孔氏，是中国第二大文化名门。高升村有方苞生平事迹陈列馆。方高庄"基势爽垲"，只是方苞所谓"绕宅乔木尚有七十余株"未能见到，不知今日尚在否。县里正在筹建方氏名人故里游项目，已征地30余亩。

桐城派三祖，除方苞、姚鼐之外，还有刘大櫆，他的墓冢在枞阳县金社镇境内的大洼山南麓，从会宫镇过去约有20分钟车程。

车行过曲曲折折的路，在一个村头停下。我们穿越田间小路，向山脚走去。经过一个塘口，村里人说这大洼山外形像牛，这塘是牛的眼睛，刘大櫆的墓葬在牛腿处。刘大櫆是姚鼐的老师，据说为人豪迈善饮，平生游历甚多，作文强调神气，神气不可见，则可通过音节、字句来体现。其《浮山记》是名篇，刊入《古文辞类纂》。

从一幢水泥房屋侧绕过，在房屋背后，有个新近整修的青石板广场，广场旁立着一个保护碑。墓园有两条山道，通向墓冢，正好在中间围起了一个圆，植上一些树木与竹，显得整个墓地大而清静。两条山道与拜台，都是当地的褐色石块垒成，上面长满了绿色甚至蓝色的草苔。墓冢呈半圆弧形状，也是用褐色石头垒就。有一旧碑，说是姚鼐立的，但上面字迹漫漶，难以辨识。墓冢基本与拜台在一个平面上，圆圆的顶盖似乎用黏土夯成。

站在苍苍翠翠的林中，听松涛阵阵，想一代文人，诗酒半生，日丽春敷，风云变态，归葬于此，不禁慨然。不知刘大櫆可想立在自己的墓地，读自己的文章"山川常在，而昔之人皆已泯灭其无存，浮生之飘转无定，而余之幸游于此，无异鸟迹之在太空，然则士之生于斯世，虽能立振俗之殊勋，赫然惊人，与今日之游一视焉可也，其孰能判忧喜于其间哉！"

暮色四合，山岚入衣。我们大半天的谒拜行程结束了。似乎为了抵御过于清冷的气氛，我们开始说话。

枞阳名人多，安徽历史名人榜100人，仅枞阳一县就占了11席。回想这一路，尽是些如雷贯耳的名字：方苞、姚鼐、刘大櫆、吴汝纶、戴名世、何如宠、朱光潜……细细考察，桐城景物、人物大半出自枞阳。他们故里大都相对集中，隐约有条天然的"星光大道"。

历史上桐城于汉、南梁时属枞阳县，枞阳也千余年属桐城，还曾短暂署名为桐庐。但世事流转，已为陈迹了，只有这些文人与他们的文字还在。这是枞阳最大的财富，而且国家正倡导传统文化保护与光大，应当抓住机遇，做好老祖宗的文章……话语随着风、顺着风飘散，音响却回荡在自己的心里。

彼岸花，或黄，或红，或白，就那么鲜嫩、鲜嫩的，卓然、婷然地，开放在沧桑的参天大树下，或不知几千万年还是数亿年的原石上，给粗糙的山野平增了奇幻亮丽的生命颜色。

彼 岸 花 开

长江之南，铜陵之东有地方名胜——叶山。旧铜陵县志记载："叶山，在县东五十里，唐叶真人法善修炼处，因名。形如卓笔，耸拔云霄，为东南名胜。"王安石曾有诗赞曰：……叶山何嵯峨，秀崎东南偏。峰峦日在望，远色涵云边……

近几年叶山名字彰显，主要得益于叶山脚下的"永泉农庄"。永泉农庄的"庄主"杨树根是个农民。他个头不高，朴讷少言，但眼光深远，眸子很亮。他独具慧眼，花了近20年的时间，在叶山茂密的丛林中，自行规划、自行建造、自行管理，建了一个颇具规模的旅游休闲度假基地。永泉农庄可餐饮、垂钓与会议接待等，近年来稳步发展。其高低错落的徽式建筑，青砖、白墙、小瓦，并构成曲折园林，设计精巧，施工精致，基本上出自杨树根本人之手。在叶山隐伏的山脉里，青山秀水绿荫环抱，农庄显得格外素雅、细腻，体现了江南味道。

正大暑节气，酷热难耐。一大早，我们从永泉农庄出发，沿着山谷，按照永泉农庄新开的"江南十二景"，曲折上行，去看彼岸花。

连山接岭地，到处生长着高大的枫杨和青檀树，还有些不知名的树种，大多怀抱粗细，挺直修长，树冠婆娑，浓荫匝地，展现出原始次生林的风貌。树林间的荆棘杂草，已被清除置换，新种植上了绿油油的山麦冬草，使原始森林的室人感觉疏朗了许多。原先隐藏在茂草中的溪流，被接引出来，在人的视野里曲折流动，给山景增添了些许动感。依山就势，新搭建了一些亭台楼阁、展示厅、回廊、厕所等旅游休闲设施。导览牌设计很用心，大多用旧门板做成，有些现代艺术范。这一片深山野林经过整修，便很有些江南园林的清秀、幽雅、隐约、迷离特色。新开辟的十二景点，有的似乎还没有取名。

渐行渐高，至半山时，发现整面山坡的风化土层被剥去，原散落的、偶尔露峥嵘的巨石，赫然连成一片成为石林或石山了。在炫目的阳光下，坦陈的裸石，形态各异，层层叠叠堆积上去，形成波浪般的褶皱，格外壮丽雄伟，尽显大自然的鬼斧神工。过去曾听闻李四光断言，中国东部，包括黄山、九华山的江南古陆，存在大量第四纪冰川遗迹。我不知道这些砾石层是否为冰碛物，是否是冰川特有的地表形态，自有地质学家们去考证，但这里曾为沧海，则已为确证。不是冰川，也是流水日积月累的工夫让这些巨石成了今天这种模样。

沧海桑田。随着海水退去，江南古陆形成，有了岩石层，然后又堆积了厚厚的风化土层，并在其上又长出了草莽森林。几千万年下来，在人的认知里，这就是天地原来的模样。若不是人工挖掘梳理，花费巨额吹沙取金，单从外貌上已完全无从知晓其内部形状。看着这雄伟瑰丽的石山，尽管可以欣赏其奇趣自然天成，但更让人感慨什么是前世今生，什么是地老天荒，什么是弹指一瞬！自然与生命的奇迹，到此可能触摸其冰凉的表皮吧。

彼岸花，或黄、或红、或白，就那么鲜嫩、鲜嫩的，卓然、婷然地，开放在沧桑的参天大树下，或不知几千万年还是数亿年的原石上，给粗糙的山野平增了奇幻亮丽的生命颜色。坡地上的彼岸花，黄色居多，而在岗上的则白色居多，鲜见红色的彼岸花。

仔细察看，彼岸花多为孤生，根深扎在风化石中。花茎孤立笔直，无萼无节，有如葱花茎，但因厚实，绿茵茵的则如碧玉柱。顶上则有花 5～7 朵。花瓣呈条状，略向外翻，中有更长的几根花蕊，婷婷欲飞的模样。花朵瘦而有形，甚至略显硕大，完全没有艳丽凄绝感觉。这是不是彼岸花，我心下不由疑惑起来。行前，同伴对看此花还心有怯意。但眼下景观，与流行传说中的彼岸花，生长在阴森潮湿幽暗之地，色如鲜血，甚至红得发黑等，大相径庭。

彼岸花也就是俗称的石蒜。它喜在林下石中阴凉潮湿的地方生长。先开花后长叶，冬天叶子长绿，夏天则叶落休眠，花开千年，花落千年，彼岸花与叶子永不见面。这种花性，自然地被赋予很多文学意味。

彼岸花，梵语为曼殊沙华，是开在天界的红花。《法华经》谓："……佛说此经已，结跏趺坐，入于无量义处三昧，身心不动。是时天雨曼陀罗华、摩诃曼陀罗华、曼殊沙华、摩诃曼殊沙华，而散佛上，及诸大众……"能够撒在佛祖身上的花，当然是吉祥之花，这是成佛得道的天界之花，是胜利功成的庆祝之花。在中国，彼岸花的花语为"优美纯洁"，寓意吉祥，因其鲜艳并成为常见的喜庆用花。我以为与佛教旨义相符，脉络相通。朝鲜彼岸花语介乎中日之间，为"相互思念"。

至于彼岸花怎么在当下的一些文学作品中，逆转为不吉祥之花呢？我寻思这种意象十之八九来自东邻日本。日本彼岸花的花语为"悲伤回忆"，所以常用之来祭祀。梵语曼殊沙华，从日语发音，有分离、伤心、不吉祥的意思。且日本彼岸花多为成片种植，深艳鲜红，易让人联想到鲜血。在日本畸形的审美中，有对武士剖腹、樱花、鲜血等代表死亡和分离形象的独特欣赏传统，许多文学作品更彰显了这一特质。日本文化比较欣赏凄艳决绝之美，它既不同于欧美的极雅或极恶审美，也不同于中国的崇尚华丽端庄审美，需要有一种特别的心境才能去欣赏。

印度、中国、朝鲜、日本文化虽说都是亚洲文化，相通相同之处甚多，源远流传，生死交接，轮回循环，本来是彼此共生，不离不分，却如同彼岸花一样，很多方面花叶不相见，其间差距有如"彼岸""曼殊沙华"传说故事。这也是更大地理空间上的橘生淮南则为橘，而生淮北则为枳吧。有趣的是，因为某个原因，日本彼岸花凄艳的意象返流中国并能够泛滥传播，却是耐人咀嚼的。

登上山顶，在沿着山脊修的道路旁，在林下，在岩石丛中，盛开着大片野生的白色彼岸花。大暑天气里，它们优雅地在风中摇曳，似一群天使精灵嬉戏在树林中，任意扑腾着自己白色的翅膀，朴素天然，纯洁无瑕，舞姿蹁跹，轻盈曼妙，给山野带来飘逸、清澈、明净、靓丽、爽朗的感觉。

曼殊沙华，"天上开的花，白色而柔软，见此花者，恶自去除"，让人自然生起珍惜与喜悦的心境。风过处，凌风阁上的角铃清脆和平，如同梵宫玉音，自是让人心情安静悠然下来。

从这里可以远眺长江。在叶山与天际的一线长江间，近年新盖了不少高层楼房。远远望去，感觉静谧虚幻，如同观看海市蜃楼一般。同伴说从这里看长江，挺适合静思默想。我说很多时候人以为自己在想，其实早已茫然，觉悟时已无从着力、无从想起了。

境由心生，花也由人看。彼岸花即石蒜花，它大雅也大俗，正如我们这些努力在追求幸福的芸芸众生。它既有飘然似仙、极其艳丽的一面，也有平凡平常，甚至悲苦凄绝的一面。让它来告诉我们，生活中各有不同境遇，以及多少事物的可遇而不可求，自有天意，岂不是一件很妙的事吗？

去铜陵看看城市雕塑，徜徉在城市高楼、道路、花园中，所遇到的每一尊塑像都是无言而有形的证明，都彰显着厚重的历史文化底蕴和城市生命的更新成长。

青铜的声音

安徽铜陵是中国古铜都，当代铜基地。

欣闻铜陵新开了铜街，趁回家过节，请郑东平陪我去看。铜街在北斗星城，这是一组高档次的商业组团建筑。铜街这地方，原本荒凉。上世纪80年代后期，这里仅有一个粮食仓库，周边荒坡上曾办过一些铜雕塑厂。所谓雕塑厂，就是手工作坊。记忆中的雕塑厂大多依山就势，开个场子，挖个窝子，搭个棚子，就开始搞创作和生产了。一个老师加几个工人，就在到处散放的砂土、石膏等物品中间，铸造铜像或其他各色工艺品。这些雕塑厂似乎总在移动中，大多随着城市的改造，不停地搬迁。我从小在矿上长大，经常踩着废碴石，去瞅过选矿厂，也曾去过"老一冶"瞅过冶炼。但在这里，看他们用极其原始的方法，用木头、柴草，至多再弄一些焦炭，就来加温化铜，然后就浇铸出一个个人物或动物雕塑来，总觉得神秘与神奇。

我们顺着街道，一家一家店铺看。这些店铺，大多是本地的铜工艺品厂在此设立的窗口，外地企业为数不多。各店铺陈列的铜工艺品，也大多是传统工艺品，如佛像、器皿等。它们在户外阳光与室内灯光的照射下，闪烁着铜金属特有的高贵色泽与光芒。

铜陵以铜立市。经过长期、高强度的开采冶炼，到上世纪80年代，经济社会发展的方方面面积累了很多矛盾和困难，不得不开始进行艰难的产业和城市转型。类似于发现敦煌文书和甲骨文对于中华文明的意义一样，有如神助，这时铜陵地区相继发现金牛洞古遗存和四喜铜娃、金螃蟹等一批物件，这极大地刺激了人们对于铜的想象，坚定了铜陵人立足铜、发展铜的信心。从此铜陵开始挖掘铜文化，召开国际铜文化学术交流会议，举办国际青铜文化博览会，树立各式各样的铜标识，进行了多种形式的开放改革探索，最终形成了地方经济和社会持续发展的一个战略突破口。金牛洞遗址发现时，市政府领导带我们去看，还热议仿西安兵马俑在坑口上搭个天棚，却因跨度太大，技术难行，不能如愿作罢。市政府破天荒向全国征集城市雕塑，结果征集来一批品质非常高的作品，如《青铜壁》与《起舞》等，至今仍屹立在城市的各个地方。它们经过岁月的风吹雨打，多染上绿色铜锈，给城市增添了古朴、厚重、典雅的韵味。但遗憾的是，征集使用的作品作者基本上是外地人，本地没有作者作品入选，甚至连送评的作品也少之又少，乏善可陈。也许受到这次征集活动的启示或刺激，本地一些艺术家开始着手进行铜雕塑和铜工艺品的创作制作。此乃铜陵铜雕塑的肇始，甚至也可以说是铜陵铜加工工业的肇始。

大潮之中，我还自己写过一篇调研报告，并依据报告去筹建安徽铜商品市场，得到了方方面面的支持和鼓励。当时想弄些铜商品来摆摊设点，甭说铜杆、铜棒、铜板、铜线等生产性资料，就是铜佛像、铜纽扣、铜火锅之类生活性用品，本市都没有生产，也不知到哪里去搞，所以市场开张剪彩，表面看很热闹，其实是个空壳市场。

郑东平是铜陵新九鼎铜文化产业有限公司的老总，是本土成长起来的工艺美术大师。他瘦削清秀，留着长发，穿着传统的对襟褂子，说话细声细语的，好像生怕触碰到什么，或惊扰到别人。他专业地介绍着各家店铺的特点与产品特色，以及一些作品的构思要领与来龙去脉，并邀请我去他的工厂参观。

新九鼎公司工厂坐落在市经济开发区内，看上去颇具规模。进门便是产品陈列室，陈列着他在这一行浸润数十年收集的一些藏品，特别是他自己的一些作品。像所有艺术家一样，他很钟情、钟意自己的作品。一个一个数过去，如数家珍。仿制的"陈璋壶"，集先秦金属工艺之大成，造型有 7 个部分，壶身、铜龙网络、箍带、立兽、辅首、衔环、圈足。仿制的有 19 个构件的重金络壶，文饰华丽，内外镂空，反复缠绕，其错金银等多种合金的运用，与镶嵌、铸接、纹刻工艺的完美把握，是他创作生涯的一个突破。"东瓶西镜"，取材于一般徽州人家摆件，却综合运用了中原文化的龙纹与楚文化的凤首，加上山水纹饰，更显典雅。"文房八宝"，是创意产品，以具有代表性的青铜纹饰图案为创意设计元素,对铜工艺作品进行了实用价值的探索。他特别指着一个小方鼎说,这是 2008 年奥运会的国礼,是奥运会组委会定制并赠与参会的国家元首的礼品。不过,他最得意的送给北京奥运会的礼物,现放在北京市中轴线北侧,距鸟巢不到 1 公里的大型青铜雕塑《春秋鉴》,用青铜与生俱来的古老与神秘,较为完美地体现当代的激情、崇高与辉煌。铜雕塑多体量巨大,需放在室外广阔空间,没法放在陈列室里。郑东平还给我看了他制作的铜花,是用铜的坚硬解读花的柔弱。他把铜表面处理成彩色,鲜艳花朵看上去摇摇颤颤,触摸着像婴儿皮肤一样柔软细腻。想象那种能够经历岁月和风雨,"永不会凋谢"花朵的感觉是非常奇妙的。

制作车间紧挨着陈列室,很方便参观与考察。厂房阔大,流水作业,布局合理,技术先进,设备齐全,完全没有手工作坊的原始味道,是标准化的工厂车间。但也没有我想象中的艺术创作情调,看上去更像是物质生产,而不是精神生产。郑东平的介绍,也基本是企业家口吻,多的是工业生产和管理用语。他说新九鼎不仅掌握单晶硅溶胶树脂砂制壳工艺、中温蜡熔模精密铸造工艺、石膏型铸造工艺和砂型铸造工艺以及錾刻、鎏金、错金银、掐丝、泥范等特色工艺,自己还因成功复制古老的铸铜技艺,成为传统"失蜡法"这一技法的代表性传承人。当然,要在现代经济和社会发展中找到自己的位置,必须跟上时代潮流。他在行业内率先引进掌握雕塑艺术品数字设计、三维测量等高新技术和 3D 打印、数控雕刻等现代加工手段,还通过了质量管理体系认证和环境管理体系认证。

车间里正在开工。弥散着淡淡的石膏、泥胶味和铜浇铸时产生的烟味。艺术大师与普通工人都着蓝色工装,在各自的工作台上埋头作业。有中央美院的老师正在做大型纪念雕塑《海魂》,是中国军事博物馆的定制作品。他们看上去年纪都很大,抬头和我们说话,满脸的谦和,那是一种专注中的暂时分神表情。细问都是国家级大师,但看上去都没有艺术家的那种潇洒。雕塑艺术家的丰彩,原都来自一锤一凿,拒绝一切的投机取巧和造作。工厂还在为陕西一个城市制作大型城市雕塑《时间原点》,这是由 18 根立柱组成的铜柱阵,每根铜柱上铸有全国各省市的名字。这很有创意,把文字做成雕塑,富有一种久远的金石铭勒意味。

现在不少人认为,人类文明起步的标志是文字、金属与城市的发明。铜,作为一种金属材料,既是文明的载体,也是文明的本身。历史上有所谓"青铜文明"一词,"国之大事,在祀与戎"。古代用做礼仪用具和武器的多是铜,以后用来制作日常用具，虽然其器别种类、构造特征、装饰艺术等均发生巨大甚至转折性的变化，但都没有影响其天然的金贵身份。作为雕塑材料，铜可软可硬，再生能力强，适宜翻制模具、制作铸型、熔炼浇注、清理、修整、组装、着色等造型创作。其金属的内在品质，又使之区别于土、笔和纸，区别于不锈钢、玻璃、混凝土、木头、塑料等，足以保证传世久远。因工作关系，我经常在世界各地行走。我观察在现代城市，不论风尚怎么多变，铜都是城市雕塑中不可或缺的角色。每有人问及铜陵和铜，我都建议他们去铜陵看看城市雕塑，徜徉在城市高楼、道路、花园中，所遇到的每一尊塑像都是无言而有形的证明，都彰显着厚重的历史文化底蕴和城市生命的更新成长。在"铜都"看铜雕，也是在侧面说明这里的产业结构转型较早，目前趋势良好。

离开整齐、浓荫匝地的开发区，我们又转到铜陵市政府前的广场，看大型城市铜雕《铜韵》和《凤鸣》。《铜韵》呈球体状，展示了铜的历史发展进程，用黄铜制作。《凤鸣》则是凤凰的大写意，造型更具现代意趣，通体用黄铜制作，金灿明亮，这使它无论朝霞满天，还是阴雨如晦，总显得那么庄重、富足、优雅、精致，仪态万千。它把凤凰的长尾处理为飞动的五线谱，音符则设计成一个个的铜铃。天风扫过，"叮叮"的声音清澈透明，高跃飘逸。我知道，距离此地不远的江南文化园"铜官乐府"中，还有一组青铜编钟，演奏起来，金声玉振，携带巨大的轰鸣声，沉郁厚重，鼓荡着来自久远的高度自信。在城市广大空间里看雕塑，与在室内看的感觉完全不一样，但铜金属的内在张力都能通过铸造得到很好的诠释：传统与现代，内敛与开放，轻盈与厚重，坚硬与柔软，莺歌燕舞与金戈铁马……得天独厚、融旧铸新，能乘时势，自会卷土重来、先声夺人。

据说，铜陵已办过两届世界铜雕展，并将获奖作品永久展陈在翠湖公园里。我希望有关方面继续办下去，为中国古铜都增彩，为现代铜基地加持，实际上也是为铜陵树永久的纪念碑。

铜陵白姜以块大皮薄、色白鲜嫩、汁多渣少、肉质脆嫩、香味浓郁、味辣而不呛口著名，可加工成糖冰姜、盐渍姜、糖醋姜食用，属多功能食用产品。

铜官红素手

一

时维九月。我们顺着 G3 高速公路南行。

一到长江，远远地就可以看到铜陵的镇山——铜官山巍然卓立。环绕着它的是一圈低山，宝山、团山、天鹅抱蛋山、伞形山等。这一群大大小小、高高矮矮、若连若孤的低山之间，是土壤肥沃、溪流密布的谷地。这里便是国家地理标志产品——铜陵白姜的保护地。

我们继续深入，把长江边灰蒙蒙的水泥厂抛到身后，进入山明水净的另一个天地。拐过双龙洞，把车开上依长冲河堤修的黑色县乡公路，往东南方向行驰，遥遥看到天际线上逶迤的天门山了。那是铜陵与青阳的界山，翻过去，便正式进入皖南山区了。路两旁，是人工与自然混成的檀、檫、枫香、女贞、楮、椿、竹等植物，透过葱茏的树叶间隙，一片片平整的田畈里，要么是已抽穗泛黄的稻田，要么就是罩着一片片黑色遮阳物的姜田。

经过铜陵生姜协会驻地"中华白姜文化园"，我们直达田头。曾夺过铜陵"姜王"称号的种姜能手老朱正在等着我们。他引领着我们直接进了姜田。天朗气清，和风吹拂。一片片的稻田和姜田交错铺陈，是那种丰收或即将丰收的景象，令人心情愉悦。如果抛开高度和茎秆粗细不论，生姜外观上很似甘蔗或荸草。它们密密实实，尽管纷披修长的茎叶在风中摇曳，却给人以厚实的绿色地毯感觉。

同行的老同事、原铜陵生姜协会会长纲英先生说，铜陵人收生姜叫"拔"生姜，而外地人收生姜叫"挖"生姜。一字之差，显出铜陵白姜的优异来。他给我做了示范。他走进姜田，弯下腰去，用双手抓住姜的茎叶，一发力真把生姜拔了出来；而不是像收山药、山芋、马玲薯之类，须用铁锹或镐头挖，也用不着机器。我看了看，认为这主要得益于土壤，生姜埋藏浅，其覆土层并不厚。老朱告诉我们，生姜原是种在田沟中，然后在生姜生长的过程中，不断地为其培土，最后使本来凹下的沟成了凸出地面的垄。这不同于种植山芋，种山芋是直接种在垄上的。姜田土壤质地为中壤土或沙壤土，培土过程实际也是培施肥料过程，培土包含着大量人畜粪肥和草木灰，所以生姜的覆土看上去格外蓬松。将生姜拔出来，再轻轻一抖搂，黏附在姜根茎上的土便纷纷掉落，现出完整的姜块来。

铜陵生姜的外观形象，完全颠覆了我对生姜的认识。超市里卖的生姜，多是那种粗壮、缩成一团的土黄色，外观上像是茯苓或略有些变形的马玲薯。铜陵白姜则只有根部略呈淡黄，总体上是白色的。形状则是直立，一排或数排，乍看像排箫一样矗立着，细看更像是美女伸展开的手掌。掌部厚实，手指玉直，润如凝脂，说得上是珠圆玉润。每根姜指指肚饱满浑圆，肥厚而不油腻，接近指尖部分，白色甚至变得清亮了，给人以晶莹剔透、脆嫩得吹弹可破的感觉。指尖部则如戴了染色的指套，介于胭脂红与朱砂红之间，呈嫩红色，明亮而不尖锐。它亭亭而舒展，健康而优雅，既像大家闺秀一双保养得很好的富贵手，也像农家少女被凉水浸泡过的劳动手。简直就是《诗经》"手如柔荑"的形象图示，或者就是古人盛赞的红素手，或红酥手。

我想，仅仅把这铜陵白姜看作经济作物，是种食材，是不是有点可惜了。它如不在土层中生长，而在可视的真空环境中生长，完全可以成为绝妙的观赏植物。

纲英摸起一块黑乎乎的东西，递给我看，说这是"姜种"。它基本完好，只破了一个小口。就是从这个小白茬口，生发出那么一大块生姜，抽出那么高、那么绿的茎叶。我捏了下，感觉仍很饱满。纲英补充说，它还可以用来烧菜，是烧鱼最好的佐料。然后他又捧着刚拔出的生姜，凑到我的鼻子前，对我说，你闻一闻。实际上已不需要专门提醒，空气中除了新鲜的泥土味，已经弥散着一种特别清新的味道，似是早春的青草味，也似未成熟的水果味，还有种说不出的花香味。但我以为它更类似樟木新枝折断时，折断处散发出的那种香味。清新而不青涩，鲜甜而含有辛辣，虽然味道极淡极细，却鲜明存在。它绕过了你大脑感官信息处理站，根本不许你思考、分析、辨别，便直抵人心。

这应当是铜陵生姜的特征之一。此地白姜品质优异，地域差异很大，其"隔夜留齿香"的特点，是其他任何地方生姜所不具备的。

二

我查《辞海》（上海辞书出版社，第六版，彩图本），其1084页，载：

> 姜，植物名，姜科。多年生草本，作一年生栽培。须根不发达，根茎肥大，呈不规则块状，灰白或黄色，有辛辣味。地上茎高60～70厘米。叶披针形，互生。花下有绿色的苞，层层包围，花黄色，唇瓣紫色，散布白点。在温带通常不开花。喜阴湿温暖，忌干旱、霜冻。蔬菜用姜宜栽于壤土或黏土。原产印度尼西亚，中国中部和南部普遍栽培。根茎作蔬菜、香辛料，并供药用。

《辞海》是最权威的工具书之一，但它说姜原产印度尼西亚，好像中国姜是后来引进的品种，我觉得很可疑。

姜不同于西红柿、辣椒等，它应是中国本土最原始、最古老的植物之一。

生姜的姜原写作"薑"。成书于汉朝的《说文解字》中，就有薑字。姜字是汉语通用规范一级汉字。始见于甲骨文，其古象形字是头戴羊角的女人。意思应该是高贵。中国自古有"姜"，地方有姜寨，是中国新石器时代的重要遗址，年代可追及公元前4600年前。民族有姜戎，这是古戎人之一。河流有姜水。作为姓氏，姜是中国最古老的姓，黄帝为姬，炎帝为姜。炎帝生于姜水（在陕西），因水命姓为姜。至于"姜水"名字从何而来，是不是一定指的戴着角的女人，还是指哪条河流边遍布"薑"而来，我就不得而知了。

姜与薑原是两个不同的字，而后来的汉字，姜与薑是通用的。这两字外形上差距甚大，单从笔画论，不易混淆，但后人依然将姜与薑混用，我想其中应该有所考究。

炎帝即神农氏，其姓氏，指（姜）水为姜是一种说法，另一种说法则是"生"姜。神农是中华农业和医药的始祖，他遍尝百草，中毒的情况总会发生。有一次，他因为中毒，差点丧命，当他在昏厥状态下，无意识地将薑放在嘴里嚼后，竟奇迹般地清醒过来了。薑对神农氏有再生之德，所以叫"薑"为"生姜"。还有与神农氏一个谱系的著名人物，是中国人都知道的姜子牙。老百姓也是把他这个"姜"与薑捆绑在一起的。"跌倒姜子牙，挖出牙子姜"，说是薑给了他另一个生命。

上古秘境中，生姜也被视为"还魂草"。黄帝与炎帝在中原争战，后来休兵合并。从此炎黄子孙，共享天下，绵延万世。当天下太平，黄帝从中原到黄山（轩辕峰）起灶炼丹，修炼成仙，炎帝也紧随黄帝，从中原到黄山脚下的铜陵，伏地潜藏，种薑供其兄使用，保其生命无虞。兄弟俩结伴行走，彼此照应，也不是不可能的哟。

神农氏的传说，因为没有文字记载，有些历史虚无者可能不认账。那我们也可从现有的文字记载看。

孔子是"大成至圣先师"，是中国人最尊崇的人物之一。记录孔子言行的《论语》，成书时间基本与孔子是同朝代。《论语》向来被列入中国人必读书录，是经典中的经典。圣人所谓道者，不离乎日用之间也。孔子之所以能成为万世师表，绝对不仅仅靠几句名言警句。《论语》记录了孔子生活的方方面面，包括饮食，要求严格。即使以今天的标准看，大多也很科学和卫生。值得生姜从业者自豪的是，《论语》中唯一提到的蔬菜就是姜。《论语·乡党》，说孔子：

> 食不厌精，脍不厌细。食饐而餲，鱼馁而肉败，不食。色恶，不食。臭恶，不食。失饪，不食。不时，不食。割不正，不食。不得其酱，不食。肉虽多，不使胜食气。唯酒无量，不及乱。沽酒市脯不食。不撤薑（姜）食。不多食。祭于公，不宿肉。祭肉不出三日。出三日，不食之矣。食不语，寝不言。虽疏食菜羹，瓜祭，必齐如也。

《史记》也说，千畦姜韭，此其人与千户侯等。经营大面积菜圃者，其收益之丰，可以想见。是不是把生姜搞得很高级很高贵了？《说文》也云，姜，菜名，御湿之菜。这是不是对生姜的认识很深入很细致了？魏晋后中国佛教徒不食荤腥，荤包括了葱、蒜、香菜、韭菜等，但并不包括同属辛辣之物的生姜。是不是也从另一个角度，肯定了生姜的非同侪类、不同凡响之处？

宋朝朱熹，与孔子、孟子及王阳明一道，被后世中国人并称为"孔孟朱王"四大圣人。朱熹最著名的著作是《四书章句集注》，他在《论语·乡党》"不撤薑（姜）食"句下注："薑，通神明，去秽恶，故不撤。"对生姜的认识也很高，甚至认为它通神明。这与上古文化一脉相通。

无论什么说法，汉文字的历史记载，都有几个基本点，一是中国人食用姜的历史很长，早在春秋战国时就食姜；二是较为高级，是像孔子这样较为讲究人士的案上必备食品，而且与肉、鱼、酒、蔬食、菜羹并列，或单列；三是古时中国人对姜是直接食用的，也可以与药等同，但并不与佐料"酱"一样。

这样一个源远流长的生姜，说它原产于印度尼西亚，我可真有点不服气哟。

虽然生姜是中国本土的原生品种，但孔子那时食用的姜是啥样，我不知道。今天我们日常食用的，是不是印度尼西亚生姜的改造或改良，我也不知道。今天的生姜虽然也是普遍食用，但多切成块或打作粉末，作烹调的佐料，已退化为调味品在使用；若要作蔬菜直接食用，必须千挑万拣，特别选取那些新发的姜芽才可。

从"直接食用"这个角度看，特别是站在铜陵人的角度，我倾向铜陵白姜是铜陵本土野生或原生品种。不仅如此，铜陵白姜可能还是中华姜中唯一没有退化的品种。

三

种姜能手老朱热情邀请我们去他家。他现在不仅种姜，也搞生姜加工。

他家在兴化村部旁边。显著特征是在正房外廓，用玻璃做了一间挺大的阳光房，这是在阴雨天时晾姜用的。进入院子，空气中弥漫着鲜姜那有点甜丝丝的微辛味道。老朱雇了十多位中老年妇女，正在他家两房间的檐棚下刮姜皮。已剪去茎叶的姜块浸放在大塑料盆里，满盆清水中，一排排生姜，白中透红，红中透白，颜色愈发鲜艳起来。妇女们那些游离于红白相间的生姜中的手，与姜之间形成了颇有刺激的色差。院落里有十多张竹匾，晾晒着刚刮去姜皮的姜块。它们一块一块，白生生的，在太阳下耀着炫目的光。晾晒过的姜，再拿去腌制、装瓶。再看这刮皮、晾晒、腌制过程，让我想起在黄山猴坑看他们采制猴魁，一枝一片，都包含了巨大的劳动强度，真是每片生姜都来之不易。也难怪，现在干这拔姜、去皮、晾晒、腌制活的年轻人几乎看不见了。也许，这昭示着铜陵白姜传统生产方式，也包括其传统食用方法，有着亟待升级的需要。

中国人视姜为日常生活必备，由来已久，而铜陵人更视生姜为精贵物品。铜陵白姜以块大皮薄、色白鲜嫩、汁多渣少、肉质脆嫩、香味浓郁、味辣而不呛口著名，可加工成糖冰姜、盐渍姜、糖醋姜食用，属多功能食用产品。铜陵人认为，把铜陵白姜作烹调佐料，那是暴殄天物，大材小用，浪费可惜了，所以基本是直接食用生姜。

冬天吃生姜，赛过吃人参；冬吃萝卜夏吃姜，不用医生开处方；家备小姜，小病不慌，四季吃生姜，百病一扫光；男人不可一日无姜，女人不可一日无糖；早吃三片姜，胜过人参汤；饭不香，吃生姜；早上吃姜如人参，晚上吃姜如砒霜等谚语，不论是外地流传的，还是古已有之的，或是自编自创的，铜陵人都运用自如，融会贯通，成为家用日常指南。这种特殊的生姜文化氛围，应有利于保护铜陵白姜的品种纯正和高贵吧。

我们辞别老朱，找到一家农家乐，把我们从地里拔来的生姜交给后厨，专门交代，鲜姜用来做清炒姜丝，姜种做红烧鱼的佐料。端上来的姜丝，口感纯正，脆中有绵，辣中带甜，清爽提气。红烧鱼则鱼腥全无，鲜味倍增。

在等菜的当口，我们用姜佐茶。我估计这是铜陵独有风气。

中国人喝茶时多有茶食，嗑着瓜子喝茶，或就其他小食喝茶。讲究的多为坚果酥糖，最普通的是茶干，大多是豆腐制品或变种，如干丝、臭干子等。西方人喝茶，也喜欢用些茶点，多是烘焙食物，如饼干、蛋糕之类。而铜陵人用姜佐茶，一是在早餐前，泡上一壶绿茶，就着生姜，轻轻啜茗。惬意逍遥之外，既提神醒脑，又补一天阳气。二是在中晚正餐前，先来上一小碟生姜，让人用牙签插着吃，一小块一小块，或者一小丝一小丝，就着绿茶来吃。既清淡开胃，又无其他小吃吃多了压肚子之忧，别具时尚感。

随便说一下，用姜佐茶，如同嗑瓜子儿，纯粹是中国范儿。我反正从没看到过有人用姜佐咖啡的。

四

我们回到中华白姜文化园。现任铜陵生姜协会会长的敬明先生给我们介绍，并播放了专题片，说这专题片是为铜陵白姜争取世界文化遗产专门拍摄的。

铜陵素有"八宝之地"之称。所谓八宝，是指金、银、铜、铁、锡（也有指称硫）、生姜、蒜子、麻。据说早在春秋时就有种植姜的，北宋时已被列为朝廷贡姜，当时姜的产量"每岁不下十万担"，但我没有查到这个说法中"当时"的出处。元代农学家王桢，是山东人，他对姜有评价，说"白露后，则带丝，渐老，为老姜。味极辛，可以和烹饪，盖愈老而愈辣也"。他曾在铜陵县旁边的旌德县当过县尹，他在县尹任上写过一本在历史上有极大影响力的书——《农书》，对各种农作物从播种到收获都给予了记载描述和指导，但不知他说的姜是山东的生姜还是铜陵的生姜。

地方物产，能够记载入地方志的，都是相当成熟、得到社会公认的，其实际存在一般远远超过志书编撰时间。我手头有明万历十五年和清乾隆间编纂的《铜陵县志》。这两本不同时代的地方志，都详细列明了当地的税赋物产。税赋中列明了贡赋各个品种，包括米、麦、豆以及麻、生漆、皮毛等，但没有姜进贡的记载。但两志无例外，都将姜列为"蔬类"第一，青菜、白菜位于其后。苎麻则排"枲类"第一，有白麻、黄麻、葛麻等。牡丹则列入"花类"第一。可以看出，姜、麻、牡丹等在铜陵的栽植历史悠久。乾隆志还记载了农作物的市场情况，说"邑产姜、蒜、苎麻、丹皮之类，近亦间有服贾者，但远人市贩者居多"。看来姜、蒜、麻，当时都是地方大宗特色交易产品。"八宝"之说并无虚妄。

值得提出的是，随着世事流转，现实生活中的"铜陵八宝"境遇差别拉大了。麻，已基本消失。铜陵过去有第一、第二麻纺厂，规模都很大，但都倒闭了。皖南一带原本也产麻，为自制土布所用原材料，如徽州黟县就产麻，但今天也很难看到了。蒜，过去主要在太平等洲头上生产，不知因为种植的技术还是其他什么原因，今天品种多已退化，虽然还能见到，却也不是传说中的个大汁多之物了。普通人甚至很难判断，典型的铜陵大蒜是独瓣蒜，还是多瓣蒜。市场上，也鲜有人再打铜陵老蒜招牌揽客了。唯有生姜，近年来风生水起，成为铜陵的一张名片，也成为铜陵除"铜"之外，名气最大的地方特产。

铜陵白姜历史上有点名气，但今天铜陵白姜的名气，靠的是今天铜陵生姜人的持续努力。

2008年，铜陵白姜加工制作技艺被列为安徽省非物质文化遗产名录。

2009年，原国家质检总局批准对铜陵白姜实施地理标志产品保护。

2017年，铜陵白姜种植面积达到3500亩，亩产约2600市斤。

2021年，铜陵白姜开始启动申报世界文化遗产工作。

敬明说，他们正在筹备今年的生姜文化节，后考虑到相关要求，他们裁撤了相关大型公众活动，转而开展系列小型活动，弘扬铜陵生姜文化。现在民间对铜陵白姜有不少期许，每到收获季节，都会有许多人自带车辆，一边郊游，一边观看生姜的收获加工流程，甚至亲自参加拔姜劳动，再在自己车里装满新鲜的生姜带回去。

生姜的用途应当非常广泛，铜陵目前还没有专门的科学研究机构和大的生产企业，对姜进行研究和开发。运用现代科学技术，对生姜进行药用开发、食品及保健开发、日化用品开发等，潜力应无限大。我在市面上见过一种生姜洗发水，是用生姜的提取物与其他植物提取物混合制成，广告说，能控油去屑、止腻止油、防脱育发、强根健发，让人头发乌亮浓密、弹性蓬松，等等。生姜生津，但能不能生（头）发，我不知道，但这昭示了生姜开发的一种潜力。

我说建一座铜陵白姜博物馆，对种植者、馈肴爱好者、旅游观光者，可能是一件有意义、有趣味的事。过去铜陵搞"文化搭台，经济唱戏"，时光流转，今天或许到了"经济搭台、文化唱戏"的新阶段了。

落日熔金，暮云合璧，人在何处？站在观景台上往前看，夹江慢慢融进前方更浩大的水流，那里正是长江主航道。极目远眺，江天辽阔，江水还碧，一眼看尽几千年。

长江上的书屋

千年古铜都铜陵，利用滨江的废弃码头开辟了图书阅览室。趁回家过节的机会，我也去坐了一会。图书馆无论是外观设计还是内部装潢，都很现代。人窝坐在那里，四周读书的氛围像件绵软的羊绒毯包裹着身体，有很强的舒适感觉。翻动书页的沙沙声和个别读者的絮语，让人觉得回到了青少年时代。那时只有纸质图书可读，但有书香可以回味，明显要比今天读数字读物更温暖友好。

想象过在长江的轮船上读书，但没想象过在故乡长江的码头上读书。故乡何处是，忘却除非醉。随着年纪的日日增长，往日之生活情境、故事、人物，时常会浮出脑际，并因空间与时间的阻隔和流逝而变得更为清晰深刻。

长江是中华民族的母亲河。古往今来，长江凭借特有的自然景观、独有的战略地位和不断丰富发展的文化底蕴，成为历代文人墨客凭吊怀古、寄托相思、感慨人生、抒情写意的对象，书写长江的诗文浩繁。"山随平野尽，江入大荒流。""无边落木萧萧下，不尽长江滚滚来。""蒌蒿满地芦芽短，正是河豚欲上时。""数丛沙草群鸥散，万顷江田一鹭飞。""孤帆远影碧空尽，唯见长江天际流。""天门中断楚江开，碧水东流至此回。两岸青山相对出，孤帆一片日边来。""江南好，风景旧曾谙。日出江花红胜火，春来江水绿如蓝。能不忆江南。""江天一色无纤尘，皎皎空中孤月轮。江畔何人初见月？江月何年初照人？人生代代无穷已，江月年年望相似。不知江月待何人，但见长江送流水。""我住长江头，君住长江尾。日日思君不见君，共饮长江水。"

"汉之广矣，不可泳思。江之永矣，不可方思。"……在铜陵的地方志上，除了歌咏铜官山的，也多记载诗人在铜陵长江段所写作的诗作。"芦荻偏留缆，渔罾最碍船。何曾怨川后，鱼蟹不论钱。""江山不贫处，一览见尘寰。""青山滚滚如奔涛，铁船何处来停桡。"……

俯察长江日渐清澈的水，温习这些绝美诗篇，更觉得意味无穷。

铜陵滨江图书阅览室，背靠笠帽山，面朝老洲，洲尾处可以看到长江的主航道。万里长江从西天飞来，在下游地段自然形成了多个沙洲，老洲就是其中之一。在南岸和沙洲之间的夹江，水流舒缓，南岸宜于各种船舶停靠，天然形成良港。从上世纪八九十年代开始，这里陆续集结了数十个矿石、煤炭、砂石码头。久而久之，整条岸线便成了各种什物的堆放场。终日烟尘遮云，垃圾随处乱倒，或堆在河边，等天降大雨带走。污水顺着纵横的小水沟流淌，更有不知名的化工冶炼企业的绛红色水、绿色水和油渍顺势往下流。流走的不仅是优美的生态环境，还有当地人爱美的心和文化。

为了守护长江碧水，近些年来，铜陵人深入学习贯彻习近平总书记共抓大保护、不搞大开发的重要指示精神，坚持生态优先和绿色发展，将修复长江生态环境摆在压倒性位置，治污治岸治渔，全力实施岸线综合整治工程，拆除关闭了一批散乱污企业、非法码头、固废堆场、畜禽养殖场和危旧民居，实施了滨江慢行道、黑臭水体整治，全面治理了沿江排污口、修复了湿地水生态、复绿了岸线等。在这个过程，他们特别保留了这座钢筋水泥结构的淘汰码头，旧物利用，建设长江观景平台，并利用其下部开阔空间，打造了这别具一格的图书阅览室，既解决了市民长期以来临江不见江、看水不亲水的问题，也烘托了城市的书香氛围。经网络宣传后，迅速爆红，成为市民和游客的打卡点，也成为安徽长江段大保护工作的一张名片。

长江是中国最长河流，她横跨中国的东中西三大板块，流域的人口规模和经济总量占据了全国的"半壁江山"。虽然长江流域资源禀赋优越，但多年来的过度索取，各种人为有害因素正严重影响长江的生态环境。铜陵这一带属长江中游，是关乎长江大保护这场战略决战未来的至关重要的战场。而对铜陵这样的重化工业城市来讲，传统的经济发展模式更意味着与保护生态、保护长江水生物多样性的关系异常复杂，战斗异常艰巨。

铜陵市上世纪80年代就在国家有关部门支持下，建成了白鳍豚养护场。我只在武汉水生生物博物馆看过白鳍豚的标本。这么多年下来，我去过铜陵的白鳍豚养护场十数次。但经年下来，从未等到"长江女神"，等来的是白鳍豚被宣布功能性灭绝的消息，她成为第一种受人类影响而灭绝的鲸类动物。铜陵白鳍豚养护场也被迫更名为江豚养护场。作为白鳍豚的家族成员之一，江豚名气过去很小，当时很多人还并不怎么待见她，但近年来江豚也是越来越少，濒临灭绝。国务院批准的新修订的《国家重点保护野生动物名录》，正式将长江江豚升为一级保护动物，这是因应长江环境变化而采取的重大措施。

保护江豚，根本上讲，还是要靠长江回归自然，变得更为清澈。长江如果无法回归自然，不仅意味着江豚的未来生存希望渺茫，更意味着中华母亲河遭受进一步的破坏，而这需要长江岸边的每一个人的支持和行动。

铜陵人得天独厚，有着特别的生命特质和精神风貌。在世代传承的基因里，蕴含着铜官山的坚强与长江的气韵。这其中，当然包含着对长江的温情与关爱。

落日熔金，暮云合璧，人在何处？站在观景台上往前看，夹江慢慢融进前方更浩大的水流，那里正是长江主航道。极目远眺，江天辽阔，江水还碧，一眼看尽几千年。亘古不息的长江，从西边逶迤而来，又径向东北流去。大江壮阔、雄浑，水流铺成排面，向前涌动。她安静，甚至是悄无声息，没有任何自鸣得意的咆哮和夸张表白；但她汹涌，充满着一种天然而然、所向无敌的威势。令我想起前段时间看到的一篇纪念抗美援朝的文章，说，两军对垒，美军和南韩军队如波涛般涌向志愿军阵地，"杀"声震天，而跃出阵地的志愿军战士则一个个沉默不言，全神全力，用手中的刺刀将涌上来的敌人一个个捅倒。

大江在这里已然变成轻拍在岸边的细碎浪花，吟出跋涉数千里后的轻轻咏叹，更增添长江万里的生动和气象万千。

白云溶江水连天，枫柳蒲苇尤含烟。碧空鸢过清风远，绿水青山云霞间。

接待李讷这事过去很多年了。送走他们，我回铜后就工作调动，再也没能去北京看她。但不知怎么，我经常在心里"复盘"接待的细节。所有场景都依然生动，宛然在目。

那年接待李讷王景清

早上起来，照例打开手机，突然看到"毛泽东女婿王景清逝世"的消息，不禁想起那年接待李讷王景清夫妇的往事。

1995年12月，皖江上的第一座大桥——铜陵长江公路大桥建成即将通车。这对铜陵市和安徽省来讲，是一件大事。市委经过反复考虑，并多方征求意见，最后把通车典礼定在12月26日，即毛主席诞生纪念日。

在11月份时，时任铜陵市委书记钱明高同志，专程赴京相请国家有关部委领导出席典礼，其中一位邀请对象是毛主席的女儿李讷。我不知道钱书记是通过什么途径联系上李讷的。钱原来是马鞍山市市长，为人敦厚实诚，与他相处，给人一种天然的信任感。我当时任市委办公室副主任，钱书记带着我和时任市政府驻北京办事处副主任牛爱平一同去万寿路的李讷住宅相请。她住的是一幢青灰色的公寓楼。她老伴王景清在楼道接，李讷则站在门口接我们。进门后，他们拿杯倒水泡茶。我趁他们寒暄，打量了一下客厅。客厅不是很大，一眼就看通透了。屋内陈设，除了钱书记与李讷坐的两张蓝色棉布包面的沙发外，有一张方桌，一个柜子，还有几张木椅和小凳，显得很空荡。墙壁也是素色的。墙上只挂有一幅毛主席在庐山的照片。

钱书记简单介绍了一下铜陵市情况，便邀请李讷夫妇去参加典礼。说市里经过反复考虑，并征求多方面意见，特别是大桥施工方湖南路桥公司的意见，并报上级同意，把铜陵大桥的通车典礼放在12月26日毛主席诞生纪念日。全市上下，包括湖南路桥公司的全体员工都特别特别希望，并恳请李讷在万忙之中参加。开始他们似乎答应了，但具体一深入，还要到安徽去，到大桥现场，路途远不说，还没有直达交通，很不方便。王景清一直在听钱书记和李讷说话，基本不插话，这时却犹豫着开了口，说李讷近来身体不大好，行走不很方便。我补充道，铜陵人民特别怀念毛主席，铜陵市委党校前两年还专门新立了毛主席铜像，有两米多高呢。李讷抬眼看着我说，前年，真的吗？那时，很多地方的毛主席像都拆了，很少有新建的。我说这是我们市委前任书记孙树兴同志临退休时决策建的。李讷看看王景清，似在用目光征求意见，然后轻声说那就去吧。王景清略一踌躇，去铜陵这事情就这么定下来了。

典礼筹备工作庞大而复杂。后来市委市政府又正式派专人送去了请柬。12月24号，牛爱平同志从北京陪同他们夫妇俩来到铜陵。钱书记来陪简餐。餐间他说："这次来的嘉宾多，市里领导都有任务。考虑上次在北京已认识了，这边我就交给万主任负责，并全程陪同，有事他自己再来协调。"李讷点点头，对钱书记说："知道你们来的领导多，活动规模大，事务多。"这样，我就和市委办公室的郝亚玲同志专门负责接待李讷夫妇。

当时天井湖宾馆是市委市政府的接待处，但条件很一般，接待条件最好的是小别墅，然后是一号楼，但小别墅和一号楼都安排满了。再说北京和省里来的领导都集中住在那，人来人往，也不方便。接待办便把她夫妇安排在三号楼，靠最西端的一个套间里。饭后，我把他们安顿好，与楼层服务员打好招呼，请他们注意晚上照顾，即告辞了。

第二天一早，我便赶往宾馆，去陪早餐。到他们住的门前，我略一停顿，正举手敲门，门就开了。王景清一脸笑容请我进去，看来他们早起了。我问他们早上有没有出去走走，说没有。接着郝亚玲也到了，她拿起早上服务员放在门口的水瓶，进来后就张罗着泡茶。李讷端坐在那，眼光从眼镜片后跟着她转，突然说："这水是你去打的吗？应该自己去打。"小郝一愣，说是服务员早起打好放在门口的。我一看知道不对，赶紧让小郝自己去开水间打水。小郝张张口，没说什么就执行去了。

三号楼楼内没有餐厅，距离餐厅还有一截路，去吃饭并不方便。宾馆专门给了我们一个小厅，这样我们就不需要和大多数客人一道吃，相对比较清静。餐间，她问我今儿怎么安排。我说上午去党校敬谒毛主席像，但时间还宽裕。想听她的指示。我看王景清的意思，似乎不想让她出去。我给她介绍了一下铜陵情况，说铜陵地小没啥看的，但人淳朴，比方说新华书店，就从未卖过百货。她说真的啊，上次她回湖南看过一个，里边尽是衣服鞋帽，还卖小吃呢。她说她自那后再也不进新华书店了。我说我们这儿的新华书店，就是卖书，从不卖其他东西。我说新华书店就在去党校的路上，我们提前半小时走，可以顺路看下，时间够的。不想她竟答应了。

12月天气，江南已很冷了。她身体确实不太好，有病容。出门时，穿着宽松肥大的袄裤，从头到脖子围着大纱巾，只露着两只眼睛。外观看，很像是陕北的妇女。我经常去新华书店看书买书，与经理吴中堂很熟悉，便给他打了电话，说我一会儿陪客人来逛书店，请他出面接待。吴经理人高马大，性格豪爽。我们一行到后，我也没给他介绍来人，他便大手一挥，大声说随便看随便看。我们在一层转了一圈，李讷看书店内确实没有卖杂货，心情很好。但对书架上的各类书籍，多是一扫而过，并没表现出兴趣。我看时间还早，就说二楼上有个发行科，里边还有其他书，也可以看看。她没反对，就跟着我们到了发行科。发行科像个仓库，里边除了新书外，都是些未来得及清理的各个时期的旧书。李讷静静地在书丛中挑选翻看，我和吴经理则远远看着她，嘴里说些闲话。过一会，她手中拿了两本薄薄的小册子过来，说我买这两本吧。吴经理又是大手一挥，说买什么，拿走吧。李讷闻言眼睛一抬，眼光从眼镜片上一闪，也没说话，把两本书就往下一撂，那意思是不要了。我伸手打下吴经理，说啰唆什么，让付钱就付钱。吴经理似乎被她的眼光震住了，但他反应够快，马上大声说收钱收钱，弯腰把两本书拾了起来。她付款的时候，我从旁瞄了一眼，原来是两本70年代出的老书，价格极其便宜，合在一起，才一块多钱。然后我们往外走，吴经理压住步子，拉着我袖口小声问，谁啊？我说你看啊。他看着李讷宽大的背影和有些蹒跚的步子，似有所悟。后来大桥通车典礼过后，全市人民都知道李讷来铜陵了，他还专门打电话来埋怨了我。

接着，我们去党校。事先我已和党校领导说了，说李讷要来敬谒毛主席像。让他招呼下学员，不要围观。他看到只有我们一辆车，四个人，也没有警卫什么的，似乎很意外。他好像进行了清场，校园里一个人也没有。毛主席像在校教学楼前的广场中央。我们走过草坪，李讷夫妇先献上花，然后恭恭敬敬鞠了三个躬。我们也上前鞠躬。然后我们给她夫妇俩照相留影。照完后她四周张看，说，党校建得挺好啊。校长说，我们条件有限。她又说，怎么没人呢。我笑着说，您来啦，他们都在大楼里呢。这时她才仔细看看教学楼，她近视眼，估计定睛看，才能模糊看到教学楼的二楼三楼走廊里的一张张面孔。小郝补一句，他们都在看您呢。她说那来呗。校长把手挥挥，呼啦啦，马上跑出一大批人来。他们先是看看她，接着有学员试探，能不能一起照个相。李讷说好啊，便和几批学员拍了好几张照。

下午去金牛洞古采矿遗址。路程比较远，路况也不好。王景清觉得我选的地方太远了。王景清是军人出身，身板骨挺扎实，五官端正俊朗，我想他年轻时一定十分帅气。他在外面虽然紧跟着李讷，但总保留一点距离。只有在车里他才握着她的手，似乎在安抚她。我们在旁边看着都觉得很温馨，这就是老来伴吧。李讷历史知识极其丰富，到了金牛洞，她兴致很高，一边看，一边还问了不少问题。市文物所的同志也都一一作了回答。他们比较有心，事先准备了纸张笔墨，请李讷题词。李讷用毛笔写下：历史的见证，民族的骄傲。字迹清丽娟秀，端庄有力。我们都说家学渊源，常人比不得的。后来，市文旅局把字镌在石上，放在遗址旁，作为永久纪念。

26日上午是大桥通车典礼时间。市委车队杨队长专程跑来对我说，这次来宾多，车辆安排不过来。他特地从铜陵化学工业集团调剂了一辆车给我们，车况已检查过，司机也选定了，技术很好。车是一辆普通的红色桑塔纳，看上去很新，但车内空间不大。李讷、王景清、小郝和我，四个人坐进去，真的很挤。冬天每个人都穿得厚厚实实的，李讷与王景清身材还很高大。我们被编列在来宾车队里，编号应在二十几号，从宾馆向江边大桥出发。很奇怪的，我们这辆车行到白鹤山林场时，我就听发动机声音不对。走着走着，竟然熄火了。司机确实经验丰富，在最后一刻，把车移出车队，停在路边。我看着司机的手攥着钥匙，左拧右拧，车子就是不动。他额上的汗沁出来了。杨队长是行车总调度，他跟在车队后面掠阵，见情况不对立即上来，他隔窗问了下情况，然后就用对讲机呼叫，调备用车。眼看着长长的车队从我们身边走完，备用车还没到。我暗暗心急，大型活动不等人的，怕时间来不及了。这时红桑塔纳竟又突突运转起来。司机说，怎么了，怎么一下子又好了？

我们远远跟随在大队人马后面，顺利到达典礼现场。典礼放在桥上举行，贵宾席、来宾席都是顺桥面和引桥排列。我们大概坐在十多排的位置上。刚一落座，司仪就宣布典礼开始。照例先是介绍来宾，前面的都是按官大官小排列，忽然介绍到李讷，就眼见的观礼人群骚动起来。李讷微微一动，似想站起来，又觉得不妥，就没有动了。那边已有维持秩序的人要大家坐好。典礼结束，我们跟着乱哄哄的人流往回走，我发现人们都在找李讷。我和小郝赶紧引李讷夫妇回到车上。回到宾馆，我让他们回房间稍息一下，我转到楼下把司机拉到一边，问刚才是咋回事，他急着申辩，车子他反复检查了，不知道那时怎么会出问题，现在一切又都是好好的。这时宾馆里，到处是人，三三两两都在谈论刚才的典礼。我侧耳听听，有人在议论，毛主席女儿来了，给她安排坐辆好车，结果车在半路抛锚了，肯定是毛主席不让她女儿搞特殊。

下午是市里庆祝大桥通车的文艺汇演。我问李讷去不去，她说去。估计她参加这样的活动机会不多。演出地点在市体育馆。本来我和负责演出的人说好，不要介绍李讷，结果司仪忍不住还是介绍了。这下我们看演出便不得安宁，看舞台上演出的人还没有看我们的人多。一些人有意无意在我们面前窜来窜去，就是想瞅一眼。我琢磨着提前离场，趁节目换场时请李讷走。结果体育馆外早已有一批人在等。我和小郝把他们夫妇俩请上车。这时有人拿着本子和大桥通车纪念首日封，请李讷签名。李讷说，那就签几个吧。我把车窗打开，接了几个本子和信封。她在里边签了，结果更多的手伸了进来，她又签了。最后王景清说，万主任，可以了。小郝在前面已催促司机快走。

回到宾馆吃饭。因为整个行程结束，气氛有点宽松，市委办公室还有几位同志也过来，和我们一道吃饭。钱书记过来看望并告别，又忙着去招呼其他领导了。餐厅服务员有些熟悉了，拿来一些纪念首日封，请李讷签名。她高兴地签了，并向她们表示谢谢。不在我们这个厅的其他服务员闻讯，也有不少人跑过来请李讷签名留念。签了一些后，她忽然看着我说，你怎么不请我签名呢。我向来不习惯与名人照相和要签名，只是在旁边看着别人签高兴，根本没想到自己也去请签一个。只好说我看您签得多，怕您累了。她说没关系，你去拿东西来签。办公室的同志给了我一沓首日封。她接过去，就给我签。一连签了七八张，还说多签些你可以送人啊，又沉吟，得写点什么吧。于是在最后一张首日封上签：为人民服务，更上一层楼，李讷。我注意到，前面签的落款都是李讷王景清，唯独这一张她只签了自己的名字。

他们夫妇回程安排是经合肥飞北京。事先我给省委办公厅有关同志打了电话，请关照用贵宾室。尽管我已经当了几年市委办公室副主任了，但还从未安排领导出行用贵宾室。电话打通后，办公厅领导很吃惊，说你们在接待李讷吗？你们是如何安排的？我简单地汇报了接待情况，他沉默了好一会，没有再吱声。后来才知道，他们觉得我不懂接待规矩，有点胆大。

我们到合肥后，直接进了骆岗机场贵宾室。合肥机场都是过路飞机。等飞机来的当口，我便向他们辞行。王景清对此似乎没有思想准备，小声说你们不去北京了？我说都安排好了，市政府驻北京办事处的人将进机场接。话说完，我感觉不对，自己考虑事情太太欠周到了。李讷本来就抱病，这时疲倦的神态已出现，路上万一有个什么情况，王景清一人怕是照顾不过来。我赶忙跑到贵宾室后台，请他们看怎么在飞机上照顾。他们一听，李讷……是毛主席的女儿啊。就说放心，知道了。然后，那边几个人就轮流过来续茶。其实他们都是想看看她。

我感到候机时间有点长了。李讷看出我惴惴不安的样子，主动和我聊天。说："下次到北京，再去我们家啊，如果你想见李敏和新宇，我喊他们过来，我们关系好着呢。"一会儿，我们看着飞机降落，并滑到机位上，便开始收拾行李。突然，贵宾室门开了，是飞机上的机长和乘务长，他们一进来，就立正，然后刷地给李讷和王景清敬了标准的军礼，再转向我们说，请你们放心，这是我们的光荣和荣幸，我们一定把客人安全送到北京，送到你们的人手里。乘务长去扶李讷，机长则提着行李。李讷看着我和小郝说，到北京来啊。

接待李讷这事过去很多年了。送走他们，我回铜后就工作调动，再也没能去北京看她。但不知怎么，我经常在心里"复盘"接待的细节。所有场景都依然生动，宛然在目。

在这里，想说一句，景清同志您走好。

The

Smile

of

City

贰

铜陵、徽州、淮南、合肥

　　　　　　觉得自己犹如一只蝼蚁，趴在黄山千万沟壑的某条褶
　　　　　缝里，好似在循着熟悉的路径前行，其实完全蒙圈，不知
　　　　　己所往，不知其万一。

梦黄山之上

　　过去曾有一套《徽州文化丛书》，洋洋大观几十册，却没有把黄山单独编列，对此我觉得很遗憾。徽州文化的丰茂葳蕤，其最大的滋养就是黄山。可以说没有黄山就没有徽州文化。黄山是徽州文化生长发育的最大环境，是徽州文化的底色，是徽州文化的基础和灵魂。所谓一方水土一方人，黄山就是那养育了、庇荫了徽州人及其文化的一方水土。

　　面对黄山，人总是仿佛有无数话想说，又总是仿佛无话可说。对于黄山，我则有种畏怯感。不论你攀登过多少次，选择过多少不同的线路，但每一次游览下来，黄山都还是那么熟悉，又还是那么陌生。觉得自己犹如一只蝼蚁，趴在黄山千万沟壑的某条褶缝里，好似在循着熟悉的路径前行，其实完全蒙圈，不知己所往，不知其万一。

　　在黄山地质公园博物馆的前厅，写有1990年黄山成为全球第17处"世界文化与自然遗产"时，联合国教科文组织的评价。

　　　　黄山，在中国历史上文学艺术的鼎盛时期（16世纪中叶的"山水"
　　　风格）曾经受到广泛赞誉，以"震旦国中第一奇山"著称于世。今天，
　　　黄山以其壮丽的景色——生长在花岗岩峰峦上的奇松、浮现在云海中的
　　　怪石——闻名天下，对于从四面八方来到这个风景胜地的游览者和艺术
　　　家而言，黄山，具有永恒的魅力。

　　这个评价，全面吗？精确吗？我只能说有那么点意思。深究起来，只有一个定性而略显虚灵的词，永恒，差强人意。

一、自性黄山

黄山是如此的美丽，语言在她面前苍白无力。她是造物主意志的充分体现，不然解释不了这一切是怎么来的。

大约从 8 亿年前的震旦纪（这是个时间概念，不知与后来的"震旦国"的空间概念有没有关系。但毫无疑问，他们都具有原初或原始的意义）开始，在地球的东方洋面下，开始聚拢和沉积起数万米厚的泥渣物质。又经过了数亿年，这个沉积层在海水中几起几落，几上几下，反复淬炼，最后慢慢变硬，成为地壳的表皮，构成了地球温润的腹部——原始江南古陆。后来，在经历过一系列剧烈的地球地质运动，包括印支运动和燕山运动等，地壳下面深处的熔融炽热的岩浆喷涌而出，射入了这片充满褶皱变形和断裂切割的地壳中，使其暗结珠胎。这粒花岗岩胚胎种子，在温暖的母腹中，慢慢成长发育。直到在距今 6500 万年前开始的新生代喜马拉雅运动，才逐渐开始突破裹挟在身上的胎衣束缚，一次分娩成功，直至最后露出了地面。

这就是黄山。

这是一个非常伟大的过程，遗憾的是当时还没有人类来欣赏这个奇迹。然后，黄山在没有人围观的状态中，孤独地、自由地、骄傲地成长。

黄山，仿佛是造物主最小的儿女，集万千宠爱于一身。力量无穷大的造物主，在对地球进行了大开大合的布局，安排好高山峻岭、海洋沙漠、雨林平原、长川丘陵后，又充满偏好，博采众长，花费时间对北纬 30 度线上的黄山进行了精雕细刻，直至把它做成了自己的后花园。黄山本来就是地壳里长出来的坚硬石头，造物主给它舒筋通气，然后在这里切一下，那里凿一下，这里削一点，那里押一点，硬是把一整块的花岗岩，形塑成高逾千米的花岗岩奇峰和深切入地面的峡谷。还排列出峰峦七十二，簇聚如莲，纵横若列，再通过节理、劈理、断裂、流水、冰冻及风化等力量，进行深度整理和美化，黄山诸峰外观展现出完美的穹状、锥状、脊状、柱状、箱状等峰林地貌。如天都峰、莲花峰等是由垂直的和倾斜的多组节理发育的花岗岩所构成，顶部呈浑圆状锥形，底部基座与上部峰锥相连一体。蓬莱三岛、飞来石等是由密集发育的垂直节理经风化、崩塌形成花岗岩石柱、石笋等。既大气磅礴、亦石亦峰、顶天立地，又秀气雅致、岩壁峭拔。

最后女大十八变，伴随着距离今天约 200 万年前第四纪冰川的作用，黄山亭亭当当，盛装出镜，终于成为我们今天看到的模样。

先塑造型，立稳骨骼，再美其肌肤。造物主并不在意黄山是否风姿太过，逼人眼目，又在其身上缀满金玉翡翠。在黄山丰富的动植物生态体系中，最为突出亮眼的当然是黄山松。它们一般生长在海拔 800 米以上，以坚石为母，云雾为乳，根系往往是树干的几倍、数十倍。一株小小的黄山松，成熟期 5 ~ 80 年，树龄多达几百年。其中佼佼者，如那棵闻名世界的迎客松，更是寿高千年。黄山松大者高达数十米，巍峨挺拔，亭亭如华盖；小者如伴侍，依附在峰林怪石上，奇古多姿态。黄山松松冠扁平，飘逸多姿，针叶短密，而且位于海拔高度越高的黄山松，松叶越短、越硬、越密、越绿。由于其针叶上有蜡状角质层，无论什么时候去看，都永远簇新，美丽如斯。

造物主沉浸在创作游戏中，端详着自己初具形态的作品，又意犹未尽地轻轻吹了一口气。这口气，赋予了黄山以生命，使得黄山云霞布满，真气永转，脉息充沛，形胜无穷。高天大风，四时有别，朝夕迥异，气象万千。云海银浪，缥缈变幻于瞬息之间，忽而浩瀚汹涌，天地一色；忽而似凝似流，偶露峥嵘。晴空万里时，则奇峰毕现。

我揣度，这个造物主，一定很慈祥可爱。黄山，可能是他怕人类愚钝，故意留给人类的一点启示：想知道造物主的力量和自然的奇妙莫测吗？想知道这宇宙间、世界上是不是真有仙境梵宫吗？勿谓吾不懂不知你们的梦想，勿谓吾老朽昏聩未给你们启示哟！若有疑问，去看看黄山吧！

二、神性黄山

黄山是造物主的宠儿，是自然之子，它也是黄帝之山。今黄山脚下黄山区三口镇境内，有轩辕黄帝祭祀点，排位为全国第四。

自从盘古开天地，三皇五帝到如今。需要说明的是，开天辟地的盘古，与造物主没有逻辑和生理上的关系。他开辟的是一条新的类人间的神话叙事传统。"三皇"有各种说法，有说天、地、人三皇，有说有巢氏、燧人氏、伏羲氏三皇。唐代司马贞《三皇本纪》，补写了《史记》的阙如部分。确认"三皇"是伏羲、女娲和神农（神农即炎帝）。"三皇"被认为是神，前者是蛇首人身，后者为人身牛首（但我相信他们是上古真实存在的人，宁愿认他们为祖宗，而不愿认那些猿猴为祖先的哈）。可能因为时间久远不可考，圣人孔子错误地认为他们都是虚妄的传说，把他们全部删除或屏蔽了，在编撰历史书时就从"五帝"开始。五帝之首为黄帝。

黄帝名公孙轩辕,他征伐天下,统一环宇,"日月所照,莫不砥属",从而成为天下"共主"。他保国安民,发明创造了许多新技术,为改善人民生活作出了重要贡献,从而成为天下万民的"共祖"。后面的五帝,如颛顼为黄帝之孙,帝喾是黄帝的曾孙。舜、禹以至秦始皇都是黄帝及其孙颛顼的血脉嫡系。"黄帝以后,我族滋乳渐多,分布于中原"(梁启超),继而遍及海内外,形成以黄帝为中心,从上到下、从里到外的大一统宗法社会网络,是谓炎黄子孙。黄帝的至尊地位从此不可动摇,他既行使人间皇帝的职责,也常扮演"天"的角色,是天上人间的"共主""共祖"。

各路神仙,如道教的宗祖老子,他是周王朝管理文书的小官,而周王朝的天子本身只是黄帝的后裔的后裔。康熙说,"世上没有不忠不孝的神仙",鲁迅说,"我以我血荐轩辕"。后世皇帝有权对五岳进行封禅或封号,但对黄帝只能是尽孝,行祭祀礼拜义务。我们这样的小老百姓,对各路神仙圣佛的烧香磕头,多是有所求,但对黄帝只能磕头表示孝道,祈求他的祝福,是不能乱找他麻烦谋求具体好处的。

黄帝德惠众生,泽被万代。如今全国很多地方都有黄帝遗迹,特别在中华文化发源地的中原地区,更是众多。长江之南,黄帝遗迹也是遍布,如黄山、庐山、缙云山等,甚至还形成了黄帝游踪的"金三角"。它说明了,夏商周各大部族,包括长江以南地带的楚人越人吴人,都把黄帝看成自己的祖先。对传说的考证,实证固然重要,但更要看其体现的民族集体心理形成和价值倾向。

山岳离天堂近,距人间也不远,是人间与天堂的自然中介。中国人是很自然地把对黄帝的崇敬与对山的崇拜结合在一起的。人类窥探大自然的神奇与奥妙,只能通过大自然的外在表象;而大自然在地球上的突出表征物就是山岳。《说文解字》:山,宣也。谓能宣散气,生万物也,有石而高。人在山上,才能成"仙"。《诗经》就是把最美好的诗词献给了山岳:天保定尔,以莫不兴。如山如阜,如冈如陵,如川之方至,以莫不增……如月之恒,如日之升。如南山之寿,不骞不崩。……

中国人的山岳崇拜,最突出的表现就是对"五岳"的崇拜。五岳之东岳泰山,西岳华山,北岳恒山,中岳嵩山,南岳衡山,都是自然风光优美,文化内涵丰富,最具"崇高"的象征意义,它们代表华夏大地的整体,也代表着美好的希冀和寄托。"王者受命易姓,改制应天,功成封禅,以告天地"

（东汉·应劭）。历代帝王家和宗教家常把五岳与国家政权兴衰连接在一起，到泰山巡守、封禅、祭祀活动绵绵不绝。在泰山顶上筑土为坛以祭天，在泰山下的小山头祭地，帝王家以此形象宣示天下：天下大定，符瑞并臻，自己取得天下为天命所归，继承的是大道正统。同时祈求：本家王朝江山永固。

为体现山岳地位崇高，祀之如神，历朝皇帝都很重视为山岳封号。这个荣誉，当然首先得归于黄帝。《洞天记》：黄帝画野分州，乃封五岳。然后才是历朝历代的帝王。秦始皇将五岳等众多名山一并作为"名山川"纳入官方祭祀行列。西汉宣帝正式将五岳从群山中划出，成为群山代表，体现国家信仰，享受国家高规格祭祀待遇。如唐历代皇帝就把五岳封为王：中岳为中天王，西岳为金天王，东岳为天齐王，南岳为司天王，北岳为安天王。唐朝还对天下名山进行封号，如十州三岛、三十六洞天、七十二福地等，形成了一个神仙体系。这个神仙体系的建设，充分体现了唐王朝的国家意志。对山岳封号，既彰示天命所归，同时也顺手将权力延伸到另一个世界，借此宣示神鬼佛道，不论哪路神灵，都必须置于人间王朝的纲常管理之下。

集造物主万千宠爱于一身的黄山，没有进入"五岳"这个排名序列，因为它是"黄帝之山"。

黄山这名字从何时开始，现在并不可考。唐明皇敕名黄山，应该是黄山命名的结束，而不是开始。在那之前，应该有很长很长的酝酿时间。伪托汉代的有本书叫《列仙传》，就说陵阳子明"上黄山，采五石脂"。民间更多的说法是：江南黔山，据得其中，云凝碧汉，气冠群山，有古木灵药、名花异果、瀑水飞泻、汤泉香温，是轩辕黄帝"栖真之地"。作为辅证材料，黄山包括其周边地区黄帝印迹众多，仅地名就留下了黄帝源、轩辕峰、浮丘峰、容成峰、炼丹峰、天都峰、黄帝坑、洗药溪、仙人峰等，多达百余处。这些地名历史久远，多不能确证起始时代，但都与黄帝在黄山寻真访隐，问道求仙，"采露珠，集灵草，煮妙石，炼神丹，沐汤泉，焕容颜"，最后乘龙与友人及臣僚等七十二人一同登天的传说有关。现在一年一度还在举办的黄山区"轩辕车会"，作为重要的非物质文化遗产，透露的就是远古时期隐秘的地理人文信息。

唐明皇在天宝六年敕名黄山，时间是在封完五岳为王之后。在祖宗之上，五岳之外，他独独以黄帝之名，敕封了黄山。把黄帝之名用之于一座山，是一举把祖先崇拜与山岳崇拜两大荣誉赋于黄山一身，使其在山岳的江湖中，享有了黄帝在人神的江湖中才能享有的"共主""共祖"地位。

真正是胆大包天、石破天惊！

这绝不是简单的采信官民言说，不是单纯的以景色论黄山。后世的"五岳归来不看山，黄山归来不看岳"，或许多少猜中了唐明皇的深藏心思。他对宗教的研究远超常人，有迹象表明这一敕名有政治考虑。如，天宝十一年即敕名黄山后不久，朝廷便析陵阳、泾县等地，单独建置了太平县，将黄山置于其中。这仿佛是为敕名黄山做的配套工程。太平，当然是大大的吉语，这是所有坐江山人的永远梦想。太平县旧治在"仙源"镇，似乎也是有来头的。此外，可以佐证黄山地位崇高的是其"方位"。古代以东南西北中配青赤白黑黄，中央为黄色。命黄山为"黄"，可能并不仅指其耸峙于群山之地理中心，更是指其处于社会人伦之中心。

至于后来，"虚引黄帝而推于神仙变诈，是以淫祀黩天也"（南宋·叶适），已切换到另一个话题。因为后来在中国人中，已悄然多了一个不同于神仙皇帝的"士"族。

三、知性黄山

物不自美，必因人而后彰。造物主的造化神功，人间皇帝的垂赏青睐，似乎没能避免黄山高蹈世外、人间罕闻的境地。黄山还需要巨儒名宦、逸士幽客、方外羽流的笔墨滋润洇染。

山水有清音。没有了山水，中国文化之旅甚至无从起航。"秦汉封锢深，唐宋游展广"。中国的文人士大夫，是一个非常特殊的群体，他们内心深处思念与渴盼的圣床，就是山水。而险峰幽谷，路径通幽，松柏森森，溪流汩汩，吸引文人雅士高致远行的各种经典山水元素，黄山是应有尽有。

山中一日，世上千年。黄山如太古一样巍然屹立。且不说那些高僧仙羽，如普门和尚于黄山有开山之功。文人墨客关注黄山，由来已久，唐朝大诗人李白就曾两游黄山。他两游黄山的时间分别是天宝十三年和天宝十五年，几乎与黄山受唐明皇敕名的时间同步。通过考察李白留下了四篇诗作，可知他的黄山足迹。李太白何许人也，他一瞥之下，就高吟：黄山四千仞，三十二莲峰。丹崖夹石柱，菡萏金芙蓉……描摹黄山场景甚至比今天的卫星鸟瞰图还精准，让人怀疑他真和造物主通灵。他没能深入黄山核心区域，给后人留下无法兑现的"他日还相访，乘桥蹑彩虹"遗憾。说句感情话，李白之后，我觉得世上再也没有人能如他一样接近天地之心，能够和他一样肆意倾情吟咏大自然了。

山脚下的凡人世界天翻地覆。转眼就是十六十七世纪了，中国文学艺术进入了一个新的鼎盛时期。由安徽人创立的大明王朝，总的看，还是一个治理有方、国祚绵厚的朝代，对外伸张国格，维护国家尊严，文明之邦声名远播。如朱熹学说成为日本官学，日本民间则趋捧阳明学；朝鲜甚至把明朝国家体制这样高端的东西都拿去复制了；越南到20世纪，官服还是沿用明朝服饰。明朝对欧洲的启蒙运动也产生了影响，利玛窦眼中的中国远比欧洲富裕，以至于今天西方还有一批"明粉"，他们盛称的东方文明，实际指向并不是大唐或大宋，而是大明。有明一朝，中国人特别是汉人的血脉气质也得到了梳理，明朝文化保留和激扬了中国人的骨气——刚烈劲节之气。苦楚四十年，矢作崇祯人。明朝遗民忠烈，甚至皇帝崇祯自己也是以身殉国的。明朝内部经济繁荣，工商业发展，城乡生活红红火火，市民意识觉醒，形成了新的商业阶层，出现了平民化和世俗化。社会越来越把"人"摆在重要地位，帝王、神仙、僧道等悄悄褪色，出现了重视活人、重视现世的现象。文学艺术更是繁荣，诗词歌赋，小说戏曲，特别是小说如春花怒放，中国传统四大名著，三部出在明朝。学术思想、美术工艺等都相当发达，向世界展现了丰富的人文和器物文明。甚至这个文学艺术的盛世，在改朝换代的剧烈社会动荡中也没有被打断。

正是在这个时代大背景下，黄山被推送到前台。这也就是联合国教科文组织所谓的"黄山，在中国历史上文学艺术的鼎盛时期（16世纪中叶的'山水'风格）曾经受到广泛赞誉，以'震旦国中第一奇山'著称于世"。发现黄山、推送黄山的主力是不可胜数的官宦儒士、僧道清客，即广义的"士"，或文化人、读书人。他们走向了黄山，更把黄山带出和推向了人世间。纷至沓来的文人墨客，面对黄山的绝世美景，惊叹于造物主的鬼斧神工，感慨于生命的渺小，莫不属文以彰显。其中最著名的，当是16世纪明万历年间的旅行家徐霞客。他与李白一样，也是两游黄山，初游为雨雪所阻，仅至汤泉、慈光阁和北海，未能尽兴。第二次他是为补偿夙愿再来，适逢秋高气爽，他徒步登临玉屏楼、天都峰、莲花峰等，叹为"生平奇览"：黄山无不"宏博富丽""藻绘满眼"，兼有泰岱之雄伟、华山之险峻、衡岳之烟云、匡庐之飞瀑、雁荡之巧石、峨眉之清秀。是时徐霞客三十二岁，历游名山大川十多年，已是见多识广。

在窥得黄山堂奥后，有人问："游历四海山川，何处最奇？"徐霞客毫不犹豫地回答："薄海内外，无如徽之黄山，登黄山，天下无山，观止矣！"后世诸贤，可能只有他精神上接得李太白一丝半片衣钵。但他只下评语，没有发挥笔力，铺排词句，写诗署文，没有去费力描写黄山。他只是感叹：观止矣！

造物主在不经意间，给了人类中的这些"知者"和"智者"，作了个略带点嘲讽味道的思维测试：任你万般揣摩领会，词语堂皇，堆砌辞藻，构图营造，泼洒色调，也难得我真相、真貌、真谛。人们很快发现，对黄山的描写变成了一场单方面的智力游戏，成为自己向自然"邀宠"的竞争秀；同时，更"智慧"的人则发现，只要自己有一点幸运，捕捉到黄山的一丝风韵，抓取到黄山的一鳞半爪，窥得到黄山的一星半点秘密，都不会是平庸之作。黄山都会让你在人间扬名立万，开宗立派，成就你最伟大的艺术家或什么家的梦想！

文学艺术面对黄山胜景有种难以言说的不自量力感。面对黄山，必须将"转山河国土归自己"的豪情转为"转自己归山河国土"的谦卑。文学上的一点执念，一点抒情，一点意趣，只能变成黄山上的一丝流云。

据黄山人统计，从唐至清1200年间，为黄山写作的就有诗词2万多首，文章1万多篇，可谓成千累万、成筐成摞、车载马拉。但很遗憾，真正能够得黄山真言、传播世间、流传下来的寥寥。至于音乐，我不知道有多少，但你拿任何一首去黄山顶上试听一听，那感觉就是你一张口，嗓子就劈了、倒了。绘画似乎更直观、更直接、更有力，能够无限接近黄山的真相。画师们似乎职业位置最有利，"多留居山中，反复观赏"，"搜尽奇峰打草稿"，只需要直接临摹下黄山的形态情状就好，其色彩、线条、光线、构图等，这些"食材"不需要你的蒸煮炖炒，直接拿来就足够。其中出类拔萃之辈，还形成了徽州文化的极品——黄山画派。他们抽象出别具风格的山水画：笔墨沉着简练，构图明快秀丽，风格清高悲壮，意旨深沉宏远，把最传统、最具中国文化特色的山水画推向了新的高峰。黄山画派的代表人物渐江，是黄山脚下的徽州人，他参加反清复明失败后削发为僧。在人生的后半段岁月里，他将内心的孤独、无助与寂寥，托付给了黄山，也把黄山的万千面貌一点一点向世人泄露。后世还有黄宾虹九上黄山，张大千四上黄山，刘海粟十上黄山的故事。刘海粟自矜：少时以黄山为师，耄耋之年傍黄山为友。我曾暗笑：您老人家是人中之龙凤，但九十几岁寿命与黄山6000万年怎么比呢？何况黄山在造物主那里还是个"小孩子"哟！及至当代，人类工程技术发展神速，人们又发现摄影来得最快，比绘画更精准，可以在瞬息万变的黄山捕捉其真相。

但很快就又失望了，无论多先进的摄影机，永远也赶不上黄山的变化。很多人近乎绝望地发现：他们在同一时间、同一地点，甚至同一型号相机对同一对象拍摄出来的照片，拿出来欣赏时都不一样。摄影方框中永恒不变的，只有造物主那永恒的、善解人意的微笑！当然，那微笑，也是有时慈祥，有时顽皮的！

这是一幅看不到开始，也看不到终点的自然山水画卷，就其华美灿烂而言，只有更好，没有最好。观止矣！

对黄山的推送宣传的最大贡献者，主体主角是徽州人，特别是其中的一个特殊群体——徽商。徽州人的经商传统历史悠久，至明成化、弘治年已形成势力庞大的商业集团。到明万历间，徽州人已经在吹嘘：今天下所谓大贾者，莫甚于吾邑。与其他商帮不同，徽商不仅钱多，他们还崇文重教，贾而好儒。他们很尊重读书人，甚至清末的反清隐士和其他避祸躲灾的异议人士，他们也不拒绝接待。"欲识金银气，多从黄白游。一生痴绝处，无梦到徽州。"汤显祖在 16 世纪写的这首诗作，讲的就是当时有大批文人去徽州的风气。董其昌、祝枝明、唐寅等大画家，都曾流连在徽商人家。渐江反清失败回乡，每年上黄山，是从歙县坐船经岩寺、炕上进山，下山后则于西溪南小住，接受那里的徽商朋友的馈赠、照顾，甚至这些徽商还把家族中收藏的丰富画品供他学习。外有山水之资，内有伊蒲之供，是渐江能够全身心地投入到艺术创作、成就自己的重要支撑。徽州人汪道昆邀请三吴名士王世贞来观黄山，更率众乡亲与王世贞"斗法"，这既是私人赞助对黄山的集体推销，更是黄山对山下众生的青睐与厚爱。

静心想想，黄山、徽州人，以及这里的万千动植物生灵，他们相互依存、相互成就，构成了一个完美的生态系统。且看，隐藏在黄山千山万壑的徽州古村落，哪一个不是得到黄山的荫庇，才卓立世间、世代赓续、福祉连绵呢？没有黄山，他们可能什么都不是。

山风吹拂去世俗的铜臭气，山泉洗涮去尘世的脂粉味。黄山就在"士"人的目光里，慢慢走近走到了我们的身边和心里。

四、共性黄山

黄山胜景，仅为硕儒公侯、高僧隐流或名士骚客独享，显然并不符合造物主的意思。他们的先行一步，只是为我们更多的平凡人去黄山探寻门径。

尽管我们这些凡人叠加 100 个，也不能等于他一个，但他们依然不能代替我们自己。

世代以来，特别是当代，无数人为使我们普通大众能够脚踏实地接近黄山，做了大量芟除荆棘、开山辟路工作，我们才得以近距离走近她、亲近她，得以目睹神仙胜地、蓬莱仙境。如今到黄山不再有车辙难至之困，合（肥）铜（陵）黄（山）、杭（州）黄（山）、黄（山）祁（门）景（德镇）、扬（州）绩（溪）等高速公路和（北）京福（州）等高速铁路已经通车。围绕大黄山，大徽州内部则由密布的旅游公路连接。四通八达的交通已远非昔时可比。黄山从帝王将相、文人墨客、隐士羽客的兴趣玩赏物回归，日益回到人民的怀抱。走在百步云梯和峭壁栈道中，头顶蓝天，身着云裳，脚蹬玄虚，我们在将自己的目光投向无边的风景中，也不得不低头赞叹脚下人类开拓的伟大工程，黄山有登山道 88.5 公里，规范石阶 6 万个。这是黄山人给黄山这个天之骄宠戴上的壮丽花环，它可以方便地让更多的人前来，目睹黄山秀丽壮美风光。

为增其荣耀，黄山人以对黄山的呵呼与崇敬心情，还在她身上挂满了勋章。1982 年成为第一批国家重点风景名胜区，1986 年成为中国十大风景名胜之一，1990 年列入联合国教科文组织文化与自然双重世界遗产目录，2004 年入选世界地质公园。2008 年，世界旅游组织/联合国教科文组织在黄山设立了全球第一个世界遗产地旅游可持续发展观测站。2015 年在黄山成立了中国山岳旅游联盟。这些都是地质界、建设界、旅游界的至高荣誉。今天，黄山迎客松，深潜在博大精深的徽文化之中，亦高扬在辉煌灿烂徽文化之上，承载着拥抱世界的东方礼仪，已成为安徽也是中国人民热情友好的象征。

我常琢磨，李白、渐江他们在黄山到底看到了什么东西？他们会走哪些地方，在哪些地方凝视发呆呢？造物主把什么秘密透露给了他们？造物主想通过他们向我们传达什么信息呢？想想也令我等俗人头痛不已。

但我坚信造物主并不藏私。当你沐浴着夕阳，坐在光明顶上，调匀好气息，真的不用想太多，看着诸峰构成的密集起伏的天际线，看着傍晚时起的云霭慢慢起来，就会完全明了。那些箱状峰、笋节峰，或飘浮在云海山岚之上，或竞列人前，将巉岩峭壁、万丈翠玉，神剜鬼刻、铁画银钩般雄伟的几何线条，自然坦荡，纤毫毕现。有人认为那或像欧洲的哥特式建筑，或像无数双直指苍穹的手，象征人间无数灵魂希望得到救赎的呼唤。但我想，它们其实更像一棵棵春天里的笋子，拔节而起，正在茁壮成长，充满着生命的韵律。又如燕巢里待哺的雏儿，一个个向上伸着尖嘴，在热切地呼唤着造物主的眷顾。她是如此的清新纯粹，如此的贤淑寂静，如此的温婉宜人。心境澄明，灵魂在飞升，忽然发觉，自己在山脚下生起的征服群山的雄心，刹那灰飞烟灭。

黄山的日出，是旅行的高潮。我们可以看到造物主如何把他的另一个作品——太阳，如同他的眼睛一样，聚焦到黄山上。拂晓，地平线上是浓重的紫灰色，峰林甚至不见。然后东方会现出一抹橙红光带，给人以要燃烧的模样。然而太阳却是从更低的、紫灰色乌云的底部中浮出。幸运的人，会看到它突然地跃升，从半圆形到浑圆。随着它的上升，云霞散开，五彩纷披，倏忽万变，朱红、橙黄、淡紫，庄严宝相，无可名状。瞬间，它更上一层，光芒四射，令人不能张眼，待你定睛时，它已在通体的光亮中逐渐隐去身体，与宇宙融成一体。而当太阳不显真容，它也会像炽烈的火焰，如同在烧煮一锅沸腾的水，让云层翻滚缠绕，变幻出千百种难以描绘的天光云影，散发出一团团杂糅的云光宝气，让你在明亮的天光下，用眼去触摸耸立的群山和它们那充满活力的肌肤与骨骼。奇妙的是，在洁净透明的晨曦之中，一切看上去都那么明亮清晰、一览无余，但给人的感觉是深邃神秘、不可测量，应该是完全固化的物理世界，但呈现的是勃发的精神现象。本以为自己的探索会有新发现，会心潮澎湃，不大声无以抒怀时，结果却异常寂静。心中似乎是鼓满，口却不能言，被一种类似管风琴中流淌出来的气息瞬时充满。极其绚烂、变幻莫测之中，是极其肃穆、虔敬、平淡、简单和宁静，甚至是带点儿温度的失落和忧伤。面对如此景色，最后发现的，只能是自己的无知，是自己的微不足道。没有什么好呼喊和声张的，最好的态度，就是膜拜，就是谦卑。

大川横展，群峰相拥。踌躇在一蹬一蹬的石阶上，那莫名的失落和忧伤也一点一点消失了，心境也随着天光渐渐地透明、透亮起来。突然理解刘海粟与黄山为友的意思，那完全是和年龄岁月无关的。这是人与人、人与自然、自然与自然间多重关系的互动。没有至诚虔敬的心，怎么能理解黄山，怎么能看到这世界的奇妙与奇迹？

天风浩荡，这是给你的抚摸，也是给你的提醒。

岂有此理，说也不信；真正妙绝，到者方知。（黄山狮子林楹联）

从屯溪进入休宁境后，横江一直在左右视线中，齐云山则顺江逶迤而来，悬崖绝壁，俨若画屏，山上粉墙黛瓦，若隐若现，生人遐想。

山与云齐人为峰

自古以来，黄山、白岳都是并称或对称。过去深得旅游趣味的人，如徐霞客、郁达夫等，到徽州游玩，一定是先黄山后齐云，或先齐云后黄山，两座山都是要去玩的。汤显祖的诗：欲识金银气，多从黄白游。一生痴绝处，无梦到徽州。其中的"白"字，虚指的是钱或炼丹的汞，实指的是休宁齐云山。黄宾虹画上常盖的印为"家在黄山白岳之间"，这白岳就是齐云山。黄山偏于天工自然，缥缈世外为主；而齐云山则以道教著称，以人事求仙为主，更多人间烟火气。

从屯溪进入休宁境后，横江一直在左右视线中，齐云山则顺江逶迤而来，悬崖绝壁，俨若画屏，山上粉墙黛瓦，若隐若现，生人遐想。我们把车子停在登封桥头，这里是最传统的登山路线起点。登封桥横跨横江，为明朝遗建，刚升格为国宝单位。当地人称：登封桥上望一眼，高瞻远瞩福不浅；登封桥上走一走，延年益寿九十九。它是徒步北登齐云山的必经之地。穿过桥头的小村子岩脚，就远远看到"天下第一名山"的徽式牌楼了。牌楼下，是一条由当地麻红石条铺就的小道。徐霞客两度登临齐云山，都是从这里上山的，故这条路叫"霞客古道"。过去郁达夫登齐云山，也是从登封桥出发，沿此山道前行，经过十三亭，穿象鼻岩，过三天门，最后到月华街的。他讲爬齐云山不累，就是因为这一路山水清丽，风景如画。"霞客古道"的另一个名字"九里十三亭"，则是形象说法。九里指路程，主要取九吉数，为最大数，十三则指路途上的十三座亭子，十三也是玄门中所谓龟背上的版纹十三条。九与十三合在一起，喻意至阳至阴。如今这九里，实测为 1500 米，只是上下落差较大；十三亭，则因屡建屡毁，现实际存十座。齐云山，我过去曾来过几次，但都是借助缆车。这次听说"九里十三亭"，徒步实际只需 1 小时，我便决定选择徒步了。

适逢一年中最寒冷的日子，山清林寂，只有我们一行人。正好慢慢走，慢慢欣赏。齐云山在县城西三十里，方圆百里，号称有三十六峰，七十二岩。但它只是休屯盆地中的一座孤山，算是"一石插天"，其实并不高耸，只有580 多米。齐云山最大的特点就是云多。尽管山不高，云雾却常有，号称一年365 天当中 260 天有云雾。因为其云海生成时离地面常常只有七八十米，人在山下，看云在天上；人至山中，则人在云海中，如同沐浴般；人在山上，则脚踩瑞云，如神仙般凌空蹈虚了。

齐云山"苍莽如凭虚，云物变幻最奇"。十三亭从步云亭起，经登高亭、凌风亭、中和亭、渐入仙关亭等，至望仙亭止。每亭间距很小，间隔长的不过百多米，最短的只有 50 米。且每亭的规模都颇大，并不似四柱一盖的简易凉亭。每个亭都有来历，比如渐入仙关亭，原是明嘉靖道士方琼真所建，亭在接近最后的望仙亭不到百米的地方，是登山人最困难的地方，此亭命名应是鼓励人自觉经受考验、坚持到底的意思。爬到望仙桥上，凭栏俯瞰，尽管寒雾朦胧，但依稀可见横江蜿蜒，大地平展，村落俨然"天开图画"构成的天然八卦图景，让人不能不感慨天地宇宙的神奇与玄妙。

自古名山僧（道）占多。齐云山属丹霞地貌，在皖南的花岗岩地貌中独一无二，巨厚的白垩纪红色砂砾岩，经过亿万年的风化剥蚀，形成了壮观的峰林、石柱、峭壁、石洞、方山、城堡等景观，而且这种红色砂砾岩极易使人联想到丹砂，即红色硫化汞，"丹家视丹砂为内含金精，具有烧之成水银，积变又还成丹砂的特性"，与道教的炼丹术隐隐契合。

齐云山的开发一直与僧道紧密相关。据说在汉晋就已开始，到唐宋就小有模样了。南宋宝庆年间，从黟县来了位名为余道元的方士，发愿要在齐云岩下建一座佑圣真武祠。真武神是太上老君的第二十八化身，脱胎降生为净乐国太子，长大后在太和山（即武当山）修道成仙，成为北方玄武、东方青龙、西方白虎、南方朱雀的四方守护神之一，他"日值武当，夜宿齐云"。真武圣像顺利塑成后，引来了八方宾客瞻仰，而来宾中最重要的客人是嘉靖皇帝。当时嘉靖皇帝无子，得知白岳齐云山佑圣真武祠内的元君神像灵验，就派祠官来祈祷皇嗣，谁知一祈就中，果然得子，这可是事关社稷福祉的头等喜事。《御碑记》载："朕于壬辰年（1532年），因正一嗣教真人张彦，奏令道众诣齐云山建醮祈嗣，果然灵应。"是年嗣子生。嘉靖十七年，敕建玄天太素宫于齐云岩，御题齐云山山额，免征所余香钱。这把齐云山的位阶一下子提高了若干等级。后世齐云山的"百子会"民俗，也与此有关。这"子"，尽管没分类，应在子孙之外，还有士子、孝子、文子等诸多意义吧。"百子会"期间，参加进香的朝山者，三天前就沐浴斋戒，洒扫庭除，洗涤好所有锅碗瓢勺筷子，不留一点荤腥之气；然后锣鼓喧天，打着旗幡凉伞，伴着丝竹金革，来山上做斋打醮，叩拜神灵。普通百姓也是借此机会，聚众娱乐一番。时下作为世俗话题，一般游客更感兴趣的是张三丰和包拯，也都无关道教，甚至直接拿道教说事调侃的。传说海瑞曾来齐云山进香，然而走了半日却总是在山里兜圈子而上不了山，道士说他脚上的皮靴是荤的，齐云山圣帝对此不满，所以不让他上山。海瑞无奈只好脱了皮靴再上山，然而到了太素宫，却发现大殿上有皮制大鼓。海瑞拿笔题词反问，当下鼓便自破。这下得罪了圣帝，命王灵官跟踪海瑞，若发现他有过失，即击杀之。结果三年过去，海瑞白璧无瑕，圣帝只好不了了之。这故事明面上颂扬了海瑞，但也讽刺了圣帝的凡人小心眼，很有点世俗色彩。

过了望仙亭，正式进入齐云山的核心地带了。密密布列着众多的宫观、洞穴和碑刻石刻。其中碑刻石刻最有名气，也是国务院颁布的重点文物保护单位。它们或大或小，或正或草，或隶或篆，主要分布在天门岩、真仙洞府、三天门、玉虚宫等处，蔚为壮观，其中年代最久远的是北宋时崖刻，数量最多的是明清两朝的石刻。唐伯虎的《紫霄宫玄帝碑铭》碑刻，用整块红色砂砾岩镌刻，仍存放在玉虚宫侧。

我们最终的目的地是月华街。月华街是齐云山的精华。月华街是齐云山山巅的一个古村落，只有二十八户人家。月华街整个建在悬崖上，背倚巨岩，面临深壑，加上常年云雾缭绕，使之像极了飘浮在云海之上或出没在云海之中的海市蜃楼，如梦如幻。真的很难想象，在月圆之夜，再看月华如水之下的月华街的景色是什么样的美。所谓人间仙境，怕不过如此了。修行在尘世，尘世即修行，不知哪里还有这样的形象解释。

月华街的街道用麻红条石铺就，街道两侧则是一色格调的徽派建筑，甚至宫观殿堂采用的也是徽派建筑式样，极其素朴平和。也许是受季节因素的影响，街面上行人很少，显得特别的洁净、清净、清幽、清雅。这种雅致的气氛，随着或窄或宽的巷弄和苔痕斑驳的麻石板道，向前铺开，并渗透进每一块青砖、三雕、防火墙及苔迹的隙缝里，也把我们的议论声音消于无形。由于土地逼仄，月华街土地利用率奇高。其整体布局与建筑选址十分合理巧妙，无论是民居宅舍，还是庵堂道院，均依山就势，因形而设，或藏或露，非常得体，与周围环境和谐统一。在一片素色的月华街上，处在中心位置上的赭红色院墙的玄天太素宫最为沉稳厚重。它历毁历建，现在的模样是前几年在原址上新建的。它背靠齐云主峰齐云岩，左为钟峰，右为鼓峰；前临深渊，正面对常年山气氤氲、云雾缭绕的香炉峰。宫本身并不大，但巧妙借助山势，显得气势格外高大与辉煌。他们说，山上的其他道院基本都是依山形地势走向构筑深院，不走到跟前还难以发现。大多道院层层递进，后高前低，起伏协调，格局雅致古朴，不论哪座道院宫观，推开窗子就是景。凭栏俯视，远山近水，红的岩石，绿的植被，白的民居，相依相偎，天然妥帖，自然般配。抬首仰望，悬崖高耸，云海翻腾，动摇心旌，人若浮尘，幻若仙境。环顾四周，则背依危崖，脚踏绝涧，但觉四空茫茫，烟飞云飘，无所凭依，出尘出世。俯视脚下，但闻泉水叮咚，不见流水潺潺，只有烟岚漫谷，不见深谷有底。

我这才反应过来，这"九里十三亭"和月华街，正暗合道家修炼的通三关之"天路历程"。如同黄山因名于轩辕黄帝，但本身并非黄色，也不产黄金，白岳也非白色，白有白银之意，却指炼丹求取的药银，意在羽化升天啊。过登封桥，横江蜿蜒，田畴广阔，宜于农耕细作，安炉架鼎，是炼精化气起步场所，"拘制色身，勿妄动胡行"，这是第一关。十三亭，曲折前行，通幽上攀，逐步上行，须全神贯注，在心地上做功夫，是身体精气神转化运化的重点区域，"定心凝气，勿七心八意"，此为第二关。过了望仙亭，进入山门壶天，则是三花聚顶，三姑、五老、天柱、香炉诸峰矗立，凌虚、紫霄、独耸等岩满目，栖霞洞、洗药洞、鹊桥诸胜林立，核心景观、宫观密集，"解脱真意，勿执着粘滞"，是谓炼神还虚。它也暗合中医之道，先打通任督两脉，然后将精气神汇于百会穴。月华街如同调节整个齐云山气理的百脉之会、诸阳之会，"是真性不乱，万缘不佳，不去不来，此是长生不死也"。山水有真言，这齐云山之行，既是游山玩水，也是修行悟道，是从人间到仙山，再到天界的路引。山水就是一个有机整体，与天穹、与人体的四经八脉同理。月华街也最能体现"道"，它把"道"融入青山丽水之中，所以它可以包容各种冲撞、抵触，达成最后的高度融合。

太素宫是正宗道观，然而看其内对联：中国有圣人，是祖是师，咄咄西来东土；名山藏帝子，亦仙亦佛，元元北镇南天。治世仁威宫对联也很直白：看岩脚东亭塘头西馆衮延街下皆为我佛信徒；有齐云白岳耸翠紫霄掩映其间莫谓登仙无路。道家阴阳、佛家轮回和新安理学融会贯通为一体，毫无讳和之感。即使在道教传承内部，齐云山道统似乎也难说纯正，正一、全真也已熔于一炉，门派之别并不显著。从这个意义上讲，齐云山的市场知名度，不能仅看成是被黄山的光环笼罩，更多的倒是"道可道非常道，名可名非常名"的境界使然了。这也使得月华街在徽州众多的古村落中，别具一格，也使齐云山在徽文化生态圈中，独树一帜。

中文"生态"一词最初的意思是美好、和谐、健康、共生的事物或状态，特别专注于人，主要是用来描述人的。《东周列国志》第十七回中有"目如秋水、脸似桃花、长短适中、举动生态"的描述。南朝梁简文帝《筝赋》有"丹荑成叶，翠阴如黛。佳人采掇，动容生态"之说。人类与自然生生灭灭，经久不息地双向互动和交互影响。齐云山似乎天然具备了"道法自然"一套符号系统，生动解释了人与人、人与自然的和谐相处的生态蕴涵。齐云山与黄山相比，更显清雅；与其他宗教山头相比，则更具烟火味，更具人世间的良好生态，更能展示人类与自然之生生灭灭、经久不息的双向互动和交互影响。

齐云山后新开了旅行道路。我们顺路下山回到齐云小镇，晚宿祥福瑞客栈。早晨在稀朗的雪花中，我们又沿着横江走起，一直到南坑村。横江在这里拐了一个弯，形成山里十分罕见的小冲积平原。平展展的土地上，种着正泛青的麦子和油菜。仔细看，可以发现农民用麦苗和油菜搞了个田园艺术，利用它们之间的色差塑造了一个宝葫芦形状的大地图案。想来春暖花开日，麦子青葱颜色和油菜花金黄颜色构筑起的宝葫芦图案，从山上俯瞰一定十分美丽。我端详着齐云山，心中豁然开朗，明白了小小齐云山为什么会成为中国道教四大道场之一。齐云山符合所有道家佛家建筑寺庙宫观"人野相近，心远地偏，背山临水，气候高爽，土地良沃，泉水清美"的要求，有奇异的山峰山峦与岩洞可供修炼，有丰富的草药矿石等原材料供给，有可以进行农事活动的田地。若放大视野从高空俯瞰，齐云山处在休屯盆地中，四周则是黄山等高山环伺，既似它们怀抱中的婴儿赤子，更似一个在众多大仙呵护下的巨大炼丹炉鼎，是对仙境信仰的完美模拟和现实诠释，天然具备道场所需要的全面性、安全性、舒适性、可观察性以及可选择性和多样性等。若想说句带点"洋味"的学理话，它也吻合西方营造学中选址的所谓"瞭望—庇护"理论。

日月经天。齐云山混天地精气神为一，世代炼丹，护佑生息了一方生民。休宁县邑虽小，却历来为徽州望县。过去看"三言""二拍"，每每言及徽商，其中男主人公最多的除了歙县人就是休宁人了。休宁不仅出商人，更出状元。休宁县历史上出过十九位状元，这是一个令人瞠目的数字，且不说北方甚至很多州府历朝历代都没有出过一个状元，就是与排在它后面的亚军吴江和季军歙县比，休宁的人口规模也少得多。若按万人人口比例来算，无疑还要更高。除了状元，休宁还有很多宝贝，如桃花米和松萝茶。桃花米为饭香软，传南梁新安太守任昉两袖清风，一生积蓄唯有桃花米二十担；松萝茶有独特香味，其制作精细，唯取嫩叶，去尖与柄，"制者每叶皆剪去其尖蒂，但留中段，故茶皆一色，而功力烦矣"。古人以茶入药，多选休宁松萝。《本草纲目》说：松萝入药能化食、通便，可治黄疸与半身不遂等症。现代史上很有名的植物猎人——英国人福琼，到中国来偷茶树种，就是到休宁松萝山来偷松萝茶的。如今齐云山下的齐云小镇开发已有雏形，全部是现代化的旅游设施，品相不错。

我们知道的皆为过往。齐云山仍然在无声无息、日夜不休地炼"丹"，尽管我们不知道它未来会带给我们什么，但它以往的表现，让我们有理由抱有强烈的期待。但对山上，引用一句话，let her alone。

说"九华山的菩萨，照远不照近"，其实是说九华山人律己甚严，而待人甚厚吧。没有他们的淳朴与好客，这些奇人奇事奇文也许都没有。

妙 有 灵 山

妙有分二气，灵山开九华。这是唐朝大诗人李白描写九华山的诗句。九华山在安徽省青阳县境内，自古比肩黄山，尤以秀耸闻名，在人文旅游江湖上独树一帜。

时在岁末，深冬的九华山，积雪微存。满山的树木褪去绿叶披挂，裸露出遒劲的枝干，显得清爽而有气节。松柏竹等长青植物，在凛冽的寒风中摇动，多了几分沉郁之气，显得厚重。

百岁宫是九华山四大丛林之一。从山下的九华街往上看，它高耸壁立在海拔871米的插霄峰的东崖上，整个建筑高五六十米，相当于现在的数十层的住宅楼高了。外墙通体刷白，不似寺庙，倒似西方的城堡。坐缆车直接到山岭上，看到的正是典型的江南民居式样建筑。从山门正面看大殿，它只有一层，而它的厢房倒是两层。大殿上竖匾"敕建万年寺，钦赐百岁宫"，是北洋政府大总统黎元洪题的。百岁宫慧庆大和尚给我们介绍，百岁宫自明朝开建，它融山门、大殿、月身殿、库院、斋堂、僧舍、客房和关房静室及其他生活设施于一体，没有其他单体建筑配置。百岁宫整个建筑面积有2987平方米，大大小小房间有百多间。由大殿侧门进入大殿，内供奉明万历年间无瑕禅师真身。无瑕禅师享年110岁，曾用舌血和金粉，费时20年，抄写了81卷《华严经》，此部血经至今完好保存在化城寺。殿前有一天井，下建蓄水池。月身殿侧后是佛堂和僧舍。我们沿着窄窄梯子一层层往下深入进去。全部房屋贴着悬崖而建，很多房间内有巨石裸露，仿佛是另外镶嵌上去的，其实却是房子垒建在巨石之上，石头才是房屋的基础支撑。内部结构如迷宫，楼层区隔不甚明显，但层次丰富，异常复杂。最里边、最下面的是二十几平方米的石关。石关完全是由石头做成的一间封闭房子，或原本就是一个石洞。过去这里专门供大和尚闭关修行。闭关时把楼梯抽掉，这里便与外界彻底隔绝了。举目看去，都是冰冷坚硬的，连禅床也是凿石而成的。整个石关，只有一扇一尺见方的小窗子，透着天光。人站在那里，往外看，除了方方正正的一角天幕，什么也看不到。再想想头顶上几十米高的悬崖石壁，不禁悚然。但开创百岁宫的祖师无瑕禅师的修行石洞不在这里，它在西向的石崖上，其修行坐化的石洞大门，正对着山下九华街上的月身殿，那里是金地藏金乔觉的法身所在。

百岁宫地势极为险峻，是因为它实际坐落在插霄峰最东头的摩天岭。"摩天"两字名副其实。这里位置高耸，适合瞭望。四周空阔，视线无遮无挡，似处在天空之中，所以百岁宫初名"摘星庵"。插霄峰岭脊线稳定悠长，顶部还有稍平坦地方。距离百岁宫不远处，就有后来建的五百罗汉堂，粉墙碧瓦，雕梁画栋，是两层仿古宫殿式建筑，堂前甚至还建了一小块广场，显然这里是观察九华山形胜的好地方，虽然目力所及，万不及一。插霄峰东侧下方是闵园盆地，该盆地之东仍是一系列高峰屏立，各具形态。其西侧下是一个差异风化侵蚀型盆地。四面青山环护，堆翠叠绿，盆地中央则是九华街。九华山古刹林立，自明清以来便是香客游人集散地，寺庙密度高达每平方公里6座。另还有众多的商业店铺，僧俗共处，香烟缭绕，一派莲花佛国景象。

不能自已，更加佩服李太白来。唐朝那时没有汽车、缆车，没有望远镜、无人机，但他通灵天地，神交鬼神，信口吟出的"妙有分二气，灵山开九华"这样的诗句，既高妙地抓取了九华山的精魄，也精准地描写出九华山的自然特征。人间有天才，实在是我们这些凡人的幸运。

细细思忖，这九华山的卓尔不凡，一是九华山的自身，属天生丽质。2019年4月，联合国教科文组织发布公告，批准九华山为世界地质公园。在评审时，因评审专家里有熟人，我专门去九华山拜会。他们介绍，从地质学上看，九华山为皖南斜列的三大山系之一，与黄山、天目山并行。按常规，因为九华山距离黄山太近（不足200公里），不能评世界地质公园，但看过九华山的中外专家说，九华山看似距离黄山近，但它是一个独立的存在。它崛立于皖南中心部位，属强烈断隆带，多奇峰怪石，虽然主体也是由花岗岩组成，但在很多方面与黄山还是有很大差别。这一点，在山上有时看不真切。

最佳观察点应在铜陵到贵池的长江之上。"昔在九江上，遥望九华峰。天河挂绿水，秀出九芙蓉。"所以从江上遥望，更能尽瞻九华之秀。它蔚然环列于天际，高出云表，险峰错落、怪石嵯峨，山地迤逦、幽谷深邃，宛若盛开在大地上的一朵莲花。深入进去，更是每座山头都印染了人的气息，足以让访客体会到什么是天作成，什么是斑斓貌。

二是名人造就。"江南一岳占青阳，多少神仙此地藏。"九华山一直是文人的宠爱，特别在过去交通条件不好时，它比黄山更适合文人骚客游览。塑造九华山形象功劳最大的，当属唐代诗人李白。江上名山传九子，九华名自青莲始。唐天宝十三年（754）李白漫游皖南，夏在铜陵命名了五松山，冬至青阳命名了九华山。有《改九子山为九华山联句》：青阳县南九子山，山高数千丈，上有九峰如莲花。按图征名，无所依据。太史公南游，略而不书。事绝古老之口，复阙名贤之纪，虽灵仙往复而赋咏罕闻。予乃削其旧号，加以九华之目。自李白开创了描绘九华的康庄大道，后世之文人墨客不绝于途。王安石："楚越千万山，雄奇此山兼。盘根虽巨壮，其末乃修纤。""巍然如九皇，德泽四海沾。""毅然如九官，罗立在堂廉。""颓然如九老，白发连苍髯。"南宋诗人王十朋："九华之胜，不在山中，从江上望之，秀逸清远。"杨万里："山外云浓白，峰头日浅红。横拖一疋绢，直扫九芙蓉。""横看不与侧看同，九朵芙蓉并插空。"刘禹锡："九峰竞秀，神采奇异。昔余仰太华，以为此外无奇；爱女儿、荆山，以为此外无秀。及今见九华，始悼前言之容易也。"大呼："九华山，九华山，自是造化一尤物，焉能籍甚乎人间。"范成大曾为徽州官，品评江南胜景名山，以为"亦以为天下同称的奇秀山峰，莫如池之九华，歙之黄山"。一般游客到此，莫不谓此山秀耸过于庐岳。

然而，说诸多名人成就了九华山，莫不如说九华山成就了诸多名人。九华山能够成就佛、成就神、成就人，这才是九华山最迷惑人的地方。

中国有句老话，一方水土一方人，青山绿水出高人。古往今来，九华山成就的高人数不胜数。首屈一指的当然属高丽国王子金乔觉。金乔觉渡海东来，行踪在各地多有，但最终成佛处在九华。《宋高僧传（二十）》：地藏菩萨降诞为新罗国王族，姓金，生而相胸奇特，顶骨耸出特高，臂力甚大，可敌十人。为人心地慈善，颖悟异常。据说李白漫游九华山时，曾有"赖假普慈力，能救无边苦"诗句赠予，虽不能证实，但也属有缘。金乔觉本人亦能作诗，全唐诗收有他的诗作："空门寂寞汝思家，礼别云房下九华。爱向竹栏骑竹马，懒于金地聚金沙。添瓶涧底休招月，烹茗瓯中罢弄花。好去不须频下泪，老僧相伴有烟霞。"他于公元 794 年圆寂，终年九十九岁。他跏趺石函，三年后体貌如生，所以金乔觉被视为地藏菩萨的化身，九华山被视为地藏菩萨应化说法的道场。在中国佛教四大名山中，唯一人间证道的就是九华山。如果说金乔觉离我们时代隔差大，那还有一个大兴和尚，即说"好人好自己，坏人坏自己"的那位。我小时候生活在铜陵，距离九华山并不远。大兴和尚在青阳、铜陵一带四处行走，化缘行医，我们都见过他。上世纪 80 年代他圆寂后肉身不腐，成为菩萨。九华山至今已有肉身菩萨 19 尊，这在雨水阳光充沛的江南地理环境中不能不说是一个奇迹，也成为地藏菩萨可以给人延年益寿、安居乐业等众多利益最直观的注释。换个角度，正是九华山人地相适、相互成就的典范。

人间人物当是王阳明。王阳明被誉为中国古代四大圣人之一，与孔子、孟子、朱熹并称，而九华山是他思想转变定型的重要节点。附会在王阳明身上的事迹不少，包括他的青少年时代，但可以确证的是他在会试及第后，任刑部主事期间，到直隶、淮安断案审狱公务之余，第一次上了九华山。他时年正好 30 岁。他遍游九华山，并参访当地许多奇人异士。最著名的传说，是他参访蔡蓬头和另一位在地藏洞中修行的异人，因为在地藏洞，这异人的身份以和尚可能性最大。这两人形象很典型，分别代表着一道一僧。这故事今天看，很难确证，因为类似故事很多地方都有。说九华山对王阳明思想转变定型有重大影响，主要是考察他下山后的行为。他下山后做了两个重要决定：一是脱离京都李梦阳等一批才子，"吾焉能以有限精神为无用之虚文也"；二是决定辞官，"果有志于心性之学，以颜闵为期，当与共事，图为第一等德业"，回到家乡阳明洞潜修悟道。据其弟子王畿后来记载："为晦翁格物穷理之学，几至于殒。时苦其烦且难，自叹以为若于圣学无缘。乃始究心于老佛之学，筑洞天精庐，日夕勤修，炼习伏藏，洞悉机要，其于彼家所谓见性抱一之旨，非唯通其义，盖已得其髓矣。"可以这么说，没有九华山，就没有王阳明后业的阳明洞修炼和龙场悟道。延伸出来的另一个重大决定，是他在阳明洞修炼后，以孝的名义下山复出。这与《地藏经》的孝道思想暗合。当然，老、佛对他而言，只是行路的车马，渡河的舟楫。旁证是王阳明在 18 年后，再上九华山，两次共为九华山写了 50 多首诗赋，大大超出一般人。其《九华山赋》"蓬壶之巍巍兮，列仙之所逃兮；九华之矫矫兮，吾将于此巢兮。匪尘心之足搅兮，念鞠育之劬劳兮；苟初心之可绍兮，永矢弗挠兮"，将心路历程表达得十分清晰。

　　九华山不仅培育涵养了金乔觉、王阳明这些大人物，更培育涵养了九华山本地人物。

　　九华山气清白，似云非云，似烟非烟，似雾非雾。"九华诸峰启其秀而发其光"，民尚淳朴，好诗礼，民勤职业，若士，则多敦气节，工辞章，文采风流。对金乔觉的成佛，我们不能忘记诸葛节，唐至德年间（756—758），山民诸葛节见高僧居于石，煮白土以为粮，于是倡议高僧筑室，并捐款买下"谷中之地"，后被唐德宗赐名化城寺。至于传说中的闵公和道明，更是本地人成佛的代表和形象说明。说到李白，李白在九华山是比较开心的。比较一下他晚年写的诗，都有一种郁郁之气，其九华篇章却有清新味道。主要还是因为有友人在此，经常有酒喝，有诗应酬。王阳明来九华，主动接待他的本地僧俗两端人物也是众多。说"九华山的菩萨，照远不照近"，其实是说九华山人律己甚严，而待人甚厚吧。没有他们的淳朴与好客，这些奇人奇事奇文也许都没有。山林泉石，比较适合修行，但最终决定因素还是人之间的互动与启迪。佛国圣地，终究讲的还是人间烟火亲情。到九华街一览，什么都会变得清明了。

　　岁月轮回，又一个春天将到。去看风生九华，唤醒生灵万千。

"一生痴绝处，无梦到徽州"（汤显祖）。词华典丽，意义多重多解，早已超出作者初心，成为徽州不计其数、文字曼妙的山水诗文代表。

无梦到徽州

徜徉在黄山的山水间，人们每每惊叹徽州文化，常用"如此博大精深，如此辉煌灿烂"来形容。确实，在中国文化谱系中，徽州文化是一个极具特色而相对独立的地理文化单元。

所谓徽州，是指以今天安徽黄山市为主体的地域，传统包括一府六县，即徽州府和歙县、休宁、黟县、祁门、绩溪、婺源。方位大致位于北纬 29 度至 30 度圈线。全域面积大约 1.5 万平方公里。境内以山地丘陵为主，中间夹有休（宁）屯（溪）盆地，河流密布，水系发达。属北温带气候，四季分明，降水丰厚。现在人口 200 余万，与历史上高峰值差距不大。尽管地理面积不大，但徽州作为文化概念，有着非常稳定的地域空间和传承谱系，以世系家族为骨干的纵向传承，和徽商迁徙的横向衍播，特别是至今依然保存的海量物质和非物质文化遗存，给人们展现了一个发育充分、独立完整的传统农业社会区域样本，其声名早已突破地域限制，成为中华传统文化桂冠上的奇葩。

当我们回眸审视审美中华传统文化时，徽州文化作为一个精致且成熟的文化范本，其综合性、复杂性和完整性，使之超越其他地域文化，可以给我们提供独特视角和现实参考。

一、徽州文化在文字上的体现

文化最基本的特征是文字。我们观察一个地方的文化，不能不观察其有无文字记载、记述和描述其物质生产史、社会生活史和人们的日常生活交流活动。没有文字留下的文化，很难得到普遍认可，实际上也不能产生社会影响。

徽州之所以成为独立的地理文化板块，与在徽州发现的大量文书直接相关。古来新学问起，大都由于新发现（王国维）。比如敦煌文化，就是外国传教士从敦煌发现并带出了大量的文书文本，徽州也是如此。随着 20 世纪后半叶社会革命深入到每个角落，徽州开展了持续不断的抢救文物行动。结果发现其数量之多，分布之广，"令人摸不到边，也探不到底"。保守估计，徽州文书应在 50 万件，远超敦煌发现的 5 万余件文书。徽州文书涉及的内容广泛，包括契约字据、公文案牍、书信手札、乡规民约、鱼鳞图册、宗法礼仪、财务簿记、手书文稿等。这些文书构成了徽州文化坚实的学术基础。许多文书本身所具有的延展性，如族谱家谱、乡规民约、契约记簿等，更是包含着大量的非正史可记载的社会基础信息。今天人们评价徽州人有文化，多是从这个直观印象出发的，徽州有文化，也是因为不论时代如何变迁，徽州人都能克难克艰、事无巨细，通过大量文书记录下了他们的日常。

其次是文字所表达的抽象理论思维，这是社会文化发达的标志。徽州如此狭小的地域范围，历朝历代却集群出现了大批文人学者，状元进士比比皆是。特别是新安理学发轫于此、壮大于此。梁启超说，我国自秦以后，克能成为时代之思潮者，则汉之经学，隋唐之佛学，宋明之理学，清代考据学，四者而已。理学和考据学都与徽州紧密相关。理学的集大成者朱熹是徽州婺源人，其追随者中，徽州本土人士众多以至成派，号称新安理学，成为程朱理学的重要支撑。更为重要的是，徽州人不仅研究理学，更是努力践行之，把理学普及应用到基层民间。在徽州，凡事皆依《文公家礼》，凡书皆读朱子所注，读朱子之书，服朱子之教，秉朱子之礼。新安理学教育广泛深刻，并活化到徽州所有的物质生产和精神生产之中，浸透在人们的日常生活及劳作方式之中，从贾而好儒，到伦理物化象征的牌坊，都表征理学在徽州做到了内化于心，外化于行。要了解徽州文化，不了解程朱理学对徽州的作用影响，很难窥其堂奥。新安理学发展脉络清晰，人物星汉灿烂，出现了一批宗师，如朱熹、戴震等，他们不仅对徽州文化具有根本影响，甚至左右了时代思潮。当然，西学东渐之后，新安理学的理论前提、逻辑架构、概念设置、分析方法大多被抛弃，但他们已深度嵌入中华文化中，在历史上打下了深深的烙印。其实，直至近现代，我们在胡适、陶行知等徽州人身上，也能清晰看到其精神影响。徽州文化的各个方面都离不开理学，也可以说，理学为"经"，各个方面只不过是理学的外部展开和具象表现。

再次是文学。最能体现文化特质的当然是文学作品。"一生痴绝处，无梦到徽州"（汤显祖）。词华典丽，意义多重多解，早已超出作者初心，成为徽州不计其数、文字曼妙的山水诗文代表。徽州文学的昌盛与其独特的自然地理与浓厚的人文文化分不开。徽州文学最主要的特点，一是描绘本土景色作品多，二是本土诗社文会多，三是本土作者多。社会把文学作为一种基本修养和基本技能，为诗作文不完全为通常意义上的传统文人所独有。文学的创造性、适用性、知识性与教化特征明显。例如，徽州的楹联，既是居屋装饰的实用需要，也是居室主人人生观、价值观和审美观的真实写照和自然流露，其"偌大景致，若干亭榭，无字标题，任是花柳山水，也断难生色"。且看："读书好营商好效好便好，创业难守成难知难不难"；"几百年人家无非积善，第一等好事只是读书"。徐霞客曰：薄海内外无如徽之黄山，登黄山而知天下无山，观止矣。陶行知云：吾徽州可谓东方瑞士，莫辜负新安大好山水，共勉之。喝一杯说三道四，得安闲处且安闲；听两句论古谈今，有快乐时须快乐。

二、徽州文化在实物上的体现

人类在地球上留下的最醒目的痕迹当然是各类各式建筑。进入徽州，遍布青山绿水间的村落和民居无疑是最让人流连的。徽州建筑，作为一种历史文化遗存，包括了实物、科学、技能、艺术等诸方面内容，甚至突破物质技术和功能的限制，进入人的心情和心理的境界，折射出区域的社会习俗和精神风貌。不得不看，也不得不琢磨。

古徽州号称上下五千村。青山云外深，白屋烟中出。"双溪左右环，群木高下密。曲径如弯弓，连墙若比栉。自入桃源来，墟落此第一。"这是描写世界文化遗产的黟县西递村的诗篇，也是所有徽州古村落的剪影。徽州建筑展示的传统乡村建筑体系，当下已突破区域的限制，而事实上成为所谓中国风格、中国气派、中国元素最集中的代表。徽州村落具有鲜明的文化特点。首先是它的风水观，这是中华传统文化区别世界其他文化最隐秘、最富有自身特色的部分。徽州村落规划思想上深受风水学影响。村落选址要求极严，强调卜居、发脉。一定是前有流水，后有靠山，左右砂山环护。风水观的落地还有水口。村落前的水口，系一村福祉之所在。山管人丁水管财，这种风水观的效用，一个体现就是这些村落经历数百上千年岁月不等，但大多从建设至今都还活着。徽州村落与通常意义上的遗产有着重大差别。虽然冠之以遗产之名，但它不是历史博物馆的标本，是活生生的现实存在。二是徽州村落以直观的形式，把徽州宗法思想理念给予了落实。村落，从来就不是单纯的栖身之所，它是人生的出发地，是氏族血脉传承的依托，既是自然空间的一部分，也是社会管理的具体载体，集中在祠堂、牌坊建造与民居布局上。徽州村落以血缘关系为纽带，聚族而居，宗祠必须建在村落布局的中心地位，其祠堂不仅规模宏伟，居于核心，也是村落建筑高度的标杆。三是在文化审美趣味上，突出展现中国传统士大夫的田园生活向往，呈现天人合一、儒释道合一的心态与意趣。要求诗中有画、画中有诗。从选址、布局、造型、结构、功能到装饰美化都集中反映出徽州的山地特征、风水意愿和地域美饰倾向，别具一格。徽州村落实际是按"书"营造，如多设计"八景"之类园林景观，理念相通，传承一脉。所谓的"徽风皖韵"，说的就是蕴含其中的文化意蕴，及其所呈现出的精神向往。

徽州建筑的单体形式，包括民居、祠堂、牌坊、庙宇、书院，还有桥、亭、廊、阁、台、榭等。黄山地区现存古建8000余个，其中前三者被称为徽州"古建三绝"，而民居是最多、最常见的式样。民居是构成徽州村落和徽派建筑的基本单位。从历史渊源上看，徽州民居应源自南方一带的干栏式建筑。从建造结构上看，通常为多进楼层院落式集合型。民居组合因为依山就势、尊重地理，整体形态呈现灵活多样、流动飘逸，其外部特征则可以识别为古拙、敦厚、凝重、规矩、清逸、精致等。具体到每个单体建筑，更具文化性、装饰性，是把一种特殊的建筑风格推开并定型，即所谓徽派建筑风格：粉墙黛瓦马头墙，肥梁瘦柱高楼房，门罩山墙地铺砖，两进三间天井院，双层砖木雕画绝，楼上阁厅飞来椅。在白墙青瓦的外观里，填充着日益丰富的文化内涵。单体民居内装饰每每精雕细作，室内陈设更是集建筑、书画、雕刻于一体，楹联字画，书香意趣、品位不俗，石砖木三雕，绮丽多姿、精美绝伦。

三、徽州文化在行为上的体现

文化最重要的功能是塑造人，塑造人的行为方式。徽州人以其独特的自然资源条件、深厚的人文传统、富庶的徽商经济和基层民众艰苦的生存竞争，在长期的生产、生活中产生和形成了众多与外地显著不同的具有本区域特色的文化传统。徽州文化在塑造人的行为方面，极为成功，突出表现在礼仪、读书、经商和谋生的事工上。相对而言，在实际生活运转中，徽州也没有其他地区士农工商泾渭分明的等级差别和尖锐冲突。

徽州礼仪源出儒家文化，并兼纳各方礼仪，采择其善。徽州礼仪的核心是孝亲文化，这也是中华传统文化的精髓要义。但徽州人践言践行，把此做到了极致，铺排出十分繁杂的礼仪程序制度，其外在的典型表现是祠堂；内化在人的行为上，则细致规范着徽州人的日常生活、行为方式和血缘亲情表达，所谓"尊其尊而长其长，老吾老而幼吾幼，亲亲之义，循循有序，礼义之风蔼如也"。

十户之村，不废诵读。历朝历代，徽州的州学、县学、书院、私塾、义学、书舍、书堂、学馆枝繁叶茂，遍布城乡，井邑田野，莫不有学。状元是中国科举制度的最高荣誉等级。科举制度在中国整整实行了 1300 年之久，选拔出了 10 万名以上的进士，百万名以上的举人。公平论，科举是人类社会的一项伟大发明，科举考试的制度设计和组织严密程度，怎么看都是世界上最严格最科学的。其次，它非常适合国家大规模选拔人才，能最大程度地动员社会力量。三年一次的科举考试，成为巨大的旋涡中心，吸收了最多的社会资源，也吸收了大多数读书人的毕生精血。再次，科举产生的结果极其堂皇，它创造了当时世界上最为发达的文官系统，通过科举考试的这批人实际上在管理着国家事务，特别是社会行政管理事务。徽州人对科举可谓是真正顶礼膜拜。举宗族之力，举世代之力，以博取功名几乎成为全体徽州人的自觉意识和行动，且卓有成效。休宁在皖南只是一个很小的县，尽管建县有 1000 多年了，至今县域人口还不过 20 万，它却有底气建了中国独一无二的状元博物馆。因为休宁历史上产生过 19 位文武状元，明清两代还考取了进士 460 余人。而同属徽州的另一个县——歙县，则产生了 12 个状元，2000 余名进士。金榜题名，是人生幸运之最。想 1000 多年里，全国进士 10 万，与读书人总数比较，已万不及一，而状元更寥若晨星，仅区区 700 来个。可以想见，中状元是一件多么难以企及的事。谁料皇榜中状元，说起来哪一个状元不充满戏剧故事，这一点在徽州民间谚语中也有充分体现。最值得人品味的是，科举塑造了一种崇尚读书、尊重文化的传统和氛围。当然，"读书非徒以取科名，当知做人为本"。中化文明数千年不衰，或许这也是其中的密码之一。

前世不修，生在徽州；十三十四，往外一丢。徽州地窄人稠，生活不易，经商是一种无奈选择。然徽商独领风骚，称雄商界近 400 年，创造了"无徽不成镇"的奇迹。真正成就其独特风景的是"贾而好儒"。科举考试能得中的，不论举人、进士，更遑论状元，相对整个社会的读书人来说，都是少数。大多数读书人会在这一层层递进的考试制度里被淘汰。落第后的读书人，最好的出路是给当官者当幕僚，充填社会的一些需要识文断字的边缘行业的空缺。其中不少人在乡里当私塾先生，把他们自身未能实现的梦想，千方百计嫁接给下一代，充当着传承文化的教育者。徽州落第读书人可能还有一个出路，即去经商。经商成功者，可以得到社会的承认，再利用充裕的经济实力，大力支持文化事业，更是成功徽商最基本的行为方式。可能因为徽州商人的这种独特追求，徽商文化特色非常明显，其经营理念都透着浓重的"儒"意味。斯商，不以见利为利，以诚为利；斯业，不以富贵为贵，以和为贵；斯买，不以压价为价，以衡为价；斯卖，不以赚赢为赢，以信为赢；斯货，不以奇货为货，以需为货；斯财，不以敛财为财，以均为财；斯诺，不以应答为答，以真为答；斯贷，不以牟取为贷，以义为贷；斯典，不以情念为念，以正为念。

徽州文化贡献给人类的另一道独特风景线，是徽州极其丰富的非物质文化遗产。历年来，黄山被列入国家和省级非物质文化遗产的名目及数量之多，令人惊叹。它极大地提高了徽州的文化品位，丰富了徽州文化的内涵，黄宾虹称之为"世苑之奇英，神州之至宝"。运用工具，使用各种材料、手段、技巧与习惯谋生，并可在特定族群中传播学习的行为能力，是人类智慧的物化实践。文字只能记录，而不能给予传承再现，比如书法雕刻，道理懂得再多，不去实地实际亲自动手练习，也不能保证雕刻出精美的艺术品、写出漂亮的字。随着科技的发展，人类物质生产方式的进步，大多数手工技艺逐渐离开了人们的日常生活生产需要，更多体现在精神文化层面。徽州的非物质文化遗产，大体包括三个方面的内涵。

一是技术层面的，徽州的非物质文化遗产虽然仍与谋生相关，但已进步为满足更美好的生活需要。与其他地区的非物质文化遗产相比较，是它自身仍有较强的发展能力，能够形成一定的产业规模，如石砖木竹雕刻等，已发展成一种富有特色的区域支柱产业。砖雕是在青灰砖上雕镂，广泛用于门楼、门楣、门罩、屋檐、屋顶处，使建筑显得典雅庄重。石雕主要用在石结构建筑物上，如牌坊、桥梁、民宅的基础部分，以及大的宅院的石栏板、廊柱、门墙、云鼓上。木雕应用更为普遍，数量最多，多用于民宅等建筑物木结构和各个部位，如梁架、雀替、隔扇、挂落等。近年新发展出的竹雕，则主要用于摆设装饰，如屏风、笔筒、对联、茶叶筒等。四雕的广泛应用，能提升建筑装饰品位，使其更显古朴端庄，清新淡雅，已成为时代新的时尚，相当有活力。这与一些濒死或已死的非遗只是简单的保护性开发利用，形成鲜明差别。

二是艺术层面的，体现着审美要求的手工制作，更带有地区的群体文化特点，如徽州漆器。漆器曾是典型的物质生产，是国家国民经济的支柱产业之一，但今天已完全脱出日常生计束缚，变成赏玩物品，成为满足人们精神追求的工艺品。黄金易得，李墨难求，徽墨的制作也是如此，现在也并不追求产业规模效用，而以技艺传承、文化传承、精神提升为己任。

三是集体偏好，徽州非物质文化遗产在内容上多体现徽学渊源、儒学伦理和士商趣味。最主要的特点是，伦理说教和文人玩赏气息浓重，这可从题材上看出，如"郭子仪上寿""二十四孝图""松梅竹兰四君子""关公走单骑"等。更多一些小巧心思，如"商"字门设计，多层次雕刻追求，以及其他并无特别实用目的的靡费细节。价值更多体现在工艺上的精益求精。不少徽州工匠本身素养较好，艺有专长，特别能定心凝神，专注专业在技艺上的掌握与提升，展现出现代中国社会稀缺的工匠精神。实际上，徽州很多工匠本身就是大文人，这种隐秘的身份转换，在其他地方很难见到。他们乐在其中，这也保证了徽州工艺的总体水平。徽州出产的工艺品，砚雕、砖木石竹器件、漆器、茶叶、罗盘、盆景、撕纸、根雕等，大多要求严格，技艺精湛，同时观赏性强，市场叫好程度高。徽菜，为我国传统八大菜系之一，近年来复兴势头猛烈。它的功夫并不在豪华奢侈，主要体现在选用不同的原料、不同的调配料和不同的烹调方法，总体特征是重油重火重色重环境，也偏重彰显手工技艺、体现饮食文化。

四、徽州文化在风俗上的体现

民俗就是芸芸众生的生活文化，在很多时候，它是礼仪制度的外化泛化表现。徽州地区完整地保存了地方独有的民俗文化符号，这在汉民族聚居地中比较少见。很多游客到黄山，深感这里古风益然，俗美风淳，并喜欢用形容少数民族地区的词语来形容这里的民风淳朴。现在，到徽州过徽州年，是黄山人甚至是外地人的重要选项。这里提供的民俗体验，文化质感鲜明，丰度极高。在特定的仪式流程中，人们对中国传统文化会有立体的感知和认识。

历史上，徽州曾承接三次中原世家望族大迁徙，汉文化渊源深厚。其耕稼作息、衣食住行、婚丧嫁娶等社会生活方式发育充分，又因为受理学影响，很多日常生活习惯作为制度和礼仪推而广之，为习俗加持了理性的色彩；同时在长达1000多年的时间长河里，徽州自然环境相对封闭，少受外界侵扰，民俗地域性强、传承性强、保存性好、集体特征明显。进入现当代以后，社会生产和生活方式发生了很大改变，很多风俗失去了存在的基础，如徽州的一些生产及经商习俗，树神祭、土地买卖找价、少小离家、商家门不朝南开等；人生仪式方面的习俗，祈子、分娩、成年、婚姻、饮食禁忌、葬礼等。但徽州"地多灵草木，人尚古衣冠"，古风犹存，还有很多民俗仍很鲜活地保留在信仰崇拜、传说、歌谣、故事、谚语、俚语、礼仪、节庆活动等日常生活里。这可从徽州人的生活起居、言谈举止、待人接物等规范仪礼上体会，也可从徽州民居的装饰、摆设中看到，如街角之处设置的泰山石敢当等。当然，如亲身参加当地的一些婚丧嫁娶、节庆游艺、开工建房等活动，通过识别其标记、组织、次序、队形、图案、纹饰、色彩、样式、声响、音乐等，更能体会徽州民俗的魅力之处，让我们窥见往昔的生活图景。

值得提出的是，经历了现代化或欧风美雨的洗礼，徽州一些良风美俗更显价值独特，并展现其与时俱进的色彩。当然，当代社会变迁剧烈，徽州有些已消失多年的习俗也有回潮现象，如安苗节、宗族上的宗亲会、家教礼仪等习俗形式得到部分恢复，宗法、家规之类习俗却再难复兴，不能成"风"。至于借旅游之名搞的一些仿民俗、假民俗，在民间并没有位置，没人上心在意。

五、徽州文化在精神上的体现

信仰是文化的最高级形态。徽州人在信仰上，历来紧跟主流意识形态。但在宏大叙事下，地方的原始信仰，仍恒定有常，属精神世界的真实构成。徽州本来地处古吴楚之间，乃山越之地，越楚巫术遗风甚盛。传统徽州的信仰世界，最耐人寻味的是植根于原始信仰的自然崇拜：山有山神，水有水怪，树有树精，这对环境相对幽闭的徽州实属正常。直接、功利的佛道神灵崇拜：城隍、五猖、土地、元天上帝神、龙王水火神等，有用即拜。传承久远、反复强化的祖先崇拜：徽州人讲究"慎终追远万代子孙继德馨，经传文章百年后世之典范"。创造群体美德情感归宿和价值认同的英雄崇拜：传统徽州祭祠排序是神灵、朱子文公、祖宗以及关公等。越国公汪华祭祀特别普遍，其牌位通常与神灵放在一起。徽商勃兴后，财神成为徽州民间公开的信仰与崇拜，在精神和现实两个世界都发挥着巨大的引导作用。历朝历代产生的状元也是徽州人膜拜的对象。无论儒释道信仰，还是其他外来植入的信仰，在徽州都曾被多次、多重颠覆和重塑，但徽州精神血脉里对自然、神灵的崇拜从未真正消失。

上述五个维度，经纬交错、相互支撑、细密织就了独具特色的徽州文化。这五个维度，只是试图提供分析、欣赏徽州文化的框架。同时，徽州文化博大精深、辉煌灿烂的事实存在，本身也意味着它不只有这五个维度，它还有更多的内容，它还有更多的空隙需要填充。特别要强调的是，去徽州的最主要目的地，山岳风光的集大成者黄山，就装不进这个框架，需要单独叙述。徽州文化还需要放在历史中看，而历史本身是变动不居的。但毫无疑问，当我们面对未来时，需要更加深入地研究过去。中华民族特有的文化特质和精神内核，是中华民族、中华文明续命的终极资源，甚至也可能就是它自身生命的终极意义所在。

在人的面前，大自然永远是那么明艳照人。阳光照耀下，河、塘、圳、溪、沟波光潋滟，水汽蒸腾，浸染得每棵树、每株庄稼上都袅绕着一层岚气。岚气之下，是植物的奋力拔节和成长。

水云墨翰之间

一

北京向南，有高铁可直达黄山歙县。

车过铜陵长江大桥，四月皖南的青翠瞬时涌入车厢。一个女生和一个男生在争论歙县的"歙"字怎么读，并埋怨一个地方的名字为什么取这么难写、难念的字。我哈哈笑道，这些《新华字典》只释作地名的字，属真正古字、冷僻字，不会读不会写很正常。它通常说明该地历史悠久。歙县始置于秦王朝，距今2000多年了啊。

歙县北站距城中心只十几分钟车程。内秀稳重的老友李忠来接我，要陪我旧地重游。人间最美四月天，歙城掩映在花团锦簇中，屋瓦栉比，道路宽敞，整齐洁净，在春天勃发的绿意里，一派祥和，赏心悦目。

歙县在安徽省的最南端，今属黄山市。历史上的新安郡、歙州府或徽州府，一直是东南大郡，也是后来经济文化地理中重要概念"江南"的重要组成部分。梁武帝对徐摛说，新安大好山水，卿为我卧治此郡。据说唐朝担任宰相的，"尝为此州者，盖七人"。南宋偏安东南一隅时，歙县与偏都杭州之间只有昱岭关阻隔。明则以京畿之地著名，后改南直隶之地。歙县县治所在的徽城镇，是历代徽州府（歙州）府治所在地。隋末，天下大乱，后被徽州人供奉为神的汪华起兵保境安民，据六州，称吴王，始迁州治于徽城。歙县同时附郭而治，形成府县同城格局。其实，"歙"字地名，本应是象形字。歙，读 shè，也读 xī。《说文》：歙，缩鼻也。《淮南子·本经训》：开阖张歙。这个歙字，概括了歙县县治所在地的地理面貌。所以《新安志》直陈："歙者翕也，谓山水翕聚也。"歙县形胜，双练、扬之、布射、富资、丰乐、练江等"六水"三面绕城，著名的明朝太平、万年、紫阳三桥至今仍屹立在扬之河与练江之上。飞布山、西干山、将军山、紫阳山、问政山等"五峰"环护拱秀。摆开地形图看，我们不得不佩服古人，地名象形，更是地理勘察极其精准。为聚一方人气、成一方乐业、续长久生命提供了牢靠的地理条件。

作为区域政治经济文化中心，徽州府城的规制建设，当然成为徽州的最高标准。歙县与云南丽江、山西平遥、四川阆中并称为中国保存最完好的四大古城，家底殷实，文化厚重。说徽州文化博大精深，文物如海，徽城无疑是其中最深厚、最广大的那一块。一步即是一景，一转身就面对一个朝代。它满城都是文保单位，仅徽城几平方公里范围内，就集中了各级文保单位 85 个，其中国保单位就有 5 个。如雷贯耳的徽州府署、斗山街、渔梁坝、许国石坊、打箍井街、紫阳书院、陶行知纪念馆、巴慰祖故居等，比肩而立。歙县是中国历史上非常重要的战略要地之一，朱升的九字三训"高筑墙，广积粮，缓称王"，就是在徽城贡献给朱元璋的，足以让徽州人引以为傲，所以徽城人之于徽州人，一直是很厉害的模样。直至今天，歙县人对传统的"一府六县"居民，仍有一种自带光环的龙头老大"城里人"意识。

我们顺流而行，先是丰乐河，再是扬之水，沿西干山麓曲折前行，跨过练江上明朝建筑 16 孔太平桥，便进入徽城核心圈内了。正评论着车窗外忽隐忽现的宋代长庆寺塔，说其造型比杭州保俶塔更漂亮时，已进入渔梁街了。渔梁街依渔梁坝而建而兴，论历史比屯溪老街还要久远。走在清一色鹅卵石铺就的鱼鳞状街道上，周遭是清一色的青石屋基木板房，人刹那间就安静下来，如同穿越剧，在不经意间一脚踏进了大明或大清朝，回到了古代。在"渔音绕梁"民宿阳台上立定，练江南岸的紫阳山及其倒影，清晰地映入眼帘，这是我这次来歙县游览的主要目的地之一。

二

如果说，徽州文化博大精深，灿烂辉煌，是棵参天大树，那么其最大、最粗、最长的根，无疑是朱熹及程朱理学。

从渔梁老街西头李白访仙的"太白问津处"出发，经白云禅院，沿锯齿状江边护栏继续前行，便接上了过去徽商出行的"新安古道"，可绕行至练江对岸的紫阳山。徽州文化昌盛，教育发达，其标志之一就是书院众多。书院是徽州学者士子讲学读书的地方。徽州书院大多按照白鹿洞书院学规，采取自学钻研、相互问答、集中讲学的教学方法，而林立的徽州书院，则以紫阳书院为大。朱熹在《婺源茶院朱氏世谱后序》中说：吾家先世居歙州歙县之黄墩（即今之屯溪篁墩）。死后并被追封为"徽国公"。其父朱松早年在紫阳山读书，一生念念不忘。其母为歙县城人，家庭巨富，号祝半城。朱松罢官闲居建阳，刻印章"紫阳书堂"。朱熹生闽之延平，18 岁即中进士。"然春露秋霜之感，上世之情，未尝不以祖源为念也。"一生多次归游故乡。曾应邀在紫阳山上的老子祠讲学，"生徒云集，坐不能容"，盛况空前。为纪念朱熹在紫阳山老子祠读书和讲学，明朝时在此建有紫阳书院。我们沿山间小道曲折上行，但很遗憾，除却满山碧玉般的油菜荚和森森幽篁间直窜出的春笋外，紫阳山上的古书院和老子祠，已荡然无存，无处得觅踪迹。不过从这里遥看渔梁老街，别有风味。

今仍存世的紫阳书院在问政山麓，始建于南宋。由宋理宗亲洒宸翰，为之书赐"紫阳书院"，它倚山临溪，位置绝佳，历代屡建屡毁。上世纪初，科举制度废除后，紫阳书院曾接办安徽省第一所中等师范学校——徽州府紫阳师范学堂。学堂停办后，由歙县中学承接香火。如今的书院，基本格局还在，存有朱子殿、明伦堂、道志舍、德据舍、文公井等，还有一些字迹不清的石碑。据说其中有康熙、乾隆分别题的"学达性天"与"道脉薪传"匾。"古紫阳书院"的巨大碑楼现存在歙县中学校园内。紫阳这名字吉祥，只是道家色彩浓重。朱熹一生维护儒教，其实他对佛、道两家学问研究最深，他的别号就是紫阳。世人说朱熹是儒学中兴之人，但更准确的是，朱熹是真正把儒释道集成融合之人，或是把释、道纳入儒之轨道之人。今天很多人读的儒家书籍，认识的儒家思想，从源头上讲当然是孔子、孟子，但实质上是朱熹的思想，是他对儒释道汇通的解读阐释。他生前并不受朝廷待见，死后却极其尊荣。明太祖把他的《四书章句集注》，定为科举考试的必读之书，遂使之成为儒家不能再正的正宗，在思想领域形成"非朱子之传义不敢言"的独大局面。

但朱熹及其弟子们显然不满足一般的理论理念创新，而是心系天下，乐于勇于冲向第一线，把自己的理论理念应用于地方"化民"实践。"一道德，同风俗"。徽州民众对自己的这位老乡很真诚、很虔敬，顶礼膜拜，克敬克行，把凡事皆依《文公家礼》做得格外彻底。朱熹认为，"仁"在现实生活中体现为仁爱，最现实最直接的就是孝，"孝为百行之首"，"生民之德莫大于孝"。徽州就出了一大批孝子，很多村落甚至以"孝"立村。朱熹提倡修建宗祠、修谱，徽州就遍地祠堂，争高比大，据说现在国家博物馆善本部收藏的善本族谱中，徽州一地提供的就占其收藏的一半。他一句话，"女人饿死事小，失节事大"，徽州就把这事做实做绝了，据说徽州一地，历代的贞节牌坊多达6万个，如果再算上还有很多人想立牌坊而立不上的数字，令人不寒而栗，深切感受到朱熹礼教理论的杀气和威力。

朱熹学说庞而杂，核心是推崇儒家无所不在、不生不灭的"理"，要去人欲，存天理。时光流转，在西学东渐，特别是新文化运动及"五四"以后，他被视作与现代西方的启蒙思想相背离、禁锢民众思想的魁首，对民族精神衰败负有责任，背上了负面名声。但历史是面多棱镜，话要分两头或多头来说，比方说，他倡议修祠堂和族谱之事，就很符合中国国民性格，客观上也成为维系血脉香火传承的重要载体和手段。山连吴越云涛涌，水接荆扬地脉长。徽州人不论在哪，甚至在海外，不论怎样开枝散叶、衍生壮大，不论位置多高、财富多巨，都很重视血脉传承、谱系连接，甚至还会在侨寓地重建宗祠、重修族谱。血脉乡关，中华民族"根"的概念，是与祖先的血脉、家乡的山水绵亘相联、难以分割的。再如，"一等人忠臣孝子，两件事读书耕田"，是中国传统耕读文化的精髓所在，也都浸润着朱熹老夫子的光泽。眼前徽州古村落的发育和成长，甚至可以看作是这种价值观不经意间产生的一个成果。在朱熹的思想引领下，北宋对科举制度进行修订完善，其中之一是士人必须在本乡读书应试，从而使各地官僚乡绅设书院办学堂有了直接动力。中国封建社会中后期，一大批在京做官的徽州人退休还乡之后，以"乡贤"角色反哺家乡、培育后人。当然，还给了广大在体制内外游荡的读书人独善其身、归返自然、从事耕读，提供了精神皈依和物质依托。当然，这是后话了。

三

徽州府署建于元末明初，坐落于歙县城西北隅。

10年前，我在黄山工作时，牵头组织实施"百村千幢"古村落古民居保护利用工程，重修府署是工程的重点项目之一。我对歙县举全县之力重修府署，态度本来暧昧。接近 2 个亿人民币的重修预算，具有很大压力，也以为在他们内部会遇到阻力，但出乎我的预料，工作推进很顺利，说明歙县人对府署有文化情结，重修府署确实符合他们的内心期望。修建过程中，我曾多次来到工地进行督导。印象深的，是看徽州工匠们如何工作。他们把每根木料、每块砖瓦都编上号，然后按部就班、不紧不慢地去做。施工现场虽然也刷了些标语口号，但没人注意，根本没有突击会战的气氛。领导来作出指示，他们也只是应承着或者说应付着，过后依然故我，并不照指示做。有人宽慰我说，最后都会做好的，尽管放心。虽然疑惑，但过一段时间再来看，发现工程确实真实地在向前推进。我一直琢磨这事，这是不是徽州人耿直到固执，内敛到呆板的性格使然。后来读到王振忠发掘出的一个史料，《徽墨、徽烟规则》，这个手抄本对于徽州墨局中的同事、司作、做墨司、填做司、柜伙、做墨学生、填字学生、柜上学生、刻印和修坯各色人等，都订有详明到琐碎、严格到严酷的规章制度，内容涉及其人的职责、操守、薪俸及待遇，甚至对岁时节俗三餐，都有详细要求。这与现在课堂上教的工商管理理论大体吻合，徽州人几百年前就做了完善的操作实务指南。组织严密，把工匠精神、职业道德操守要求，变为具体人、具体工序上的制度规范，可能是成就诸多徽商、徽州行业攀峰登顶的秘密吧。

重修府署工程上的细碎琐屑，早已随风而逝，被岁月淹没。千年古城景，一朝泼墨就。如今重修后的府署，"规模宏敞，面势雄正"，卓然巍然，蔚为大观。所谓重修府署，是按照明弘治年间府署的建筑规制，采用原工艺、原规制的模式，在原址对衙署古建筑群进行复原修建，恢复仪门、公堂、二堂、知府廨组群等，实际还包括了城墙、谯楼等建筑。站在府署大门前广场上，左右顾望，府署鼓声、练江波影，登时入怀，你会发现府署的重修，使徽城内的其他古建如许国石坊、打箍井街、斗山街等连成一气，起到画龙点睛作用，古城风貌得以较为完整展现。府署大门东侧，是东谯楼阳和门，始建于宋，重檐歇山顶砖木结构。现为清中期遗构，近年更换部分木柱楼板，补齐滴水瓦，修复飞檐翼角，整修石台阶。南侧南谯楼俗称二十四根柱，始建于隋末，悬山三层三间砖木结构。近年维修了霉烂梁枋、木柱、斜撑等构件以及四周排水沟、马道、基础等。登上城墙，徽城尽收眼底。往外看，山拢水合，烟火万家，亭台楼阁，错落参差，官衙市肆，人声鼎沸，让人对那里的歙砚、徽墨、新安医学、版画、石砖木雕、竹编、字画的买卖交易充满期待。

府署广场上有三个少年男女正以"徽州衙署"为背景，对着摄像机劲舞。浮云流水千年过，清风丽日之下，令人恍惚。明万历二十八年，徽城搞新春会演，曾搭了三十六座戏台，供来自楚吴越巴等戏班献艺。斗转星移，"其时春色腔妍，颜色与之焕发，光彩灌注，一郡见者，惊若天人"的情景今又再现。

四

从徽城到徽州区这一带，可以说是徽州乡村旅游的精华了。

上世纪 80 年代，国家撤销了徽州地区设立黄山市，考虑保留"徽州"地名，特地把歙县西部的 400 多平方公里的土地切出来，单独设立了县级徽州区。歙县人说，这是老徽州地区最繁荣、最富庶的地方。前两年，歙县和徽州区联手将这个区域内的古城和数个古村落景点打包，按全域旅游的思路，统一规划和设计，集中力量在农村基础设施的建设、村庄的改造、田园的精致化上，又做了较大提升。如今，古城到村落、村落到村落之间都开通了公交车，游览十分方便。所谓珍珠项链，描写其他地方，大多是虚词比方，在这里则是实景。车行在专门的旅游通道上，人感到特别惬意。初春暖阳下，青山绿水，粉墙黛瓦，一个个在车窗外掠过。每个村落、每幢房屋，就像镶嵌在山水之中。风格统一，却又各呈千秋，令人心旷神怡，恍如梦幻。黑色的柏油路面、古朴的石桥和新起的各色农家乐、民居，各家各样的微型菜园、花园点缀其中。花园菜园都不多作装饰，最大限度与自然相融，并方便耕作。目之所及，正盛开的杜鹃花的红、豌豆花的白，残存星散的油菜花的黄、蚕豆花的紫，杂糅成一种浑然天成的质朴、静谧、精致和优雅，皖南山区特别的风姿、乡村的温馨显露无遗，让人体味到可感可触可体验的纯正中国乡村风情。

出徽城，往西不远，是鲍氏聚族而居的棠樾村。它以牌坊著名，村口体现着忠孝节义思想的七座牌坊，曾经登上中国邮票。"棠阴"一词出自诗经，后被比作"德政"；而"樾"，楚语谓两树交阴之下曰樾。棠樾村打的就是"孝"字牌，乾隆帝曾题写"慈孝天下无双里，锦绣江南第一乡"。

唐模，位于潜口镇，始建于唐，许氏聚族而居。其村口小西湖，模仿西湖的构景手法，园内多植檀树和紫荆，又名檀干园。唐模取名《诗经》：坎坎伐檀兮，置之河之干兮。石坊、亭台、水榭、溪流、魁星楼、宗祠、桥廊等，各种园林要素一应俱全，文气深重。喜桃露春浓，荷云夏净，桂风秋馥，梅雪冬妍，地僻历俱忘，四序且凭花事告；看紫霞西耸，飞瀑东横，天马南驰，灵金北倚，山深人不觉，全村同在画中居。

灵山村，坐落在灵山腰上的一片修竹翠林之中，始建于唐，方氏聚族而居。基本是原初风貌，没有被商业化市场化风潮席卷，村落拥有翰苑坊、天尊阁等明清古建筑数十处。特别令人称道的是，小小村落有条"天上水街"，足有十八道弯之多，人行其中，青石条铺就的路似乎永无尽头。

西溪南，始建于后唐，吴氏聚族而居，曾错落有十大名楼，二十馆阁，二十四堂院等名胜。现有全国重点文物保护单位老屋阁及绿绕亭等古建筑三十六处。穿过村头水口枫杨林，便觉阡陌纵横，街道深幽。唐伯虎、祝枝明等都曾到访，打过秋风。黄山画派著名画僧渐江曾数游于此，谓"日曳杖桥头，看对岸山色，意有所会，群山不断"。时下西溪南以其独绝风貌，吸引了众多民间资本进入，建成了一批品质韵味俱佳的民宿客栈，助人享受真实又浪漫的乡村时光。

呈坎，阴坎、阳呈，二气统一，天人合一。罗氏聚族而居。始建于东汉，形似八卦。有罗东舒祠等古民居一百二十幢，朱熹曾为此村题写：呈坎双贤里，江南第一村。优美的村落环境，飘动的徽州风韵。呈坎曾是2018年央视春晚的外景地之一。

把徽州古村落打包共同申报国家5A景区，突破了传统景区评审框框，其内在逻辑是徽州古村落虽然各具风采，但村落肌理、外在风貌总体统一协调，大同小异，都是根据朱熹的那一套理论包括风水理论建设的。

一是体现宗族宗法。徽州村落都是聚族而居，源头在中原世家大族的南下迁徙，两晋之永嘉之乱，汪吴等十族从中原迁入；安史之乱和黄巢之变，迁徽州有三十一族之多；两宋之靖康之乱，入居徽州有十五姓。这些家族都是大姓，在徽州开枝散叶。从中原迁来的家族无一不希望繁衍生息、举族兴旺，他们带来了北方丰富的文化底蕴，内在理念是仁义礼智信孝悌忠等，其外在标识就是宗祠、家谱、祭祀、书院等。在徽州特殊地理条件下，或耕或学，或官或商，与当地文化融合，创造了闻名于世的徽州文化。中国封建社会的一大特征是皇权不下县，家国同构。徽州村落是家族宗族乡族严密有序的组织，既有着传承封建制度文化的作用，也承担着徽州地域文化的主要创造者角色。由于徽州村落保存完好，成为研究农耕文明的活的样本。

二是体现风水意愿。朱熹本人对风水研究甚深。徽州古村落的选址、布局、建筑，徽州民居的院落、门堂、装饰等的选择与安排，从形到神都渗透着徽州文化的深刻内涵。如在选址上的风水堪舆理论应用，强调的天人合一，村落空间的自然天成与人工雕琢统一。水口水圳水埠，构成徽州村落的气血脉络。水口是村落的公共空间，水圳是建筑的景观地，水埠是人的景观地。水口多植枫杨、樟树、乌桕等。水圳两边为临水街，或为平房商铺，或为凉棚骑楼、石级码头等。有水则灵动，水汽蒸腾之间，方得藏风聚气之妙。

三是现实体现唐诗宋词的意境。徽州村落基本上是按照唐诗宋词的意境来着意营造，特别是村庄朝向、水流路径甚至山丘、房屋摆布，讲究与自然的山水高度契合。表面看似自然天成，实则都是人事之工。这些人工痕迹，经过岁月的洗礼沉淀，融入自然，后人以为那就是本来的样子了。穿行在古村落间，李白："径曲薆薆草绿，溪深隐隐花红。凫雁翻飞烟火，鹧鸪啼向春风。"白居易："蒲短斜侵钓艇，溪回曲抱人家。隔树惟闻啼鸟，卷帘时见飞花。"静观流动的水，飘逸的建筑，极渺远的人声，没有什么比这更符合中国文人对乡村生活的审美想象了。耐人寻味的是，徽州古村落更多体现着唐诗宋词那种风润雨细、林木翁郁的意境，而非明清特别是明末清初中国画的意境。明清中国画包括黄山画派，骨子里都透着种枯山瘦水冷寂格调，尽管它征服了几代文人包括徽商们，但徽州人在实际生活中并不实践。

坐在呈坎澍德堂前的枫杨树下，沏一杯黄山毛峰，透过水汽蒸腾，听凯风自南，悟庶物露生，看远山近水，赏红男绿女，忽然有一种似古似今、亦真亦幻的感觉。我们相顾笑道，所谓小资小知生活，是不是就是这样啊。我说，很像是到了欧美国家乡村旅游，什么都是妥妥帖帖的，什么都修饰得恰到好处，都透着富足安康四个字。我们都是俗人，多年从事实务工作，总计算着这些都是用钱堆出来的呢。

五

天人合一，理念要落在山水人间，并不是自然而然、单方面想要即能要的。

除却歙（县）西及休（宁）屯（溪）盆地一块，徽州地理条件并不十分优越。今黄山市管辖的三区四县，曾都是国家和省级扶贫县，近年才摘帽。史书记载，"其地险狭而不夷，其土骍刚而不化"，"十日不雨，则仰天而呼；一遇雨泽，山涨暴出，则粪坯与禾荡然一空"。前世不修，生在徽州；十三十四，往外一丢。说起来真是满把的辛酸泪。受徽州地狭人稠的困扰，徽州商人足迹遍及宇内，从偏远的沙漠到神秘的海岛，乃至于海外，其地无所不至，其货无所不居。徽州商人娶了媳妇，一般在家里待几个月后就外出经商，而且一去就是几年甚至几十年才回来，乃至于有父子在外地相遇而不相识者。其中艰辛，又不是一把两把、一代两代人的辛酸泪可以表明。著名黄梅戏表演艺术家韩再芬的《徽州女人》故事的背景就是这个史实。

现外地人来徽州旅游，总觉得是人间仙境。殊不知，这里的自然环境大多是人工营造出来的。村落的选址，大的自然地理环境，如什么前朱雀后玄武、左青龙右白虎之类当然要有，但具体到每个村落，营造优雅生境，达到风水要求却必须下大成本、费大功夫，特别是水口，基本没有自然形成的，大多经过了改造。村落内部的房屋建筑，能够保留到今天的，无一不是巨额财富堆积才有的规模和质量。简单的如水圳和马头墙，大多也非美学需要，而是保家护院的理性表达，所有这些都需要花费大把银子。我们在搞"百村千幢"工程时，一个村落整治项目，动辄投资数百上千万元资金却看不到什么起色是常事。同时更要命的是需要时间，没有一个村庄可以一蹴而就，一夜之间建成。

徽州古村落，甚至整个徽文化后面的支撑是徽商。徽商资本雄厚，积累巨万财富，藏镪百万千万，从明中叶兴起，嘉靖万历时达到繁盛，至清代又有一个大的发展，称雄全国商界达数百年之久。徽州山水绝世风貌的塑造，得益于徽商巨额且几乎无穷尽的财力支持。文化与金钱，在徽州形成了一个近乎完美的闭环。朱熹与徽商，构成了徽州文化的一体两面。由理学推动形成的"博于问学""明于睿思"的地方文化，转而形成了徽州强大的人力资本。徽商掌握着一定的文化知识，以及与商业有关的各种知识，特别是技能，这些是他们能胜人一筹的关键。同时，贾而好儒，亦贾亦儒，发迹和未特别发迹的徽商，大多愿意倾力回馈家乡，大力投资家乡的科举教育、文化艺术、建筑园林、公益事业，一定意义上，又成为徽州文化、徽州人才积累的酵母。很多学者文人，甚至直接寄居富商家庭，"久者十数年，近者七八年、四五年，业成散去"。那些理学、朴学知名学者，几乎没有不受富商们资助的。徽州程大位的《算法统宗》，在徽商鼎盛时期出现并不是偶然。"欲识金银气，多从黄白游。一生痴绝处，无梦到徽州。"从汤显祖原意看，就是不愿从俗跟风到徽州打秋风。徽商以风水理论指引，投入巨资改造家乡的山河，今天除了那些不易觉察的公共设施外，最显见的就是这些古村落和古民居了，它使得原本只适合避乱避祸的穷山恶水，变成了今天山川秀丽、文雅风流的人间仙境。至于人们诟病的徽商买田置地、肥家润身、奢靡性消费、不重工商业扩大再生产，只不过是徽商多棱镜的其中一面而已。

在组织"百村千幢"工程时的那个困惑又浮现在心。过去靠徽商，今天建设的钱从哪来？比较这徽州山水，它与欧美很多地方类似。我曾十数次去欧洲，印象最深的莫过于它们的乡村，特别是英国的乡村。英国乡村的美丽，举世公认，任何一个乡镇或庄园，一片牧场或森林，都美轮美奂。我感兴趣的是其财力来源。英国的自然条件并不是天然就好，许多庄园、农场、牧场粗粗一看，就知道其绝不是三年两载建成的，而是成百年的投入积累。估其财力来源，一是工业革命带来的财富，英国许多乡村旅游点，在历史上产业都曾比较发达。二是劫掠，人人都知道英国如何征战全球的。三是广大海外殖民地的进贡，它可曾是"日不落"帝国。后两者带来的财源现在讳莫如深，但构成了英国雄厚的家底显而易见。如此巨额的财富，英国人都把它花哪去了？除了人们津津乐道，但有"洗白"之嫌的再生产投入外，可能更多还是投入家乡建设中了。

谁不说俺家乡好，前提是建设得好哇！近几年，黄山市为建设好、维护好青山绿水，铆足了劲进行了大量投入。更重要的是带动了一大批民间资本与力量的投入。这是"梦幻黄山"的底气所在，也是黄山人呈奉给世界的。呈坎景区的实际掌门人方顺来赶来看我。他脸晒成了古铜色，说他已把儿子从欧洲召回家来管理景区，要他为家乡建设出力，自己则在后山进行呈坎后续"灵山书院"的工程建设，要一茬一茬地干。

山还是那山，水还是那水。大自然过滤了一切，掩盖了一切，接纳了一切。在人的面前，大自然永远是那么明艳照人。阳光照耀下，河、塘、圳、溪、沟波光激滟，水汽蒸腾，浸染得每棵树、每株庄稼上都袅绕着一层岚气。岚气之下，是植物的奋力拔节。黄山毛峰的头茶采过了，正等着新的叶片生长。既作为经济植物又作为景观植物种植的油菜，现结满了饱满的油菜荚。茶树和油菜，顺着山势，层层叠叠铺排到天际，蔚为壮观，是一幅天然山水画，看得人满心欢喜。只是优雅的皖南古民居中，强势闯进的新式民居显得不甚协调，提醒着你身处的这个繁华的、世俗的、世界村的商业时代。

在徽州，象形村落众多，如八卦、禽、兽、鱼、树等，但我发现最多的是象形"船"。如西递、黄田、屏山、龙川等，都是巨型船舶的造型。再大的船，也是要人开，村里的水手们，从来是把徽州当作母港，村口的大纛，永远在那召唤着人们再出发。

　　桃花源里人家，这是一个追求人与人、人与自然相和谐的活性生态系统。这个系统涵盖了最具原生态和直观性的物化遗存，这是一种文化，更是一种文明。

古黟的风色

一

　　时令正好清明，北京朋友来皖南游览。我竭力向他推荐，说中国最典型、最美的农村风光，若以行政县级区域整体论，那一定是黟县。不论田园风光，还是中国传统文化，特别是徽州文化的系统性和完整性、鲜活性和可触性，黟县都是一个最好的范本。而且，那里还有陶渊明的后裔可以参访。

　　渔亭是进出黟县的主要孔道，它处于休屯盆地的顶端，过去是新安江上游最重要的码头。新安江（横江）在这里接纳了从黟县过来的漳河等支水。过去进出黟县及赣东北的物资与人流基本在这里集散中转，今天则是重要的陆路交通枢纽。新开的黄祁景高速公路的接引专线，在此与老的屯祁公路汇合。

　　从渔亭出发，公路顺漳河水曲折上行，感觉上就是进山了。漳水从路左侧哗哗淌过，两岸青山遮蔽，愈来愈青翠，四望皆碧，甚至有些昏暗。不从车窗里探出头来，看不到山峰峰头，但山脊上盛开的红艳杜鹃花照样令人心动。不知拐过几道弯，拐进一个垭口时，可看见一方"桃源洞"的石碑，接着还有一个"浔阳钓台"的石碑。据说，这桃源洞，过去是一个真正的山洞，是进入黟县城关的要隘关口。上世纪 50 年代末，为建设公路才被炸开。再往前行，前方天际亮堂起来，豁然呈现出一个约 99 平方公里的盆地。盆地如同盆景，水系纵横，田陌周正，房舍栉比，散落着星星点点的村落，西递、宏村、南屏、屏山、碧山、关麓、秀里、塔川、卢村……中国古村落的一批代表作品集中在这里。若把漳水名字改成武陵溪，简直就是陶渊明《桃花源记》的情景再现。"林尽水源，便得一山，山有小口，仿佛若有光，便舍船，从口入。初极狭，才通人。复行数十步，豁然开朗。土地平旷，屋舍俨然，有良田、美池、桑竹之属。阡陌交通，鸡犬相闻。其中往来种作，男女衣着，悉如外人。黄发垂髫，并怡然自乐……"

"桃源事渺茫，纪述各殊致。"陶渊明《桃花源记》开篇说，"晋太元中，武陵人捕鱼为业。缘溪行……"这其实是写文章的一种笔法，如同以前乡村说书的开篇说：从前有座山，山上有座庙，庙里有个老和尚在讲故事。童话则这样开篇：在很久很久以前，很远很远的地方，有一个公主，等等。对诗词文赋创作作史实考据，是缘木求鱼，如实锤考证"武陵"之名字，会把人带到沟里去。"武陵"名字用的地方多，河南、湖北、湖南等地，都在不同时代用过"武陵"名字。黟县南屏村前面的河就叫武陵河。黟县近邻祁门县也有条"武陵溪"，只不过我不清楚祁门这个武陵溪能否通黟县。陶渊明的《五柳先生传》：先生不知何许人，亦不详其姓字，宅边有五柳树，因以为号焉。"先生"具体指谁，本是托词，是也是，是也不是，并不足训。历史上或仰慕高风或附庸风雅，按名人文章取名改名的地方众多，不胜枚举，也是中国传统文化的一部分，并不需要一一厘清。

文章中的情境未必是真的现实，却可能是现实的模拟。陶渊明一生行迹，主要以九江为中心，在长江岸边游移。他当过一段时间的彭泽县令。过去彭泽县区域面积很大，今安徽东至县过去曾为彭泽县一部分。古黟县也是地域广大，今天池州石台及祁门等地方都曾为黟县地。所以彭泽与黟县两地实际为邻居，空间距离并不遥远。陶渊明本人到过池州可以确证，因为他有首诗《乙巳岁三月为建威参军使都过钱溪》，这钱溪就是池州大通（今属铜陵）的梅根冶。说陶渊明来过黟县，虽无确证，但他顺便路过游览黟县的可能性很大，以黟县作写作"模特"的可能性也很大。除了黟城所在盆地，地处黟县、石台、祁门三地交界之处的柯村，这个日渐出名的"油菜花盆地"，也非常符合文章描写的意境。"黟县小桃源，烟霞百里间。地多灵草木，人尚古衣冠。"这首诗广为流传。旧传为李白所写，后订误为南唐许坚所写。不论唐还是南唐，距离晋代都不遥远，记忆尚未褪色。可见那时人们就已经把黟县视作桃花源了。

二

我们直奔陶村。陶村原来名气并不大，但 1992 年央视报道了《陶氏宗谱》在那里被发现，陶村被认定为陶渊明后裔迁居地，才为人们所知。近年似又归于沉寂。

我们请来陶氏后人陶路路。他应是陶家第 67 代传人了。他带着一个木匣子，打开盖，里边是一本薄薄的纸面灰黄的抄写手册，这就是当年发现的《陶氏宗谱》。这本家谱修于清同治年间编修的族谱。"上溯其源，而源有本；下穷其流，而流不紊。"该谱以后汉陶丹为始祖，记载了到修谱时共 37 代陶氏列祖列宗的名讳、生辰、忌日、葬地及孺人的姓名。其中说明陶氏祖居江西鄱阳，黟县是三十五祖陶庚四，脉出陶渊明二子陶俟，因元朝兵乱，出游到淋沥山。注意，淋沥山亦称南山。"爱其山川奇胜，风俗淳古，遂卜宅居之。"他先居南屏村，后因南屏村日渐繁华，遂再迁至陶村。

陶庚四迁入南屏村后，写过一首诗：卜宅南山下，依然气象新。地钟淋沥秀，俗爱古风淳。陶渊明有诗："采菊东篱下，悠然见南山。"南山虽不同，但骨子里的遗风余韵还是相通的。观其族谱，对照山川地形，不能不承认陶氏祖先确实有眼光。陶村隐蔽而生活方便，距离黟县不过十华里路程，同时又是真正的山林田园，完全符合"结庐在人境，而无车马喧"，"人生归有道，衣食固其端"之意境要求。

在徽州独特的文化地理单元里，徽人普遍把子孙习儒业、入仕途、赚取功名和社会地位作为终极追求。秦时，徽州即置歙、黟两县，黟县是徽州文化的发祥地之一。但细细比较，黟县与徽州其他地方还是有些许细微差别。如在"学而优则仕"的主流之下，黟县虽说不上是集体"沦陷"，可登第者、入仕者明显要少，名重朝野的高官更少。徽州的状元、进士主要出自歙县、休宁。歙县且不论，休宁是从黟县分析出去的。在某种程度上，黟县比祁门也逊色，祁门御医文化发达，距离朝廷比黟县也近。

这与黟人对官场仕途刻意保持距离有关，"宁以一布衣而不为万乘所屈"，"其风最为近古"。士农工商，黟人似对登第入仕并不特别渴望，更在意务农、技艺、经商等，既当成谋生手段，也看作人生目标。与歙县西溪南、唐模、雄村、棠樾等比较，西递、宏村、南屏、碧山等世家大族，更在意耕读传家，世代永居。他们来黟原因各不相同，但他们不论是避难避祸，还是寻找桃花源，最后都将此地作为永久居所，成为世代建设者。这与志在朝廷庙堂，只是暂居垄亩，脸上总贴着"待诏"字样的人大不相同。如同生活是为了当官，还是当官是为了生活的差别一样大。"丈夫志四方，不辞万里游。新安多游子，尽是逐蝇头。风气渐成习，持筹遍九州。黟县古四塞，人情乐古丘。既不事机巧，安能执鞭求。"这首广为传播的《纪邑中风土》，也能说明黟人经商不完全是生活所迫、万般无奈下的选择，其主动作为的痕迹更为明显。徽州宅第别具一格"商"字门的设计，不知是否是黟县发明，但在黟县应用较多。西递胡昌翼家族明经胡拒绝仕途，壬派胡氏几百年间，崇尚读书，却以务农经商为主，后世家族培养官员，主要目的也是以仕保商，完全是商业上的一种算计。其二十世祖胡贯三，最后成为江南六大首富之一。陶村陶氏一族，"承先祖德"，书也读得好，但"甘心畎亩之中，憔悴江海之上"，极少人入仕为官，经商则倾力作为，风满帆正。陶村陶家一家积聚的财富，可比毗邻的赤岭村六大家：六家半门楼，陶家一门楼。黟人的这些思想和行为，是不是令人想起春秋时期那个助越灭吴的大夫范蠡归隐经商的范儿？

黟人隐藏着的"隐逸"这一士大夫传统，是黟土散发着久远时代的高古气味的来源。离开仕途俸禄，在田园山林，在田野蓬艾之间，做顺天合理之事，自力更生，自食其力，行健不辍，使得家族永续，使得生活永续，使得文化永续。好读书，"毋入仕"，这在古徽州读书入仕做官的厚重土壤中，也从没熄灭。它的存在，打破了人们对徽人徽商的单面认识，丰富了徽州"贾而好儒"的形象，徽州的"儒"并不只有"仕"这单一价值取向。黟县独具的桃花源气质，原来是桃花源中人塑造的。

远眺淋沥山，如屏如画，如诗如歌，草木葳蕤，掩埋了一切过往。鸟音缭绕，带走了凡间俗尘。三国时，孙权欲与魏蜀争天下，深感"腹心未平，难以图远"，遣威武中郎将贺齐征讨黝歙山越。山越黝帅陈仆聚集两万户屯居淋沥山抗敌，最后被贺齐所灭。以至后世骸骨"散发磷火"，入夜观之若金灯。此后，淋沥山再难见兵锋。直至太平天国运动时期，曾国藩把自己进攻南京的"江南大营"设在祁门县，淋沥山作为黟县与祁门的界山，才再次成为重要战事地点。据说清廷与太平天国军往来冲杀，蹂躏皖南将近十年。就在那时，高楼连苑的陶村被焚毁，并从此一蹶不振，直到因建设陶岭水库被埋入水底。今陶村已与赤岭行政村合而为一。陶村陶氏后人，如今也星零四散了。有意思的是，我问陶路路现在从事何种工作，他说他工龄已满30年，退休了，现在家带才2岁的儿子，也在谋划另一份从商工作。

三

陶村村口修建有守拙园，意取陶渊明的诗"开荒南野际，守拙归园田"。穿过高大朴拙的石牌坊，走上数十步石阶，是一假山石，假山石上镌刻着陶渊明的《桃花源记》。这篇文章是整个园子的导入词。

守拙园是集陶文化研究、休闲养生、非遗展示、旅游观光于一体的田园综合体，是黟县本地人胡中权的新作品。他说，他是紧邻陶村的碧阳南屏村人，从小对这一带非常熟悉。他主要依据陶村的传说、陶家后代的陈述以及自己对陶渊明的研究，对照着陶渊明的《归园田居》诗，按照黄山市"百村千幢"古村落古民居保护利用工程中的异地搬迁模式，搬迁修整了陶氏祖茔、陶家池塘、陶岭古道、陶氏宗祠等，另修建草屋八九间。他自 1989 年参与电影《菊豆》的道具制作工作，一发不可收，长期跟随张艺谋、李安、冯小刚等学习并得到任用，成为国内知名置景师。2008 年回乡开始创业，先是开发建设了宏村秀里影视基地。2014 年开始开发建设守拙园。他一手修旧如旧功夫，出神入化。胡中权引导着我们边走边看，嘴里满是陶渊明的诗，说得上是烂熟于心，倒背如流。看来确实是下了十足功夫。园中两处景观我比较关注，一是他沿用了现代造景中的无边界泳池的手法，造了无边界池塘，将园子与周边山水融在一起，既给秀丽山水增色，同时又平添了一景。这值得自然景色优美、生态良好地区借鉴。另外一个是用收集来的大大小小 100 多块石刻门额，做了一面集雕刻技术和书法艺术于一体的巨大照壁。这些门额来自整个大徽州，各个年代都有，楷行隶草篆各种字体齐全。不少字古拙难认，反映了徽州深厚的文化修养。据说来此游览的人，经常被其中的字难倒。

在守拙园的观景平台上，黟县独绝的田园风光尽入眼底。环山如黛，旷野平畴，古村落古民居星落，近处可以看到南屏、关麓、古筑等村，远方可以看到碧山、宏村、塔川等村，疏密有致，如一幅画。似乎在黟县盆地，有高人做过宏观景观设计，让风水勘察、布局规划、土地整理、景观设计，甚至房屋外部造型上，都符合天人合一的旨趣，很和谐协调。让人觉得，这就是理想中的桃花源。或者，桃花源就应当这样被打造。然而，翻看黟县志书，却很难找到进行统一规划并世代予以贯彻的人。当下的环境美色，并不靠行政指挥和后世规划设计，完全是中国风格的无为而无不为的结果。这植根于深厚的中国传统文化之中，是一种天生的、自觉的审美感觉。

　　溯及魏晋，及唐宋以降，现实世界中的桃花源追求就是田园生活，就是陶渊明《归园田居》描绘的农家生活场景，春种秋收，播豆除草，渴望收成，人事往来，赋诗饮酒，这是很多中国人理想的生活方式。纯粹的自然风光，则归入仙境里了。《列传·王充王符仲长统列传》对田园生活有详细描述："良田广宅，背山临流，沟池环匝，外木周布，场圃筑前，果园树后。舟车足以代步涉之艰，使令足以息四体之役。养亲有兼珍之膳，妻孥无苦身之劳。良朋萃止，则陈酒肴以娱之；嘉时吉时，则烹羔豚以奉之……论道讲书，俯仰二仪，错综人物。弹《南风》之雅操，发清商之妙曲……"历朝历代，士大夫们，包括文人和官员，咏田园诗代有杰作，并逐渐形成一个集体想象和文化传统。田园，才是安放文化和灵魂、安放人生的地方，是个人修养和品格的象征，是雅与俗的身份分野。田园生活，成为他们热切向往和强烈追求，甚至成为为人做官的最高成就表征和最后归宿。随着世事流转，极致程度上，田园生活概念衍化变味，日益庸俗化，成为名士们避世避责、自许清高的一种标榜。但是，回归田园，买田置宅，安居繁衍，耕读传世，与天地同化，人们的桃花源梦想从没失去，总是在世代追求，现实生活离田园却越来越远。环顾国内田园建设，总是理想很丰满，现实很骨感，最后要么建成了堡垒，要么建成了私家园林，桃花源无处可寻。只有黟人有历史的幸运，在原初的意义上，充分利用天然条件，建设了天人合一、人与自然和谐相处的桃花源。深入观察，黟县盆地不仅风物环境改造桃花源化，乡村社区生活也有桃花源遗风。黟县楹联文化特别发达，即使在儒风昌盛的古徽州，也是别具一格，特别突出。这是古代士大夫典型的"语言通胀"游戏，里边隐藏着不被外人所打扰的山水田园之乐，是古黟的风雅趣味外泄的标识。

　　天色慢慢暗下来，乡村特有的气氛弥散开来。陪同我们的朋友催促我们回去。黟县盆地现在建设量巨大，可以看到不少施工现场。很多农民在翻建住房。沿途都在修路，我们来时，还被修路的机械堵住了一段时间。他们担心，回去还会出现这样的情况。

　　建设是必须的。黟县美景，并不是天然形成，实际是经上千年岁月的人工不断打造。过去黟县建设，成功避免了庸俗化，现在则要应对市场化、过度商业化的侵蚀。黟县小盆地，到底多少人口、房屋、道路才是适宜的？我并不清楚。但资本的力量，世人已有领教。悠久的历史，灿烂的传统文化，优美的田园风光，都是当今极其稀缺资源，黟县吸引资本眼光，并导致大批资本进入势不可当；但资本有资本的逻辑，如何善用资本力量，小心塑造新生态，这是更加沉重的历史任务。新生态，必须是体现五大发展理念，综合社会、经济、文化、地理、历史、植物、动物的大生态体系，并不只是种植几棵树和搞点小园林绿化。生态是有机的生命共同体，拆开去，七宝楼台便要坍塌了。

黟县行政地盘在秦朝时最大，以后越来越小，如今固守着最后一块阵地。守拙即是守田守己。胡中权就说，我做的东西，可以放几年几十年，几代几十代，它们将来都会变成古物，变成历史，变成家乡不可移动的文化。对此我表示钦佩，也惊异于他的信心与雄心。要后之视今，犹如今之视昔？我曾到美国参观过阿米什社区，那里的居民多是德国和瑞士去美国移民的后裔，为维护自己独特的宗教价值观，主动隔绝现代的生活，不用电力和汽车，一切生活设计都以太阳能和水能为动力，完全自然生态，对生活所需要的一切做出系统的安排。在现代社会环境下，这需要极大的集体意志，甚至国家意志，有时实际是超出底层能力的。

四

我们晚宿"塔川书院"，它隐藏在古村塔川的一片林木里，是由五六幢古民居改造的新式民宿，距宏村仅2公里。塔川村的房前屋后，村周田头，到处是高大挺拔的枫树、樟树、梓树、榧树，其中乌桕树树形最好看。它们伸展着极有造型感的枝条，妥妥帖帖、驯服地黏附在大地之上。秋天时，这里的乌桕树、枫树会随着霜露渐浓，而逐渐改变颜色，形成黟县桃花源的一大景观。塔川秋色，已连续多年被评为中国十大秋景之一。

清晨即被窗外潺潺水声唤醒。我穿过一圈由竹枝编的篱笆墙，踱出院子。经过一块菜园，再经过一片还未翻泥备耕的稻田，远看晨雾缭绕着的平川，近察沾着晶莹露滴的新桑、油菜荚、蚕豆花，感受光和着风贴着皮肤掠过，内心如水般温润。随风飘来黟县农人的对话，我一句也未听懂。这如鸟鸣般婉转、如蛙声般聒噪的声音，本身如那些古代建筑一样，也是这里古老文化的见证。联想到徽州一句俚语：黟县蛤蟆，歙县狗，祁门猢狲翻筋斗，休宁蛇，婺源龙，一犁到磅绩溪牛。黟县人的解说，蛤蟆好啊，捕螟蚜，护苗芽，勤食四方善腾跃，安居桃源乐为家，夏夜豪情歌一曲，知音钦敬点头嘉。感觉懵懵懂懂，恍恍惚惚，自己真的一脚踏虚，穿越了百千年，"乃不知有汉，无论魏晋"，在这里窥探着往昔的生活痕迹。

联合国教科文组织对黟县西递、宏村申请世界文化遗产的评语是：中国皖南古村落西递宏村，是人类古老文化的见证，是传统特色建筑的典型作品，是与自然结合的光辉典范。这两个村庄的建筑与街道布局体现了中国相当长的一段历史时期中社会、经济的发展情况。它们的街道布局、建筑与装饰、整体房屋及上下水系统都是独一无二的……评语非常精辟，但这是纯技术性的评价，而且只涉及西递宏村两个古村落。我总觉得其还缺了什么。我忽然明白，它还缺对中国人特有的审美价值观的深度欣赏。桃花源里人家，这是一个追求人与人、人与自然相和谐的活性生态系统。这个系统涵盖了最具原生态和直观性的物化遗存，这是一种文化，更是一种文明。打开的是画卷，过往的是历史，展望的则是永远，这是中国人对人类发展的贡献。

　　土地老爷、城隍老爷和祠堂社主，都离不开特定的一
方土地。离开了特定的土地，他们的灵魂或神力就失掉
了。他们乐意为本地百姓、本家后代服务，解决民生问
题，包括最急迫的生存问题和精神抚慰问题。

黟 之 土 风

一

　　读中国社会科学院世界宗教研究所编的《道教知识读本》，意外读到"黟
县县治大门内祀唐薛稷、宋鲜于先"，这是指祭祀薛稷、鲜于先这两位土
地神。

　　土地神，民间称谓很多，常用的有土地公公、土地老爷。皖南喊土地老
爷的较多。

　　查了资料才发现，首先是历史上真有薛稷、鲜于先其人，曾是黟县的县
官。薛稷，唐县令，字嗣通，蒲州汾阴人，入《名宦传》。鲜于先，宋庆历时
知县，阆中人，见《宋史》，入《名宦传》。其次是这两人县官当得不错，入
了《名宦传》，还有较好官声，黟县老百姓感恩。薛稷在任时兴修县城水利，
留有"薛公井"。鲜于先，有担当，在任上除暴安良，曾惩处过一个恶霸。三
是这两人由阳间官员转任土地老爷，是重用，极少有阳间官员有此荣耀，如
唐朝"文起八代之衰"的大文人韩愈，转任的是翰林院的土地老爷。而且这
两人转任享受祠祭很早，明弘治《徽州府志》：薛公祠，在县衙东庑，唐广德
三年建，以祀县令薛稷。宋端平改元，知县事舒泳之重建于门楼里，今如故。
清嘉庆的《黟县志》：土地祠，在县大门内东偏，祀唐薛公稷，宋鲜于公优

（先），亦曰薛公祠，主曰"两少保土地正神之位"。唐朝就建祠了，直到清朝他们都还被供奉祭祀着。四是应有特殊因缘。在黟县为官或黟县人在外地为官而政声显著的，应该不止这两位。如薛稷，受朝廷恩遇甚隆，还是著名书法家，却在玄宗时因太平公主谋反事，他知情不报被赐死。这按常理是不应当被推荐当土地老爷的。他的转任，可能有武后（则天）之后的时代机遇。最后，在土地老爷的新岗位上，他们的工作做得也很不错，不然不会被记载进各类书中。他们的名字地方志中有记载，其他杂书如清朝人编写的《铸鼎余闻》里都记载了，使偏于一隅的小小黟县在阴阳两重世界里人鬼都知晓。

我孤陋寡闻，过去在黄山工作多年，从未听说过这两人的名字。这次到黟县开省徽学会年会，便请本地名人老胡来给我当向导，去寻访这两位土地老爷。

二

若以行政县级为单位，综合自然人文历史地理各要素，黟县无疑是中国最美的县，没有之一。

黟县位于安徽南部，因黄山（即黟山）而得名。黟县历史悠久，为秦设古邑。始建于公元前221年，迄今2200多年。2021年，被批准为国家历史文化名城。黟县古风盎然，地多灵草木，人尚古衣冠。徽文化的所有要素和表现形态，它都具备。黟县方言至今外人很难听懂，据说还是秦汉古音。全县面积不大，仅仅857平方公里，县治面积更小，但县域内有着中国最典型、最美的乡村风光，处处如画，步步是景，而且都很有名气，如宏村、西递、南屏、屏山、关麓、卢村、碧山、黄村等，更是经典。黟县处在万山丛中，但以县城和柯村为中心，天然形成了两个盆地，县城所在的盆地，98平方公里，如同一个盆景。盆地内溪流密布，阡陌纵横，星星点点的古村落，构筑了现实的桃花源情境。倘佯在黟县的山水间，你会很自然地想，历史上黟县疆域面积较大，与陶渊明任县令的彭泽县（曾辖今东至县部分）毗邻，要么是陶渊明曾到过黟县，并按此模板写成了《桃花源记》，要么是世世代代黟县人依据《桃花源记》的文字描述，把黟县建成了如此这般的桃花源胜境。实锤证据是，陶渊明的后人仍居住在黟县陶村，清冽的武陵河水从村前淌过，然后注入漳河。

明清两朝的《黟县志》均记载，薛公祠在县衙东庑。黟县的古老与奇特表现之一为，黟县的县衙一直在同一个地方，一千多年未曾变过。现在黟县人民政府所在地，就是原来的县衙地方。

县政府在城中的一个土山包上，地势高敞。远远便可看到其风格简约的牌楼，正中镶嵌着本县特色石料"黟县青"，青色底上镌刻着金色的"黟县"两个大字。牌楼后面，是一新一旧两幢建筑。正是如今的县政府与过去的县衙正堂，它们并肩而立。左边是幢四层小楼，白墙黑瓦，为新徽派建筑，没有大厅，只在右侧开了个门，门旁挂着"黟县人民政府"的牌子，右边是幢歇山式屋顶、飞檐翘角的古老建筑。它正中悬挂的匾额上书"正堂"，当为县衙公堂。正堂始建于宋徽宗年间，距今有一千年了。正面四根柱子立在鼓形柱石上，清朝黟县人黄少牧题写的楹联"五日风十日雨一邑丰穰，三年耕九年食百姓永足"，红底金字，很是醒目。

县衙正堂现为"黟县乡贤纪念馆"。正堂内改造过，现布置了乡贤照片及简介。黟县人口不多，全县不过十万人，但历代名人贤人不少。我问及薛稷和薛公祠，管理人员茫然不知，似乎为自己不知道感到局促。再问薛公井，他立刻兴奋起来，说知道知道，便带我们去看。县衙正对着县城直街。我们沿直街顺坡而下，薛公井在直街与北街的交汇处，恰在路中央。估计是两条街过去窄，后来拓宽了，使井的位置发生了变化，现被一木栏围合着。可能是为了防止事故，井口用花篮盖住了。花篮底座下有木牌标记，上有说明，说薛稷担任县令，因"忧百姓饮水难而掘井九口，人称薛公井"。还说北街口这口井是目前黟县县城唯一现存的唐代古迹文物。

三

薛稷是土地老爷，原来的祠祭在县衙里。现县衙里没了立身之地，不知他去何处安身了。

县城集中了一个县公共建筑的精华。过去治理县域必备的官方建筑，如县衙、社学、文昌庙、观音庙、钟楼、鼓楼、城隍庙等，一般都建在城内。而社稷坛、厉坛、山川坛等通常放在城外。从古黟县《城厢图》上可以看出，社稷坛在城外西北。社是土地神，稷是五谷神。"今凡社神，俱呼土地（《通俗编·神鬼》）"。古今变易，江山面貌已是大变，不能按图索骥，大多传统古建，早已消失在历史的烟云深处。其中，替代社稷坛的是民间的、零散在田间地头的小土地庙。

　　胡中权说，可以带我看看其他土地庙。土地庙，或土地祠，民间俗称为土地老爷庙、土地公公庙或土地奶奶庙。

　　陶村离县城不远，是陶渊明后人聚居地。胡中权取陶渊明诗意，开发了景区——守拙园。守拙园依着小山坡而建，进入守拙园牌楼大门，迎面是做成竹简状的石刻《桃花源记》；再沿石板道前行，可以看到路右边立着的一座小小土地庙。说是庙，其实很像一个放大的佛龛。俗语说，土地土地，住在石头屋里。土地庙上爬满了地锦，叶子已经红透了，并且掉落了不少，细细的根茎祖露在青石上。土地庙前的石制香炉里，还有一炷香在燃着。庙进深不过二尺，里边端坐着泥塑的土地公公和土地奶奶。两人着蓝袍，袖笼着手，眉眼慈祥。土地公公黑胡子黑眉毛，戴着宋代的官帽，却是一点官威也没有，如隔壁家的老大爷。与我同行的张先生说，他小时候，家里人带他去扫墓，在给祖宗烧香的同时，一定要给土地神敬一炷香，这里有托土地老爷把后代的情况转告给祖宗的意思。接着我们去园最里边的"陶氏祖茔"，果然，在单独圈起来的祖茔围墙出口处，有个更小的土地庙，没有神像，只有块"后土之神"的牌子。香灰散落着，并没有燃着的香，看来近期没有陶氏后人来祭扫。

　　塔川村是网红景点，以层次丰富的秋叶美景著名，多年来一直被评为中国十大秋景之一。刚刚立冬，正是看红叶时候，游人如织。土地庙就在塔川村入口处的大樟树下，白墙黑瓦，有两三个平方米，很少有游客注意到它。虽然小而破败，倒还是一个正式的房子。门楣上是黑底描金字：土地庙，两旁的对联是：土能生万物，地可发千祥。门口摆放着一小块落满灰尘的红布，是给叩礼敬拜用的。我们站着看了会，基本没人跪叩，能顺手烧炷香的人也不多。庙里边只有土地公公一人，白发白须白眉，面白如玉，穿着蓝袍，蓝袍上镶着金色的图案，戴着金冠，与一般土地庙的土地神不大一样，装扮上像个王侯一级的大官人。但他浑身上下透着和气，慈眉善目，看上去和蔼可亲。塑像前照例是一个香炉，胡乱插着一些香，香灰一地，也没清扫。没有水果等奉献，空的矿泉水瓶扔在一边，看来也不是供奉给土地老爷的。墙旮旯角居然还有一张床，可能这土地庙因为有塔川景点，有人主动来管理。

　　塔川村的另一个土地庙，在网红民宿"塔川书院"旁边。它依托在民宅的墙角，紧贴着石拱桥的桥头，俯临着清澈的溪水，但这个土地庙里边没有土地老爷塑像，只是堆放着一些杂物，已转为仓库了。村里的吴姓老人说，村里老早就没有土地庙了，土地菩萨早已被捣毁，村民现在也没有人去拜土地。

这些土地庙都没有社主。但无论从哪个角度看，土地庙都太寒酸了。我们不知曾经的黟县县令薛稷、鲜于先，最后会在哪里找到自己的地盘，但确实很难想象作为县令的他们，会住在这样的土地庙里，但他们转任的是土地老爷岗位，仿佛也只能这样。从我俗人的视角，这反差确实太大了点。

四

薛稷转任为土地老爷，没有转任为城隍老爷，是一件令人琢磨的事情。

唐以尊奉城隍为主，宋则土地信仰盛行。如果按时代推理，薛稷应做城隍老爷，而鲜于先应做土地老爷。城隍原来是民间信仰中的城池守护神，和土地差不多，只是分工不同，难说谁官大谁官小。但后来随着城市发展，城隍社会地位上升很快，显得日益重要。民间虽然都称呼他们"老爷"，但看上去城隍快变成土地的上级了。人间官员转任土地是荣耀，转任城隍似乎更加荣耀。有名有姓转任城隍的官员似乎比转任土地的要多。

城隍老爷摆明是个官，他不仅管阳官，也管阴官，还管厉鬼。城隍老爷比土地老爷厉害多了。农民用三块石头一片瓦，堆个庙的形状就可以给土地老爷凑合了。但给城隍老爷修庙，是朝廷命官的一项正式差事。城隍庙都是由当任县官用公款修建的。钦定《大清会典》：直、省、府、州、县各建祢坛，中设云雨风雷之神位，左设本境山川之神位，右设本境城隍之神位，岁以春秋仲月诹日取祭。现在看明清及民国各地修的地方志书里，几乎都有修建城隍庙的记载。很多地方为郑重其事，一般还由当地最高长官，或知名学者文人撰写文章以示纪念。很多名人，如郑板桥也写过《城隍庙碑记》。郑板桥狂吧，但他给城隍老爷写文章也得恭恭敬敬，不敢有一点狂气。康熙年间，黟县新来了一位县令，他在位四年，大兴土木，搞了一些建设。之后延请四方名人撰写文章，树碑立传，以便青史留名。其中《重建城隍庙记》，分量最重，是请桐城文人张英写的。张英就是那位以"父子宰相"和"六尺巷"闻名的张英。估计张英没有到过黟县，但文章照例吹捧了一番。"黟之有城隍庙也，不知创始何时，大约数百年于兹。庙址在城西北隅，高明爽垲，与学宫并峙，允惬神居"云云。这位知县会来事，也会做事，他在修城隍庙的同时，顺带修了土地庙。"（城隍庙）前即土地祠，四周缭垣，既绳方整。大夫命取益于学宫之隙地，以壮观瞻也。"很显然，土地祠是给城隍庙做陪衬的，很少见人尤其是名人专门给土地老爷写文章的。

土地老爷可以无名无姓，但城隍老爷大多有头有脸，很多是由有过功绩或其他重要影响的官员担任，甚至可以"人肉搜索"到的。所以像薛稷那样转任为土地神的少，而有权势的官员转任城隍，有案可查的就比较多。城隍的任命程序，也一如人间的官员，多由人间的皇帝任命。城隍所在的祠庙的配置也如同阳间衙门，城隍的级别，是一品还是二品，需根据城市规模大小来确定。阳间官员要转任城隍这样的阴官，就是级别一样，由于阴阳相隔，也是非常之难的。皇帝选任城隍，"官声"即民意显得特别重要，民间推崇的大多是对当地有贡献的人，还必须是清官。在科举时代，城隍也可以通过考试录取。《辞海》说，芜湖的城隍庙，建于吴赤乌年间，是中国目前存在的最古老城隍庙。它的城隍是纪信，是替刘邦赴死的部将，作为忠义将军，宁国、太平等地也奉他为本地城隍。南京的城隍是文天祥。合肥城隍庙前些年也重修了，我曾想去看，却被看门的城隍"小鬼"拦住没有看成。合肥的城隍，说是首任知府，但查《合肥府志》，他却只任过主簿官，也没见着他有什么了不起的功绩，让人莫名其妙。

中国改朝换代，新主一般要干两件事，一是制定礼乐，二是修前朝历史，目的都很清楚。而明太祖朱元璋登龙廷，干了两件大事，其中一件：大封天下城隍。把城隍纳入了朝廷的正式编制序列。这倒不一定是城隍的神通大，如人吹嘘的那样"其神天地储精，山川钟秀，威灵显赫，圣道高明"；"有求必应，如影随形，代天理物，护国保邦，普救生民"。朱元璋说得很清楚：朕立城隍神，使人知畏，人有所畏，则不敢妄为。实际是把精神领域的工作交给了城隍，可以说是任务重要，使命光荣。他还调整了其级别与职能，让城隍老爷兼任判官，监察阴阳二界，掌管因果报应，代天监官司民，"监察民之善恶而祸福之，俾幽明不得幸免"，拥有监察腐败和维护社会正义的权力。通常，是阳官治人，城隍治鬼。但朱元璋封过城隍后，还规定新县官上任要去谒见城隍。所谓举头三尺有神明，对当官的来说，头上的神明之一就是城隍。

朱元璋干的第二件大事是颁布六条圣谕，这与大封城隍相对应、相联系，其旨意也在收拾人心。"每乡里各置木铎一，内选年老或瞽者，每月六次持铎徇于道路，曰：孝顺父母，尊敬长上，和睦乡里，教训子孙，各安生理，毋作非为。"其核心内容，大多来自程朱理学。大明六条圣谕，实施效果良好，所以在大清朝继续沿用，康熙帝还将其扩充为圣谕十六条，并对圣谕的宣贯，采取了更加规范与彻底的措施。徽州民间很多宗族的族规家训，其源头都是圣谕内容，即使宗祠之堂号，如敦、笃、崇、孝、伦、淳、睦、思、德、忠、本、善、义等，都可以追溯到圣谕这个最高源头。其实我们也可以猜度一下明太祖朱元璋的心思。他是和尚出身，又靠造反上位，深知人心的力量，即治理天下须从基础的、基本的理顺民心工作入手。

城隍老爷如此重要，使得大大小小官员学会了巴结讨好，还会搞道德绑架。黟县人胡寿安到信阳上任，便去向城隍祷告，主动请求监督和表示清白：一官到任几经春，不负苍天不负民。神道有灵应识我，去时仍似到时贫。清顺治十八年的黟县知县比较机灵，他有篇城隍祠祷雨文：国家之立有邑隍也，责与令尹均，予小子奉天子简命，来牧兹土。时旸时雨，予小子功也，繄尔神功，恒旸恒雨，予小子咎也，繄尔神咎。完全把个人的行政责任和施政政绩与城隍绑定在一起了，不知城隍老爷看到这篇祷文该作如何想。

对老百姓来说，城隍还有一个重要角色，他是"祭厉"的主祭。一般而言，老百姓对厉鬼，是惹不起躲得起，另外单设祭坛祭祀的。古黟县的"邑厉坛"在北城门外，旁边就是广安寺。好像是怕仅有城隍还镇不住厉鬼，需要多重约束吧。把官与鬼放在一起管，这官当得不好就是厉鬼了。反正，城隍老爷的工作，是土地老爷不做的或难以胜任的。

历史就像一缕烟，如今城隍庙只有很少的城市还保留着。过去黟县的城隍庙，就在今天黟县县人大办公楼那位置，但一点痕迹也找不到了。但不论在哪里，或大或小，或隐或显的土地庙，总能看得到。风云天天变幻，但它总是打而不倒，扫而不尽，顽强地存在。这样看，薛稷没有转成城隍是正确的选择了，尽管不知道他寄身在哪个土地庙，但是土地老爷，总归有自己的一方土地，也许只是很小很小的一小块。当然，知道薛稷是土地老爷的人也很少很少了。在今天的黟县，是因为薛公井，薛稷才会被人偶然想起。看来也不是他的土地老爷身份，而是他做的事让老百姓记住了。

五

土地老爷的神通不特别厉害，但也不能不把他当神仙。

土地信仰是原始信仰，土地崇拜是自然崇拜的重要组成部分，都带有原初和根本的意思。古时民智未开，老百姓祭祀的东西太多，风云雷雨山川，蛇神树怪石妖等，什么都可以祭祀一番。我们在乡间，也经常看到稍大一点的樟树或枫香树上，缠满了红丝带。但毫无疑问，不论东西南北，土地都是人们最普遍最主要最中心的信仰。人啥都可以不要，但不能不要空气（天），否则你怎么呼吸啊，更不能不要土地，否则你在哪儿立足啊。空气是虚的，难以抓住，土地最实在啊。土能生万物，地可发千祥，这可不是一句空话。天无私覆，地无私载，人们并不是从虚无缥缈中，而是从日常生活的实践中体悟认识到土地的作用，并产生信仰的。当然更重要的，是这种信仰所产生的利益，触手可及，真实不虚，所以农民祈之风调雨顺，官人祈之官运亨通，如此等等。

土地老爷本来没有归属，后来被拉进道教队伍，但地位很低，只能算是末等芝麻官，而且一般都在乡下混，且辖地越管越小，宅地、园林、寺庙、一山一丘都可以。因为官小，土地老爷经常被人呼来唤去，甚至成为嬉戏玩耍对象，不仅是神仙，甚至鬼怪都可以使唤他。人世间，老百姓也和他平起平坐，甚至可以摸摸他的头捋捋他的胡子。怎么说呢，就是卑微，但他仍然得到各方尊重和礼遇，不管神仙还是厉鬼，见了土地总要打个稽首的。《西游记》中的孙悟空，调皮猴子，到一地方动不动就唤土地，而且一上来就威胁要打三百棍子，实际好像并没有真打过。若真打，恐怕没有一个土地老爷扛得住他那金箍棒。神仙鬼怪世界，你打过来我杀过去，好像从没见土地老爷被打被杀的记录，甚至被骂被辱的记录也没有。《天仙配》中七仙女与董永成婚，没人肯也没人敢为他们证婚，最后找的证婚人也是土地老爷，后来玉皇大帝要追责惩罚，照理土地老爷责任很大，但玉皇大帝并未拿他怎么着，不知是有意放他一马，还是根本忽略了他。

土地老爷的祠祭从来不缺，过去大土地神，由皇帝专祀，各地区的社神，也是由地方官、乡里奉祀。后来官方祭祀转向城隍老爷，但民间、乡里祭祀的仍是土地老爷，尽管没什么隆重仪式，但仨瓜俩枣，半截残香，一瓦片雨水还是有的。徽州过去有"接土地"的风俗，即在每年农历二月二，祭祀土地，叫春祈，祈祷土地老爷保佑一年风调雨顺和五谷丰登；秋天还有祭祀一次，叫秋报，是感谢土地老爷所带来的丰收和吉祥。徽州呈坎村现存宋时古建"长春社"，曾悬挂"春祈秋报"牌匾。我猜测，这长春社就是大家族用来祭祀土地老爷的建筑，是土地老爷从官方走向民间、社稷坛转向土地庙的过渡性建筑。春祈秋报的仪式，现在看不到了，但田间地头的土地庙里，香火似乎一直是有的。毕竟一年四季，农民们总在土地上摸打，本来麻烦土地老爷的事儿就挺多，就是没事，也在土地庙里上炷香，俗话说有事保平安，无事祈平安。这表明，老百姓早已把土地老爷看作最亲近的一位神仙，甚至是家里人了。城市虽由城隍管辖，但土地老爷也有人请。现在我们到一些城市住宾馆，如果留意，在他们的后院或某个不起眼的地方，会发现一个神龛，里边供奉的十之八九是土地老爷。这种情况，我们在中国港澳台地区甚至日本、韩国也能见到。土地老爷在那里，也努力勤勉，在为城市消费主义文化服务呢。

老同事转给我一篇文章，是说黟县傩舞"出地方"的。黟县，"俗多联会赛神"。这"出地方"应源自古山越人的傩舞，后转为城隍庙会上的文艺表演。城隍老爷每年有"出巡"或"出会"活动。城隍老爷官威大，所以出巡仪式十分隆重。他要坐花轿，由人抬着巡市，并由全副装扮的执事在前鸣锣开道，旌鼓前驱；很多地方还张灯结彩，搞文艺表演给他看，当然也给围观的老百姓看。"出地方"，设有"地方王"和各乡"地方"。先由"地方王"表演，再每到一地由各乡"地方"表演。"地方王"，即由最大最有势力家族来组织表演，各乡"地方"则由当地家族组织表演。"地方"都是面目狰狞的恶神，带的队伍都是各路恶鬼，道具都是阴曹地府里的刑具。我怀疑，"出地方"之所以叫这个名字，原本是土地老爷把自己管辖地的各路神仙也好，恶鬼也好，管它是"黑无常"还是"白无常"，是"五神（风雨雷电火）"还是"五猖（东西南北中五路鬼魂）"，届时统统请出来或赶出来，一次交给城隍老爷，期望他把它们统统驱逐出本地方，以保一方土地安宁。反正，城隍老爷有"祭厉"职责，这是他应尽责任，再说道教里的神仙排序向来比较混乱，城隍老爷有时能指挥阎王或他的手下人马办事，土地老爷可办不到。

六

鲁迅有句被广泛引用的名言：中国的根柢全在道教。

自古至今，始终得到中国人祭祀的，恐怕只有土地和祖先了。对土地和祖宗的信仰无疑要远远早于道教。土地神的出现，肯定比道教诸神要诞生得早。尽管土地神后来被道教收编了，成为道教的神，但只能说，土地神是道教的来源之一，而不能说道教创造了土地神。换个角度说，道教是根据道家思想而延伸发展起来的，并大量吸收了民间信仰（包括土地信仰）而后形成的一种宗教实体。道教只是给道家思想和民间信仰配备了宗教外衣，包括神学教义、信仰、修持方术、科戒仪范、制度规章等。

徽州社会是中国传统农耕社会的样板，是"东南邹鲁"，反映在儒释道关系处理上，深得孔子"敬鬼神而远之"教诲精髓，既和平共处，又主次分明。从黟县看，目前保存最多的、最好的、最久的，建筑工艺最杰出、最优秀的无疑是祠堂。祠堂是最中国的尊重祖先的文化传统，是儒家观念最直观的解释，且不说原始崇拜、越巫方术，即使徽州寺庙宫观法脉悠长，也大多时兴时寂。像梓路寺等，都是唐会昌灭佛事变发生后，因黟县山高地远，来此避难的僧人们建的。这一事实，验证了逐步占据主流地位的儒家文化的包容性和对民间文化的尊重，也生动体现了宗教信仰包括民间信仰所具有的顽强生命力，为中国文化对其他宗教的开放态度，实际也为宗教中国化这个大命题作了生动注解。时至今日，道教虽已丧失中华文化主流地位，但它的"尊道贵德、效法自然"理念，以及经典教义、信仰仪式等，包括与中国普通民众的日常生活和文化娱乐水乳交融的俗神崇拜活动，仍然是我们完整、准确解读中华传统文化的关键钥匙。

薄暮时分，喧闹了一天的塔川慢慢安静下来。起了一丝轻雾，将满川的色彩斑斓，调润调柔了不少。层层叠叠的田地，静静地伸展向远方。历经沧桑的徽派民居，白墙黑瓦间，炊烟袅袅，畜禽低叫。这景象，似乎亘古以来都是如此。我的时空感觉混沌了。忽然想到，它们都有土地老爷在看守着吧。薛稷、鲜于先们也许就藏在某块田角或某棵大树下，也正在瞅着这眼前的景色呢。土地老爷、城隍老爷和祠堂社主，都离不开特定的一方土地。离开了特定的土地，他们的灵魂或神力就失掉了。他们乐意为本地百姓、本家后代服务，解决民生问题，包括最急迫的生存问题和精神抚慰问题。站在这个角度，我们应当对他们抱有敬畏心，那也是对大地自然、祖宗血脉的敬畏。有此一念便是善德，而并不需要复古还旧，盖楼起庙。

慊慊意散黄花黄，谁在动笙簧。匾檐栏榭挂满霜，歌声断，脉息长。把酒临风，天涯望尽，大地还苍茫。桃花源里是故乡，不思量，心逐浪。

　　"绿水青山就是金山银山"的理念，日益深入人心；
"一片叶子富了一方百姓"的实践，遍布城乡各地；"品茶
品味品人生"的生活态度，正改变着人们解读世界的
方式。

祁门茶事

一

　　祁门隐藏在黄山西脉，全境森林蓊郁，秀水纵横。我们从县治所在祁山镇出发，顺阊江往平里镇去，寻访原祁门茶叶改良场。

　　阊江也叫阊江河，它发源于大洪岭，纵贯祁门县，向南流经倒湖，进入江西景德镇境，最后注入鄱阳湖。水随山转，水秀山清。阊江与其他河流一起，将祁门的山陵、低丘、盆地和洲畈编织成一张巨大的山河锦绣图案。我来祁门之前，通读了老同事寄我的《祁门地方志》。过去地方志上载，祁门"大抵山峭而石多，土隘而田少，凿山削平，叠石为级，而树艺焉。一岁之耕，不给一岁之用，乡市编记，无巨无细，仅以糜粥供伏腊而已，是以衣不纹绣，食不肥甘，质实俚朴"。但眼前的景色完全对不上，应该是数百年来农民辛勤耕作改变自然的结果。

　　正是清明时节，春暖花开，阊江一路清流碧湍，秀丽宜人。祁门宜茶，整个是茶的世界。阊江两岸的山岭似并不高耸，放眼去看，几乎无山不茶，或大或小的茶园，因山就势，随地起伏，掩映在葱茏的林木中，棵棵簇簇，色调沉稳，在初春一片绿色海洋中呈现出别样的绿色。有的十棵八棵自成一体，贴着边坡山脚种植，体现出祁门土地的金贵与农民的精细。尤其是两个

山头之间的山谷洼地，因有两边山上冲下的沙砾土壤堆积，土层颇厚，茶树更显得棵棵苗壮。近年县里大力发展生态茶产业，极严格控制使用农药与化肥，积极推广生态种植，黄色的灭虫纸在深绿的茶树上飘扬，很是醒目。

祁门产茶历史悠久。古代祁门曾属歙州和饶州两地，其东部属黟县，西部属浮梁，所以陆羽所谓歙州产茶，且素质好，白居易诗"商人重利轻别离，前月浮梁买茶去"等，当都与祁门有关。唐朝歙州司马张途在祁门建县后不久，写过一篇《祁门县新修阊门溪记》文章，说：邑之编籍民五千四百余户，其疆境亦不为小。山多而田少，水清而地沃，山且植茗，高下无遗土，千里之内业于茶者十七八矣。缘是给衣食，供赋税，悉恃此。祁之茗，色黄而香，贾客咸议，愈于诸方。20世纪上半叶，美国人乌克斯在他的《茶叶全书》中写道："中国农业部研究茶区土壤发现，土壤由云斑性砂岩构成，并且富含铁，栽茶最为合适。这种土壤以皖南最多，因而，该地区所产绿茶、红茶，品质优异。"他还专门列了祁门地区土壤的化学分析图表，予以证明。

二

经过塔坊乡，便到平里镇了。时在左右呈现的阊江宽阔起来，诸山似乎也退到了远方，地势显见平坦。公路两边出现了密密的商铺，看上去整齐整洁，应该政府介入整治过。看很多店招都是新的，风格也颇统一。经营的买卖各行业都有，但以茶号为多，传说祁红创始人胡元龙的茶号也曾开设在这条街上。正是采茶季节，街面上不仅行人少，而且很多店铺没有开门，因为采茶季节，人们大多上山采茶去了，没有多余人力可以使用。我们选了一家饭店吃饭，也是男主人在打理，看来采茶季节饭店也是可开可不开的。

赫赫有名的"祁门茶叶改良所"就隐藏在这一片路边商铺里。我们把车停在公路边的一堵青砖围墙前。围墙开口处，有一块白底黑字的"安徽祁红故里文化旅游股份有限公司"的招牌，在它的边上，另贴着一块晦暗的小方标牌："黄山市文物保护单位 祁门茶叶改良所"。抬眼再往上，可以看到那里还镶着一块黑底金字的"祁门红茶博物院"标牌，它似镶在青砖围墙里边的建筑物山墙上。

大门入口处的右侧是门卫室，两边都是仓库。仓库之间搭有雨棚，显得昏暗。再往里走几步，是一片开阔的小广场，显得豁然开朗。广场周边立着十多尊铜像，走近看，铜像都是祁门红茶的有功之臣，包括祁门茶叶改良所的开创者们，如吴觉农等。在广场周边，矗立着一个青砖砌成的大烟突，和一横一纵两幢青砖房屋，一看便知是生产厂房了。外观看虽然不起眼，但里面空间广大，非常实用。一幢建筑基本保存了生产车间的原样，一字排开28个水泥砌就的萎凋槽，萎凋槽中的竹席依然完好。想这数十个萎凋槽中铺满茶鲜叶，一定十分壮观。另还陈列着十多台套机器设备。每个看上去都十分结实坚固，其中一台旁边有个说明，是上世纪30年代引进的德国克虏伯揉捻机，一次可投萎凋叶280斤，据说至今仍能开动。另一幢则改造成了博物馆。博物馆梳理了良种场的历史。

1915年，北洋政府农商部在这里建立了安徽模范种茶场，目标是改变中国茶叶在国际市场上日趋衰落的局面。1917年，改为农商部茶叶改良场，研究和指导红茶生产。1932年，现代茶叶事业复兴和发展的奠基人、新中国成立后曾任第一任农业部副部长的吴觉农，看到茶叶改良场衰败，呼吁重建该场，并亲任重建的"安徽省立茶叶改良场"场长。他辞任后，由胡浩中接任。祁门茶叶改良场是中国现存最早的茶叶科研机构，发轫至今历经百年，传承不息。安徽省农业科学院茶叶研究所和安徽省祁门茶厂都是它的血脉。祁门茶叶改良所开启了中国茶业探索现代种植、加工技术与销售模式之先河，百余年间，在茶业科研方面，尤其在以红茶为主要对象方面，硕果累累，为祁红乃至中国茶叶发展作出了卓越贡献，在世界茶叶界都有巨大影响。一大批茶叶专家，如吴觉农、胡浩川、冯绍裘、庄晓芳都在这里工作过。新中国成立后，在中国茶叶公司系统负责业务技术的骨干，很多都在茶叶改良场学习和工作过。

改良场正面对着阊江。我们横穿过马路，便是阊江上颇具名气的梅南渡口。这是过去是阊江上的一个大码头，是上承祁门腹地，下到浮梁、景德镇的重要节点。阊江在这里显得优游从容，江面宽阔、平缓，河岸绵长。江对面，空间寥廓，霭霭村落与隐隐山脉间，据说就是1915年巴拿马金奖祁门工夫红茶产地。看着远山近水，我很感慨。就是脚下这个地方，因为一批知识分子的到来，有幸成为中国现代茶叶这只大船的起锚之地。吴觉农说："祁门茶业改良场，改良以安徽之茶叶，实系中国茶叶中心。"不过百年时间，白云苍狗，转眼已为陈迹了。今天的祁红生产制作中心早已转移，中国茶叶早已种满华夏，但以吴觉农为代表的沐浴过"欧风美雨"的几代知识分子"茶人"，那种救亡图存、以振兴中华为己任的觉悟和精神，需要后来人永远铭记。吴觉农因立志农业，故改名"觉农"。"自觉悟"，从"自觉"到"觉人"，在不同的时代，都是不变的主题。

三

　　我来过祁门多次，但每次都被人直接引进茶园或带到工厂，从未在城里茶馆喝过茶。这次，我请祥源茶叶的姜红在祁门县城推荐一家茶馆喝杯祁红。姜红是老祁门，也是黄山市首屈一指的茶艺师。结果她很干脆，直接回绝了我，说祁门没有茶馆。我不信，还是执意去祁门城区寻找。祁门县城不大，拥阊江而建，多山少土，寸土寸金，市面看着还繁荣。我转了几个逼仄零乱的街道，发现茶号不少，但真没有看到茶馆茶楼。套用李德载写扬州茶馆的10首小令，说祁门没有茶馆，"非是谎"。这是一个很有意思的现象。

　　关于茶的文章和著作，古今中外，可以说是汗牛充栋。唐代陆羽的《茶经》，对茶的起源、品种、分布、制作、冲泡用水、煮饮、事略、器皿等均有论述。不仅总览前朝，还开辟了后世的源流。后世所谓茶事，基本按此分类展开，《茶谱》中归纳出品茶、收茶、点茶、茶炉、茶灶、茶磨、茶碾等十六则。但林林总总，古代茶书典籍共同的特点是，多关乎对茶的品鉴，研究考述茶消费的内涵、外延、传承流转以及勃兴衰落诸事，并不十分关心种茶、制茶。宋以后，文人们更是将多余的文思投射到物质形式的繁复奢靡上，点茶与烧香、挂画、插花一同成为"四般闲事"之一，喝茶重点甚至不在茶上，而在器玩上。

　　在中国传统文化里，茶人与茶农从来不是一个概念。令人津津乐道的茶事，都是"茶人"专注于消费。如果溯源，从地域上看，多在江南。尤其宋明两朝，传统江南地区经济发达、文化昌盛，中国社会的很多所谓风雅习俗，包括一些奢靡消费方式，大多在那个时候培育出来的。从人群上看，多僧侣和传统文人，尤其是文人"茶人"。

　　文人的特殊话语权，在茶事上表现得淋漓尽致。文人主要指古代读书识字、能为文作诗的人，是农耕社会相对有钱、有闲，还有话语权的阶层，特别因为科举制度，能在朝廷谋有一官半职的，基本都可以划入文人范围。他们的知识、实力和性情，以及表达的能力，具有定义概念，赋予事物文化含义，起到引领社会风尚的作用，甚至能将一般事物扩成知识谱系，提升其普遍的社会意义。卢仝"七碗茶"歌，喉吻润、破孤闷、搜枯肠、发轻汗、肌骨清、通仙灵、清风生，把对茶饮的审美愉悦，茶的功效，品茶的意境和人的精神享受，表现得淋漓尽致。白居易："坐酌泠泠水，看煎瑟瑟尘。无由持一碗，寄与爱茶人。"杜耒："寒夜客来茶当酒，竹炉汤沸火初红。寻常一样窗前月，才有梅花便不同。"苏轼："休对故人思故国，且将新火试新茶。诗酒趁年华。"还有副对联：为名忙为利忙忙里偷闲喝杯茶去，劳心苦劳力苦苦中作乐拿壶酒来……喝茶的好处是，喝茶后没有酒后的酸臭味，方便将其升格并具备某种仪式感。此时，喝茶便可用来触摸自己的灵魂，传递和而不同、美美与共、和谐共生等共同价值观和理念。以茶会友，品茶论道，成为文人雅士的一个标签。最重要的已不是喝什么茶，而是什么人喝茶和与什么样的人一起喝茶。观古人对待生活的智慧与情趣，如直接抽象出远离宦海商海苦海沉浮的理想化生活，可能不少真是在喝茶中悟到的。喝的还是茶吗？喝的是有性有趣的灵魂。没有这些先辈文人的文字和文化，今人对茶的诠释理解，是一个不可能完成的任务。

茶事的另一个维度是"禅茶一味"。中国佛道寺院道观与茶之亲密程度，超出许多想象。有人说，饮茶的习惯始于佛教僧侣，后来传播到文人，再传播到更广的人群。今天很多寺院道观周边都有茶树，寺院、和尚、道观、道士、诗歌、茶，有一道共同的风景线。著名的唐朝赵州禅师，禅语就是"吃茶去"！日本国不争的"茶祖"荣西（1141—1215），本是和尚，他两次到中国学法，写出的名著却是《吃茶养生记》。他极尽语言之能颂扬茶，使人们几乎忘了他还是日本临济宗创始人。中国南宋和静清雅的茶文化，演变为日本茶道"清寂和敬"的精神。韩国的"和敬俭真"茶道宗旨与其类似。

徽州属大江南地区，向来号称东南邹鲁，有文字记录传统，这非常有利于各种事情的保存和流传。但"徽商故里"更多的是"程朱阙里"本色相。祁门一直在徽州的产茶核心区，茶事应该很多，但很难见到文字描述，无论是技术操作，还是文学笔记。如果再把茶事分为生产和消费两大部分，仔细端详祁门茶事，更是难以找到茶在本地的消费记录。过去老北京有一款茶叫小叶花儿茶，正宗的京庄小叶儿花茶讲究"珠兰打底、徽坯苏窨"八个字。珠兰花是徽州物产，今天歙县还有，而坯则指徽州生产的毛茶，"徽"字当然包括祁门。但这八个字并不是徽州人提炼出来的。考察历史上祁门的茶叶生产经营之事，都记录甚少，著叙更少。有人近年来也挖掘过一些，好像也是家族秘本，没有产生社会影响，更没有产生跨出徽州区域的影响。当地地方志"物产"木果条目：茶，则有软枝，有芽茶，人亦颇资其利；"土产"条目有：棉布、桐油、茶、瓷土。落脚点都在茶叶卖钱上，并不在自己喝茶。

生活在富贵安逸地方的江南文人，记些风趣茶事，说些风雅茶话，不带山里人玩可以理解，但在徽州大地生活的和尚道士也好，士大夫学者也好，在饮茶情趣乃至以茶作乐方面，很是乏味、缺少故事，似乎都隐形了。也许，这只能归于风俗不同吧。正如《祁门志》所云："祁山昂峭而水清驶，人故矜名节。产薄，行贾四方，知浅易盈，多不能累大千大万，然亦复朴茂，务节俭，不即荡淫。"

当然，没有什么鸿篇巨著，生活也不会断流。有人收集整理了不少祁门民间茶谚。这些茶谚口耳相传，易讲易记，富含哲理，应是祁门茶事最直观的体现。只是这祁门茶谚也多倾向于讲茶叶的价值、饮茶的功用与好处，有的则说喝茶的礼仪，如：常喝茶，少烂牙；清晨一杯茶，饿死卖药家；看菜吃饭，看人上茶；茶、上茶、上好茶。但祁门有关茶生产的谚语不少：假忙年三十，真忙摘茶叶。说茶叶质量：好茶经得起细品，好人经得住细量；二月清明茶等人，三月清明客等茶；夏前茶，夏后草，再不摘，成渣渣；春茶不采，夏茶不发。还有如采茶歌，多是讲采茶辛苦的，后来因应形势，也有讲劳动快乐的。还有总结生产经验的：向阳好种茶，背阳好植杉；改造茶树不养丛，辛苦一场空……以上几乎涵盖了茶叶的种植、管理、采摘环节，既是顺口溜，也是茶农之间相互传授经验的教科书。但用今天的眼光看，茶谚毕竟不是教科书，其系统性、理论性有所欠缺。

毋庸讳言，祁红的产生，本是因应外国人主要是英国人的需求而产生的。对祁门红茶发扬光大的"最大贡献者"当是英国人。茶叶传入欧洲后，也曾引得一大批墨客文人的咏叹高歌。但读英国官员文人写的书或文章，却与中国官员文人写的书或文章有不少差别。如《绿色的金子》，可以看出上层白人对茶艺的钻研，对市场的重视，他们更关心如何种植茶、生产茶、销售茶，写的东西显得特别实用。当年英国人凭借其日不落帝国的影响力，凭借商业的力量，凭借把握的话语权，把喝红茶的风气带到了全世界，且喝得风生水起、百花齐放、花样百出。生产保障了消费，消费促进了生产，而茶文化则成了扬帆远航的风力，成为茶生产与茶消费完全捆绑在一起的黏合剂。其结果，就是世界茶叶市场的不断扩大，饮茶成为世界共同爱好。还有一个结果就是，英国拥有了一批近乎拥有垄断地位的茶企公司。有了天空和海洋，不论多大的鸟，多大的船，都有了自己的空间，格局就完全不同了。中东和北非的阿拉伯国家，过去并不产茶，但养成了饮用薄荷甜茶的习惯，这个茶饮除了加入绿茶、水和糖，还要加入薄荷、洋甘菊、鼠尾草等芳香及药用植物。

但它烧开时，茶汤呈现的亮丽琥珀色，是一杯热腾腾的红茶模样。在英国商人那里，有无诗意并不重要，重要的是从这里可以发现一个充满活力的，可以一边挖掘、一边收获的黄金大市场。

四

祁门凫峰乡下福洲地处优美的河湾里，与上福洲一起，妥妥组成了一个完整的洲地。洲地土地肥沃，肥力主要来自河水暴涨时带来的泥沙。靠河湾有一片高大的竹林，春上新发的竹笋，还未脱去笋衣，一棵棵粗壮肥厚，黝黑得像上了一层油彩。洲上主要是成片的茶园，茶园里隔不多远就有一些乌桕树，这种树树形优美，在秋天时叶片变红如枫叶，极具观赏性。

我站在乌桕树下，与采茶的工人闲聊。他还带着一个十四五岁穿着某职业学校校服的男孩。只是这男孩对采茶没甚兴趣，两只手也不见动，胸前的布袋里一直空着。他说清明前才是采茶高峰，没日没夜。这几天补采的主要是祁门本地品种茶。本地品种茶比后来引进的茶好卖。采的茶主要做毛峰绿茶，客商认这个；并直言，茶叶是家里主要的经济来源，喜欢外地人来此收茶鲜叶，因为价格较好。市场最重要，得跟着市场走，不然一年忙下来还是两手空空。问及他们平常喝什么茶，说是毛峰绿茶，并不喝红茶，红茶味儿他们并不十分喜欢。

茶自古就是祁门的支柱产业。明永乐时编纂的《祁阊志》，其卷三单列了一条"茶课"。祁门唐朝以后一直是茶叶种植的重镇，也是国家征纳茶税的大户。21世纪初，人民政府豁免了农业特种税，是历朝历代所没有过的事，这极大减轻了茶农的负担。茶叶的所有收入基本上都归茶农自己了，但茶农自己对茶的消费依旧十分节约。祁门民风淳朴，现代茶业市场上浮靡的铜臭气酸腐气，祁门似乎沾染不深。但讲究生产，不讲究消费，在当下商业环境下，却是福祸相倚的。

经济发达与消费性茶事活动之间有没有关系，我理不清楚；但从社会现象上看，引领茶叶消费行为的，主要是经济发达地方的市民群体。他们有经济能力，也有需要，融汇交集不同地区的文化，并借器物、空间、音乐等，传播他们的消费习惯和文化品位。江南地区既是茶叶生产地区，更是消费地区，传统消费性茶事一直比较多。上有天堂，下有苏杭，构成天堂般生活的要素，茶或许不可或缺。徽州的邻居杭州，不仅仅有中国茶叶博物馆，有西湖边的湖畔居等泡茶馆、茶楼等硬件，更有众多茶事活动。不特节日，就是在平时，也可见多数茶馆茶楼里人头攒动，大人边吃边聊，小孩子追逐嬉闹，一派热气腾腾模样。有的茶楼供茶花样不断翻新，既有元宝茶、糖茶、擂茶等地方特色茶水，还扩大供应杭州特色食品，供应定胜糕、山核桃、笋干豆等，甚至烤猪手、卤鸡爪、烤翅等荤点也能看到；不仅提高本地人的生活水准，本身也变成助力经济发展的重要力量了。苏州地方，有人经常做茶会，如三时茶，早茶朝会、午茶书会、晚茶夜会。还有名目繁多的主题茶会，如毕业、升学、新婚、乔迁、生日之类，都是传统文化中最具仪式感的活动。今天民间流行的简单茶会，如以说话为主的茶话会，或许大多是发源于此。但近几十年来，随着广东、福建等地经济的高速发展，加上受港澳台地区影响，他们的饮茶习气也日益吹散开来，一些茶事活动也日益具有了全域性的影响力。

前些时，我到福建，喝了一杯茶，惊掉了自己的下巴。一泡茶，要价六七千元人民币。再看茶单，上面竟赫然列有每500克单价数百万的某款茶。摆明了是吊高市场赚夸福钱。苏辙："君不见，闽中茶品天下高，倾身事茶不知劳，又不见北方俚人茗饮无不有，盐酪椒姜夸满口。"茶只是一杯水儿，就是茶圣陆羽着黄袍、携器具、做茶道，也曾被达官抛出几锭银子打发，受到羞辱。日本是高消费国家，我们曾十几个人，共同体验了一把完整的日本茶道流程，价格还不及此一泡茶，但当下人们似并不以为意，这显然不是一个"钱"字或一个"文"字就能讲得清的事。俗人与商人眼睛相似，瞳仁原来不同。在喝茶的风景里，谁在乎谁在哪里焚琴煮鹤。它早已跳出传统文人的审美情趣和市民富丽豪华、明艳精巧的趣味，属茶中茶、茶外茶了。

这是一个文化现象，无疑也是一个经济现象。总是被人告知，你那个地方就合适生产，便觉得自己心理有些不平衡，甚至怀疑别人心思不正。因为只讲究生产的地方，最后总是吃亏；又讲生产、又讲消费的地方，才能得全美。两条腿走路更稳当。近年来，祁门政府及茶企举办过一系列茶事活动，其主旨都是推销，目标都是外地客商，鲜有专门的品鉴或游乐赏玩活动，兼顾本地消费者的。祁门以红茶闻名世界，祁红作为公认的世界三大高香茶之一，其高居榜首的位置始终不曾动摇，但祁门一直处于相对贫穷状态。为迎合市场，祁门在百余年的历史过程中，一直在制绿制红中左右摇摆，损失巨大。祁门也没有福建那样的斗茶传统，能够把茶斗成天价。也许，通过消费方式、生活方式的改变，培育一种有文化的茶，或许是立足茶，超越种茶、制茶、买卖茶，才是做大茶生意的最大卖点和潜力优势。

近年来祁门的一件茶事与我有关。那年省上到外交部开展活动，我受命组织活动间的茶会。我想安徽茶叶名气很大，但说来说去，词儿都有点滥了，便琢磨着给安徽四大名茶取新的绰号。其中给祁门红茶取了"镶着金边的女王"。后来时任外长王毅当着200多外国驻华使节，在大会上点赞了"镶着金边的女王"，引发了新媒体的小狂欢。因为当时用的是池州润思茶叶公司的茶艺队，润思老总殷天霁也在场，当即他就把"镶着金边的女王"商标注册了。没想到祁门红茶协会后来与池州润思茶叶公司因为冠名问题，打起了官司，甚至直接打到了国家。过去他们也因为祁红的原产地问题打过官司，国家工商总局还下过裁定。池州东至、石台与黄山祁门同处于黄山西脉，实际上池州秋浦河和阊江一样，源头都是祁门大洪岭，历史上即种茶制茶，祁门红茶创始人之一余干臣就是在至德（今东至）创制祁红成功，并在祁门设置生产基地的。

祁门红茶是块金字招牌，也是一块公共品牌，需要各方共同维护和经营。

五

在祁门"天之红"茶叶庄园的接待室，我们喝着公司生产的新品种红茶。这款新品茶，很难言说的"祁门香"香气馥郁，含在嘴里久久不散，十分美妙。窗外，是春天茶园的一片新绿。真正应了把"茶"字拆开，就是"人在草木间"的情境，这也是中华文化"道法自然"真谛的鲜活诠释。公司设计这个茶庄，是希望把祁门红茶做大做强的一种努力。公司董事长王昶工作十分勤奋，现黄山高速公路上到处都是"天之红"的广告牌，并贴上了他自己的大头像。

中国是茶的故乡。茶之为饮，发乎神农氏《茶经》。茶作为世界三大饮品之一，曾受到极度推崇，盛行于世界。据称，全世界产茶国和地区多达60多个，饮茶人口超过20亿。虽然随着时间的推移，茶除了得与咖啡、可可等竞争外，还面临着软饮料如可乐雪碧等的挑战。但从未有人怀疑过茶的潜力，只是在具体的市场开发、具体的产品竞争中，徽茶比浙茶、闽茶、滇茶显得弱，是难以回避的问题。

但情况正在发生变化。2020年5月21日，是联合国确定的首个国际茶日。国家主席习近平亲致贺信，他指出，作为茶叶生产和消费大国，中国愿同各方一道，推动全球茶产业持续健康发展，深化茶文化交融互鉴，让更多的人知茶、爱茶，共品茶香、茶韵，共享美好生活。在新时代，祁门人正按照总书记的要求，统筹做好茶文化、茶产业、茶科技这篇大文章。"绿水青山就是金山银山"的理念，日益深入人心；"一片叶子富了一方百姓"的实践，遍布城乡各地；"品茶品味品人生"的生活态度，正改变着人们解读世界的方式。

喝茶人，如果能喝出大自然的鸟语花香，喝出一份珍惜种茶人的心来，就好了。

祁红汤色红艳，注入白色瓷杯。洁白的茶具装着红艳的茶汤，极具观赏性。杯沿映出一圈明亮的、金黄色的光环，这条金边，是祁门红茶冲泡中独有的现象。

镶着金边的女王

"你们祁红世界有名"

这是邓小平1978年在黄山视察时说的话，但他并没有去过祁门。

祁门可以说是个山高水远的地方。打开地图，她在安徽最南端，位于安徽与江西两省交界之处。从更大范围看，是处于黄山、鄣山和更远一点的庐山之间，在黄山西部山脉，也是号称华东最大的物种基因库牯牛降的脚下。从黄山余脉逶迤而下，偏西南走向的一条曲折蓝线，通景德镇进鄱阳湖的，就是阊江。语言考证有一个说法，China即阊的译音。长期以来，阊江都是祁门通外地的主要通道。藏匿在崇山峻岭中的古老山道，只能是补充。但就是这样一个僻静地方，也有自己专门的英文地名称谓Keeman，如同过去北京有Peking的称谓一样。想象一下，这世界上曾经存在的日不落帝国，祁门在英语世界里赫赫有名，那么也就意味着她在世界上赫赫有名。

祁门之所以有如此名气，因为她是祁门红茶产地。

世界上最好的红茶

注意，"最好的红茶"后面，没有之一。

黄山至祁门至景德镇高速通了。高速两边是比画更好看的皖南山水。在黄山及牯牛降和皖赣交界处的鄣山山脉之间，是一片缓冲带，其谷底是休（宁）屯（溪）盆地，其他则是一个个土层肥厚、黄壤或红壤的小山头，很多如馒头状，树木茂密，植被良好，林相优美。再往深处看，则是被自然切割成一棱一棱的山岗，与更大的山头相连。过祁门，则是一片向鄱阳湖、长江方向延伸的缓坡丘地，没有这般近看是一棱一棱、远观是一层一层，如中国山水画中皴法一样写意的景象了。在山峦之间，一沟沟、一条条、一汪汪的水环绕行走，又形成许多小半岛、小滩渚，宜种宜居，仿佛人间隐秘的仙境。人间四月天，这里到处是绿，尤其是槠树和檵树，似花似叶的青春颜色，如涌泉般从万绿丛中鼓涌而出，又似焰火般从枝头爆炸出来，夺人心魄。

祁门红茶就产自这里的团山、缓坡、滩渚。气候土壤条件，确保了其天生丽质，血统高贵，根骨清奇。祁门红茶的主要原料是小叶槠树种。春天的第一批茶叶很关键，顶级的祁门工夫红茶，大部分选用的都是这第一批采撷的茶叶。此时正是春天里采茶时节。树杪上的一芽一叶、一芽二叶初展，芽头最鲜嫩、最漂亮，触手可感。每棵茶树都剪裁得有形有状，顺着山势一垄一垄展开。有人在采茶。现在茶园为适应旅游的需求，大都开辟了专门的参观步道。黄山地区的茶园面积都不大，茶园也不似许多地方连片接岭；很多茶园里面还有些选种或自生的梧桐、桂树、朴树、乌桕等树；使得茶园更具风情，也有实用功能，这些树大多有或浓或淡的香味，也是祁门红茶天然香味的来源之一。

祁门红茶的初制，分为萎凋、揉捻、发酵、干燥四个步骤。萎凋，即将摘下的鲜叶通过摊晾，让叶片中的水分散失，使其自然萎蔫凋谢；揉捻，就是像揉面一样搓揉，破碎茶叶里的细胞，促酶氧化。老茶师的动作张扬有度，颇具观赏性。发酵，想想都很神奇。传统的发酵方法是将揉捻叶置于木桶或竹篓中，加力压紧，并用湿布焐至叶及叶柄呈古铜色并散发茶香，这是形成祁门工夫红茶品质的关键。发酵后，绿色的茶叶会逐渐转化为红色，形成红茶特有的色、香、味，经过发酵的茶叶，就已经可以算作红茶了。干燥，就是通过高温烘焙，使发酵好的茶水分蒸发，以保持茶叶干燥的过程。至此，茶叶已经做成。但祁门人只把这茶叫作毛茶，真正体现祁门工夫红茶高品质的是后续的精制。

精制，就是整饬细致、分别等级、剔除杂物、减除水分等，使茶叶达到外形漂亮、内质丰富的标准。初制只有四道工序，精制工序则多达十三道，主要工序是筛选拣补拼装等。细分有十七道严格工艺后的祁门工夫红茶，尊重茶叶的原始状态，茶叶外形整齐并与内质一致；而只有经过精制后，才能真正称得上"祁门工夫红茶"。所谓祁门红茶，"工夫"二字不可或缺。每一个生产祁门工夫红茶的茶企，都始终如此"苛刻"地践行着每一道工艺，每个级别都极尽繁复考究，每一个动作都是不厌其烦的重复、倾尽心血的工夫。即便是在现代科技昌明、各类生产大量使用电子机械设备的时代，祁红很多工序仍旧要求茶师们手工完成。明晰的分级制度和过程控制，保持了祁红稳定的制作工艺，继而保持了祁门工夫红茶的稳定特质，使祁门红茶真正具有了与其他红茶相比，更加尊贵的特质与差异。这道道工艺，代表的不仅是一种技术，还包含着记忆、情感，夹杂着数代手艺人对品质的执着追求，而这正是祁门红茶增值的关键，也是祁门工夫红茶真正的魅力所在。经过这样一个过程，一个天生丽质的少女，才由青涩脱胎为一个内外兼修、高贵雅致、仪态万千的公主。

镶着金边的女王

夜宿祁门。

如同置身于生命的欢歌中。春雷一波波，贴着山脊滚动，时而低回，时而惊炸，似在不断地探索和变换着呼喊的方式，要唤醒千山万壑的精灵。偶然的电闪如金蛇般从天空垂直而下，直贯入地，仿佛在神秘接种。大雨如注，千军万马，动止有度。它一遍一遍地冲刷着，要冲刷掉一切可能的污渍，甚至要把深入肌理的点滴污垢也要洗净，洗出一个冰清玉洁来。先听是刷刷的雨声，继而则是万木拔节的声音，让人能感觉甚至能看见天地万物的和谐一致。天地协力，在狂风暴雨中努力孕育着万千生命，并以一种特殊的方式呵护着他们的生长。

在这样一个雨后的早晨喝茶，深吸慢呼，一缕缕可触的飞云；远观近望，一树树崭露的新芽，不圣亦仙。在祁门喝红茶，可以选择一个经典的场景。皖南徽派建筑，白墙青瓦，完全镶嵌在绿水青山的大风景中。祁门人更甚，还要把风景搬进屋内，让屋外屋内融为一体。折射出这里的人心思缜密，细巧深邃，骨子里的尊贵与从容。不仅是红茶，可在祁门处处加上"工夫"二字，真不是妄语。这里的根雕艺术也很发达。

祁门红茶的干茶是乌亮的黑色。条索紧密，细细窄窄，上有金黄色的小绒毛。闷泡 3～5 分钟，逼出茶汁，随着热气升腾起的茶香，是很难言说的一种特殊香味，是早晨的清新气息，是茶园里荡漾的花香，是空中飞过鹊鸟的体味，是已然成形的蜂蜜流溢，还是那些顾盼多姿的林木液汁琼脂。茶师笑说不用费心去判别，这就是天下独一无二之"祁门香"。祁红特绝群芳最，清誉香高不二门。专有名词。

在我不确定中，公主已然变成了女王。祁红汤色红艳，注入白色瓷杯。洁白的茶具装着红艳的茶汤，极具观赏性。杯沿映出一圈明亮的、金黄色的光环，这条金边，是祁门红茶冲泡中独有的现象。它露出真容，随着水波荡漾；平和，厚重，温暖，典雅而本色，考究而喜人；华丽高贵，超凡脱俗，不躁不厉，能让你瞬间安静下来。

层峦叠彩的风光在眼，采茶扑蝶舞的旋律在耳，祁门红茶的余香在口。此时，你会说什么？

与其他红茶相比，祁红具有极其鲜明的特色，清香似兰，入口醇和，汤色红艳而透明，叶底乌润齐整，回味隽永，许久香味不减，为世界三大高香茶之首名副其实。

还看"镶着金边的女王"

中国有众多产茶地，武夷山、天目山和黄山等等。而黄山茶叶最为丰富：黄山的东麓产黄山毛峰，北麓产太平猴魁，南麓产松萝屯绿，西麓则产祁红。而它们，都是国字号的名茶。

牯牛降是黄山的西向支脉，它从东逶迤而来，触角西抵皖赣交接处，直接探插进鄱阳湖，吸取着天精地露。

初夏，可能是皖南游赏最好的时候。站在牯牛降顶，极目远方，是满眼满眼的绿，看似色调单一，细分却极其丰富，变幻莫测。层次之多，超出想象。牯牛降主峰海拔1728米，是次于黄山莲花峰、天都峰的皖南第三高峰。这里群峦起伏，山多地少，水清地沃，清涧纵横；十万亩森林荫天蔽日，古木参天，密掩烟霭；雨量充沛，空气湿润，气候温和，光照条件一流，经常夜雨昼晴，云雾迷漫；是动植物生长天堂，号称华东最大的生物宝库。行走在祁门到石台的山间弯道上，能让人混淆人间世和自然界，混淆远古和现实。这里脉状分射出的千山万壑，分层布列着中山、低山、丘陵、盆地和狭窄的河谷、平畈。土壤多为红褐色砾质黏壤土，土质肥厚，通气透水，非常适合良种茶叶生长。祁门小叶楮树种茶棵苗壮，叶片肥厚，茶汁丰富，香气馥郁，是制作上等茶叶的高品质原料基地。

牯牛降南麓是祁门县。祁门古属歙州，"邑山多而田少"，普遍植茗，高下无遗土，居民业于茶者七八。自唐后，祁门便以茶叶种植之广、质地之优、茶商之多、贸易之盛而著称。祁门有阊江，一直是运输徽州茶叶和瓷土到景德镇和浮梁的主要水运通道。这条阊江，据说就是 CHINA 的译音来源。牯牛降西麓为东至县。东至县名，由东流、至德二县首字合成，亦取长江东流之义。北宋黄庭坚有诗：沧江百折来，及此始东流。它还曾是彭泽县属地。陶渊明任彭泽县令时，在此留下菊邑、菊台、黄花驿、菊圃、菊江、陶公祠等众多遗迹传说。东至县除却菊花，茶自古为地方大宗特产。"山茗烹仍绿，池莲摘更繁。"梅尧臣曾在此干了三年县令，即自称为"采茶官"。牯牛降北坡则是石台县。石台过去叫石埭，县治曾数次迁徙，从黄山北麓的陵阳"几节跳"后迁移到牯牛降，土地风物受长江中下游影响大，全县土壤富含硒，为种植高品质的茶叶提供着保障。历史上一直也以茶叶为主要出产，宋元时代学者马端临编撰的《文献通考》记载，宋代全国名茶不过 26 种，石台（埭）即占 2 种。

历史上，祁门、东至、石台都以生产绿茶为主。祁红作为后起之秀，诞生至今不过百多年。祁门成为祁门红茶的制造中心后，东至、石台所产茶叶多被运去祁门用来制作红茶，所以整个牯牛降区域都属祁红产区，应该是没有什么疑问的。祁红创制，一说祁门胡元龙，他于光绪二年（1876）从绿茶改制红茶成功。但传说里没有说明胡元龙的红茶制作技术是从哪里来的。二说黟县人余干臣于光绪元年罢官，从福建回来，在东至尧渡镇经营茶庄。他用从福建制作"闽红"的技术来试制祁门红茶；试制成功后，在祁门西乡历口、闪里等地成立了生产基地，专制红茶。胡元龙、余干臣二人创制祁门红茶时间大体一致。我猜测，考虑洋人喝的红茶最早产自福建，更大的可能是余干臣引进技术，由胡元龙在祁门付诸实施制作成功，然后在祁门遍地开花的。这是一种精明的"前店后坊"商业考虑：生产基地主要放在祁门，茶庄则在长江边的尧渡镇，一举把产地、品种、制作、销售、市场诸因素统统整合进来，并开辟了直通武汉、上海的新商路。后来贵池茶厂茶叶种植基地，也有一块在祁门境内。祁门红茶诞生后，很快以香高、形美、味醇、色艳的品质刷新了人们的口目感觉，在国际上博得了至高无上的声誉，与印度大吉岭红茶、斯里兰卡乌伐茶并称为世界三大高香名茶。

毫无疑问，祁门红茶的产生，与国门打开紧密相关，与洋人的采购要求紧密相关。祁门红茶的高品质，不仅体现在茶叶产区，更体现在制茶工艺上，这与传统绿茶有很大不同，也与其他红茶生产有区别。绿茶由于单位体量大，保管难，市场销售要求高，客观上限制了它的受众人群，除区域内部消费外，基本属于贵族用品。而红茶是发酵茶，宜保管耐储存，长途运输成本低，更

146

为重要的是工艺上的差别，符合西方人现代商业要求。如中国茶人对茶鲜叶要求非常苛刻，同一座山，甚至同一片茶园，由于采摘时辰不同，或者采摘期间是否下雨，在茶叶质量评价和鲜叶定价上也会有差别，这种差别在绿茶的后期制作中难以通过技术弥补。但祁红制作工艺就很有趣，比如"拼配"是祁红生产的核心工艺，它要求把各种成色的茶，通过一定的方法拼配在一起；实质上强调的是"工夫"，即把人的劳动技艺看得最高。这给复制加工、不断扩大生产规模，甚至通过现代机械化的工厂方法来组织生产，满足市场需求提供了可能，而绿茶因为自身的特点，则在西方一直没有真正形成市场。

中国人对那场改变民族命运的鸦片战争刻骨铭心。引发战争的重要因子之一的茶叶，在那场战争后不久，就被英国人引种到印度，并让茶真正成为一个巨大的产业。他们还借助工业化和战争的力量，给世界再输出了茶文化。中国茶在印度茶崛起后，就衰微了。更准确地说，在印度红茶崛起后，包括祁红在内的中国红茶就衰微了。印度茶以其规模效应与对国际市场的深度把握，对中国红茶的小作坊生产方式进行了碾压。纯手工制作的红茶只能是小众评品，完全满足不了、适应不了大市场的需求，所以祁红尽管名声很大，也改变不了许多许多小作坊的生存艰难，挽救不了整个祁红产业最终走向衰败、没落和凋零。现在中国茶叶宣传片，还在偏爱小农生产情调，喜欢用人工采茶和炒制镜头作市场卖点，只能说明我们在机械和市场面前，缺少想象力。

祁红的现代化之旅是从新中国开始的。新中国成立后，国家分别在祁门与贵池两地建设了制作红茶的专门工厂。机械化生产即保证了产品的规模化、标准化生产要求，满足市场需求，更通过现代的工艺管理技术，保证了产品品质，它比手工生产的品质更稳定。祁门茶厂和贵池茶厂这对孪生兄弟，是新中国对外赚取紧缺外汇的国宝。祁红被确定为国家二类物资产品，实行统购统销，产品主要供出口。有一个令人惊异的事实，就是许多祁红茶人，为制作祁红工作了一辈子，自己还没养成喝红茶的习惯。极端时候，工厂医务室会将祁红当作医疗处方开出，抵扣工资，或帮助职工治病和保健。长期以来祁红作为高香、高贵、高品质的国礼，主要客户就是外国人，因为要用祁红换取宝贵的外汇，这也导致"你们祁红，世界有名"，但在国内市场上很难看到。国家进行经济体制改革，对各茶厂放开经营权后，由于一切从零开始，对外销售渠道基本没有，国内市场基本空白，加上令人无所适从的"绿改红"和"红改绿"的风尚摇摆，使得大多国企茶厂关门倒闭。近 20 年来才开始进行新的建构，开始在社会主义市场经济体制下再出发。但这一新长征还刚出发，远看不到头。祁门茶厂几经周折之后，变成了祥源茶叶有限公司；贵池茶厂则变身为国润茶叶有限公司。此外，应对社会变化需要，市场又催生了一大批新的生产祁红的茶叶公司。

如今从建筑实体形态上看，新中国成立初期的所有老茶厂几乎都消失了。祁门红茶的双胞胎兄弟工厂，祁门茶厂被拆了新建，只有继承了贵池茶厂血脉的国润茶叶有限公司把老厂房完整保留了下来。2017年，中国文物学会、中国建筑学会联合公布了一批"中国20世纪建筑遗产"名录，贵池祁门红茶老厂赫然在列，以此纪念中国茶向现代化迈进的这一伟大进程。

国润人对此挺骄傲，因为这也证明公司生产祁门红茶（润思祁红茶）"血统纯正"和历史悠久。这座建于1950年属于农产品加工性质的制茶工厂，坐落在贵池城区的西北方向，毗邻长江上的池口码头。它布局开阔、齐整，外观设计简洁大方，较多采用新技术、新结构、新材料，实用功能突出，具有明显的新中国成立初期时苏式老厂房设计风格。其制茶车间占地面积最大，由六个一面坡屋顶和垂直的玻璃墙并联组成，外观呈现出锯状齿；室内采用大跨度设计，以十二根中空水泥柱为支撑，实为排水管道。因长期使用，棕红色的屋顶灰、电扇、灯绳、白炽灯，与不同时代的标识，如标语"安全为革命、革命促安全"的字样，很自然地构成一幅和谐的画图。

国润茶叶董事长殷天霁介绍说，室内机械设备是上世纪60年代初工厂自主设计、自己建造并组装的，是当时国内最传统也是最先进的木质红茶联装生产流水线。即使在后来的商业化大潮中，过去老国企的机器保养、厂房保洁清理等一些好的管理习惯仍然保留了下来，延长了老厂房、老设备的寿命。这整套木质联装生产线还在使用，是今天润思公司能够保持老工艺和老品牌传统的物质基础。每年新茶鲜叶下来，在木质屋顶下，随着皮带轮带动传送架的缓缓运转，斑驳的铁皮机器轰鸣着，如同精神犹在的老骥，传递着久远的昂奋。整个车间散发出青叶特有的青涩味和茶叶发酵及成品茶的混合味道。距离锯齿形厂房毗邻的为工厂仓库，那里俗称"老木仓"，建于1952年，特色是每一间库房均由大兴安岭红松板材构筑，地面为木板铺就，壁板也为木板环绕。装在麻袋中的成品茶，码成堆，似乎在这里进行最后的润色，准确地说后熟陈化，使茶更"润"。因为红松本身就具有香味，几十年下来又沉淀了祁红特殊香味，使得整个仓库都弥漫着无处不有的浓郁的馨香。其室内长廊居中，顶部设亮瓦自然采光，尽头设计的茶师鉴定茶叶成色的工作台，也是采用自然光，据说这样分辨出来的茶叶成色才会精准。

在国润公司的老办公楼，《三联生活周刊》的专栏作家刘博士要了几间房，并自己重新设计装潢，改做了自己的办公室和"小蓬莱"茶室。在她的"小蓬莱"茶室里，她冲泡了几种红茶让我们品尝、比较。她说她一眼看到这老茶厂后，就挪不开脚了，便"携夫别子"，在茶厂边上租了房子居住，并每天到厂里"上班"，至今已一年多时间。今年她大年初四就离开北京来到池州，一头扎在工厂资料室里。工厂资料极其丰富，特别从建厂到企业改制期间的资料，保存相当完整，是无价之宝。她每天在这里都待到半夜，阅读梳理大量的有关祁红的原始文书资料，并已撰写出第一批文章。她在武夷山还有几间工作室，但因为在池州忙得没时间去，搞得那边人对她已有意见了。说到茶厂、池州和安徽，说到祁红的历史与现状，说到祁红泰斗闵宣文，她很激动。说着说着，情绪就上来了，不自觉已是梨花带雨，转瞬竟然涕泗滂沱；说着说着，她外表的坚硬冷漠消融了，露出女人"霸家"的心态来。开始她还"你们、你们"地说，说着说着就变成"我们祁红""我们池州""我们安徽""我们厂"了。让人感觉她真的投入了精力与情感，已深度融入这老茶厂里了。风平雨霁后，她轻轻地说这祁红真的好，真不能丢了。她说她在"小蓬莱"，每天都接待来自全国各地的僧道俗界朋友，竭力向他们宣传鼓吹祁红。她坚信，祁红会走出池州、走出安徽。现在喝祁红已不仅仅为解渴，它已经变成了一种优雅的文化品位。我附和道，祁门红茶的文化发展方向，似乎应当成为新时代茶厂前进的动力和坐标。

祁红在我的唇齿间慢慢濡动、回转。与其他红茶相比，祁红具有极其鲜明的特色，清香似兰，入口醇和，汤色红艳而透明，叶底乌润齐整，回味隽永，许久香味不减，为世界三大高香茶之首名副其实。但客观地看，这种茶香已不为众多茶人所熟悉了。在国内，我曾做过实验，在飞机上或在宾馆里，试着点祁门红茶，却很少能点到，甚至服务员或茶师还不知道有祁门红茶这一款。在国外，绝大多数人喝的都是红茶。这个饮茶习惯的培养，最大的贡献者是英国人。有一次我们到英国德比郡，郡长热情接待，专门安排在一个古老庄园喝下午茶。茶室由庄园原来的马厩改造，而茶具则是英国上好的品牌骨瓷。我很仔细地查看了茶单，主要是印度、斯里兰卡红茶，甚至有肯尼亚的红茶，只有一款取名为翡翠夫人、却没注明产地的中国绿茶。英国下午茶花里胡哨，价钱超高，法国红酒20镑，但同比茶35英镑到45英镑不等，且只配上一些烤饼、饼干和面包屑之类，还有许多知名和不知名的香料或佐料。我问有无祁门红茶，侍者却是一脸茫然，让我问不下去。祁门红茶作为高端产品出口英国由来已久，但出口渠道长期由国内大茶企垄断，到英国后，进口渠道则为英国大茶企垄断，都刻意隐匿了产地企业。进入宫廷的茶，似乎还要进行再加工，程序更烦琐，原产地特征更被有意识消弭了。当代普通英国民众对红茶的认识，基本就是印度和斯里兰卡红茶，而这些红茶的生产和经营商，则多是英国本籍人。

回到牯牛降。天风浩荡，顺着林梢，一层一层，一山一山，次第吹拂，周而复旋，那一抹抹深深浅浅的绿波，鼓荡着生命的蓬勃的绿，折叠幻化成万千画图，让人胸臆全开，继而让人心醉心碎。

我联想起冲泡祁门红茶时的那圈明亮的、金黄色的涟漪。那年省上在外交部搞"锦绣安徽"推广活动，我们单位负责茶艺展示。考虑宣传效果，我给祁门红茶取了"镶着金边的女王"，黄山毛峰取了"黄山上的精灵"，六安瓜片取了"深山来的隐士"，太平猴魁取了"绿茶王子"等绰号。其中"镶着金边的女王"，因为得到外交部长的大力推荐，一时变成热词。但要真正实现"女王"的登基蜕变，实现物质利益和非物质文化兼得一身的内涵与精髓，实现绿水青山就是金山银山的事业梦想，顺利实施两者之间的自由转换，还须付出无数的艰苦努力。

一切都是干出来的。当下，茶叶市场形势异常复杂，茶企之间，包括红茶和绿茶、红茶和红茶，相互竞争激烈，甚至整个茶叶行业也面临着与其他饮料的竞争。要加速培育喜爱祁红的人口，扩大祁红的市场占有，所有祁红企业的联合可能更是当务之急。意大利那么多红酒，但消费者没有几人记得其具体品牌，市场上认得意大利红酒，就足矣。商业模式不需要千篇一律。

老街有十数条不起眼的小巷。这些巷道都很窄狭逼仄，人行其间，在斑驳的灰白墙体间，只能看到一线天空，感觉所有的岁月都是一样的，没有过去也没有将来。

屯溪和她的老街

屯溪是黄山市人民政府驻地。人们到徽州，要看黄山、西递、宏村及其他景点，还有大多数人会选择到屯溪。有的是中转，有的则是把屯溪本身作为旅游目的地。

如果从最经典的意义上，拿歙县与屯溪相比，歙县是"城"，而屯溪是"市"，即"争利于市""处商必就市井"的"市"。一个地方的个性往往取决于它的文化形式，而当下的形态都是历史积累和变迁的产物。屯溪在徽州发展史上具有特殊的地位，展示的既是黄山城市的历史，也有丰富的徽州乡村符号，散发出自己特有的味道。它在不断跌落，又不断升起的历史激荡中，慢慢培育出了自己的气质涵养、历史文化和独立精神。近几年屯溪变化很大，但人们到此，还是不自禁地被屯溪的城市不像城市、乡村不像乡村的独有格局所吸引，以至于屯溪多盖几幢高楼，都会有人感到不适。

屯溪曾号称"一邑总市""茶务都会"。屯，聚也。新安江上源率水、横江等若干溪水汇合于此。三国时贺齐奉吴主孙权之命进剿山越，屯兵在溪水之上，这才有了屯溪的地名。虽在万山丛中，但也算得上驿道通畅、舟楫便捷，为物资集散成"市"提供了条件。屯溪在1700多年前是一片水域，600多年前是一个小渔村。休宁县志中出现屯溪街的名字，已是明弘治年间，距今有500多年了。屯溪从没有城墙、城堡、壕沟、护城河之类设施。可以想象，屯溪小渔村，先是在水边修了一条路，然后在两旁建些房屋，住家或做些交易买卖，或直接把摊子出在路上，慢慢地把人积聚起来形成"街市"。屯溪成"市"，就是由屯溪老街及其他几条老街构成，或由它们托起来的。

屯溪老街一直在中国历史名街之列。它是屯溪生长的原点，它经历、见证着城市的历史。屯溪老街明显不同于西方国家的那些名街，如香榭丽舍大街、阿尔巴特大街、摄政街；也不同于中国北方的街道，如王府井；甚至也不同于一些城市圈在城墙内的街道，如歙县的斗山街。屯溪老街没有其他名街那么长，那么宽，那么高，那么亮，那么奢靡，但它更紧凑、更热闹，更亲切、更开放，也更接地气，有着更浓的烟火味。奇妙的是，屯溪老街甚至也不同于徽州的其他古街。古徽州造"市"能力强大，在不同历史时期都有自己所谓的十大名街，如万安、潜口、古黟、岩寺、斗山等街。尽管外表看去，有很多相似之处，但屯溪老街还是与它们不一样。它不仅一直到今天依然存活，是其中最著名的，其独特的气质涵养、历史文化精神像飘浮在城市上空的空气，似是似非，似有似无，三言两语难以说清，却构成了屯溪老街的底色和特色。

建筑形制当然是其表征之一。老街并不是一条直街，它似直非直，基本是顺着新安江的走向自然展开。老街全长 1272 米，全部由青条石铺就。老街的标志性建筑位于老街的两端：一端为老街的牌楼，为四柱三间门楼，门楼高 8 米，宽 10 米，为民族文化风格，门楣上均饰有彩绘，红柱灰瓦冲天式样，"老街"二字由本地书法家黄澍题写；另一端为老大桥，即始建于明朝的镇海桥，为六墩七孔拱圈石桥，老大桥延长扩展了老街，将黎阳老街与屯溪老街两个商业区连成一片。老大桥虽老，但并不落伍，一直可以通行汽车，只是因为文物保护，才封闭起来，只准人行，不许车过。遗憾的是 2020 年大水，它在人们的眼皮底下被洪水冲毁了，当时引得无数人围观，成为徽州人街谈巷议的热点。

老街没有统一的个体建筑标准，每个建筑体量大小不等，内部装饰不烦琐花哨，而是简洁实用，看不到争奇斗艳的痕迹，外在风貌格调则高度一致，具有鲜明的徽州建筑特色。观察其建筑样式，多为马头墙、大排门、招牌、窄巷，临街的房屋大都是砖木结构，二层或三层，梁柱做骨架，外墙实砌扁砖到顶，多数店铺单开门面，内部深邃，有多进，进与进之间以天井相连接。有的店铺，前通老街，后通河埠，深达数十米。楼面临街的檐口挑起，虽然不是骑楼，但也可以达到避雨遮阳的效果。逢年过节，各店铺会出些色彩鲜艳的旗招，但整条街道给人的感觉是色彩淡雅拙朴，古意盎然。因为街道曲折，建筑物大大小小，远看去参差跌宕，如城墙垛堞，近察连绵起伏的檐角，连缀形成群马奔腾。平淡的个体建筑，集合在一起，形成一定的规模，徽派建筑便得到升华，塑造出可感触的环境氛围，成为具有特别风韵的整体，令人惊叹。

现在的屯溪老街保留了明清时代的基本风貌。前些年，黄山市搞新安江河道整治，建设滨江风景区，在孙王阁对面的江边古村落两侧，分别做了两个大型雕塑，一边是"屯浦归帆"雕塑，一边是个大型影壁。影壁一面是徽州人物，一面是老街胜景，老街胜景主要取自清末的绘图。从那里可以看到明清时的老街景色。密密的楼阁沿江蜿蜒，有正街、河街、后街，过去也有学堂、加工厂，但绝大多数为商铺，经营布庄、百货、南北货、中药、酱园等。今天的老街上依然有数不清的商铺。它们一间挨一间排列，做着各色生意，但学堂、机关等公共机构设施多数已经搬迁出去了。

人都说，徽商是"贾而好儒"。附庸风雅，本是人们对商人的诟病，但老街在弥漫的商业氛围中，却真实成就了典雅。老街的商铺不论大小，都有鲜明甚至显赫的字号。依着这些字号，循其名责其实，是一件很有文化趣味的事情。清人朱彭寿把老街商铺的字号连接起来，写了一首诗：顺裕兴隆瑞永昌，元亨万利复丰祥；泰和茂盛同乾德，谦吉公仁协鼎光；聚益中通全信义，久恒大美庆安康；新春正合生成广，润发洪源厚福长。这首诗既是老街商铺字号的总结，也是新商铺取名的指导。这些基本字组合，形成了老街传统文化特色鲜明的店铺字号。文化特征还表现在这些字号多请名家书写，给人以翰墨书香浓郁的感觉。

文化是不是外在的标签，关键还得看老街上的人。老街有十数条不起眼的小巷。这些巷道都很窄狭逼仄，人行其间，在斑驳的灰白墙体间，只能看到一线天空，感觉所有的岁月都是一样的，没有过去也没有将来。这些狭窄的巷道，会引你走向一个不确定的地方，给你带来惊喜。这些小巷子里，藏着不少古老的院落，那里藏着不少的人文遗迹，如戴震故居。戴震，字东原，据说是出生那天雷声阵阵，故名戴震。他在天文、历史、音韵、文字、训诂等方面都有成就，是乾嘉学派的代表人物之一，也是徽州历史上为数不多的大哲学家。他发唯物史观阐明义理，抨击理学家去人欲、存天理之说，对之后的学术思潮产生了深远影响。其进步伦理思想对近代资产阶级思想家梁启超、章太炎等具有启蒙的指导作用。现在，老街上更深藏着数不清的物质和非物质的文化传人，如万仁辉、王祖伟、汪一挑等。他们真人不露相，却在老街自由自在的天空里，散发着芬芳。他们构成了老街精神和风韵的内核。

这是老街的商业吗，还是老街的文化？或许说这是老街的商业文化，或文化商业。它不在博物馆和课堂，而在街头；它不是死的标本，而且是活的形态；它不仅是外在的，更是由内而外生发的；它看不清楚，却真实不虚，是难以说清道明的徽文化的有形物质承载体。我们进入"杨文笔庄"。老板杨文的儿子在看店。他似乎并不急着做生意，一直在观察我。我应该在几年之前见过他，当时他还是个孩子。但他眼光有点锐，仍然认出了我。这是个什么本事呢？

城市发展有"路径依赖"一说，产业现状实际上是产业历史的体现。胡适曾很牛地说无徽不成镇，没有徽州人去的地方就是乡村。老街是经济、文化、生态、社会人生夹杂在一起的综合体，具体体现在商铺、柜台、言语和代代相传的经验当中，这些经验包括许多成文与不成文的规矩和制度。老街人血管里流淌着的商业本能，赋予老街密集贩卖的特色产品如文房四宝、茶叶、三雕等以文化功能；它们与它们的主人之间有一种隐秘的联系渠道，他们有一套自己的语言模式，比方判断顾客是什么人，他会选择什么产品，可能的商务谈判技能等。这些家族或商号的隐秘的商业技巧和交易手段，扩展开来，都会成为城市基因，在广泛的社会维度上，实际构成城市的基础文化。覆盖在城市表面上的漂亮文化包装，实质都是由这些不断进行着的交易模式和生产创新支撑着的。

老街上有些院落和老房子被客商租下，改造成了民宿。它们的门脸都很小，不注意看还发现不了。这些民宿大多由有钱有闲、有格调有情怀的，低调得难以得知其姓什名谁的人投资建设，有专业团队经营。很有些老徽商的行事风格。推开木质大（小）门，在不起眼的门楣内部，稍加注意，便能观察到保留下的芙蓉或海棠花格的窗棂，明式或清式的实木家具，斑驳褪色的字画，以及体现小资情调的佛手、檀香等清供香气，它们混合在一起，散发出一种岁月的味道。但在古旧的外表下，全部是更新了的室内装备，包括厨房、卧室、卫生间等，生活硬件高度现代化。民宿主人都自有一套生活和商业理念。老街上的民宿与其他地方的民宿不一样，区别在于它有老街。住在这里，可以观察到时光在檐角的流逝，生活在市声中的流转，观察到时代审美取向的嬗变，体会到充满独特风韵的地方文化气息。传统文化，并不能简单地与落后或先进概念挂钩，也不能与今天明天的文化截然分割，甚至与财富多寡、地位高下也无绝对的对等关系。时间是美酒最好的酿造师。这些民宿，将会慢慢沉淀下去，进入历史，成为老街的有机组成部分，如同其他的古老建筑一样，作为一个时代的样本，提供给后人看，让他们不断审视自己的来时路，再为后人的后人提供可能、便捷、坚实的前行基础。

我曾把社会发展分为三个阶段。一是奔小康阶段，这个阶段主要任务是发展经济，要建工厂、修公路等，解决吃饭问题；其次是小康阶段，主要任务是社会发展，要多建医院、学校、体育馆等，解决提高生活水平的问题；最后就是发达阶段，主要任务是文化发展，要满足人的精神需要，解决人生命的质量问题。这三个阶段相互交叉重叠，只是不同阶段，各有侧重而已。

我们有些工作会随着发展阶段的不同，慢慢淡下去；还有些工作，会慢慢走到中央来。而"市"，是为数不多，贯穿全部发展阶段的事物，过去很重要，在可见的将来，它还是很重要。如逛商场，过去重在购物买东西，现在重在休闲观光买氛围。茶楼酒楼、客栈旅馆、吃店百货等浓缩着最典型的市井生活，也是外地游客对本地生活的想象的集中体现。过去的城市建设指标，都是经济发展类，如城市发展必需的水、电、路、气、楼宇、工厂等，都是刚性的、硬性的。而现代城市，引进了风景指数，这风景除了山水野趣之外，以街道为骨干形成的商业中心区，是风景指数最重要的组成。当然，它比山水风景更易变成经济指数，更直接造福市民。一般商业街区包含的茶楼、客栈、酒吧、风味小吃、工艺品、土特产，甚至戏台等业态，浓缩的都是最惬意的市井生活，最具特色的地方文化，也最易被外来的游客所接受。当他们接受了这里的氛围，也意味着他们的身份被部分认同，这样他们就会成为潜在的新市民或新徽商。

过去，我很喜欢老街那种无野心的市场竞争和贫而不乏的舒适烟火气，后来则更欣赏其与时俱进的精神。多年来，老街一直在进行着修缮和改造，对区域内部的不和谐因素进行整顿和治理。至于有人要完全恢复老街在鼎盛时期的模样，我则不以为然。老街任何时候都是鲜活的，没有所谓的最好时期。现在它就是最好，但它还要更好。有条件进行现代化改造，或适度扩容，既可以增加历史容量，又可以丰富城市人文内涵。不间断的项目建设，至少可以告诉人们，这里曾经是怎样，将来又会是怎样。

法国历史学家布罗代尔说：每一个城市都好比一个变压器，它加大电压，加快交流速度，不断地充实人类生活。光有变压器是不行的，必须要有电压，还要不断加大电压，城市才会充满活力，真正成为宜居之地、宜业之地、宜游之地。

　　执着于细节，在细节中体现天人合一、大道合一的宇宙胸怀。格局上的传统与技法上的西化，使作品的形式、内容、意境、格调元气充沛，自成一格；也能让人体悟到作者入世极深却又超然物外的精致人生追求。

老 街 名 楼

　　傍晚时分的屯溪老街，依然人头涌动。到黄山旅游，白天上山看景，体验绝世风光；晚上逛街，体会风情与淘宝，是一个很好的组合。

　　老街为青色或褐红色麻条石铺就，包括鱼骨状分布的 1 条直街、3 条横街、18 条小巷，街道狭窄、弯曲，自由伸展，纵横交错，幽深莫测。街道两旁错落着不同年代的 300 余幢徽派建筑，多为砖木结构，实砌扁砖到顶，然后是飞檐，屋与屋之间则飘起马头墙，临街多数为茶庄酒馆、砚斋墨庄、小吃古玩等商铺。林林总总的匾额旗招，一波一波的游人，把窄窄的老街挤得满满，游龙般充满动感。

　　万粹楼是屯溪老街上最高大的一幢建筑，它是万仁辉先生自建的私人博物馆。多年来，万粹楼因接待了数以百计的中外政商学界名流声名鹊起，成为当代的江南名楼，几可比肩岳阳、黄鹤二楼。万粹楼的主人万仁辉自号幽兰居士，又因藏砚九百方，自诩"良田二十七万亩地主"（古一方砚视为良田三百亩）。他总是素装，谦谦君子、玉树临风的样子，似乎长年都是白色的麻棉质料的立领对襟褂子，无框眼镜，头发一丝不苟。他是个资深文物鉴藏家，长期浸润这些古色古香的艺术品，身上自有一种特别的沉静气质，不愠不火、不急不躁，谦和、宁静和安详。他立在万粹楼前，似乎与万粹楼合成了一幅画，共同构成老街这幅古色古香大画的一部分。

　　万粹楼大门的楹联是：感受徽文化，请进万粹楼。说的不仅是藏品（它藏品丰富，琳琅满目的历代文物和艺术珍品，大多为徽州物件），更指这幢楼本身，是一件独具魅力的徽州艺术品。其构件多采自古徽州的砖雕、木雕、石雕等旧物件，在建筑上极尽其巧，集成了徽州园林、民居、官宅、商店等各种体式，全面承袭了徽派建筑的传统风格。其房屋建筑布局和陈设摆放，让丰富的馆藏在有限的空间里得以完美呈现，充分展露出徽州建筑对自然的崇敬与主人的徽州匠心。

三楼是万先生的画室。他正在为他主持操办的中日旅游文化交流和书画联展准备作品。今年春天，他在黄山举办个人画展，曾特地给我发了邀请。他把对传统文化的坚守与追求融入了对绘画题材的选择上。他的画题材多是中国最传统的题材——牡丹和莲花。这两样花卉，千百年来，不计其数的达官贵人与文人墨客，各炫其技，为之吟诗赋彩，至今在庙堂楼馆和雅舍书斋，随处可见。豪华富贵与清丽圣洁，完全不同气质，却各安其所，显示中国传统的博大与包容。

万先生给联展准备的画是牡丹。他介绍他的画作，口气轻柔，仿佛生怕触动了画上的花朵。他画的花多是盛开怒放的，姹紫嫣红，用笔极其工整、严谨，用彩着墨既惜又奢。他把自己的画命名为"写工画"，既有工笔的严谨细致、细腻准确、一丝不苟，又有写意画的皴擦点染，把工笔推向极致到反转的地步，表现出恣意任性，大块臆气，临空挥洒，豪奢狂放的形态。每一片花瓣既根骨严正，肖象自然，却又不滞不枯不涩，华姿雍容、富丽璀璨，蓬勃的生命力蓄积在厚厚的花瓣里，要鼓胀着破壁而出。非常吸引人的一点是，飘荡在花上的阳光与微风是靠留白实现的，非常传统，完全以水墨为主的技术手段绘制，不是油画白色覆盖并提亮，也不是水彩画洗擦并辅以留白，而主要通过对物象本身的高光亮点的留白，直接诉诸观者的光感意识，把我们寻常眼睛看不到看不清的东西挖掘出来，其效果甚至令人晕眩。美肤腻体、万状皆绝、神生精合、色具形全，这种对对象的精准把握与描绘，让具体的对象自身来传达那种可意会难言传的自然之美，进而呈现自己的情绪与欲望，有形有象，又有气有意；明显有别于当下中国画流行的那种所谓写意画，满幅都是作者自身飘忽的意念，或作者自己心中的所谓"丘壑"，似马非马、似花非花，"玄"得完全交给观者自己去想象。

万先生写工的"花"骨里，流淌着中国水墨的精魂，却又受到现代西方科技精准的雕饰。让人想到徽州文化，徽州的工匠精神。执着于细节，在细节中体现天人合一、大道合一的宇宙胸怀。格局上的传统与技法上的西化，使作品的形式、内容、意境、格调元气充沛，自成一格；也能让人体悟到作者入世极深却又超然物外的精致人生追求。他这两幅画一幅取名"春江花月夜"，一幅取名"万乘出黄道，千旗竞春阳"，画名皆出自古意。他对自己所有画名题签都极认真。"无量光明清净般若世界""佛家无言灿莲花、仙人不语照曜幻""英雄秉霸气，无忌话张扬""天子诸侯大夫庶人，无不羡其美也""追琢其章、金玉其相""花王在上，德昭于天"等，都是古风盎然。似乎要通过这最后一拂，除却画作可能的最后一丝红尘。

万粹楼的四楼是典型的徽州庭院民居。回廊、拱门、小径，植有松竹梅蕉，看似随意地摆放了一些盆景，但那都是上等青花瓷，构成了一个独特宁静的小空间。

从这里可以俯瞰老街。片片青瓦鳞次栉比，微风吹过，似有一种氤氲之气升腾，淡雅古朴，不那么张扬，显得异常安静自律。它像是天外飞来，又像是自然生发而依附在岩石上的一片青苔。完全不同于我们在西班牙，从山上俯视巴塞罗那市容市貌时，获得的那种"瓦砾"感受。老街的街道肌理错落参差，仿佛把市井的所有混杂声浪全部吸收了。没有丽江那灯红酒绿、管急弦繁、红尘滚滚的模样。无市井之声，但又充满动感。每片屋瓦、每个建筑在高低错落中体现了一种韵律、节奏。奇怪的反差，静止的东西在动，而动的东西反而是静的，静中有动，动中有静。古朴的徽派建筑把纯粹的商业街道与高度的文化精神追求这两种看似极难协调的东西融合在一起，淋漓尽致地显示了生活本质上的和谐一面。

这可能就是徽州地域文化的独特性。在一定程度上，它更呈现了中华正统文化的包容特质，是中国传统文化精华中的精华。

历史上却产生过 19 位文武状元，明清两代还考取了
进士 460 余人。所以休宁号称"中国状元第一县"，可谓
是实至名归，当之无愧。

休宁状元郎

休宁地处休屯盆地的西端，在地图上仿佛是一个人字。由黄山南麓起笔，一撇上江西，一捺下浙江。县城的城关，即县治就在一撇一捺的交点附近。

休宁尽管建县有 1000 多年了，至今仍是小邑，全县人口还是只有 20 余万。但它有底气，建了中国独一无二的状元博物馆。状元博物馆位于县治所在地海阳镇，它利用旧的县衙遗址，进行了改建扩建新建，形成了包括状元广场、状元文化公园、状元楼及其他附属建筑的一个群组，占地约 200 亩。整个状元博物馆也颇有气势，地面以红砂石铺就，并嵌有"三甲"图案。纵轴线上，巍巍然立着四柱青石状元坊和海阳八景石雕柱，还有以科举为主题的石雕花窗。这在一个小县城里，可谓是大工程了。古徽州人搞建设，并不崇尚高大，讲究的是精致，但对状元博物馆的建设，社会认可度很高，因为休宁的老百姓对自己县历史上拥有的众多状元，很以为自豪。

状元是中国科举制度的最高荣誉等级。公平论，科举是人类社会的一项伟大发明。科举考试的制度设计和组织严密程度，怎么看都是世界上最严格最科学的。它为国家选拔人才，创造了公平公正的制度条件。休宁状元博物馆里收藏了一些考生的"夹带"，即偷偷带进考场的手抄件，很有意思。它从反面说明，科举作弊是多么的困难，风险有多大。一旦被发现，不论是考生、考官，还是监考者，惩处之严厉远超今日的各类考试，类似于所谓的"绝罚"，绝非一般人和家族所能够承受。科举考试最大程度地动员起了社会力量，三年一次的科举考试，成为巨大的旋涡中心，吸收了最多的社会资源，

也吸收了大多数读书人的毕生精血。当然，科举考试的结果极其堂皇，它创造了当时世界上最为发达的文官系统。通过了科举考试的这批人实际上在管理着国家事务，特别是社会承平年间的社会行政管理事务。

久旱逢甘霖，他乡遇故知，洞房花烛夜，金榜题名时，金榜题名是人生幸运之最。余秋雨有篇文章，题目就是"十万进士"，专门解剖了科举制度。科举制度在中国实行了 1300 多年之久，选拔出了 10 万名以上的进士，百万名以上的举人。想 1000 多年里，全国进士才 10 万，与读书人总数比较，已万不企一，而状元更寥若晨星，仅区区 700 来个。按今天的县级区划论，要好几个县才能摊上一个。但小小休宁，含寄籍的，历史上产生过 19 位文武状元，明清两代还考取了进士 460 余人。所以休宁号称"中国状元第一县"，可谓是实至名归，当之无愧。

高中状元，当然不仅荣耀家族，也是桑梓之幸。过去县里有人高中状元，时任县官不仅是脸上有光，甚至会被人认为是"有德"县官，荣光之外，获得提拔的机会都多些。休宁的状元郎，不仅仅改变了父母官和他们的自身命运，也改变了家族的命运，甚至改变了乡里的命运，培育了一方崇尚读书、尊重文化的乡风和民俗。休宁为什么会出现如此多的状元，不能不说与他们的榜样力量所塑造的一种传统和氛围有密切关系。

休宁这些状元郎进入"公务员"系统后的职务和作为，令人感兴趣。明朝以后，状元郎基本是从翰林院编撰这个从六品的秘书职务干起，然后在这个职务上分野，大多在类似岗位上终其一生，休宁的这些状元郎也不例外。个别表现不错的如毕沅，最后担任了方面大员，主管一方，真正当上了官，也有几个如戴有祺等，不知什么原因，不再在朝廷当差。还有的如吴潜、黄赓，在改朝换代或社会动荡之际，能够坚守传统读书人的名节，奋起抵抗。值得一提的是，休宁状元郎的总体官声不错，在不同的岗位上克勤克俭为朝廷办差，对制度的运转起着缝合链接作用，维持或推动着一架机器的正常运转。说大一点，是社会楷模，国家栋梁；往小里说，也是传统社会的铺路石子，国家机器上的螺丝钉。多数也能始终保持读书人的品相，注重培育良好家风。休宁状元博物馆藏的金德瑛状元家训，长达 32 页，教育子孙后代要摒弃浮华虚荣、崇尚俭朴、修身立德。其核心内容，今天来看，也不过时。

西风东渐后，社会上对状元的诟病之一是状元中没有产生伟大的文学家、发明家，也没有重要的开疆拓土能臣武将。休宁的状元郎大多数都留有文集或诗集，但多数是应景唱和、陶冶性情之作，早已风流云散，事实是他们中没有一个成为文学大家。我倒觉得这没有什么奇怪，反而是要求状元成为文学大家是太高了。成为文学家，本来就是极少数有特别才华人的专利。这些人对一个民族或国家来说，本身就是可遇不可求。要求状元郎成为文学家，反倒是一种奇怪的社会心理。能够中状元，只能说明他有一定的文化素养，对一般秀才举人、进士状元，就是一般意义上"公务员"，为朝廷当差，为个人谋生，要求他们成为文学大家、发明专家、科学巨擘，甚至攻城略地、开疆拓土，根本就是毫无意义。甚至就是科举考试中，要求做的策论，也是不能用来应对实际生活工作中具体问题的，真的要应用于实际，确定无疑是十之八九失败。看休宁状元，都经历了中榜荣耀之后，漫长的官场宦海生涯历练。真正优秀者，方能在官场留下来。至于其他状元，因为事功或文学在历史上留下姓名的，其实早已与状元郎这个身份无关了。古人设计科举考试，未必会比我们笨。

任何一种制度，运转到最后，都不可避免地出现种种弊端。不知怎么的，科举制度后来变成了导致国家衰败的罪魁祸首，成了中国文化落后于西方文化的代名词。在各种社会力量推动下，1894 年，清政府废除了科举制度，并试图按西方模式建立新学系统。科举考试，也只考"四书五经"。有人考证，存世的明王朝的图书中，经史子集书籍占全部图书比例超过 95%，基本没有科学技术书籍。从这种文化中选拔出来的什么样的"人才"，当然是高度确定，不用费心测的。科举制度被内外各种力量首先攻击、然后联手击杀，被抛进历史的垃圾堆，自有其内在逻辑。耐人寻味的是，摧毁科举制度的主力，就是从科举制度中走出来的一批人，如张之洞就是进士出身。光绪六年即 1880 年的休宁状元郎黄思永，最后也弃官经商去了，折射出大时代风气的显著变化。

废除科举制度的后果之一，是朝廷失去了吸纳社会精英的渠道。从更宽广的角度看，谁掌握了精英，谁就实际掌握了政治、社会、经济等各方面的统治权，文化当然也是这样。当今社会，谁也不会去为科举制度"叫魂"。西学教育课程设置的丰富与全面，中国传统教育难望其项背，似乎已成公论共识。如何对待镶嵌在课程设置里的意识洗脑和行为塑造，却始终是需要我们客观冷静深入思考的。

与状元郎相关，但另类的话题是，争夺中国社会的精英，从来就是各种政治力量的焦点，也一直是西方列强在华开辟的看不见硝烟的新战场。日本人在甲午之战后，开始在中国办新式学堂。美国人办清华，背后的动力也是掌握社会精英。创办了香港大学的港督卢押说，这是基于比领土扩张或国势增长更高的理想……在印度推行英语教育最得力的英国麦考利勋爵说，我们目前必须尽力培养一个特殊阶级，使之成为我们及治下广大子民的传译者，这个阶级，有印度人的血统，印度人的肤色，但有英国人的嗜好，英国人的看法、道德及思想。他们从不掩饰自己的战略野心。如果说他们想让改造的对象国家变好，真正只有鬼知道。但他们的言论与实际政策，中国国内倒很少有人全面介绍。

休宁状元博物馆没有对科举落第者的生活与工作境遇进行展示。若能对这个落第群体进行展示，可能趣味更多。科举考试能得中的，不论举人、进士，更遑论状元，相对整个社会的读书人来说，都是极少数。大多数读书人会在这一层层递进的考试制度里被淘汰。但徽州社会舆论，对这一更为庞大的群体采取的基本是忽视的态度。我查了一下，落第后的读书人，最好的出路是给官人当幕僚，充填社会的一些需要识文断字的边缘行业的空缺。其中不少人在乡里当私塾先生。把他们自身未能实现的梦想，千方百计嫁接给下一代，充当着传承文化的教育者。徽州落第读书人可能还有一个出处，即去经商。但这类人很少得到社会认可，反而是经商的人再读书，更易得到人们的认可。严酷的家规家法，控制着这些落第者的负面新闻传播，因为这被认为对引领社会风气不利。

休宁状元博物馆的最高建筑谯楼，又名钟鼓楼，还是清朝旧物，与矗立在玉几山上的巽峰塔遥遥相对。它们居高临下，共同静静地俯视着小小的休宁县城。休宁县域近年除旧布新，新建了不少楼宇。举目望去，蔚蔚然，有勃勃生气。状元广场上，冬天午后的阳光下，簇拥着老少人等，有的在随着音乐跳舞，有的在自拉自唱，有的围坐下棋打牌，一派祥和。这个图景，倒可能是历朝历代所有休宁状元郎的梦想，甚至超越了所有休宁状元郎的梦想的。

织自有锦，唯人制之；地自有灵，唯人钟之。遥望巽峰塔，其八角七层的塔主体上面，翘翘地还长出了些新树，发出了新的枝丫。远远看着，忽然觉得别有新意了。

书院所传播、所代表的儒学思想、传统文化，如伏脉潜藏，仍潜移默化地给人以温润熏陶和启迪。如同秀美的江山，大美无言。不论你读还是不读，它都在那里，见证着天地沧桑，等候着孤独与悲凉的解读者。

饱读诗书又如何

"书堂何寂寂，草树亦芊芊"，徽州老朋友发给我一张空中俯拍的照片，说是休宁还古书院的旧址，满屏是绿树蓊郁。因前段时间去紫阳书院和岳麓书院的缘由，我便想去探看。一般来说去现场不如读书，所以我抱着凭吊的心，准备不论路多难行走，也要看到遗址，哪怕遗址里只剩下一块砖。车子沿横江顺行，直接停在了古城岩下、水南桥头。下了车，只见满眼脱光绿叶的枝条，横七竖八，密密丛丛，抖抖瑟瑟，布满崖坡。正逢上一年中最冷的天气，我们每个人都缩着头。透过横斜的枝影，可以看到立在古城岩最高处的那残缺了一角的宝塔。我被告知，还古书院的遗址就在崖上的某个地方。无路可上，上了，也是无迹可寻；还被告知，多年前曾在此发现过一块残碑，已送到县博物馆了。尽管自己对还古书院的衰败有思想准备，但此情此景，还是让我暗暗心惊。

休宁的还古书院，曾经大名鼎鼎。明万历二十年即1592年建，落成后，周边读书人便慕名而至，是徽州继歙县斗山书院之后，兴起的阳明学派的学术中心。最出名的事件是阳明学派学者多次在此举行盛大的讲学会，每次会期10天，听众多至千余。还古书院存世历时长达263年，向来与紫阳书院、竹山书院并称。有人介绍说，今天的休宁中学还多多少少继承了还古书院的衣钵。古徽州历史上，书院众多。据《安徽通志》载，从北宋到清末，古徽州书院有97所，约占全省书院500多所的近20%，占全国书院7300多所的

1%强。徽州书院中最著名的当属歙县紫阳书院，它号称徽州第一书院，坐落在问政山麓，是为纪念朱熹而建的。朱熹说过：吾家先世居歙州歙县之篁墩。他本人也返乡讲过学。去年春上，李忠陪我去歙县紫阳书院去看，屋多倾圮，但书院框架格局还在，"古紫阳书院"牌坊仍在歙中校园内。当下心有戚戚，曾建议给以修缮。其次，应该是雄村的竹山书院，其之所以出名，一是它的建造者是乡人最为推崇的大官曹文埴，二是它确实培养了一批进士状元。雄村，2000人的小山村，仅一个清代，进士中了23个，还出了1个状元，可见确实非同一般。其主要建筑如主体厅堂、桂花厅、四面楼、八角亭，甚至连一些吊屏、石碑、匾额等都保存下来了。它现在是雄村4A景区的核心景观。因世界文化遗产地宏村的缘故，在影视作品、个人照片，甚至抖音上，人们都能见到黟县的南湖书院。但如果点点名、排排座，在众多的徽州古书院中，南湖书院很难挤进前列。

书院，起源于唐，兴盛于宋，衰败于清，前后有千余年的历史。书院是中国文人读书、讲书、藏书、著书甚至印书的地方，其主要功能是教学、学术研讨。近年来因为国学的兴起，书院也时髦起来。今天很多大学重建或新开书院，缘由也在于此。在创办书院的那些大儒们眼中，书院当以天下为己任而兴学，通过学术培养经国济世的人才；要研习儒学经典和经济之术，博学之，审问之，慎思之，明辨之，笃行之。为此，书院通常要聘请硕儒大师讲经论道，书生们则在书院中学行温良恭俭让，体证仁义礼智信，求索问道，努力成就自己；教人"风声雨声读书声声声入耳，家事国事天下事事事关心"，"立德立功立言，明理明知明教"，"为天地立心，为生民立命，为往圣继绝学，为万世开太平"。书院历史影响巨大，它开辟并形成了中国历史上众多思想潮流，如湖湘学派；更因为宋元以后，书院成为程朱理学的温床，也是助力程朱理学发扬光大最重要的研究中心，占据着中国主流意识形态的制高点。还有就是书院确实培养造就了一大批公认的杰出人物，特别是各个王朝中的文武百官。很多著名人物，不是从书院中走出来，就是曾经到书院讲过学。如明朝那个帝师朱升，在休宁的商山书院讲学。桐城派文人刘大櫆、姚鼐等大家，也都曾在徽州各地书院讲学教授。

解读徽州文化，书院是把关键钥匙，它影响和塑造了徽州人的思维方式，并进而带动了整个社会尊崇读书风气的转变。"子孙不读书，不如养窝猪"，徽州民间对读书及读书人有种近乎痴迷疯狂的崇拜，当与书院紧密相关。徽州读书人向来也自许甚高。太平天国战争期间，国家糜烂，有位官员到皖南一带募集军款，借到了紫阳书院。书院不同意，便派兵日夜骚扰，直至"借"走书院白银 2.5 万两才算了事。而书院书生不为官威所服，为此联名逐级上告，不死不休。最后，竟惊动了两江总督曾国藩，这位出身于岳麓书院的统兵大员，立即命令原数"拨还本银"，并责成查处。人们对书院的尊重，和读书人对自己的尊重，从这件事上可见一斑。

除了古今不同、中外有别，学员人数多少、学院规模大小有异之外，我总觉得这书院与现代研究生教育有很多相似之处。西方近代研究生教育出现于 19 世纪，距今才 200 多年。首开者为德国人洪堡。他主张大学是自由追求真理的机构，不应该受到教会的干预；所倡导的研究生教育，核心便是教学与科研的自由主义，对社会全方位开放。而中国古书院，其学习方法多采取个人钻研、相互问答、集体讨论、轮流讲学等方式，应该属于教学相长，学术研讨氛围民主、宽松。从自由讨论学术，致力追求某些高妙的思想角度看基本一致。还古书院进行的讲学会，实际上就是大辩论，说明学术思想还是很活跃的。过去所谓书生意气，大多指的是书院里的研讨辩论，当然毕业后到社会上了，还是这样则变成了书生气了。但不论书生意气还是书生气，在中国文化中，虽然有时遭到调侃，但总体来看还是受到尊重的。至于维持大学或书院运转的财政体制，两者也差不多少，不同于传统中小学和私塾，金主一样多来源于官员个人和地方富豪。我们现在有些大学试办的新书院，我没机会去学习，也没仔细研究过，但如果存心想与西方的大学研究院相抗衡，其实也是没有必要的。

虽然徽州书院众多，但在全国范围内影响不大。前些年，有人评过所谓的中国八大书院，而徽州包括紫阳书院在内，没有一家书院上榜。这说明徽州书院与那些书院相比较有欠缺。真正成名的书院一定在促进思想进步、活跃学术思潮方面有大的贡献。我去过湖南长沙岳麓书院，其曾有"潇湘洙泗"之誉，与孔子家乡的讲学地方并重。岳麓书院是著名的理学学术基地，也是所谓的湖湘学体系的发源地。宋乾道三年（1167），著名理学家朱熹来此与书院主教张栻举行了历史上有名的"朱张会讲"，比"鹅湖之会"还早 8 年。"盖欲成就人才，以传道而济斯民也"，既要内圣修身以道，讲学以道，又要外王爱民利民。"得时行道，事业满天下"，书院允许学子独立治学，重视思考和身体力行，培养了一大批经世致用、内圣外王的优秀学子。湖湘学术或学派，直接影响了中国近现代史的走向。清朝岳麓书院山长王文清制定学规十八条，其中十条讲如何做人，八条讲如何做学问，影响了全国其他地方的书院立规。

　　然而书院办到徽州，传统书院的办学方针得到了较大的修正，书院的治学路线悄然发生了变化。在徽州也没有形成学术旨趣相同、学术传统相继的群体。像岳麓书院那样促进近代湖湘知识分子群体崛起的现象，徽州并不存在。还古书院虽为阳明学术论争提供了平台，但从没有成为学术创新的重镇，反而更像是借给江西学派、湖湘学派开发的一块处女地。徽州书院"思辨"色彩淡，"致用"色彩浓；学习的虽然是儒家经典，研究的同样是经学史学义学文字学，同样强调辨析理义，但对应的已不是"经世"治理国家，而是应对科举考试的八股文和试帖诗需要。科举为最重要、最纯粹的"经世"正业正途。徽州书院功利主义色彩日趋浓重，研究现实问题的色彩淡化以致没有，所谓策论也不是打算自己实施或建言他人实施的具体政策了，而只是应对考官满意，成为科考的专业孵化器了。目标导向很明确，最重要的是要为文官体制服务，而不是培养思想家、政治家、军事家或学者。所以徽州进士、状元多，与此紧密有关。如前文说的，有清一朝，一个小小的竹山书院，就考中了进士二十三个，状元一个，抵得上其他许多州府，甚至省的合计人数了。像宏村南湖书院，其实是合并了八个小私塾而成的。之所以能合并成功，说明它在意的不是学术，而是"致用"，好比今天我们的很多高校合并，醉翁之意并不在酒。回头看历史，徽州虽然也出现了像戴震这样的著名学者，但他只是杰出的个体流星，而"湖湘学"是朱熹及门人提出、明清士人薪火相传的。徽州书院不仅没能产生像湖湘学那样的学术流派，甚至我们今天口中常念叨的"徽学"，也不是它生产的，而是近几十年由当代人根据史实挖掘出来的。徽州虽然有地方志、议论笔记、石刻碑刻等浩如烟海的历史材料，社群也有着共同的地方认同，有"新安理学"这个渗透进社会各个阶层特殊的价值圈，但这些与徽州书院的关系看上去并不大。今天徽学研究，只是试图还原一段社会历史事实，而非对徽州本身什么大师或流派的研究。

　　但徽州书院对徽州地域文化的形成贡献巨大，书院特别的教育思想、教学方法、学规章程等，与徽州文化互为表里，构成徽州独特的地理文化板块的表征之一。比如徽州人学理学，虽然很少去真正弄明白其中义理，但别人弄好了，他们实践起来是不遗余力的。徽州书院实实在在的好处，是开启并发展了徽州崇文重教的良风美俗。"四方谓新安为东南邹鲁，新安则以休宁之学特盛"，休宁县在徽州算是小邑，但因书院众多，也是人才辈出。曾向朱元璋陈述九字方略"高筑墙，广积粮，缓称王"的朱升，本是休宁名儒。明末清初，世道转变，耿介书生金声与门生江天一，忠良孝义，举兵抗清，后被捕，直面洪承畴诱降，慷慨陈词，从容就义。擅长花卉，画梅尤精的扬州八怪之一汪士慎，也是休宁人。程大位的《算法统宗》，曾"海内握算持筹之士，莫不家藏一编，若业制举者之于四子书、五经义"，并传至日本，继之远传欧洲。现屯溪还有程大位博物馆，给小学生开设心算课。特别值得一提的是，在构造社会建设的基础人力资源上，如久负盛名的徽州工匠，其精神动力在讲究改良修正，富于渐进性建设性，不是颠覆性革命性，不搞大拆大建、造反有理，一切推倒重来过。徽州三雕、徽漆、罗盘等，都是需要极其艰苦、极其繁难才能制成的手工工艺。胡开文墨与休宁也是渊源颇深。就是徽州出产最多的茶叶，休宁的做法也别具一格。休宁松萝茶，制者每叶皆剪去尖蒂，只留下中段，功力颇烦。徽州及休宁精致求善的斯风滥觞，追根溯源，都很难完全否定徽州书院的功绩。当然，最主要的是还是教育和教学。书院在徽州并不是雁过长空，了无痕迹。自科举废除后，书院也跟着衰败了，但说徽州书院开启了徽州近代和现代教育这话也不为过，如今的休中、歙中都有古书院的影子。

我们翘首看着寒风中的古城岩宝塔，它俯视着据说是明朝建的水南桥，和远方一片白墙黑瓦的万安镇。这古城岩名气大，它的曾用名或别名是万寿山、万岁山、万安山。一听就知道是与皇家挂上钩的。它一直照看着抚抱着它脚下的这片山水人家。万安镇几乎囊括了名山秀水、古塔古桥、书院、徽商、徽医、民居、三雕等新安文化的所有古风雅韵。在历次徽州古村落古民居修缮工程中，都有万安街道的名字。万安老街据说是徽州最长的一条街，长达 5 里。上世纪 40 年代时，万安的店铺还有近 200 家。古代徽州社会文化生活某种标志性图腾之一的罗盘，今天仍在万安生产。那是中国传统文化中最隐秘的部分。我很纳闷，古风雅韵多少东西都有残存，走到今天却独独把还古书院给丢了。竹山、紫阳、还古这三个徽州古书院，隐喻着徽州的历史进程。竹山书院保存最好，紫阳书院次之，而还古书院连遗址都不存在了，只剩下一个隐约的传说，它消失得比徽州其他书院更彻底。虽说书院已经走进历史的尘埃，但这三座书院呈现的命运结局还是令人遐思。

王阳明："六经为我开生面，七尺从天乞活埋。"在渐渐淡去的历史背景中，有很多东西，如房屋、匾额、牌坊、碑记、诗赋、文章等，会随着时间推移被时代所抛弃。但历史并没有中断，它的精神还在延续。书院所传播、所代表的儒学思想、传统文化，如伏脉潜藏，仍潜移默化地给人以温润熏陶和启迪。如同秀美的江山，大美无言。不论你读还是不读，它都在那里，见证着天地沧桑，等候着孤独与悲凉的解读者。我们曾经有的家产太丰富了，以至于成为包袱，以至于只有先扔了再拾起，方知其金贵。系统梳理本地文化资源，让暴露在外和深藏于地的各类文物遗产和非物质遗产都活起来，工程浩大，但让自己的昨天为今人所知，让世人所取，功莫大焉。

我们乘车返回，我们背后的万安及还古书院越来越远。

据说在古城岩上，有上部略平的巨崖悬突，那是休宁历史名人金声的练剑之处，后人称之为"练心石"。从古至今，不知有多少人在上面练过心，只是不知道他们练过之后，他们咋的了。

经济发达，繁荣富裕，进而天下大同，野无遗民，自古恐怕就是弦歌的主题。徽州迈向现代化的征程，生活在此地的人的希冀与努力最为关键。天道实远，人事可凭。

寻找"弦歌里"

黄山近年新开发了一批适宜自驾的旅游线。其中"醉美黄山218"，从"黄山伴侣"太平湖起，经黄山区府所在地甘棠，至世界文化遗产地黟县的西递宏村止。线型从北向南，基本是沿着黄山的西面山脚线行进。郭村在这条线的中端，位于黄山区和黟县、石台县三县的交接处，实际上也是过去宁国府、徽州府、池州府三府的交接处。

从景观角度看，我认为徽州是"最"中国的农村，而秋天的徽州，又是一年中最美的季节。深秋的阳光明晃晃的，有点照眼。满山色彩斑斓，每一片叶子都透着鲜亮。尽管还没有到真正的农闲时候，但漫山遍野已有了丰收了的满足和慵懒期待。平展的冲畈上，稻子已被收割，露出长长的根茬。间或路过的三两户人家的菜地里，丝瓜仍挂在藤条上，悠悠荡荡。徽州人家比较看重丝瓜，有所谓"秋天的丝瓜赛人参"一说。邓小平同志1979年视察黄山，曾点到过当地几样特产：祁门红茶、文房四宝、石鸡和丝瓜。我专门问过黄山北海宾馆的大厨，如何用丝瓜做菜。大厨们说，徽州的烧法其实很简单，干烧，然后多用点火腿和红辣椒就好。

我在黄山工作时，曾数次来过郭村。郭村始建于宋，是黄山区即原太平县的一个古村落。它坐落在黄山西南脚下的一个冲畈上，四面群山环抱。我们从汽车上下来，一边欣赏着乡村风光，一边顺着冲田缓步进村。所谓乡村风光，当然主要是指田野，然后是村庄和民居了。徽州山峻峭而土疏，近十数年来，山上过去开耕出的田地多已退出还林，除间或可见的茶林外，层层叠叠尽是茂密的林木。田地主要集中在冲畈里，村落和民居也主要集中在田畈里，还有少数在山坡地上顺势而建。徽派建筑特有的粉墙黛瓦，像从天外飘落，镶嵌在青山绿水中，不论任何角度，看上去都是一幅画。当然，它们看似天然，其实都不是自然而然。我们的视线所及，不论是旷野平畴，还是村居建筑，都是数百上千年来，生活在这里的住民，综合了经济，还有文化、传统、社会等各种元素，世代劳力、辛苦作业的结果。通常徽州的村落外观很确定，几十户人家或更多人家集居，一般以家族为单位建立。村落之间的差别主要在规模。从空间的田野景观上看，我认为徽州根本不逊于美国及西方国家经典的乡村景色。两者最明显的差别或许是徽州多是小田块，顺地势高下布列，主要种油菜水稻和茶叶烟叶等，其基础是小农经济，没有统筹设计，无人从田野景观角度考虑自然的色彩浓厚。相比之下，美国及西方国家的田野景观被设计的味道更重一些。如英格兰的乡村，是最重要的英国国家形象符号之一，其田地多为大块，主要是牧场和麦地，看上去更整齐壮观。后来德国人和美国人也有意识营造自己的乡村景观。从经济性上看，他们的那种大田野更适合机械化大规模耕作要求。美丽也能极大地降低生产成本。

郭村，原先规模应该很大。其逶迤数里之长的谷城老街，让人依稀看到它曾经的辉煌。村子中央有一个用青石铺成、很气派的广场。穿越全村的水溪从广场边绕过。水溪上架有两座古桥，其中之一上建有类似廊桥，但比廊桥更高大的两层砖木结构建筑，为清代嘉庆年间建筑遗存。名为"周王祠"，过去又叫观音阁。门口两只小石狮子，门面墙左侧悬挂着白底黑字的"黄山市百村千幢古民居"保护牌标识。走进里面，可以看到一些收集来散放的残碑，仔细察看多为清朝时物品，记载着当时村里禁止砍伐和集资建水利等事项。楼上寝堂里，"文治武功"匾下，是显得很年轻俊秀的周文王、周武王彩塑像，侧墙上，是村民和游客们挂的密密的红彤彤的祈福牌。站在轩窗前往外看，整个郭村落在眼底，正前面一根高高的旗杆，其顶端的三角杏黄旗幡，在蓝蓝的天穹下轻轻摇摆，上面现出红色的隶书"弦歌里"三字。

弦歌里，古意盎然，让人充满想象。弦歌，应统指风雅、高雅、典雅的音乐，也有人说特指轩辕黄帝乐师创作的王家礼乐；里，当然是指地方了。古人认为："乐者，天地之和也。夫乐者，先王之所以饰喜也。"（《礼记·乐记》）因此，才有西周周公制礼作乐。赋予"乐"以规范贵族的身份地位，表现社会差别的作用，同时激发社会共鸣与和谐，引领人向上向善。弦歌应是乐的形象表达。《庄子·秋水》：孔子游于匡，宋人围之数匝，而弦歌不辍。

《论语·阳货》：子之武城，闻弦歌之声。《千字文》上也说：弦歌酒宴，接杯举觞。矫手顿足，悦豫且康。这样看，乐或弦歌的功用很大，能够表达出一种境界，表达出一种人间理想。而能够演奏和听闻弦歌的地方，一定是非常特殊的典雅高贵之地，不是天上宫阙，也是人间乐居之所。

如果把郭村中心广场上的青石板转换成水面，很有些宏村月沼的感觉。只是广场周围徽派风格的民居相对简朴。这些二进或三进房子，外观看上去都很矮小，鲜有高大敞亮气派的。这似是徽州古村特点之一，因多是同姓家族聚落，所以民居营造也亲切和人，即使富豪宅第再高大豪华，从外面看去也与周边人家无明显区隔。如像黟县宏村承志堂那样奢侈绚丽的豪宅，甚至最能体现权威的宗族祠堂，与普通居民住宅虽有区隔，但也没有欧洲庄园那样森严壁垒。突然想到，徽州大户官宦人家的豪宅里，似乎都没有专门的音乐厅，最奢华的顶多有个小戏台，一般在祠堂的内外广场，只适宜于大众的载歌载舞。也没有让人震撼的书房记忆，徽州号称为"东南邹鲁"，原是以读书为自豪的，但徽州人家的书房陈设装饰也相对简陋。最好的也不过在窗格上搞点碎冰花装饰，体现一点寒窗苦读的样子。书房最核心的物件——书籍，我基本没有看到哪家的书房拥有大量图书，至多是几本线装书。而在欧洲很多乡下，就是一般民宅，也辟有一个小角落用以读书。至于贵族家庭，基本都配置着厚重的书桌，和高大得占据至少两面墙的书架，装帧讲究的大部头著作，且硬皮硬板包封。庄园是最具英国文化特征的符号，但很多庄园看上去是城堡的升级版，端庄高贵、雄伟刚硬。大客厅、餐厅、舞厅、书房，一应俱有，花园、池塘、草坪和雕塑也是标配，甚至在幽静环境中，还隐蔽着防御设施，如警卫门房、岗楼等。庄园和普通农民家宅基本属两个世界。英国农户居所住得比较分散，若聚集较多就成了TOWN，是俗人的购物和行乐场所，与庄园不是一回事。能住在庄园里的，多是庄园主雇佣的仆人，如园丁管家等，并不是一般意义上的农民。就我自己所见，大约合肥的刘铭传庄园，可以勉强与西方庄园比较。从这个角度看，传统中国虽然等级制度森严，但与欧洲相比，社会层级差别并不是某些书本上写的或想象的那么大。

《太平县志》（嘉庆）里记载，弦歌里在县（太平）西南，辖弦一、弦二、弦三，凡三里。这弦歌里应该指郭村。但能引人异想的"弦歌里"，为什么改名叫郭村呢？我原来望文生义，以为郭村的主姓或大姓当然是"郭"，但一问才知道，郭村的大姓不是郭姓而是林姓，祖上从福建移民过来的。林姓奉殷商纣王叔比干为祖先，姓氏据称是周武王所赐，所以村里建有"周王祠"，村旁桃岭古道边，原来也建有周王庙。弦歌里改名叫郭村，是清朝时的事。联想那时的世道以及发生在这里的战事，或以窥得一点踪迹。县志就记载，在明嘉靖三十八年，盗自泾县入；隆庆元年，处州矿贼四百余人据弦歌乡；顺治三年，石台溃兵接弦二，乡民寻守等。现实生活中兵灾匪祸不断，弦歌当为妄想。将弦歌里改名，有避免树大招风、避祸的色彩，如同割泾县部分地域置"太平"县，寓意"治之至矣"，是一个问题的两个方面。至于"郭"，有人说是郭村曾用名"谷城"（侨置）的山越土音变化而来，但也可能意指城郭，说明这里原来规模较大，万丁千灶，人口众多，有城市的模样，还可能是广大空旷、开阔寥廓的意思，说明地形地貌好，意象也更丰沛。然而，弦歌古意虽好，当下生活最重要。弦歌地名的失落，应当与整个地区的经济、社会的衰败进程相一致。

中国人崇尚天人合一，人与自然和谐共生。村落便成为千百年来亿万人的美梦寄托所在。我欲寻仙迹，村民趣转嘉；瓦盆盛腊酒，茅屋煮春茶；翠滴松杉杪，清分蕨笋芽；相逢无别话，只有种桑麻。传统农耕社会，岁月静好的乡野村落，向来是中国文人青睐对象，构成了中国文学史的底色。对中国农村的诗意描写，历朝历代，枝繁叶茂，蔚为大观，促成社会形成特别的审美习惯。时至今日，在中国人身上，不论其为官还是经商的，从学的还是做工的，都能看到对农村的那份情愫。或者说，每个中国人的内心深处，都有的那个梦，那个家园，那首歌，那构成"我们的"理想生活的，都离不开乡村。"石印回澜，在弦二美溪水口，阔约二丈许，直三丈方正。俨如一印，横亘水面上，可容数十人，四围水深百尺。当风清月圆之夜，游者微踞石上，波纹微绉，金光百道，把酒歌吹，潜鳞出听。"徽州传统古村落所谓的水口及人工刻意营造的"八景""十景"等，本身体现的价值取向，传达的意境与趣味，就是把向往的天上宫阙，移情在人间美好的村落。

中国社会对农村这种根深蒂固的情结，是欧美社会所望尘莫及的，虽然今天欧美已把农村建设得美轮美奂。欧美文学作品，溯源到罗马雅典，说的大都也是小城邦的生活。描写农村、称赞农村的作品，并不受待见。英国人写戏剧写小说，农村人物、农村风景，多为陪衬和点缀，至于庄园里边的故事，多类似于"宫斗"，乡村本身很难成为主角。英国出现田园诗并流行，已是很晚的事情了。最好的华兹华斯的田园诗，从时间上看，是文艺复兴和工业革命兴起之后；从作品上看，确实太小景，绣花功夫，在一花一叶中找灵感；从作家自身看，很难说上是英国文学最顶尖的人物；从影响看，与灿若群星的城市作品、宫廷作品比，甚至可以忽略不计。过去有段时间，有人也曾竭力推崇过英美的一些田园作品，但始终未能形成气候；至于晚近出现的乡村音乐和乡村民俗画，向来只是配角和小菜。而中国的所有文学，甚至可以说离开农村乡野，基本是不存在。中国最伟大的作家，几乎都于山水田园有不解之缘。西方人的天堂高居于人世间之上，最不济的也落在城市；而中国人的天堂就在人间，且很大程度上落在乡野的村落里。

近中午，冬天的阳光暖暖地照着。走在青石板路上，可以清晰听到自己的脚步声。村子里寂寂无声，别说弦歌声音，连人声、畜禽声音也没有，给人以空落落的感觉。若单从历史的时间线上考察，郭村基本上可算是中国农村变化的一个缩影。笼罩在乡村身上的那层浪漫色彩早已褪去。别说弦歌里早已缥缈不可追忆，甚至纯正的村落也已渐行渐远。现代工业革命特别是社会革命，已深入徽州乡村。农村劳动力在外打工的很多，郭村青壮劳力在外打工的比例高达六成，他们要在农忙季节和节日才回来。村子里的很多住宅实际上处于长期空置状态。

经济发达，繁荣富裕，进而天下大同，野无遗民，自古恐怕就是弦歌的主题。徽州迈向现代化的征程，生活在此地的人的希冀与努力最为关键。天道实远，人事可凭。黄山这几年，以政府为主导力量，包括国家、省、市、县几级政府同时介入，政治、经济、社会、文化多方面努力，通过扶贫攻坚、乡村振兴、全域旅游、百村千幢等工程，大规模进行农村建设，使村容村貌有了较大的改观和提升，特别是在保护传统古村落、古民居等方面做了很多工作，取得了很不错的成效。我在黄山工作时，曾有意识地比较过中西方保护传统村落及民居的做法。我们的"百村千幢徽州古村落古民居保护利用工程"，短时间内就动员了海量的社会资源投入，这在美西方很难想象。英国18世纪的工业革命把很多农民转化为产业工人，很多贵族被迫放弃了家庭庄园，农村治理便开始走下坡路。最典型的是对老建筑和文化遗产的保护，除了吃老底子，拥有庄园的贵族们总是力有不逮，后续乏力，疲态丛生。近数十年来，他们政府和社会各界才快速并颇具规模地整体进入这个领域。黄山在瑞士有个姐妹山——少女峰，少女峰附近有个国家级的露天民俗建筑博物馆，收集了全瑞士境内的100多幢传统建筑。很类似我们"百村千幢"工程中的异地搬迁项目。因为国家介入，因为自然条件优越，因为极其有限的人口规模，他们是连人带屋，甚至是农民的谋生技艺一并搬迁的。评估其异地搬迁，虽然在传统文化上的连续性、原住性上有损失，但有而不彰。但他们这种做法，在中国则显然无条件，因为没有足够空间让你办到。硬要搬迁，只能是挖根断脉，徒然无功。但他们创造的一些新颖做法，非常值得我们学习。现在很多贵族乐意把庄园经营成一种生意，主要是发展旅游，为吸引游客，也设计出一些贵族趣味的项目，如狩猎、场地出租、赛马、喝茶等。趣味比较高雅，营销也有特色，能吸引人；并有力改变和提升了社会大众对农村及庄园、对自然及生态的认识，引导形成了社会风尚，引领了世界潮流。自然景观呈现给我们的面貌，所谓古迹或风景，其实都是由我们看不到的社会关系决定的。社会在进步，传统社会中的有些东西必然会被淘汰，是自然天道。当下徽州社会发展仍处在经济"底子太薄"阶段，使得很多事情看到了做不到，也并不让人惊讶。但只要努力，就可以使我们一步一步走向那目标。

"黄山高一千三百余丈，盘亘五百里"。《神仙传》云：轩辕问道于浮邱公曰：愿抠衣躬侍修炼。浮邱公曰：江南黟山，神仙所居，有古木灵药，其泉香美清温，冬夏无变，沐浴饮者，万病全却。因与容成子、浮邱公同游于此。从此黄山成为群仙雅聚、吟诗作乐的地方。谁知道呢，黄山脚下的各个村落，是不是原来的神仙会所。弦歌里的本义，或许就是指黄山的神仙很多、乐队庞大、仙音缭绕，他们经常在此聚会，或在此也可以听闻到神仙作乐并欣赏吧。人们常引用林语堂的话，他说，世界大同的理想生活，就是住英国乡村的房子，用美国的水电煤气设备，聘个中国厨子，娶个日本太太，再有个法国的情人。如果我们再来引用陶行知的话，与之互相印证，更饶有趣味。陶行知说，我们徽州，山水灵秀，气候温和，人民向来安居乐业，真可谓是之世外桃源。察看它的背景，世界上只有一个地方和它相类，这个地方就是瑞士。似乎处处暗合了林语堂"理想生活"的几大要素。乡村田野、徽派建筑，自不必说，现已成为最中国的审美标杆；徽菜，早就是中国的八大菜系之一；徽州女人，看徽州城乡密布的贞节牌坊自会明白，也可参考观摩韩再芬的黄梅戏《徽州女人》；稍逊的，恐怕就是"水电煤气"所代表的现代化生活设施。若单就"水电煤气"字面意思解，徽州也已基本实现。当然，徽州乡村，距离真正意义上的发达，真正成为人间仙境，仍路途漫漫。

我们站在郭村的中心广场上，遥望黄山群峰，回眸飘扬在头上的杏黄"弦歌里"旗帜，体会梦幻，体会人间世道，体会一方生民努力向善、奔向美好生活的期待与努力。

清亮的叶片，纤毫毕现，修长优雅，风度翩翩，玉树临风，飘飘似仙。如芭蕾舞台上男一号角，柔软中透着刚性韧劲，活脱脱是绿茶中的王子哇。

绿 茶 王 子

从 G3 高速南行。一过长江，进入皖南山区，跨过太平湖大桥就到黄山区境了。从甘棠出口下高速，再右拐，经仙源镇，便到著名的猴魁茶叶产地新明乡了。

公路贴着山脚线，曲曲折折向里延伸。华东最洁净的湖泊——太平湖，始终伴随左右，它澄碧澄碧的绿波，深入深山。山愈高，水愈清，远山近水都是层层叠叠的绿。午后的阳光温暖而明亮，若有若无的山岚水雾在山间林间游动。让人有些迷惑。也不知水润着山，还是山衬着水。绿映了水，水染了绿。

九曲十八弯，到了猴坑行政村部，再换乘小面包车，继续围着大山转着向上爬。越转越陡，越转越高，初春的山林以绿色为主色调。杂花生树，莺飞草长。在一大片一大片的野林间，有着或大或小的种植茶园，忽隐忽现，展示出诱人的茶园风情。太平猴魁生长在平均海拔 500 米左右的高山上。最后，在山与山之上，山与山之间，群山中的一个阴坳里，我们到了猴魁产地核心中的核心：猴村自然村。

车在村口停下。正是采茶季。村中道路上大体是三种人，一是游客，春和景明，满眼青绿，游春与研茶一体。二是采购商，头茶是人人所期盼的俏货，必须紧盯，稍一迟疑，那是肯定采购不到的。三是从外地来赶茶季的采茶人。猴魁比其他茶叶采摘约晚 20 天，时间上正好衔接。有经验的采茶工正是采猴魁所需要的。

便见路旁坡岗上有一个用石块围垒护着，结着不少红丝带的茶树，便是著名的茶树王了。走近前看，树的形状蓬蓬松松，像一棵蓬发的大灌木丛；从下往上看，有许多根茎直立在黑砂岩土里，倒有南方榕树的模样；上面生发着一棵棵新的嫩叶。太平猴魁以柿大茶群体种鲜叶为主要原料。猴魁并不像其他绿茶，只采芽头；它采摘的茶叶，多已舒展开，长成了椭圆形，叶片的边缘都微微向后卷，叶肉厚实；在阳光下像块快溶化的碧玉。像我等不懂行的人一看，也觉得其品质确实不一般。茶王树前游人争着照相。

循道往上走。倚山就势，错落有致，是被茶园包围的猴村几十户人家。正在采茶季，家家门户大开，摆开做茶战场。门外是铺满鲜叶的竹篮竹席。门内则是一张张的小方桌或小长条桌，围坐着茶工，一部分人将新鲜的茶叶按一定标准理出，交给杀青师傅。杀青的师傅坐在炒锅前，一手不停地翻炒，一手用毛巾不断地清理锅底；已杀青的茶叶再交给茶工，捏成条形状。再一个个理出来，放到篾筛里，压实成扁半状，去烘干。尽管是流水作业，但这个流程却是无法用机械取代，所以全手工是猴魁的本质特征。空气中飘着茶与人民币的味道。

经过这样一个流程下来，一片片绿意盎然的茶叶，最后变成了一片片干茶。干茶外形两叶抱芽、平扁挺直、自然舒展、白毫隐伏；再按大小、丰润度品相分拣。上等的猴魁干茶两头尖，不散不翘不卷边，肥硕、重实，叶色苍绿匀润，幽幽的茶香直袭大脑。

制好的茶叶放在白铁桶或其他容器中，封好，就是成品了。我们忍不住提出要喝一杯。

在猴坑茶叶公司的会议室里，他们拿出一个白铁茶罐。他们取茶叶时，稍稍倾斜了下茶叶罐，可以清楚地听到干茶清脆的声响，竟然类似于触摸金属片的声音；从中摄出一小撮碧绿的茶叶，垂直把他们放进透明玻璃直杯中。猴魁不要闷泡，用透明玻璃杯冲泡，其本真、本色容颜一览无余。这种泡法，本身就排除了靠技巧、玩添加，弄虚幻、作噱头的可能；不需要是茶叶大师，也能看出质量高低、品质优劣来。沿杯壁注入半杯水，稍停后再冲至八分左右。在水的作用下，杯中的茶叶慢慢舒展开来，外观与一般茶叶有明显区别。不像一般的茶叶会飘浮在杯中，而是利用已长成的茶叶梗的重量，垂直下沉，梗梗触底，成枝成朵。叶底嫩绿匀亮，芽叶成朵肥壮。清亮的叶片，纤毫毕现，修长优雅，风度翩翩，玉树临风，飘飘似仙。如芭蕾舞台上男一号角，柔软中透着刚性韧劲，活脱脱是绿茶中的王子哇。

太平猴魁保留了茶叶的自然形态。光从外形上看，每片都5公分长短。绝对是世界上叶片最大的绿茶。一般茶叶，长到这份上早成了树叶了；最多取其茶素，混合发酵，拿去制成茶饼茶砖，就很不错了。煮成一块反正别人看不出来。还因自成一格，无法比较，可以吹牛越久越好。在食物选取上，说鲜不如陈，新不如旧，在我等凡人看，只能说是违背常识，或是新时代商业运作的奇葩之一。

啜茗一口，轻微的涩感，更显其茶汁浓郁，劲道十足。比一般新茶味道丰富许多。更为奇妙的是茶汤已然入喉，其高爽、醇厚甘冽的滋味才悠悠而至。他们说这香味，就是猴魁独特的"猴韵"。

一个七八岁的孩子有童子功，并不足为奇。甚至只应称为童子，并没有什么功夫。但若从小锻炼，到20岁了，各个器官全部长成，却仍保持原初之心，赤子之身，通体洁净，这才是真正的童子功。这时的劲道功夫，与七八岁的孩童当然不能同日而语。猴魁在自然天地间修炼，多酚类、氨基酸含量远高于一般绿茶。有些明前绿茶，全取芽头制作，味道就更淡了。猴魁比一般绿茶，有多长20天的优势，精气神完备充足，这就是很多人在喝过一阵猴魁后，就不再想喝其他绿茶的缘故了。能够成为绿茶中的魁首，在茶的江湖上独步神州，这是其奥秘吗？

忽然觉得生活在皖南、生活在长三角地区的人很幸福，都是"贵族"，把喝绿茶当成平常事。忽然觉得自己很奢侈。端茶的手便重了。对这片片猴魁茶不觉多了份珍惜的心。这就是茶道吗？

中国的文字和地名，讲究无处不在。再比方说这旌德，"旌德礼贤"，教化的意义很明白。起名就是因为这里原本很逍遥自在、不服拘束，或野性甚多、甲兵易起，冀其邑人从此被"化"。

仙 游 旌 德

旌德处在皖南的黄山余脉上。县城周边都是山，峰峦绵邈，老树苍翠，岩壁峻峭，藤萝缭绕，山鸟喧嚣。水溪众多，或萦洄曲屈，或奔流涌决，或委婉纡折，深潭清澈，有着一种与天地同寿的沉郁和冷静。过去这里崇山峻岭，船楫阻限，难以到达，但今天有京福高铁直达，也可以自驾游。夜晚，乘汽车在皖南行走，别有情趣。看车灯划开蓝幽幽的夜色，如进入一条深不可测的隧道，直往大地的深处。视野内的隐隐山脉在夜色中并不高耸，但格外显得幽深神秘。进入县城，街面上少有行人，即使有，也一个个若桃花源中人，衣衫飘逸，步履松软，浑身透着闲散。

住地窗外是徽水河。半夜被徽水河的喧哗声音惊醒。推窗看不仔细，索性出门去踏看。白天下了场不大不小的雨，这时山水下来了。山里边，平时河溪水质莹润澄碧，在山间曲折萦绕，脱尽尘埃，清澈灵动；但一有稍大一点雨，却会瞬间变成激湍。若不小心，极易被卷入发生事故。其轰鸣声音之巨大，反而是在大江大河里听不到的。如同山里人，平时看着挺老实，但一发作，却是容不得小视。

徽水河是旌德最大的河流，被称为母亲河。它的源头在绩溪。绩溪有徽水，也有徽岭。安徽的徽字，就来源于此。徽水河，为青弋江之重要支流，后北注长江，再东入海。旌德县城就坐落在徽水河上，准确地说，坐落在徽水和白沙河合流处。站在徽水桥头，可以看见有个"三桥锁翠"的标牌。所谓三桥，指的就是徽水上的三座古桥驾虹桥、淳源桥、黄济桥。从标牌处可步行至驾虹桥，桥面为石条铺就，建有一个四角八柱凉亭，亭是古建，亭角有铃铛声音清脆。亭内有美人靠，还有在来水方向设立的一个神龛，不知供奉什么神仙，有人上的香仍在燃着。两岸人家清静。除去水声潺潺，万籁俱寂。立定了，更发现，整个旌德就像隐伏在高山上、尘世上的一个别世桃源。

有人借着灯火钓鱼。想上前攀谈，却被人用眼神止住：别惊了鱼儿。活脱脱一幅中国传统山水图景。中国人造字都有道理，原始象形字，仙是一个人往高处取鸟蛋，简化字更直接，就是人住在山里。中国人相信神仙大都住在高处、山里；性情散淡，不争权不夺利，天天吟诗饮酒下棋作乐，不用伺候上司，也不用持家糊口，始终平静、坦然、辽阔，无所畏惧，如高天的流云在地下的阴影，若有若无，风在动，影在移。山不在高，有仙则名。非常重要的一点是，仙不似神和佛，仙可以后天修成。有德行、有名望者如山一样崇高的，并注意养生休闲的，都可以成仙。旌德生产灵芝和黄精，这些都属于高山深谷祥瑞之物，过去人要成神仙，是非服食不可的。所以猜想旌德真正的地方特产应该是神仙。从历史上看，李白诗下即有子明、子安、浮丘、琴高等神仙，都有仙踪在旌德。

忽然有了成仙的欲望。杜牧到旌德说：三日去还往，一生焉再游；含情碧溪水，重上粲公楼。也是求功名之外，还要求仙的。细想，渔樵问答、白云落子等向来是中国神仙的经典题材，能实际作场景问答和使用的，恐怕只有皖南或阳朔漓江这样的地方才有可能，在大江大河大平原上则难以实现。但阳朔过去多为少数民族蛮荒之地，怎比皖南一带自古文风昌盛，属汉文化主流一脉，适宜做诗文、发宏愿呢。古人谓人生有四大乐事：久旱逢甘霖，他乡遇故知，洞房花烛夜，金榜题名时。而苏东坡则对应着另写了十六件赏心乐事，如清溪行舟、临溪濯足、雨后看山、山寺闻钟、汲泉茗茶等，基本就是风雅的神仙日子。而这些，百姓日常生活的写照。

中国的文字和地名，讲究无处不在。再比方说这旌德，"旌德礼贤"，教化的意义很明白。起名就是因为这里原本很逍遥自在、不服拘束，或野性甚多、甲兵易起，冀其邑人从此被"化"。扩大一点，旌德所属宣城市，也有讲究。宣字，大都含有上对下，朝廷对民间的宣谕、宣示、宣扬、宣导之义。所有国内地名中有很多"宣"，如宣化、宣德等。独这宣城单字，无具体指向。每次到宣城，都带着这疑惑。当然，也不是我一个人这样想，杨万里就有诗云，路入宣城便称奇。宣城是千年古郡，亦是名郡。历史悠久，却一直未曾培育出一个较大城市，在一个红尘翻动的世界是那么的特立标行。它到底在向世人宣什么呢？宣城东有麻姑山，麻姑为八仙之一，她已见东海三为桑田，仍面若少女。"众鸟高飞尽，孤云独去闲。相看两不厌，只有敬亭山。"这是飘然出世欲成仙的场景。"游山谁可游，子明与浮丘"；"愿随子明去，炼火烧金丹"；"仙人如爱我，举手来相招。"这是直白陈情，大胆旌扬。李白莫不是要通过这里的秀山丽水，宣示成仙的奥妙，宣示人与自然相和合、被人文润染过的山水就是人间仙境，或这里就是通往仙境的入口和阶梯呢！总知人成仙，不知路何往。天地一牢笼，出世入世都在一念之间，何劳奔波寻找，神仙世界就在眼前、就在脚下、就在这青山绿水间，我们自己不能蒙昧不觉。如此解读历朝历代多少文人墨客的苦苦追寻，是不是更靠谱，我谓友人。友人顾左右回答：王祯曾为旌德县尹六年，捐奉兴学，勘查水系，修益堤坝，垦谷植桑，并著有《农书》，至今仍有参考价值。

徽水下游谓泾川，此地曾有万家酒店，十里桃花。泾川士人汪伦，修书邀请李白来游。诡称：先生好游乎，此地有十里桃花；先生好饮乎，此地有万家酒店。然后收获了李白"桃花潭水深千尺"的千古名篇。重峦叠嶂，献心拱碧。"我来感意气"，李白当然高节，但汪伦也不是俗人。他的得味得趣，使这些诗句落在皖南的山水上，成了与天地同在、永开不败的鲜花。

爱什么就死在什么上。这是老舍说的吗。

这样想着，竟睡着了。不知东方既白。新的一个工作日开始了。

胡氏一门，包括所谓真胡、假胡，历朝历代到底出过多少进士、状元，现当代出过多少博士、院士，我没有计算过，但胡适肯定是其中杰出者。

何 处 适 之

绩溪这地方很奇特，地方不大，河流却有百多条，所有水都是源头水，没有过境水。而几乎所有的村庄，都临水而建。

我们在冬日暖和的午后前去徽州绩溪上庄造访。上庄距离绩溪县城约有30公里，在黄山的东麓余脉上。村庄选址，完全符合传统风水学的要求，坐北朝南，背山面水，藏风聚气。形如飘带的常溪从村边蜿蜒流过，东向注入练江再进新安江。

我们从常溪上的杨林水口进村。徽州传统村落村口，向来设置水口林，为一方众水总出处。上庄杨林水口名气很大，号称为徽州古村落三大水口之一，这主要得益于其数百年来从不间断的修缮改造。上庄内部布局肌理呈现出经典的徽州风貌，与大多数徽州村落相似，青石板铺就小巷，狭窄曲折幽深，粉墙黛瓦马头墙，祠堂牌坊加书房，朴素雅致大方，充分体现着人与自然山水、人与人之间的融合与和谐。远看过去，就像一幅画一样，但它有一种特别的气场，风风火火的人一走进去，经这灵山秀水、深弄窄巷一过滤，火气自然就消减了不少；甚至说话声音、脚步声音在不自觉中也会小很多。

万山丛中的徽州，自古文风昌盛，有东南邹鲁的美名。其文风昌盛的载体是村庄，背后的支撑是宗族，特别是名门望族。所谓名门望族，包括财富和名望传承，但更重要的是通过知识传承、教育传承，而最后形成的代际积累。徽州人聚族而居，历来重视村庄布局和建筑相互之间的比较，但更重视内在质量比拼，这主要体现在村庄或家族出的士人数量多少、社会地位高低上。这是中国人讲究的家族宗族传承，也是中国传统文化最核心、最具魅惑力的地方。有个统计说法，说是当代著名美籍华裔科学家，特别是那些获得诺贝尔奖等国际大奖人物，几乎都是从中国去的知识移民或其后裔，大多有名门望族背景，而在美国本土出生成长的并不多。

徽州号称拥有古村落 5000 个，名门望族众多。这些名门望族的最重要标志，就是培养出了多少进士状元。过去的进士状元，要比今天的博士、院士还难得多。但无论怎样，这些家族血脉里都流淌着读书的种子。上庄的大姓宗族据说有胡汪程柯王五大家，其中胡氏最有名望。数百年来，宗谱系牒齐备，昭穆有序，组织严密；上则庙堂纲常，宗法伦理，下及饮食起居，冠婚丧嫁等皆有定规，族规严明，百世不紊，保证了家风家教、知识技能的良好传承。胡氏一门，包括所谓真胡、假胡，历朝历代到底出过多少进士、状元，现当代出过多少博士、院士，我没有计算过，但胡适肯定是其中杰出者。他一生有 36 个博士头衔。最为重要的是，胡适本人似乎从不避讳个人功名与生之养之的徽州之间存在着内在联系。

今天我们很难想象，没有笔墨纸砚，中国文化会是什么形象，会以什么方式在什么地方着落。徽州的笔、墨、纸、砚制作技术源远流长，全面发展，冠绝中华，甚至影响到中国文化发展的方向与质地，成为特殊的文化现象。上庄有胡开文纪念馆。胡开文是制墨店号，其家族世代制墨。其创始人是胡天柱，虽是工匠、商人，但最后也搏有官衔：从九品，赐赠奉直大夫。这很符合徽州人的理想形象。从他的人生，一方面可以看出徽商驰骋商界，闻名遐迩，其内在传承的坚韧精进的工匠精神；另一方面，还可看出，徽州人即便是从事商业活动，最上心的仍是读书做官，更愿做能与文化结缘的行业。从价值取向和技术这个角度窥探，徽州人读书自有其自然与人文基础。流风所及，徽州人居家过日子也是力求斯文，处处要求散布文气。另一个佐证是所谓徽派建筑，之所以能成为中国建筑风格的基本样式和代表，并不在其建筑的出奇制巧，而是其内在的文化追求。各行各业、生产生活的方方面面都必须努力提高自身的文化素养，才能适应徽州这样一个社会。吴敬梓曾讲南京，金陵菜佣酒保，都有六朝烟水气。而徽州的樵农工商，身上都有一股书卷气，折射的就是这种崇文重教的社会风尚。

近几年，在胡适日渐隆重的声誉中，到上庄造访胡适故居的人多了起来。胡适故居是典型的徽州建筑。故居的大门前有个宽敞的用鹅卵石铺成的院落，大门用水磨青砖净缝砌筑，门罩则是砖雕装饰。故居内的各个单体空间，已开辟为各个阶段胡适的生平展。徜徉其间，给人印象深的，一是故居门窗、隔扇等上都是徽州传统工艺木雕作品，尤其是兰花木雕，多姿多彩、精致出色。让人马上联想到胡适最有名的那首词：我从山中来，带着兰花草；种在小园中，希望花开好。一日望三回，望到花时过；急坏看花人，苞也无一个。眼见秋无到，移花供在家；明年春风回，祝汝满盆花。兰花是清雅的中国典型花草。一丛丛幽幽的兰草花所生发出来的情绪情怀，弥漫着胡适的一生。甚至在他西化的学术文章和官宦生涯中，一不留心也会显露出来。个中趣味，不是三言两语可以厘清的，却也让人得窥胡适的精神故乡。二是他的婚房保留完整。胡适一生以领导新文化运动、倡导白话文为最著名。他到处宣扬个性解放、思想自由，但他个人的婚姻在那个易婚频仍、甚至还可以三妻四妾的时代，却是始终如一。

想来很有意思，新文化运动的二位领袖，一个是安庆人陈独秀，一个是徽州人胡适。安庆和徽州，合在一起则是安徽。而陈独秀和胡适，合在一起，则代表了那个风起云涌、血火喷发、革故鼎新的时代。在安徽这样极端传统的地方，如何培养出极端新锐的人物，并成功实现逆天成长，应该是一个很好的学术题目。从大的方面讲，他们都是在旧土壤深厚的地方中出现的叛逆，并引领和改变了时代走向；但从个体上看，他们却有着极其鲜明的性格对比。陈独秀才高八高，性格刚烈耿直，疾恶如仇，对传统批判剔肤见骨，刀刀见血，决绝决裂，从不妥协。而胡适温婉如玉，柔若无骨，浑身上下浸润着西风美雨，却固守传统，终其一生；他游走在殿堂、学术名流峰巅，荣誉与诽谤共有，一生都在旋涡中。西方人说他是东方人，东方人说他是西方人。台上人说他是野士，在野的人又说他是官人。而他自己似乎从不为意，一直看似在纯粹、率性地做事做学问。在那个风雨如晦、波翻浪滚的时代，他一直都在适应环境，并努力维持自己较好的生存状况，表现出一股顽强的生命力，体现着一种通达的生活观、生命观。他俩相互印证，不知是否可以帮助我们更好地理解中国文化性格，以及其历史和现实。

现在的上庄很平静。很有些中华文化绵延悠长，儒雅知性，谦和淡泊的特质；适合落落寞寞地看，安安静静地想，真真切切地悟。游客并不是很多，但个个像画中人游在画中，自然美丽。人的心灵是那么的敏感，而又是那样的粗糙。随着流水节奏而轻移的脚步，"徽风皖韵"，能给人心灵带来什么样的变化演化，着实难以预设。但这样一步一移，一点一滴，缓缓地浸润着，甚至浸透、覆盖了什么，最后塑造成形却又是可以期待的。徽州这些古村落，骨子里似乎拒绝繁杂与热闹；就是作为岁时风俗的节庆，也充溢着教化的意味，最后变成促进孩子成长的重大生活记忆。

我曾去云南丽江考察，一些人非常羡慕那里的灯红酒绿，喧嚣浮华，认为那代表着经济繁荣和自然人性。后来我当过一段时间旅游官员，不少人建议在徽州照抄照搬。我很担心画虎不成反类犬，怕形成无法弥补的遗憾。很多事情开始是对的，一时看也不错；但再进一步，放到较长时间框架里，真理则很可能会变成谬误。

胡适一生文章，今天看来都归于平淡。但唯有其在旧土地上得到点化升华的"新品种"，诸如理性、平实、宽容、日常、孝顺、自由的精神，却可能得以生长和永远。

胡适离开故乡后，除一次奔母丧，再也没有回上庄。如今他安葬在台北。据说其墓地上塑有他的半身像，目光朝西，是朝着他的故乡绩溪上庄的。他经常想起、说起的故乡事，恐怕都带有他个人独有的忧伤标记。他的红颜知己曹诚英曾出资修建了被水毁的杨林桥，方便村人、旅人进出上庄。她现安葬在通往上庄的旺川路上，都说那是她自己选定的地方，意在那里等他回来。可惜旺川早已变成了忘川。还有他常用来招待客人的徽州菜"一品锅"，那层层叠叠、厚实瓷重的食材，如彼的浓烈鲜香，散发的不仅仅是饮食男女，而有一层更深层次的意蕴，那是故乡故土的味道。亚里士多德说，一个没有城邦的人不是神便是兽。胡适作为典型的中国文人，一生一直在现实栖居地和精神故土的夹缝之中生活。

故园东望路漫漫，双袖龙钟泪不干。不论是世俗行政，还是精神灵魂，最适合、最能安放自己的地方，或许永远只有故乡土地了。这是作为一个中国人的宿命。透过海峡与时间的烟尘，他的心脏还在跳动、血脉还在流传吗？

漆有耐潮、耐高温、耐腐蚀等特性，异常坚固，滴漆入土，千年不坏。但我看着他，觉得真正不坏不败、真正宝贵的是徽州人身上体现的那种祖祖辈辈传承下来的工匠精神。

而 可 漆 器

率水、横江在屯溪碰头后，形成新安江。三江汇合之处，多是平坦冲地，宜于舟楫停泊，从来就是营商的好去处，所以孕育了像黎阳老街与屯溪老街这样闻名遐迩的商业巨埠。这两条街隔江相望，都是久远的存在，都曾繁荣、衰败，又更生相续。其前世今生，可以当作生命的不断更新、不断成长来欣赏。

作为地区振兴的标志工程，黎阳老街前几年进行了改造，使之成为游玩黄山的新去处。老街除保留了几处老宅外，利用一些麻条石、青砖、小瓦等旧料，运用古法建筑技艺，重新再建了一批新式徽派建筑。业态上，则顺应市场需求，迁入、集聚了许多有徽州特点的新式客栈、酒吧、餐饮和咖啡屋，以及可以购买各色旅游纪念品的小商店。更值得关注的，这里还延请了许多货真价实的传统手工艺大师入驻。这一方面，给散落在四乡八镇的工艺美术大师们接轨市场提供了新平台和机遇；另一方面，这些真正大师的存在，而不是摆相的生意人存在，真正成就了老街的商业模式。也许，徽州的老街与其他地方的老街或旧城改造最大区别之处，就是这种独有的文化与商业的无缝对接混合而成的自然而又融洽的气场。

中国工艺美术大师甘而可就在这黎阳老街上。

每个城市的早晨，都更能表现一个城市的特质，呈现着它的本来面目。早晨的街道像条小河，轻飘着一层水汽。湿漉漉的红麻石条与青石道板，仿佛水刚洗过。水汽之大，竟使高高翘起的马头墙上确确然地滴下水来。街道上无甚游人。头天晚上的喧器夜市基本没留下什么痕迹。大多铺面尚未开门。上黎阳街的 11 号，是工艺美术大师甘而可的工作室。他的工作坊已经开工了。他说他喜欢这个地方，紧挨着的新安江，能给他带来一种制作漆器所需要的宁静心情和洁净环境。

甘而可的工作室属前店后坊性质。进门是陈列室，有"流光溢彩浑厚华滋——甘而可漆器艺术"牌匾。室内陈列着他的一些精品。他直接引领我们来到展示厅最里端的一张金丝楠木桌子前。他撤掉桌前的红绸围栏，还捧出一组漆器包括果盘、茶盏茶托、花瓶等物件，让我们就近观看。他说这都是他花费多年时间，刻苦钻研，恢复的古老漆器工艺——犀皮漆经典作品。

在手机的高倍数摄像镜头之下，这些漆器工艺品色彩纷呈，变幻莫测。纹理图案极其丰富，多重反复缠绕。乍看有规则，细看无规则，再看又有规则。这些变幻莫测的图案，全是作者凭着漆工经验，随心所欲，打埝，再层层髹涂色漆，用手上功夫做出来。因不能事先设计，是以每个图案都绝不重复，如同白云出岫，无可名状，超凡入圣。尽管图案复杂，色块繁多，但其色调清澈分明，并不糊涂溏漫。尤其是一些金线，既像从外部深嵌进去，又似本身从内部生发出来。这是生漆掺和进一些天然色料物质，如珊瑚、黄金、绿松石之类，然后髹涂形成的效果。丰富的图案和色彩，很有层次，有种立体的凹凸感。但抚摸上去，却是异常平滑而温润，不似玻璃的那种带有迟滞感的平滑，倒类似高档绢绸，给人一种难以言说的贴心温暖的感觉，通过触手慢慢地浸润到心里。我讶然道，这些色彩和图案无可匹敌，若直接用作高档装饰品或印染图案，将折杀世界最顶级的图案设计师。

犀皮漆有所谓红金斑、绿金斑之分，红金斑泛滥着高贵的色彩"金辉"，而绿金斑则雅致、绚丽、古典。与缤纷的红金斑、绿金斑相对应，果盘、茶杯等器物的里边，则是单纯的黑色。这种单纯，让我终于明白古人为什么形容黑，把最纯净、最彻底的黑叫"漆黑"，而不叫乌黑或黢黑什么。这漆黑真正是一马平川、一望无垠、一览无极、深不可测的黑，它甚至黑出了明亮通透的感觉。他拿起一个九件组合的攒盒，任取一件出来，然后慢慢放入盒盘，盒盖下进入盒身，似乎被吸住了，完全的天衣无缝。用现代计算机控制的组合件生产，也莫过于此吧。我托起一个小茶杯，轻轻掂一掂，自有一种压手感，更有种让人安静的气场。

漆器在中国古代化学工艺及工艺美术方面具有显赫地位。中国最伟大的哲学家、文学家，安徽蒙城人庄子就曾为漆园吏。想庄子所处的春秋战国时代，国家就设置专门管理涉漆事务的衙门和官员，可以想象漆在国家事务和国民经济中的重要地位，也许与宫廷、军事、财政等紧密相关，还涉及寻常百姓生活，产业规模庞大以至政府不能忽视。唐朝时"天下所出木茶漆，皆十一税之，以充常平本"，既说明漆脉长存，也说明彼时行业地位依然重要。可能社会风尚转变，更可能现代工业兴起，手工制作漆器因为成本浩大，糜费财力，才终使漆器式微。漆器在当下特殊情境下复活，得益于工业发展，国泰民丰，市场繁华，但它已完全脱离日常生活所需，脱离开物质实用价值。现在漆器仅以观赏与收藏为主，更多地体现为人的精神层面追求。它所表达的是一种极致的生活意识、文化品位。甘而可说，他有时在国外参展，很喜欢与外国同行比较，既有自觉的为国争光的想法与愿望，更有个人技艺能力上的较劲。得到别人由衷的夸奖，他会比卖掉一个具体产品更开心。所以近年来他更加倾心为欣赏者做漆器。我哈哈笑道，我们这代人，年轻时缺吃少用，审美品位缺乏，以致不管见到什么动物植物，总想问能不能吃，见到一件什么物什，也总要问有什么用，值多少钱。面对漆器，直感自己也超凡脱俗，精神上有所升华了。

我想去看漆器的制作。他便领我穿过前厅，走进后院，再通过一个外楼梯，到他二楼的工作室。雨廊下放着一溜排黑青色的大花瓶漆胎。而可的大哥大可，正用一个装有把手的砂纸对漆器胎骨打磨。他有七十岁了，身板骨仍挺硬朗。极具风神。制作车间摆放着头十张工作台，工人们穿着厚厚的冬衣，每人面前堆放着几个甚至十数个毛坯漆器，没看到什么现代化的装备，完全的手工作坊。漆器胎骨形成后，就是一遍一遍地，纯粹用手工打磨与抛光。打磨是用细砂纸对胎骨几百上千次的反复摩擦，抛光则是先用棉花，沾上菜油和草木灰、砖瓦灰等特制的抛光粉。最有意思的是其最后一道工序，是直接用手掌部的肌肤来进行细抛处理，直至漆器光洁水亮，浑然天成。而可拿起一个蒙着一层薄灰的贯耳瓶。他用棉花沾上一点水，轻轻揩擦了一下，像变魔术似的，原本灰暗的贯耳瓶，奕奕地出新出彩，展露出诱人的绿金斑的色彩，华美灿烂。他说这瓶还有几道工序没完，已在一年前被人预订，约定交货日期将到，他心里急得很，却无法提前。他说徽州漆器的根本特点，就是精益求精，造型上、漆面上、色彩上必须做到百分之百无瑕疵，最终使之与粗糙与俗气分开，成为宝气高贵的象征。从他这里出去的每件漆器，要么是成品，要么是废品，绝对没有次品。

　　甘而可站在杂乱的青黑青黑的漆器胚骨中间，淡定从容，安适安定。他一件一件地拿起漆器，示范说明工艺的精到之处，还不时引用古书上或前人的话，梳理漆器的脉络渊源和演进流转。他神情专注，有种独精、独享、独有的技能自信，如同精品漆器，宁静而温暖。漆园吏庄子曾说，"得之于手而应之于心"。看他的神情神态，木匠轮扁莫不过就是如此吧。

　　漆有耐潮、耐高温、耐腐蚀等特性，异常坚固，滴漆入土，千年不坏。但我看着他，觉得真正不坏不败、真正宝贵的是徽州人身上体现的那种祖祖辈辈传承下来的工匠精神。过去徽州人多地少，因生活所迫，多从事漆器制作这样不易与艰难的行业。如今，尽管时代进步生活变好，但那一丝不苟、精致刻苦、努力追求的精神却未曾丧失。

　　复兴漆器制作独特传统工艺，也是在复兴精益求精的精神品格，这会启迪我们每一个人从生活的追随者变成生活的创造者。

黄梅调越过簇拥人头，像一片云彩似在大厅内旋转着缓缓飘落，又如水银泻地般渗透到会场的每个角落。

黄 梅 再 芬

徽剧是京剧的先声。但把徽剧唱到京城宫廷的却是安庆人。近年来，在戏剧舞台上，韩再芬以《徽州女人》系列黄梅戏，再度将安庆和徽州带到世人面前。

在合肥鲁彦周纪念馆的开馆仪式上，偶遇韩再芬。与一众名人、官人和商人走马观花的行色匆匆状完全不同，她着深色大衣，步态娴静，神情专注，细细端详着一幅幅照片和文字说明，似在倾心向前辈大师请教和对话。她的粉丝当然很多，一些小女生瞅着她许久，然后怯生生上前搭话，请求签名和拍照。她则和颜悦色给以配合，完全没有大牌明星的派头。但她一登上舞台，气场就特别足。

后来在香港维多利亚湾的会议中心，安徽香港联谊总会换届就职庆典仪式上，我再次遇到她。她上台演唱《女驸马》。一袭大红长袍，头戴珠冠，脚蹬桶靴，形象靓丽，闪亮登场。因是庆典，会场内，气氛热烈，觥筹交错，人声鼎沸。她轻抛水袖，唱腔扬起，金声玉振之下，瞬间偌大厅堂喧哗声音如潮水退潮，几近寂灭。黄梅调越过簇拥人头，像一片云彩似在大厅内旋转着缓缓飘落，又如水银泻地般渗透到会场的每个角落。她让所有的声音，甚至包括伴奏，都黯然失色，相形见绌，臣服低头，退隐淡出了。在香港这个车水马龙、浮华喧嚣世界，让人听到大江平阔、百草萌生、鸟儿啾鸣的乡村声音，别有味道。

传统戏曲的魅力在于，人会在时光年轮中不知觉间悄然转向，在不经意时，某个曲调会突然地进入心底，轻易击败经过无数努力，经过无数轮幸福或痛苦的后天教育煎熬，孤心苦诣着意提升的所谓西乐素养。被韩再芬的声音迷惑，便找她要她的经典唱段，很快她就着人给我捎来了。

当代艺术家比历代前辈要幸运很多。现代科技高保真的录音录像产品，可以使艺术家的音容笑貌存世久远。我对黄梅戏印象，都是严凤英塑造的。在上大学那会，正逢大批影片解禁，使我们能一睹她的芳华与精彩。时至今日，严凤英仍清新如昨，总是那踏着清晨露珠、穿越于林间草地嬉戏的女孩，永远保留着苏醒的、新鲜的、初涉世事的味道。《老残游记》中对戏曲演唱有经典描写：字字清脆，声声宛转，如新莺出谷，乳燕归巢，……这百变不穷，穷尽其相。这些词语挪来用于描写严凤英，无比恰当。

与严凤英比较，韩再芬的声色味道已然变了。韩再芬的声音有清晰的辨识度。她的音质纯真，清新自然，气息充满，珠润玉圆，甜美清澈，天然与活跃、跳动、俏丽的采茶小调黄梅戏相配。在《看灯》《打猪草》等一系列传统段子里，她把黄梅戏特有的田野的乡土味道，变成清风，气息如兰，丝丝缕缕吹入人的心里。

但韩再芬显然不止于此。她拓展了戏曲的传统音乐，在传统高胡、二胡上，增加使用了大量西方弦乐乐器，同时又兼备融合，极大地提正提纯了自己的声音，使之更加细密与厚实。每个音仿佛都在口腔中旋转多次，甚至通过了自己的鼻腔、头腔加以淬炼，然后方徐徐吐出，使得每一字极富穿透力，在清新悦耳之上，平添清响激越。音域更宽，振幅更大，调高而清，清而厚，厚而醇，既保留春天江南的软风细雨，又多了秋天的高爽与辽阔。气息走动，自如灵活，转折回环，天衣无缝。音波四散开来，如在晴空艳阳下的空旷田野中，不断向远方飘逸，无远弗届，余韵悠长。更甚的是，在不知觉间，声音又有了回响。似乎遇有空谷，声音折叠回返，旋转并缠绕复合起来。声音在你的头上掠过去了，但并未滑落散去，其细密的韵致留下了，并润润地进入了你的耳膜。尽管黄梅戏曲的腔式板调还在，但她所有的声音都是自由的。乘风御气，任意东西。不知声音驾驭着气流，还是气流鼓荡着声音，如黄山瀑布云一般，厚实绵密，却又轻盈无重，优游于高山峻岭，峡谷深壑间，迂回多变，无滞无碍，回风流转，羽振悠然。低回处细若游丝，高扬时裂帛突进，快慢强弱，收放自如，优美跌宕，自然起伏。她似乎从不用假音，也难以听到沉重的肺腔运气，有一种自然的表现力，更贴近人的本来声音。诉衷情，剥茧抽丝，悲而不死，哀而不恨，怨而不毒，无奈伤情幽怨，既能表达简单的情绪，又善处理复杂的情感，让人心痛瞬间沉沦；说事理，莲花数落，喁喁切切，珠滚玉盏，叮咛声脆，了无阻滞，洞明困顿，摒弃世事未达时的稚嫩，尽显为生活拼打的执着与坚强。逸兴处，雨后天晴，明霞散淡，扬帆出海，海阔天空，梦幻空灵。

"唯有歌唱，乃能回肠荡气，如掬肺腑而相见也"，到此方知钱穆老先生的话是对的。再看韩再芬，远看还是那个在田野上奔跑的村落小姑娘，仔细去看，却又发现她在奔跑中，不自觉间修正了自己，已去除青涩，脱胎羽化，焕然为典雅淑女，仪态万方，从容大气，含蓄蕴藉，韵致无双。

很多人喜欢把韩再芬与严凤英比较高下。我却觉得，她们是一条山脉，却已不是同一座山峰。她们分属于两个时代，韩再芬与严凤英相互守望，开辟了黄梅戏的新境界。硬要比较，我倒觉得这"再芬"名字取得好，名副其实，给黄梅戏带来更新、更顺应时代的芬芳气息。

在安庆的再芬公馆。韩再芬细说着创馆、办馆的艰辛与不易，细说着振兴黄梅戏的思考与心血。每一支黄梅小调都与当地民生的实物场景有对应的关系，深度镶嵌着特定地域的历史地理人文风尚的神秘遗传。但黄梅戏自走上舞台，就开始了它自我成长的进程。它从弋阳腔、青阳腔、徽剧、昆剧、京剧，甚至西方音乐中，毫不避讳地吸收一切能博取观众的因素。过去有一大帮子文人使之雅化，现在有一大帮子商人使之俗化。不论主观愿望如何，都客观说明黄梅戏在自身的发展中，必须不断对外界作出反应，同化吸收各种外来变量。韩再芬说戏曲风格变化有经济原因，但在如今这区域一体化、甚至全球一体化的时代大趋势里，必须努力争取在更大的空间里，把黄梅戏还给自己的观众，并去争取更多的观众。她说程长庚若不走出潜山，就没有今天的京剧。她也要到合肥去、北京去。其实这是她在找自己新的大陆，也是在找戏曲的皈依。清音呖呖，显示着她的雄心斗志。

走出公馆，舞台上的灯火灿烂、离情悲欢瞬间散失在夜色中。突然发现自己的心境有些奇怪。想到了王羲之的《兰亭集序》：向之所欣，俯仰之间，已为陈迹，犹不能不以之兴怀。又想到丰子恺的《访梅兰芳》的感慨：造物主既要造出艺术家，却不肯为其延长"保用年限"。是啊，艺术家的生命短暂，甚至也多少注定他承载的非物质文化遗产之生命也短暂。没有谁能复制或再现前一辈甚至前一个艺术家的精彩。只能是精神的传承。衣钵传承可遇不可求，如严凤英和韩再芬，严凤英走的那年，正是韩再芬生的那年。

夜空中，闪烁在城市灯火中的星星仿佛在问，这里面有定数吗？我不确定。这需要生命与生命的对接与缠绕。但如何珍惜每一代的艺术家，却是给俗世凡人出的题目了。

细数这些散发着乡土与文化芬芳的名字，星汉般灿烂的风景名胜，若一帧帧画面，任意叠加。有动感，也有时空交错感，恍若梦幻。

梦幻新安路

有一种解释，说所谓现代社会，就是建立在汽车轮子上的社会。在现代社会，坐汽车旅行是常态，甚至是一种生活方式。所以，风景廊道成为热词。

景观地理学家杰克逊曾从一个移动者的视角书写景观，描述过"可接近的景观"，他说高速公路条形带上的建筑必须为每小时40英里的旅行者的视阈设计。我们规划设计"皖浙一号旅游线"，初心就是顺应时代，重新书写沿途的风景、风貌，把新安江单纯的游水路线，变成水陆并进的复合线，更好满足游客的需求。

从杭州到黄山，过去主要走水路。从杭州江干出发，经钱塘江上溯到富春江，至严洲（建德）进入新安江，逐次上行，至屯溪（黄山）。自新安江被拦腰切断，成就了千岛湖后，新安江沿途风貌大变，比如古徽州有"一滩高一滩，一滩高一丈；三百六十滩，新安在天上"的俗谚，大量存在的民间交通图"路引（路程）"所指，古文古诗中的行路难描写景物，以及连同它们在一起的历史记忆，如今不是被炸掉清理，就是被淹没在碧波万顷之中。

取而代之的公路，连接起了什么，又会给我们拾掇起什么样的风景和记忆呢？我们上午10时许在威坪集中，然后沿浙皖县道公路入皖，进入歙县街口。威坪与街口，隔着新安江相对。两地自古联系紧密，云上徽州，满街一溜，云下淳安，固直上山。但威坪境内新安江已是湖的形状，进入安徽境，新安江才恢复了河流形状。浩浩江流缓慢推进，似乎能看到绿色的水融进碧色的水，透明清澈的流水融化成为碧玉般的湖波。再往上走，能看到江面上飘浮着一些拦索，用来阻拦自上游随波而下的杂草树枝及少量的塑料泡沫等杂物。自新安江生态补偿机制实施以来，上游沿线关闭了众多各类工厂，现在水体里主要污染物可能就是这些东西了。公路修建在两岸山腰位置，沿着河流蜿蜒向前延伸。水库移民从谷底搬迁，依山沿路修建住宅安家。大多房屋半山半水，临水的一面，很多住宅裸露着深入水中的桩基。建筑风格多数是新式徽派建筑，白墙黑瓦，再起两道马头墙，间隔还有些黄黑色的土坯房。村居沿着山脚，临水一字排开，令人想起挪威的松娜峡湾景色，那里多是漆成红顶的建筑，色彩艳丽。但街口、武阳这里的粉墙白瓦，在蓝天碧水间，却给人楚楚动人、清秀乃至清贫的感觉。没有峡湾骨子里的富庶气派，也没有徽州腹地的那些深宅大院的气势。

靠山的这边，从街口到新溪口、正口（武阳）一带，山上都被砌成了梯田，一层一层堆叠上去。多被用来种植诸如柑橘这样的果树。"三口"柑橘为当地名产，具有一种特别的甜味。远望去，这些柑橘树看去并不高大、肥壮，很有些清秀，不知为何它们能长出那么特别甜的果实来。

公路在一个山头一个山头间曲折前行。黄山市打造皖浙一号旅游线的工作已经启动。新铺的柏油路面，黑油油的，新砌的沥水沟和新划不久的白色界线，更衬托出公路的旅游特质。车行在上面，如同船行在水上。道路有很多岔口，大多岔口都有指示标识，每个岔口都通向一个颇具神秘感的村庄或集镇。到正口，回乡的凌姓先生给我们介绍建设生态养生基地的规划。他雄心勃勃，说要保护好生态，也要造福桑梓。摄影者的大爱阳产土楼，是在新安江支流大洲源的上游，需要拐多个弯道，折进去才能发现。昌溪是徽州古民居集中度最高的村庄之一，尤其是那里的木牌楼独一无二。定潭"张一贴"国医馆，他的第十五代传人今天仍在问诊。"孝悌忠信、礼义廉耻、自强精进、厚德中和"的张氏家训，曾被中纪委网站推介。

继续前行，之后便是深渡了。新安江在深渡优美地转个大湾，勾画了徽州出境的最后一个水陆码头。上大学时，我曾在暑假中一人游历到此，凌晨，从柴油机的突突声中，机帆船拖着木排，荡开薄雾向大江深处飘移。从江上回看，真正是瓦肆数千间，"粉墙矗矗，鸳瓦鳞鳞，棹楔峥嵘，钜吻耸拔，宛如城郭，殊足观也"，其时情景历历在目。几十年过去，记忆中的深渡早已不在。人事物都有了更多的沧桑感。

中午饭大多是水产品，展示出徽菜的丰富与做工的精细，如毛豆腐、臭鳜鱼、观音豆腐、刀板香、杂鱼、苞芦果等。深渡包袱饺，是在馄饨皮上放馅，卷包成如过去行人背的包袱形状。饺子馅里是菇丁、菜丁、肉、油渣之类，吃来味香，爽口。走到深渡，丢了家务；到了杭州，万事一丢。过去徽州由于地狭人稠，天下之民，寄命于农，而徽民独寄于商。美食在时间维度上有丰富的非物质文化遗产，深渡作为老徽州的出入口岸，是这一现象集中的代表。深渡建筑则在空间上呈现大量物质文化遗产，是商贾财富回流的象征。踟蹰在深弄窄巷里，看头顶上的一线蓝天，可以很好体会"丈夫志四方，不辞万里游。新安多游子，尽是逐蝇头。风气渐成习，持筹遍九州"的无奈与悲怆。

出深渡后，公路几乎是贴着新安江走。车行悠悠，车窗外的风景悄悄改变。新安江的水色由绿转清，似乎天更高了，云更白了，阳光更明媚了。万山环绕，峰峦掩映，群山如黛；水萦潭深，波平鱼跃，清流如带；滩低野阔，杂花生树，芳草如烟。白墙黑瓦，靠山拥水，丰润绮丽，人民聚族而居，井然有序，甚至家家屋前屋后的菜地都拾掇得十分整洁。无论种什么，全无脏乱之迹，连日用的柴禾也细心堆放，如蜂巢般整齐美观。人在车中，似乎都能感受到敦厚、古朴、优雅、和谐的气质。让人不得不想，这也许就是天人合一的原始样子。一步一景，目不暇接。随时随地停车，任选个角度，顺手拍一张，都是一幅画。新潭、绵潭、漳潭、坑口，次第展开的村庄，在总体风格中，又呈现出不同的风水肌理。此地盛产枇杷。与柑橘清丽的身型不同，枇杷树肥硕高大，而且种植面积广大，连山接岭，形成一波一波的绿浪，蓊郁荫翳，华滋厚重，在阳光下仪态万千，微风拂过，枇杷树叶哗哗发出磁性的声响。浓密的树叶间，或可以看到一簇簇的青枇杷。有人在疏果，即清理掉多余的果子，以便使营养更加集中，保证成熟果子的品质。看来将来上市的每一粒枇杷都是优选的，得来很不容易。"树繁碧玉叶，柯叠黄金丸。"想到若是5月间，可以现场品尝枇杷，不觉喉间湿润起来。

到南源口，道路分岔。一路从练江，向县城方向；一路从新安江，向雄村方向。我们拐向县城方向，这是老的徽杭公路。上世纪郁达夫等过昱岭关，就由此路深入徽州。经稠木岭、鲍家庄，我们进入新安江另一源头练江上的歙县城。

歙县是中国四大古城之一，县城里名胜遍布，尤其以明清两朝事迹为多。其景点如陶行知纪念馆、巴慰祖故居、许国牌坊、紫阳书院、谯楼、府衙、渐江墓、石拱十六孔太平桥等，可以说是数不胜数。你不经意走的每一步，似乎都能踩着一个故事。最著名的莫过于构成歙县古城重要部分的渔梁坝。

渔梁坝横截练江，号称江南都江堰。为石质滚水坝。南北长百余米，坝身全是一两吨重的花岗石。坝上村庄保存有一大批青瓦，高挑出水面的木板房，错落参差，形状各异，展示出不同他处的独特村落风姿。村庄肌理俨然，鱼头、鱼腹、鱼尾一应俱全，特别是作为鱼椎骨的主街，用石子做成鱼鳞状。让人忍不住想脱鞋光脚去走，感受一下脚底穴位如蚂蚁啮咬的滋味。歙县自古名人高士从多，李白曾在此访仙，明太祖朱元璋也曾在此问计，广为传播的"高筑墙，广积粮，缓称王"平定天下之计，就是朱升在歙县献上的。

出歙县古城，再拐入去雄村的道路，进入休（宁）屯（溪）盆地和歙南山区的过渡地带。山势缓和，空间格局更加开朗。人烟比下江稠密，有了更多的田地和村庄。雄村、小南海及柘村，以出过大官、巨匪和书院而知名。因为地理位置特殊，抗日战争时期还曾做过中美合作所驻地。烟村，光凭烂漫诗意的名字就值得一往。"一去二三里，烟村四五家。亭台六七座，八九十枝花。"不知是李白到此一游，触景感慨而给村居取名，还是村民因应李白诗意而取名。新安江在此出现的广大的滩涂地，刚好可以在汛期到来之前抢种一季油菜。金黄色的油菜花已变成乌油油的油菜夹，个个籽粒饱满，拥拥簇簇，层层叠叠，厚实实的像一张超级地毯。烟村接壤浯村，在那相对缓和的山峦之下，湮没在丛篁杂草之中，隐藏着一个巨大的秘密，即以花山谜窟为代表的庞大石窟群。谜窟成因至今众说纷纭，成为不解之谜。

过烟村，便进入屯溪盆地了，道路宽广，绿植葱茏，是屯溪通向徽州区政府与通向高铁黄山北站的通衢大道的交汇地。今虽不见什么彪炳建筑，什么"多修篁蔽瑛，大河前绕，重心后镇，居然一澳区也"，但此地名头并不因环境变迁而人文光辉稍减。它是"程朱阙里"，古代中国著名的移民之一篁墩。今天人们所认识的儒学，所谓"存天理灭人欲""修身齐家治国平天下""格物致知"等等人们熟知的儒家教诲，大半并不是出自孔老夫子和孟老夫子，而是来自程朱理学。理学三大高人朱熹、二程的祖籍都在这个村子里，"两姓之祖同出于歙，又同出于篁墩之撮土也"。现在每年程氏宗亲大会，是篁墩的一件大事。从篁墩出去的世族大姓，很多人在侨居之地重建宗祠，重修族谱，他们追本求源，都追溯到徽州，追溯到篁墩。

转眼到黄山市区了。横江与率水在此相汇，新安江从此开始。屯溪这个名字应该有汇水的意思吧。按过去的说法，上屯溪就是"上街"了。村是街的雏形，街是村的提升。扩大的街就是市镇。屯溪就是世代徽州人心目中的街。每个徽商坐船溯新安江到达屯溪码头，都会长出一口气：终于安然到家。

如今，码头没有了，但码头边的屯溪老街仍鲜活地存在。它依然是旗幡林立，商铺栉比，游人如织，是所谓"东方的古罗马"，活着的"清明上河图"。今天存活的屯溪街早已不止一条。徽商做街做市的能力无可匹敌，"无徽不成镇"的传奇故事，不仅在苏浙沪，在周庄、震泽、乌镇、西塘等地到处演绎，甚至远播云贵川，当然在他的故土不会遗漏。年轻人在屯溪的新去处是黎阳 in 巷。郁达夫《屯溪夜泊》中哼哼唧唧念叨的，"新安江水碧悠悠，两岸人家散若舟；几夜屯溪桥下梦，断肠春色似扬州"，已无从寻觅，成遥远的记忆了。

从奔驰的汽车中走出，感觉好像从绿色团雾中走出，满面清新，也如在水中扎了个猛子，浮出水面自然吐口长气。安坐在屯溪新安江的湖边古村落，捧上一杯祁门红茶，没来由涌起刚享受饕餮盛宴后的慵倦。村落原来为什么叫"湖边"已难考，但今天这称呼倒是名副其实。新安江在此修了溢水坝，使得江面宽阔，蔚为大观。原村落早已不见，现在的村落房屋是把散失在乡野的一些古旧损坏民居构件，进行集中修复还原的，是当年黄山市"百村千幢"工程的一个试点项目。古村落旁边是屯浦归帆和大型壁雕新安江图，临江还修建了亲水木栈道，供游人休憩。江对面是孙王阁，阁下崖壁上摹刻有朱熹"新安大好山水"几个大字，其原迹在歙县长垓南源古寺。修复的古民居，现大多得到利用，被辟为客栈、酒吧、茶吧、戏台、文创小空间、非遗展示馆等。

看悠悠江水，耳边仍鼓荡着汽车轮子的沙沙声。一天行程走了过去一周甚至更长时间的行程。新安，新，去故也；安，不危也。手指在地图上游动，屯溪、花山谜窟、烟村、雄村、古城、问政山、南源口、南屏村、漳潭、绵潭、深渡、定潭、武阳、阳产、昌溪、新溪口、塔坑、街口、威坪……细数这些散发着乡土与文化芬芳的名字，星汉般灿烂的风景名胜，若一帧帧画面，任意叠加。有动感，也有时空交错感，恍若梦幻。不由感慨，这是宫殿与民居的握手定格，天上与人间的连接阶梯，是前世与今生的对话平台，是天下第一、并世无双的风景廊道。

期望有时间从古村落再出发，顺新安江漂流，去威坪，去杭州。慢慢走，欣赏啊！

想起我给皖浙 1 号风景道写的推介词：这是宫殿与民居的握手定格，天上与人间的连接通道，是前世与今生的对话平台，是天下无双的第一风景廊道。

新安在天上

一

去黄山参加了第二届徽学学术大会，大会安排文化考察调研项目，老朋友们推荐我去看街口。

当年规划建设皖浙 1 号旅游风景道，我们就是从屯溪起，经烟村、雄村、徽州古城、南源口、漳潭、绵潭、深渡、定潭、武阳、昌溪、新溪口、塔坑，出街口到浙江威坪，再延伸到杭州来安排线路的。这条线路上有星汉般灿烂的风景名胜，历史文化遗迹遍布，推出后被自驾游者誉为"中国东部自驾游天堂"，成为很多驴友打卡点。今年国庆节，这条线路更是人气爆棚。追问其原因，是横跨新安江的街口大桥开通了，而且长陔到狮石的公路同步整修一新，在歙南天目山余脉的崇山峻岭之上，形成了一条"徽州天路"，使街口、璜田、长陔、狮石、白际、源芳等几个处于徽州南部最远、最深、最偏的山区乡镇连成了一线，这极大地拓展了皖浙 1 号风景道的内容，赢得了广大游客的追捧。

清早，我们循着皖浙 1 号风景道的经典线路，直奔街口。过了塔坑，在曲曲折折的山路行驶中，前方便间断闪现出一抹红。万山丛中，一片绿意葱茏里，那抹红分外鲜艳醒目：那是新建的街口大桥漆成大红的圆拱。

古徽州有"一滩复一滩，一滩高十丈；三百六十滩，新安在天上"的俗谚。要说"新安在天上"，街口便是进入天上的第一块阶石或大门了。

街口因地处街源河出新安江口得名，又名界口，意思是徽州与睦州的分界线。街口是徽州在新安江上的最后一个渡口，自古就设有铺递，作为一个重要的物资集散港口地，它在徽州的驿运史上曾占有重要的地位。今天我们游览观光，看一个村镇是不是真的古老及其是不是真的很繁荣，一个简单的判断方法，就是看它历史上是否曾设有官办机构。街口就曾设有如厘金局、巡检司这样的官方机构，进行往来盘查，征税课赋。

界口西来近八郎，淳安古歙各分疆。山多田少民勤俭，岭项层层种黍粱。

有人说，歙县半个在城里，半个在城外；也有人说，歙县半个在山下，半个在山上。站在塔坑或新溪口，看新安江对面的小川和街口，你就会觉得此言不虚。新安江在万山之中，曲折流淌。河水越来越深，而两岸的山峦也越来越高了。在一些山峰之上，能隐约看到些旱地和民宅。但大多数房屋是临水而建，建筑风格是新式徽派建筑，白墙黑瓦，再起两道马头墙。乍看，很让人联想起挪威的松娜峡湾景色。只是那里多是红色屋顶，色彩艳丽，而这里是粉墙黛瓦，清秀素朴罢了。但细看，还是有重大差别的，这里的房屋大多落在逼仄的狭小地块上，建得迫不得已。明万历《歙志》说："（歙）东近昌化、绩溪，其土瘠而粗；北近太平，其土硗而确；南近淳安，其土疏而斥；大都其境扼塞，其人木强无文，然近则稍趋靡矣。"本来此地山多陡峭，坡度很大，就不适宜耕种和居住，后来兴建新安江水库，被逼进一步后靠，因为没有地方可以落脚，也只能是山脚坡势稍缓地方，临水开挖宅瘦基地。一些民宅的水泥柱脚完全暴露在外，如同赤脚的农民双腿，廋削坚硬，深深扎进新安江里。怎么看，都是清秀加清贫，既没有峡湾那样的富庶气派，也没有徽州腹地，如休屯盆地的那些深宅大院堂皇。

终于，街口大桥完整地展现在眼前。在一片青山绿水、粉墙黛瓦中，它的高大气派、优雅和现代，分外醒目。拉索是银白色，桥面是黑色，本身就是一道美丽的风景线。如虹的桥拱更是漆成了大红色，如一束红通通的火苗点燃了深山通向世界的孔道。大桥上还有庆典留下的痕迹。而大桥两端，坐着一些本地的老人和女人，他们在向游客售卖本地的特产橘子。三口柑橘是地方名产。因为有了桥和路，今年的橘子比往年每斤要多卖五毛钱。也有一些似乎无事的人在闲逛发呆，他们应该是街口或璜田，甚至是长陔深山里来的村民，专门来此看大桥风景的。

街口还有一个古称是陔口，指的是街口是长陔的出口。在徽州众多古道中，歙县到威坪和王村经长陔至街口的两条古道在此相交，连通这两条古道的则是街口古渡。因为位置重要，过去这两条古道都是石板铺路，规格很高。后来改修了公路，比以前的两条石板路不知要强多少倍，但因为徽杭公路的开通，这两条路又没能贯通，不能有良好循环，歙县到威坪的公路便边缘化，王村经长陔到街口的路因为是断头路，就更为落寞了。如今，一桥飞架，沟通了两条公路，必将重新激活这两条乡村公路。这对重振街口昔日辉煌，改善公路沿线民生无疑有非常之大作用。

当地交通局的人介绍说，街口大桥全长 1.6 千米，跨江大桥 270 米，主桥结构形式采用中承式钢箱提篮拱桥，桥梁净跨 256 米，桥面宽 15 米，此桥共投资 1.1 亿元人民币，施工期 3 年。他很自豪，说终于实现了街口人世代的梦想。我说过去做梦都做不到，把公路搞通、搞好，就已超出许多人的期望值。当年讨论在新安江街口大桥建设的可行性时，我们对其投资总额、资金来源及建桥的经济性等多次论证。我们都知道，修建街口大桥，其经济性并不高。对很多人来说，这就是个梦。但这几代人甚至几十代人的梦想，今天终于实现了。

需要提及的是，今天的街口并不是古时的街口。1959 年新安江电站建成，过去那个店铺林立、商业繁荣的街口古镇已淹没在千岛湖湖水之下。现在的街口在古街口的上游，大部分房屋是依山后靠建设的。作为一个象征，街口保留了原街口的一幢古民宅——张林福宅。我去看过，总体保存较好。那一幢房屋具有自身的文化建筑价值，但更重要的，是它见证了那个时代。那是一代人为建设共和国，改天换地、奋勇拼搏的标识。每个时代，甚至每个重要阶段，都需要特别标识铭记。令人欣慰的是，街口大桥并不需要特别树碑，它本身就是新时代的一个纪念碑。

二

我们离开街口，向长陔进发，那里是"徽州天路"的起点。

公路循着街源河修建，两边是高山，间或有村庄民宅点缀。街源河是新安江在皖的最后一条支流，其区域主要包括今璜田、长陔和街口部分。因为长陔岭的缘故，这片区域与休屯盆地及歙县县城相对独立，换句角度说，也是相对封闭。徽州有"街口进街源，只见青山不见田，蓑衣当被条，辣椒当咸盐"的民谣。把处在深山里人家的苦说得很透。

公路属县乡公路，蜿蜒在深山僻坞，曲曲折折，弯道特别多。虽然等级不高，却因为维护有方，整洁平坦，非常合适自驾游寻找野趣真趣。感觉是绕过一个弯，层次就递进了一级，我们越来越深入深山了。

璜田是这条公路上的一个节点，也是歙南人口最多的一个乡镇，人口约有 2 万人。但乡政府所在地璜田村，人口有 3000 人，这在皖南深山里，算得上是一个非常大的村落了。璜田村始建于唐，距今有 900 年历史了。璜田村的地理特征就是四周高山，中间平坦。璜是玉器，一般造型为环形。从村落的取名，我们可以看到徽州人对文化风雅的讲究。记得过去璜田编有《璜田志》，重视编修村志，当然更能反映出徽州人对文化传承的重视。

省文保单位"璜田戏台"在村子中央，始建为康熙四十九年，后多次修缮。戏台前广场约有半亩地大小。戏台面宽 15 米，进深 10 米左右，台口呈八字形，八字墙外壁做成假门门柱门楣，饰以细腻木雕，整体显得庄严敦厚。戏台外框匾额是"和声鸣盛"，柱联是"离合悲欢若阅有声图画，嬉笑怒骂如看无字文章"。二道门匾额是"瑞霭春台"，柱联是："玉楼天半笙歌起，蓬岛仙班笑语和"，背景屏上还有"明月出天山，长风几万里"字样。后台应是化妆室，同时也挂有"歙县街源徽剧纪念馆"匾额。陈列着不少徽剧演出服装、头饰和一些行头道具、刀枪棍棒之类。还有一本砖头一样厚的《歙县徽剧志》，未得细看。想来能写成这么厚的一部书，内容一定丰富了得。

赶来陪同的乡领导说，刚刚过去的国庆节，戏班子在这戏台上连演了 7 天。节后演员们才分散，大多出去打工了，再次集合演出可能要到元旦了。这一带有深厚的演戏传统，歙县有"无街（源）不成班"之说。璜田是徽剧，长陔则是目连戏。演职人员多为本地人。徽戏的班社，可分为职业性、半职业性和民间业余三种。现在职业性的基本在县里市里，甚至省上。农村多为半职业性班社或纯粹业余的，是传统戏曲文化的鲜活样本。半职业性的民间称为"鬼火班"，意思是农闲时聚集，农忙时解散。现在农作方式有较大改变，外出打工者更多。要把人集结在一起，非得重要节日不可，可能要变成"节日班"了。但若有特别需要，他们也可以临时召集。

驻璜田戏台的是"歙县（街源）庆升徽剧团"，这是正式批准名称。它继承的就是乾隆间进京会演的"庆升班"衣钵。日常排演传统徽剧剧目达 20 多种。在戏台后面的墙壁上，随意贴着不少戏曲演出单，上面用毛笔写着某年某月演出的什么剧目。其中一张剧目写的是《利市三跳》《九曲桥》《拷打》等。我问这《利市三跳》是什么？利市不用解释了；三跳是：一跳加官，二跳财神，三跳魁星；祝词：一场三跳，两全其美，三元及第，四季发财，五谷丰登，六畜兴旺，七子团圆，八仙祝寿，九龙盘柱，十全十美，百姓同喜，千载一时，万事如意……看来这是出标准的吉利剧，专门用以祝福当事人、祝福村庄居民的。哈，这在农村开演，怎么看，都是特别应景儿。乡领导说，很遗憾，我们没能看到演出。

在徽州，演戏、看戏非常普及。在徽州各县区的大一点古村落，都能看到戏台。祁门至今还保留了不少很好的古戏台。新安江山水画廊一带还有流传甚广的民谣："唱不完的绵潭戏，打不完的漳潭鱼，斫不完的九砂柴。"璜田乡只有 2 万人，耕地才 300 来亩，却能维持一个 20 余人的半业余徽剧团。据说历史上极盛时，璜田基本上每村都有戏班，今天民间也还有一些纯粹的业余戏班在活动。真的很难想象，如此之少的人口怎么能孕育、容纳下这么多的戏班。徽州的这种文化生态，在很多其他地方是看不到了。

这仅仅用地方风俗或村民"热爱"两字是很难解释的。在娱乐功能之外，演戏一定还承担着强大的社会教化功能，如宗族群体意识、道德人伦教化培育等。我们说徽州是中国农耕文化的活体样本，但像"程朱理学"那样说理极其严谨、约束极其严格，给人印象枯燥死板的学术，如何走出学堂书本，深入徽州土地，改造了徽州民性民风甚至民心的，其传播影响和实现途径，这林林总总、遍布徽州城乡的戏台，或可提供一个观察入口。

徽州能被称为"程朱阙里"，说明这里的士大夫阶层，对他们承担的"教化"这一重要社会职能，完成得较好。但徽州大量戏台的存在，说明在社会教化中，除了书院、私塾、学堂等之外，影响教育普通老百姓的还有另外一种方式，另外一个渠道。古徽州盛行罚戏，比方说赌博、盗代林木、破坏水利、挖坟掘金等，都要惩戒。很多徽州家规里，都可以看到，"罚戏一台或罚钱一千文"的条文。罚戏与罚钱同样重要。惩罚，是对个人名誉上的重大行动，它不仅要影响个人在乡里间的社会地位，也要通过惩罚，促进形成更加良好有序的社会风气。这样看，《利市三跳》《拷打》，乃至《三国》《水浒》这些口传身授的民间文化作品，对老百姓世界观、人生观、道德伦理规范等的教化形成，绝对重要。事实也是如此，戏台上的戏词，老百姓甚至会拿来作日常生活、是非评判的依据之一。可以说，在另一层面上，唱戏构成了民间充满生机的文化体系和思想传播体系。

璜田乡还有个景点是"蜈蚣岭梯田"。《徽州府志》（嘉靖）卷二"风俗"中记述：郡之地隘，斗绝在其中，厥土骍刚而不化，高水湍悍少潴畜，地寡泽而易枯，十日不雨，则仰天而呼，一骤雨过山涨，出其粪壤之苗，又荡然空矣。大山之所落多垦为田，层累而上，指至十余级，不盈一亩。快牛利剡不得田其间，刀耕火种，其勤用地利矣……这样的生态环境和农业生产条件，徽州人不格外能够吃苦耐劳，便不能生存。上世纪六七十年代，在"农业学大寨"的号召下，璜田蜈蚣岭村修建梯田近千亩，此后经过不断的整砌和修缮，终于成为集中连片800余亩的茶园，形成了全国独一无二的高山石砌梯形茶园。如今这梯田和当年大队部旧址也已成为省级文保单位。它是勤劳拼搏的徽州古风在当代的精神呈现，更是那个时代人民自力更生、艰苦创业、意气风发、改变贫穷落后，努力争取美好生活的见证。

古戏台和梯田，过去我们的估值、估价可能都有些偏低了。研究他们的发展史、传播史，可以帮助我们理解徽州人及其精神文化，对我们当下的意识形态工作，特别是传播学研究，或许也是有帮助的。这也是加强徽州文化挖掘整理研究的当代意义之一吧。

三

中午我们在长陔乡的农家乐吃饭。品尝长陔"三宝"，即豆腐皮、笋干、火腿肉。它们是真正的、完全意义上深山里的原生态宝物。过去因为山地土瘠，种植采撷不易，更因道路艰阻，对外运输困难，很难为外界赏识。如今因为道路交通、消费流通条件改善极大，这些山里的出产才真正变成老百姓的宝，功莫大焉。

长陔在街源河的最上游，街源河的源头之一便是长陔岭。长陔岭的"陔"字很少见，这与"璜"字一样，反映的也是徽州人的文化追求。《天门》云：专精厉意逝九陔，纷云六幕浮大海。九陔的意思是在九天之上。事实上，横亘在歙南的长陔岭就是高入云霄，仿佛在九天之上，其高峻秀美历史上就很有名。街源河源头上的南源村，我曾专程去过。那里有南源古寺，朱熹的"新安大好山水"的几个字就是在那里写的，后人把它们镌在鹰嘴岩上。我们去看时，摩崖石刻已漶漫不可辨识。现在，真要欣赏朱熹的字，还可以去屯溪，孙王阁下有新仿的石刻。

离开狭窄的谷地，我们便行驶在徽州天路上了。开始时车子盘旋而上，给人以"跃上葱茏四百旋"的感觉，然后便是顺着一座座的山峰顶部，开始无始无终的绕行。长陔岭最高处海拔约1200米，附近绵亘相邻的山峰还有石了山 1234 米、笔架山 1034 米、歙岭顶 1265 米、威风岭 1209 米、长岭尖 297 米等，群峰连绵，岭岭比肩。这条路基本都处在白际山脉群峰之上。公路把一座山峰一座山峰串了起来，如同高山上的天桥或栈道；又如一条飘带，缠绕在众多山体的颈部，蔚为壮观。长陔岭至狮石有 28 公里，其中 16 公里公路海拔在千米以上，是徽州天路的精华段。脚下是群山和大地，头顶则是蓝天与白云，很有点西藏高原上行车的感觉。大片大片的森林，均为人迹罕至之地，植被丰富。若有若无的云雾中，鲜见人家和茶田。如果以街口的海拔算，我们已平地上升了 1000 多米，是真正上天，来到天堂了。

我们直接来到狮石村。这是个高山村、大山村、深山村，群山环抱，古树参天，紧挨着公路的程氏祠堂，已修缮一新，辟为乡村振兴和狮石红色历史展示馆。狮石"一脚踩两省三县"，歙县狮石乡、休宁白际乡、浙江淳安中洲镇，山高林密，是第二次国内革命战争时红军的根据地。早在 1927 年，方志敏领导的红军千余人曾进入长陔与狮石一带开展革命活动，一个多月后方撤离，将革命的火种播撒在这片土地上。1935 年，下浙皖特委和皖浙边区苏维埃政权创建，狮石即为运动中心，建立了中共狮石村党支部，并发展红军 100 余名，因此狮石有"百红村"之誉。

现在，村里已把红军战士牺牲的水潭和大树命名为"烈士潭"和"烈士树"，并把当年党支部成立的"蝙蝠洞"保护起来。我没想到，历史给这里抹上了这么一层浓重的血色。祠堂前是崇山峻岭，层层叠叠，林野苍茫，气势迫人，山风过处，万木涌翠，云树参差，广阔而深邃。我闻到空气中弥漫着一种凛冽的、甘甜苦辛混合的味道。从长陔到狮石，甚至白际，这一条线的村落，过去很少被人提及。它们在传统的徽州文化圈里显得比较另类。过去我们说徽州文化，总是长袍马褂，粉墙黛瓦，小桥流水，很少有人研究这血腥与血性的一面。这抹血色对徽州是不可和不能或缺的。

四

狮石是歙县最高的乡镇，而白际则是休宁县最高的乡镇。过狮石村、营川村，是结竹营村，已是休宁白际乡地界了。结竹营指该村四周遍是竹海。又名"接朱赢"。说是元末，这里的村民为迎接落难的朱元璋，送给朱元璋的彩头。白际因为没有接到朱元璋，所以也叫"白接"。但多少朝代过来了，直到上个世纪，接朱未赢，还是白接，这里的面貌并没有改变多少。

203

所谓白际，即是白云与蓝天交际之处。网上称其为江南最后的墨脱。上世纪末出版的《中国农民调查》，开篇引言里就说，"我们（作者）没有想到，安徽最贫穷的地方，会是在江南，是在闻名天下的黄山市，在不通公路也不通电话的黄山市休宁县的白际乡"。但近二十年来，白际已发生天翻地覆的变化。今天，虽不敢说白际已成为全省最富的地方，但肯定不是最贫穷的地方了。源（芳）白（际）公路修通后，白际成为旅游者特别是驴友们必去的地方。现在白际已有较为完善的旅游设施。

我们没去白际，而是在接近白际村时，拐上了一条新修的水泥路。前往一个比白际更高的山岭上的小自然村，据说是休宁最高的古村落：严池。这条路按照脱贫攻坚战 20 户以上自然村落也必通公路的要求，去年新修的。严池村有 2000 多年的历史，村中汪氏家族在这高山之巅繁衍生息了 95 代。村落里的民居大多采用泥坯砌成，仍保存良好。顺山坡由山石砌成梯田，梯田依山势蜿蜒而上，线条分明，组成一幅天然与人工合成的风景画。村中更有十多株南方红豆杉、南方铁杉、银杏树等古树群，它们长势雄伟，干粗数抱，冠如华盖，最为高大的一棵红豆杉，树龄超过 1500 年。据说比《中国植物》志书中记载的最大的红豆杉还要大。正是春华秋实时候，大树上果实累累，一颗颗的红豆看着喜人。遇到的村里人对我们都很客气，一个老人还问我们要不要红豆。因为路通了，村里最近来的游客不少。看得出来，村民的旅游意识已经很强，他们都很期待，什么时候村子会像白际一样繁荣。

我们回到公路旁，站在专门开辟出来做停车场和观景的平台，俯视着乡政府所在地白际村，感叹着白际近年来的显著变化；遥望着对面山腰上的狮石村，回味着一路的行程。如今山上徽州，成了天上徽州、云上徽州。十一黄金周，来自长三角等地的游客纷至沓来，徽州天路上的游客出现"井喷"，每天多达数万人，成为黄山市新的旅游热线。据大数据显示，徽州天路人气指数，全市第一。有新闻报道说，今年十一黄金周，歙县狮石乡狮石村村民程如根，最多一天接待了 11 桌，100 多人。6 天时间，营业收入就超过 2019 年全年的收入总和。白际作为热门打卡点，更是一床难求。一条公路，重新书写了沿途的风景风貌，改变了一方土地上生民的生存生活生态，当然会成为百姓心中最美的路。

随后我们又站到新立的严池路的纪念石碑前，石碑上铭刻着相关村委会和村民们为修严池路的捐款人姓名和捐款数额。在山区开辟修筑一条道路，所费之功是平原的数倍甚至几十倍。古徽州把兴办学堂与修桥铺路作为人生的两大功德，就是因为做这样的事非常困难，需要特别鼓励和褒扬。数千年来，徽州人为了打开封闭的山门，沟通外面的世界，在群山环拱溪流纵横的土地上，开辟了一条条翻山越岭、跨沟过坎的古驿道。因为工程艰难，所以道路修通之时，一般都会勒石纪念，除了将养护道路的有关规定布告之外，最主要是将修路经过及捐款开支情况作一通告。因此徽州古道也成为徽州文化的重要证物。

我们也计算着徽州天路的投入资金。长陔、狮石、白际、璜尖这几个乡都是典型的山区乡，山林广大而人口稀少，全部人口加在一起不到 5 万人。除去山脚相对低缓处人口外，真正在高山顶上生活的人更少。但多年来，各方用尽心力，不惜成本，开山修路。狮石乡是全省最后一个通公路的乡。2003 年修建狮石公路，30.5 公里，投资 3400 万元；2005 年建成。由于受各种条件及资金的限制，本来建设质量不高，多年来，又损毁严重，坑坑洼洼，还时有塌方，几乎是一条废弃的路。近年来，狮石人发扬蚂蚁啃骨头的精神，分段逐步进行整治维修，终于完成了路面复修工程，并配套建设了旅游厕所、通信机塔等设施，累计投资超过 4000 万，其中向上争取资金 3000 万元。狮石人口不多，为这条路，政府人均的投入超过了 30000 元人民币。严池村才30 来户人家，6 公里路，也花了将近 2000 万元。根据我的目测，按通常工程量，投下的钱可能不止他们给我的数字。

如果单纯从西方人的经济理性角度，从资金回报上讲，像长（陔）狮（石）白（际）璜（尖）这样的公路，绝没有任何一家投资公司愿意做，或做类似这样的事。修长狮白这样的高山公路，受益人口有限，是不能指望这条路有什么特别投资回报的，更遑论由当地的老百姓来回报，甭说农业税什么都免了，就是把他们所有的身家性命都拿上，再加上十代八代人，也没有偿还的可能。要讲回报，这是共产党对人民的回报，是对无数在战争中牺牲，包括在狮石村里牺牲的红军战士的回报。这种回报是无法被市场定价的，也不可能被计价。积极回馈他们，正是共产党的初心与使命，是与人民之间的订立的永恒契约。我理解，这就是总书记讲的，"全面建成小康社会，一个不能少，共同富裕路上，一个不能掉队"，所蕴含的博大深广意义。无数革命先烈的流血牺牲，要的就是这样的社会主义制度。

忽然想到曾被人称道的武训，武训是清代平民教育家、慈善家，行乞 38年，建起三处义学，清廷将其业绩宣付国史馆立传，并为其修墓，建祠，立碑；还想到经常被人拿来"褒扬"的西方几个来华传教士和他们办的几所学校。过去一段时间里，总有人把他们抬得很高，业绩宣传得无限大，而对中国共产党整体地、全面地改变社会面貌的大功德、大仁政，要么无视，要么抽象肯定，具体否定，搞得萤火虫比太阳发的光还要大还要亮似的。其实，历朝历代，好官、能吏、善人都很多，但没有共产党"为人民服务"的宗旨，没有共产党强大的组织力量，没有优越的社会主义制度，管你县长局长善人教士等，面对系统性的社会工程，还不都是无能为力，甚至无所作为。静心想想，共产党在教育、交通、卫生、体育等等所有的各个方面的作为和成就，别说个人了，又是哪个朝代或哪个国家能比较的哟。共产党把自己的鲜血洒在大地上，也把自己的伟大写在青山绿水中，留在史册里，无论勒什么石、刻什么碑，都是书写不完的。

五

从蓝天白云交际处下山，经过源芳乡万金台和芳田两个高山村，穿过徽州大峡谷，我们又回到休屯盆地，回到日渐繁华、灯光璀璨的市中心屯溪了。一天徽州天路的行程，正好是一个闭环。

徽学学术大会上，有专家演讲，说，学术关切要由古到今，由物到人。徽文化研究也要履行主动服务乡村振兴的学术天职。要关注村落居民的生活方式，生存状态，理解他们的喜怒哀乐，歌哭悲欢，关注他们的世俗人生。听罢，让人精神振奋。振兴徽文化，振兴乡村，为本地生民的生活改善而奋斗，已成为一代官员、学者共同的认识与使命。

我仿佛依然行走在徽州天路上。街口，璜田，长陔，狮石，白际，源芳；公路穿行在崇山峻岭之间，群山蜿蜒起伏，道路曲折百转，风烟俱净，天山共色，层林深邃，风篁成韵，松针潇潇，风动声色；风在万木中行走飘荡，搅起一阵阵涟漪，纯净的林海变得像天空；而飘浮着一丝半缕白云的天空，更像一弘明净的大湖。我心头微微一震，这是徽州高山顶上的、云端上的新安江啊。新安，新，去故也，安，不危也。一山接一山，一弯套一弯；三百六十峰，新安在天上。但这条陆上新安江比水上新安江多了点雄健阳刚之气，浑厚朴实之味！能让人更直观地感受什么是"山连吴越云涛涌，水接荆楚地脉长"。我想起我给皖浙1号风景道写的推介词：这是宫殿与民居的握手定格，天上与人间的连接通道，是前世与今生的对话平台，是天下无双的第一风景廊道。套用在这里，也是合适的。而且，这条公路更富有新时代精神内涵。

我很欣赏湖南矮寨大桥的规划建设审美感觉，在修建道路桥梁的同时，同步修建观景平台和其他公共服务配套等设施，既美化了公路，也给持续开发路域资源和公路产品提供了动力，提高了公路的综合效益。皖浙 1 号风景道，皖南川藏线，环巢湖风景道，江淮分水岭风景道，皖北道源问道，大别山风景道，等等，都应当成为文化复兴之道，乡村振兴之道，地方形象展示之道。

山水对人的造就，特别是对人的精神抚育程度，难以说得清、道的明。但地理空间相近的地域之间，人与人的紧密联系，却是现实可见的。

在山的那一边

一

近年来，各地争夺历史名人大战时有发生。但安徽人很少参与。比如"老子故里 河南鹿邑"，广告遍天下，最后形成"事实"了，似乎也与安徽人无关。

《安徽历史文化概要》收列的皖籍名人中，没有杨文会的名字。但收录了他的朋友周馥。虽然周馥担任过总督这样的高官职位，但从历史角度或文化角度讲，杨文会的影响力、重要性可能远超周馥。这只要看他的门下弟子便知，如章太炎、谭嗣同、欧阳渐、太虚等。再传一代，欧阳渐门下有汤用彤、梁启超、熊十力、梁漱溟、陈独秀等，太虚的人生佛教则成了赵朴初的人间佛教思想的理论来源。梁启超说：故晚清所谓新学家者，殆无一不与佛学有关系，而凡有真信仰者率皈依文会。前国家宗教局长叶小文说：近代中国的自强运动跟中国近代佛教的复兴有不解之缘，杨文会居士则是这场复兴运动中具有开创性作用的举足轻重的人物。

他的显著事功是奋起于末法苍茫、宗风歇绝之会，创办了闻名中外的金陵刻经处。所以提及杨文会，一般总把他与"金陵（刻经处）"联系在一起，很少有人把他与他的家乡联系在一起，既不与石台联系，更不与黄山联系。也许有人联系过，或因说的人物和部门，没有层级的权威性，也是说而不彰。

查百度：杨文会（1837—1911），中国近代著名佛学家，字仁山，号深柳堂主人，自号仁山居士，安徽石埭（今石台）人。查安徽文艺出版社出版的《安徽文化精要丛书之安徽宗教》：杨文会，出生于安徽石埭（今石台）县城西南三十里的一个小乡村。查《石台县志》：清末，县人杨文会在南京创办金陵刻书处。

这些因"因石埭改为石台"，故杨文会是今石台人这种说法，陈陈相因袭，以讹再传讹，似乎并无人想其有纠正之必要。

正是这种想当然，让我吃了苦头。今年休假，我挑了一年中最热的中伏天气，不承想今年也是多年来最热的一年。大热天气，我们在青阳陵阳、石台六都七都间转了一大圈，根本没有找到杨文会家乡，最后才发现，杨文会的家乡在今黄山区乌石镇。一场大汗淋漓下来，竟然扑空，心真的有所不甘，所以又有了乌石之行。

二

在朋友陪同下，我们从太平湖镇出发，顺省道往乌石镇方向驰去。一路风景如画。道路已经旅游化改造，路面平坦如砥，红黄蓝相间的标识线赏心悦目；两边青山逶迤，太平湖的绿水若隐若现，景色宜人。

乌石镇位于黄山市黄山区北部，太平湖畔。《石埭县志》：上古时期，天柱折，地维绝，天倾东南，女娲炼五彩石补天，其中一尊紫石落于舒溪河畔田垄之上，故得名乌石垅（方言乌与紫同义）。境内遍布历史文化胜迹。据说陶渊明曾于此赋诗，并将舒氏三女食桃成仙的美丽传说写入《搜神后记》；李白曾到此访友；杜荀鹤则将乌石作为隐居之地。历史上，乌石长期隶属池州石埭县。但在1959年，因为修建太平湖水库，国家撤销石埭县设立石台县，而乌石镇则并入太平县。1983年，撤销太平县，成立县级黄山市；1987年，黄山市更名为黄山区。乌石亦随市区体制转隶。屈指算来，乌石划属黄山，迄今也有60多年了。

我们直奔长芦村。长芦村史称"岭下杨家"。所谓岭，指的就是大芦岭，它一直横亘在我们的左边，重峦耸翠，俨若城垣，背倚大芦岭，面临舒溪，是岭下杨家世代居住之地。其祖上二十八世杨行密，是五代十国中吴国的创建者。长芦村是其后代避祸隐居之地。

长芦村前些年利用杨氏家族的一幢私宅，设立了杨文会纪念馆。这是一幢普通的皖南农民住宅。围合着一人多高的青砖墙，大门敞开，院落里周边种些花草，正中两个大簸箕，晒着红通通的辣椒。进入正堂，一目了然。正堂上挂着着清朝官服的杨文会居士画像，大堂左右梁上一边悬着"皋比勇彻——同治二年滁生曾国藩"，一边悬着"经幢持世——宣统三年黄陂黎元洪"牌匾。左右两厢，是私人居室。只是右边为方便接待来客，辟出一半，放置了沙发、桌台等什物。长沙发后面，是一玻璃柜子，里面盛放着一些有关杨文会的书籍，以及一叠摞在一起的木雕板。我拉开柜门，拿出一块雕板，竟然是金陵刻书处当年的雕板。

经过岁月风霜，这些雕板都变得黑黝黝的，掂一掂，则沉甸甸的，应是檀、梨、杏之类好木材。雕板上的字迹，为一笔一画，凹凸有致，极其清晰，绝无漶漫。字体均为方正书宋和方正仿宋之间，据说，这种字体是徽州的刻书坊发明，是为今天通用仿宋字的前身。

黄山区近年整理杨文会的材料与史实，这些木雕板就是从金陵刻经处要回来的残版。能从金陵刻经处要回这些虽有些缺损的雕板，说明他们认可杨文会的家乡在这长芦村。我有点纳闷，乌石人明白，南京人认可，石台人也无争议，怎么各类书籍网络，都在称杨文会是石埭人，还专门加个括号说明其是今石台人呢？不知是没有人去申辩改正，还是申辩了没有被采纳。

皖南农家住屋，虽是盛夏酷暑，坐在堂上，也不让人感到燥热。甚至时时吹拂的穿堂风，还带着些丝丝凉意，把屋外的湿热之气都过滤掉了。我们面对大门坐着，看着对面的芦岭和西山岗。它们沐浴在一片骄阳里，满山青翠，尽落眼底。

传统皖南农家的大门都是双扇门，大门打开，可以看到门板正面，上面原来贴着的春联现已残缺，没有完整字样了。倒是门墙里边上的两副对联，完完整整。一幅是"世间奋身捍国器　化外修佛誉宗师"，另一幅是"莲花园丁桃李满天下　弥陀经典梵音遍乾坤"。

长芦村老主任说，杨仁山的父亲杨离藻葬在前方左侧的凤形山上。还说这里距离九华山，不过50公里。乌石这一带自古香火兴盛，素有小九华之称。有人建议我去看看西峰寺和永庆禅林，据说西峰寺还有一具肉身菩萨。我说不去了。我把玩着木雕板想，这杨文会不仅是个居士，更是个传统文人，不仅是黄山人，还是真正意义上的徽州人。

三

    杨文会一生最大事功莫过于刻经。刻经流通,是佛教复兴的不二法门。1866 年,杨文会创建金陵刻书处,以刻经弘法利生和弘护正法,从而成为中国佛教近现代化的开端。这也是人们认可杨文会的主要缘由。然而,人们都较关注他刻经的"经",但对刻经的"刻",却不大关注。

    这刻经之"刻",天然与徽州有联系。特别在杨文会刻经之初始,我觉得他更像是一个徽州人在进行着刻书事业。

    首先,是形式上的守正。徽商最大特点是贾而好儒。刻书对徽商来说是正事业,是儒与贾最好的结合点之一。所以明清时期的徽商,在物质财富达到极点后,都好刻书,甚至直接设立刻书坊。因为他们不为求利,所以刻书不惜重金,精益求精,写刻校勘都不肯苟且;他们也不是学者,想使自己的著述留传世人,属于典型雅好诗书、纯粹博求的是老而归儒,要的是"儒商"的高名,追求是一种精神财富。所以他们广求天下奇书、珍本收藏给以刻印,还特别喜欢刻丛书、类书。这丛书、类书可概括群籍、搜残存佚,能特别体现刻书人的海量财富和渊博学识,达到出奇制胜效果,可以让"刻书人"留名青史。

    杨文会的佛经刻印事业,极其类似传统徽商刻书,特别是刻"类书"的做法。

    其次,是技术的选择。鸦片战争后,西方机器印刷技术传入中国并迅速普及,导致中国刻书业急剧衰落,传统雕板印刷失去了其生存能力,南京、苏州、杭州、广州等刻书中心的雕版印刷业都已被淘汰或面临淘汰。这种新形势,按杨文会当时的工作和地位,"董江宁工程局之役",不知晓新技术已经进入中国是不大可能的,而从弘法利生、普度大众角度,大可采用经济而简便的西式印书技术。但杨文会似乎根本没有考虑新式印刷技术,依然采用了雕板印刷这种方式。《金陵刻经处章程》是杨文会亲撰。根据章程的规定,金陵刻经处刊刻全藏,均用书册本,以便印刷流通。

    当然,雕板印刷更能体现中国传统文化特色。

    回顾下当时情况很有意思。1864 年太平天国失守天京。其时杨文会 30 岁,跟着曾国藩进了南京。1866 年即同治五年,他刻印了《净土四经》,创设金陵刻经处。而同治年间以后,徽州的一些商人学者在干什么呢?他们在呼吁搜集刻印因太平天国战乱而散佚的先贤著述。这直接推动了后来光绪年间徽州刻书业的一个小复兴高潮。徽州山高地远，对新技术引入较慢，此间印刷的均为木刻本。杨文会刻经的时间线与技术路线，与远处深山的徽商们的刻书行动是一致的。

再次，是徽州所拥有的强大刻书及印刷人力资源，可能也给杨文会刻经提供了基础支持。常识告诉我们，卷帙浩繁的佛经刻印，远不是几个人所能搞定的。这是一门专业性极强、通常是家族世代相传的手艺。杨文会亲撰的《金陵刻经处章程》规定，设主僧一人，设写手一人，刻手七人，香火两人。我们今天已无从知道这些写手刻手，是何人，来自哪里，家族传统是什么。他们中间，有没有徽州人。但金陵、杭州、苏州等地刻印世家，多与徽州有深浅不一的血缘关系，却是毋庸置疑的。

杨文会工作勤勉，事必躬亲，在情感认同上选择雕版刻书印书，在具体组织上筹划精到，胸有成竹，表明他对刻书这一高度专业工作，是拥有自己的独特资源的。金陵虽是刻书重镇，但杨文会却是刚进城，对当地情况知之有限。他的出生地在乌石长芦村，八九岁时便开始随父亲在旌德生活。更为重要的是，旌德是徽州歙县一带木刻匠人的迁移重镇。之后，在太平天国之乱中，杨文会的足迹在祁门、休宁、黟县等地多有流连。他在徽州到底有多少未被人发现的资源。谁知道呢？

四

石埭、太平、旌德、泾县，山水相连，草木秀润。这一片区域，紧邻皖江，连吴接楚，背靠黄山，可谓是徽州的门户。山水对人的造就，特别是对人的精神抚育程度，难以说得清、道的明。但地理空间相近的地域之间，人与人的紧密联系，却是现实可见的。

有记载的杨文会在石埭和金陵的私交好朋友很少。此间他结交的大多是同门和同事。公认为他的私交最好的有两个朋友，因为杨文会为他们写过两首情真意切的诗，表达过他的心迹，即《送别章镕甫乱后归里，兼示碧山》与《赠别程碧山归里》。章镕甫是徽州绩溪人，程碧山是徽州休宁人。

这也说明徽州文化黏性强，徽州人或徽州周边人受徽州文化影响巨大，往往是有形迹可以追潮的。例如扬州"个园"，运用了大量的笋石、湖石、黄石和宣石，一看便让人猜测，这个建造个园的盐商，是不是与徽州有着千丝万缕的联系，而因此偏爱，毕竟黄（山）石、宣（宁国）石不如（太）湖石那样天下闻名。再例如赵元任，世界公认的语言大师，会说 34 种语言，精通 7 国外语。1934 年，他将中国方言划区时，没有将徽州方言独立划区。同年，他偕太太到皖南调查，便提出皖言和徽州方言的分区。请注意，赵元任娶的是杨文会的孙女杨步伟，而他划的方言分区是徽州方言区。杨步伟是真正传统意义的杨文会的"孝子贤孙"，因为她将祖父创办的事业保护了下来。而赵元任的方言划区，无意中则揭示了杨文会与古徽州的缘分。

当然，地缘人缘，都只是人成长成功的外在环境。若从人生轨迹看，杨文会的佛教居士身份是从刻经开始，一步一步确定的。杨文会阅读研究《大乘起信论》这本书一辈子，但具体讲他从何时开始阅读这本书，还不能断定，更难猜度的是，这本书对杨文会思想的影响程度到底几何。毕竟每个人的思想都是变动不居，永远在活动、在发展的。肯定是在漫长的时间轴里，他是一点一点读，一点一点悟，一步一步"入彀"，以至研读终生，也未有穷尽的。杨文会有影响的佛教著作是 1895 年所著《初学课本》，他手订课程，创立"祇洹精舍"，已是 1907 年，发起成立佛学研究会，已是 1910 年。距离他 1866 年刻《净土四经》，都有半辈子之遥了。可以这样看，他有佛缘，因缘际会，其信佛的道路是一步一步走来，并随着他刻经事业的一步一步扩大，他的境界也一步一步提高，他的信念也是一步一步坚定起来的。

这金陵刻书处，最后刻出的、最伟大的作品，或许就是杨文会他自己。

逝者已矣，大芦岭还在。杨文会去世后，被弟子尊称为"石埭大师"。本来没有任何问题。只是世事变化甚巨，太平湖的横空出世，以及行政区划的不断调整，使得石埭变成石台与太平了，而太平改隶黄山了。

名字都是写在水上的，都会随着时间的流逝而去。乌石及长芦村的改隶，或许印射了羁绊杨文会的天意。今天，在徽州名人志里，应该大大方方将杨文会写进。各类辞书资料里"杨文会"词条，可以更改为：杨文会，安徽石埭人，今安徽黄山人。或，杨文会，安徽石埭人（今黄山人）。

The
Smile
of
City

叁

铜陵、徽州、淮南、合肥

　　春风浩荡，城头上黄旗猎猎，宽阔的城墙上游人如织。站在古城城头，北望八公山，东望长三角，几千年风云激荡，尽入眼底，由不得人不兴怀。

春 到 淮 南

　　阳春三月，风和日丽。我们几个朋友，特意取道隐贤镇、安丰塘，经寿县古城，去淮南旧地重游。

　　淮南，本意应指淮河之南、长江之北，大别山至江淮丘陵与淮河平原的整个过渡地带，最起码包括霍六肥舒寿凤地区。从地理上讲，它们从古至今，都是一体的。只是随着时代的演进，行政区越划越小，淮南概念也逐步缩水，甚至特指狭义的新兴工业城市淮南市。前几年，原隶属六安的寿县划归淮南隶属，才重又使淮南的概念变得完整或丰满了。

　　"寿近江淮，素称水乡"。淮南辖境内湖泊河渠及库塘沟堰星罗棋布，纵横交错，交通和灌溉便利。隐贤与安丰镇相连，是寿县四大古镇之一，紧临淠河。过去因地处六安和淮河入口的正中间，往来商船多在此歇脚过夜，引得众多徽商来此经营。今天遗有一条徽派风格的老街，虽极端衰败，但还可以让人想象当年的繁荣。但历史上隐贤扬名，实赖唐韩愈《嗟哉董生行》《送董邵南游河北序》两篇文章。韩文云：寿州属县有安丰，唐贞元时县人董邵南隐居行义于其中。今天则以农副产品，尤其是蔬菜的生产加工而闻名。

　　安丰塘，亦名芍陂。其名气要比隐贤大得多，为国内古代著名水利工程之一，相传为楚相孙叔敖主持建造，距今已有2600多年，列入"世界灌溉工程遗产"名录和"中国重要农业文化遗产"名录。虽说安丰是塘，但规模宏大，站在塘旁，和风吹拂过来，浪花拍打着堤岸，感觉却有湖甚至海的气魄。安丰塘无疑是淮南人长期的陂塘治水经验和农业经营技艺的集中体现，它代表也证明了淮南地区所拥有的水利设施发达及种植业发展水平。加上淮南位于我国气候南北分界的过渡地带，属于半湿润季风气候区，节气分明，从安丰塘建设始，先秦及至隋、唐，淮南都是宜居宜业之地，甚至后来北宋国家建都于开封，也可能俯就江淮富饶及东南的利益。

寿县，古曾称寿阳、寿春、寿州等。寿，沿袭为名。南山之寿，不骞不崩。寿为长久吉祥之辞。古城里有寿县博物馆，据说正在建新的楚文化博物馆，其实古城本身就是历史博物馆。今寿县古城，属于平原筑城，始建于楚，后于南宋熙宁年间重建，清嘉庆年间续修，石基砖砌，形方角圆，周十三里有奇，隍濠重绕，城头雉堞藏兵，舟济四门，楼阁风檐鸣铃。国内现有保存的所谓古城，多只剩虚名。如古城必备的城墙，基本被弃之不用，残壁断垣，只能供游人观赏凭吊。独这寿县古城墙不仅原汁原味保留着，其基本功能仍在。寿州四城门分别为南门通淝，西门定湖，北门靖淮，东门宾阳（阳侯为水波神）。名称典雅，也是对城墙功能的真实写照。东门宾阳曾被用来抓捕陈玉成，将一代战将，纵横江淮大地的太平天国英王的军事生涯，戛然止于方丈之内的瓮城。近几十年中国天下太平无战守，但寿县城墙却数次在全国电视观众面前战防洪水，确实世所罕见。

春风浩荡，城头上黄旗猎猎，宽阔的城墙上游人如织。站在古城城头，北望八公山，东望长三角，几千年风云激荡，尽入眼底，由不得人不兴怀。我在江南待的时间长，过去一直以为江南的春天才是春天。江南绿色葱茏，一打春，更有一种浓得化不开的感觉。但淮南的春天清丽明净，就近观察并体验，那种春风带着节奏、催生万物勃发的滋味，却是江南没有的。春天仿佛从大地的每个角落、每个旮旯奔跑出来、甚至喷涌出来。杨树柳树樟树楠树，麦苗油菜蚕豆，酢浆草野蒿草景观草，每一株植物都得到了上天和大地的宠爱，蓬勃向上，恣意生长，率性张扬。衣袂飘飘，让人焕然也有孔老夫子"浴乎沂，风乎舞雩"的飞扬神采，甚至有让春天来得更猛烈些的呼喊冲动。想想中国最重要的文化遗产二十四节气，之所以产生于淮南，真不是偶然。

江淮地区向来以合肥、淮南（寿县）为中心，它们如同围棋的死活眼位，处在江淮大地的穴位上。古人云，南楚之门在淮南（淮南之门在寿阳）。淮北之门在彭城，淮西之门在汝南。寿县在历史上曾四次为都，十次为郡。2000多年前已是著名都会。《史记》说，（楚）郢之后徙寿春，亦一都会也。公元前203年汉高祖四年立淮南王国，以寿春为都邑。后置淮南郡，亦治寿春。

《南齐书》：寿春淮南，一郡之会，地方千余里。《陈书》：寿春者古之都会，襟带淮汝，控引河洛，得之者安，是称要害。《隋书》：寿春形胜，建业之肩髀。建业是南京，髀是肩膀和大腿。晋伏滔写作《正淮论》，对寿州地理环境有精彩描述："寿春南引荆汝之利，东连三吴之富。北接梁宋，平涂不过七日，西援陈许，水陆不出千里。外有江湖之阻，内保淮肥之固，龙泉之陂，良畴万顷，舒六之贡，利尽蛮越，金石皮革之具萃焉，苞木箭竹之族生焉。山湖薮泽之隈，水旱之所不害，土产草滋之实，荒年之所取给。"唐朝陆羽《茶经》说：凤亭山伏翼阁，飞云、曲水二寺，啄木岭与寿州、常州同。碗，越州上，鼎州次，婺州次，岳州次，寿州、洪州次。寿州瓷黄，茶色紫。淮南博物馆藏有丰富的寿州瓷器，可证明淮南也曾是手工业制造中心。地方史志亦云：（今）土人云寿州向亦产茶，名云雾者最佳，可以消融积滞，蠲除沉疴，自山户贪樵薪之利，淮南草木旦旦伐之，而茶之萌蘖，其生也渐微矣。今山中多有栽植树木者，倘斧斤以时，生机日盛，仍可普美利于无穷。凡种种，都在说这里水陆交通方便，物产丰富，经济昌盛，大自然厚待淮南地方。

然而，淮南人对于远古的繁盛早已没有记忆。不知从何时起，水水水，灾灾灾，穷穷穷，像个标签，牢牢贴在淮南人的脑门上。翻看宋明以后的史书，淮南与淮北一样，基本都是满纸辛酸，淌的都是血和泪；从此深重的苦难变成历史记忆，深深烙入集体的骨髓里。即使到当代，情况也好不到哪去。1991年大水围堵寿县城，电视机前的观众在领略寿县古城墙的伟大同时，寿县贫穷也成为一代人抹不去的记忆。寿县枯木逢春，还是近年在党中央集中力量打扶贫攻坚战中，才终于摘掉贫困县的帽子。以致很多年，淮南市区的人说起淮南，都要把自己与寿县等地切割开。其实，作为新兴的工业城市、作为长三角最重要的能源基地淮南市，在长三角地区高速发展的经济版图中，也显得有些许落寞。

过去人们分析淮南地区经济落败的原因，连篇累牍，多从政治军事、天文地理上讲。淮者，江之蔽也。淮甸者国之唇，江南者国之齿。要统一中国，淮南是必争之地。经常性的军事战争和政治斗争，虽给帝主将军争锋以舞台甚至荣耀，但对地方经济社会的破坏是多重和深重的，给本地生民带来的都是苦难。黄河夺淮以后，淮北地区三年两头受灾，而且总是波及淮南。"寿州昔称寓疆，顷者国赋亏，军伍缺，文事不张，武备亦渐弛矣，此无他，由水患不息也。"但我一直没有搞明白，黄河夺淮后，破坏了淮北各条水系，将唐宋盛世、欧苏晏殊的风轻水暖与绮丽辉煌，变成折腾生命、苦难深重的生死场。但淮南与淮北毕竟隔了一条淮河，怎么就成了连体双胞的难兄难弟？

我觉得还有一个视角应当关注，就是文化。从大地理看，过去淮南处在中原文化、楚文化和江南文化三大文化圈的三环交叉之中，本应兼得三者之利，但事实却是成为三者之边缘，特别是失去了两次大的历史机遇：一是中原文化。在东晋南朝与十六国北朝、南宋与金对立时，中原衣冠南渡，中原精华未在淮南停住，而是一步到江南，彻底改造了传统的吴越文化。从此江南成为中原文化承续的正统正溯，淮南则沦为南北军事、政治分界线，同时也是华夏与夷狄文化相攘夺的最前线。对于转移到南方的中原汉族政权而言，淮河是偏安政局的天然屏障，对文化精英而言，则是中原文化的分割之线，同时也是维系之线。二是海外文化。近现代以来，影响中国走向的重要力量是以上海为代表的海派文化，现代工商业使农耕文明得到洗礼，海派文化使传统江南文化发生了突飞猛进的变化，并使长三角成为世界的长三角，江南也成为世界的江南。目前长三角也已崛起成为世界级的城市群，其基础设施、经济总量、信息化水平等，已不输于20世纪世界五大城市群、21世纪美国十大城市群中的任何一个。

而淮南却一直处在地域的边缘上，历史的夹缝中，两边都沾上了，但都没靠牢。

与长三角一体成长发展，是淮南一个千载难逢之机遇。隐贤人有"三十年河东转河西"之说，何况数百年乃至上千年。兴衰起落，否极泰来。天时地势，治乱推移，足不旋踵，而兴忘见于人事。如今中华民族迎来伟大复兴新时代，国泰民安，国家基础设施建设日新月异，特别是国家把江淮地区整体纳入长三角一体化高质量发展大战略。同处江淮穴位的合肥，更以政治经济文化中心的省会角色，加速融入长三角，使整个江淮地区形势为之一变，焕然出彩。合肥的崛起，愈益凸显了淮南地位的重要。所谓围棋双眼位，互为犄角，同生同死。南北相争，淮流常为衿要。如今时势易变，军事争战变商业竞争，北兵南下变成南商北上。江淮之地必定成为争胜国内市场的制高点，这将给淮南带来无穷尽、无限量的前景。时不我待。七十二水入正阳，淮南正是商业世界英豪们争锋的绝佳舞台。

我们顺着春申大道由东向西，经春申君墓地，直奔正在发掘中的武王墩。相传武王墩葬的是楚考烈王熊完。他在任内迁都寿春，统治下的楚国，包括当今长三角在内的南中国广大区域。春申君黄歇，战国四公子之一，他在任令尹辅佐楚考烈王时，申请将自己的封地由淮北12县改封吴地。他在封地分设都邑，疏通河道，治理水患，对苏沪地区有开浚开发首功。今天的申城、申江、黄浦、黄山（江阴君山）、春申村等，都是纪念他的遗迹。2002 年 9 月，上海申博成功召开欢庆晚会，晚会上高唱的第一首歌就是《告慰春申君》。

楚考烈王、春申君的墓葬都在淮南舜耕山以南、瓦埠湖以北这一片广大地区内。负阴抱阳，出将入相。谁能预测到这块土地上，还会上演什么样的人生壮丽话剧呢？

淮南节气似比江南晚一点。金黄的油菜花开得正灿烂。武王墩淹没在一片青葱和一片金黄中。青葱的是麦苗，金黄的是油菜。春风如洗，摇金铺玉。令人想起丘迟写给镇守寿春的陈伯之的书信："暮春三月，江南草长，杂花生树，群莺乱飞。见故国之旗鼓，感平生于畴日，抚弦登陴，岂不怆恨。"伯之得书，即于寿阳城外率众八千归降。

　　我感叹，这武王墩选址在遥远的战国，至今不为道
路，不为城郭，不为沟池，不为宅地，不为贵势所夺，虽
然耕犁所及，实际却收到了养护之功。其中玄妙，真不是
后世一般堪舆地理书籍所能指示。

楚 风 来 袭

一

　　日是好日，恰逢二十四节气中的"小满"。节令书上说，物至于此，小得
盈满。故麦类等夏熟作物籽粒饱满但未成熟。淮南是二十四节气的发源地，
节令书上所描述的，基本就是淮南风貌。触眼所及，是一片片金黄灿烂和一
行行的青绿簇新。油菜正在收割，小麦也已成熟。它们被一排排高大喷吐出
新叶的杨树，成畦的葡萄、桃树等蓬勃的新绿分成块状，构成天明景新、江
山寥廓的景象，令人心旷神怡。

　　远远地，我们就看到了武王墩抢救性考古发掘现场搭起的临时钢架大棚。
车近现场，我便发现原来的武王墩的"墩"，即高大的封土堆已被削平了。钢
棚架下，是已平整好的巨大地平面，下一步将开始地表以下的正式考古发掘。

　　去年春上，我曾来过这里。当时听专家说，这武王墩已确定是楚国最高
级的墓葬，而且极大可能是楚考烈王的陵寝，并且国家已正式同意对武王墩
进行抢救性考古挖掘时，我仿佛看到了滚滚而来的钞票，感到自己的眼睛都
变"红"了。

　　我想，淮南这下发财了。

　　也许是长期在政府从事经济工作养成的职业习惯，也许是自己本来穷命，

俗得不可救药。不论是公是私，碰到花钱的事，我从来缩手缩脚，把日子过得平平庸庸；总觉得自己永远囊中羞涩，需要瞪大眼睛去找钱、去挣钱。这武王墩，可是老祖宗给淮南留下的一笔巨额财富。凭"空"就这么掉下来了。这些年，特别是近年来，国家每一处重大考古发现，都会给当地带来巨大收益。往小里说，是台印钞机；往大里说，是地方经济的一个发动机。

最明显的案例，是陕西秦始皇兵马俑的发掘。上世纪 80 年代，我去兵马俑，给导游忽悠得团团转，除了门票钱，还额外掏了 150 元钱。那天发现兵马俑的杨姓老汉在为管理部门出的画册签名售卖，为了他那"秦俑发现人"几个歪歪扭扭的字，游客队伍排得那个老长，那个印象几十年都在。后来，我自己曾做过一段时间旅游工作，发现一个令人惊诧的事实，兵马俑景区的年收入早就突破 10 亿，节假日游客其日游客量常常破 10 万，这是黄山风景区难以企及的数字。如果算上其他，比如日常维护维修、安全保卫等管理成本，它是一次性投入，持续开发，纯室内管理，基本不受外界因素，如极端天气干扰等，兵马俑的经济效益远好过条件最优、资源独有、天下无双的山岳名胜风景区黄山。

市场经济下，知名度和社会荣誉也是经济收益，甚至是更大的经济收益。来中国的外国游客包括国宾，没有几个人到中国不去西安、到西安不去参观浏览兵马俑的。现在每个地区为扩大自己的知名度，树立地区形象，增强地区对人才、资本等吸引力，无所不用其极。这都是需要花费地方政府巨大资源的。而一个重要考古工程，就是一个免费的大广告，会带来持久的广告效应。

二

这是不是自己见"钱"眼开，"利"蒙心智了？有可能，但也未必。如果真如专家所说，武王墩是楚国最高等级的墓葬，甚至是考烈王的陵墓，那它的价值一定会超过陕西秦始皇兵马俑许多。

从常识推断，春秋战国时期，秦楚都是大国。楚王向来是和秦王平起平坐的。楚国一度国家实力爆棚，成为"春秋五霸"之一。楚还曾与各国争胜，逐鹿中原。《汉书》说，"楚人信巫鬼，重淫祀"，其所有礼乐仪制都源自周礼，在与中原诸国看齐的基础之上，还富有南方特征，拥有独具特色的丧葬制度，表现得更为豪奢，从国家目前已发掘的楚汉墓葬来看，莫不如此。以至于今天还有人说，南人奢，北人俭。而处于西部边陲的秦国，民风质拙，野蛮雄性，战争力、战斗力超强，毋庸置疑；但是，至今还没听到秦国有什么特别令人惊叹的大型墓葬出世呢。

当然，秦始皇陵与一般秦王陵墓肯定不同。毕竟是秦始皇一统天下，成为始皇帝。如今去始皇陵，简单目测一下，那始皇陵规模怕有数十平方公里。而南方的墓葬，无论如何也达不到；气候地理条件也不允许。因秦始皇陵尚未发掘，无法用其作参照物与楚王陵对比，也没这个必要比。

但把楚王陵与秦始皇陵的陪葬坑兵马俑比，显然是没"规矩"意识的常识错误。无论从哪个角度看，一个与秦王比肩的楚大王的墓葬，当然要比一个兵马俑要厉害得多。大王与小兵，他们完全不在一个"格"上。进一步看，如果武王墩是楚考烈王的陵墓，那还不同于一般的楚王墓。一方面楚考烈王并不是亡国之君，因此它的礼遇肯定是楚国最高的，是楚国财富能够支撑的极限；更为要紧的，是考烈王处于楚国盛极而衰的过程中，这意味着他代表了楚文化所能达到的最高成就。如果那样，就可以肯定，武王墩是楚文化完全成熟后掉下来的果子。

我对武王墩抱有合理的想象，还有一个佐证支撑，即曾乙侯墓的发掘。

曾乙侯墓考古是邻省湖北近年来取得成果最多、社会关注度最高的考古发现之一。精彩纷呈的发掘成果引起社会各界瞩目。曾侯乙墓葬 1978 年发现，先后出土了 15000 件工艺精湛的文物。以至于今，构成了今日湖北省博的主要馆藏。这些文物呈现了高度发达的礼乐文明，说明了春秋战国时，中国在工艺制造、文化艺术等方面所能达到的高度。自然，曾乙侯墓葬及随州博物馆乃至湖北博物馆，都成了今天游客去湖北的重要"打卡"点。广为人知的青铜编钟就出自曾乙侯墓，揭示了中国古代青铜铸造、音乐艺术等方面的极高成就。我曾比较了一下编钟与西方的乐器之王钢琴。编钟没有敲响之前，钢琴声音充满空间；但当编钟声音响起，遍满世界的便是编钟宏阔而清亮的声音了，钢琴只能凑空将声音发布出来。我不知道为什么当代音乐人会无视编钟，特别是大型公共文艺演出。是其演奏要求太高，技术太复杂，太奢侈，太豪华，太宏大，远不是一般人所能承接？还是当代人灵魂羸弱，文化自信不足？

但这个在考古领域独领风骚的"曾"国，根本就名不见经传。过去史书上，没有它的任何记载。可以肯定的是，这个曾国是在楚国的地盘上，要么是楚国的侯爵，要么是被楚国吞并的周朝侯国。合理猜测是，这个曾国就是楚国的一个青铜生产和加工基地。

这样一个名不见经传的小小侯国，其侯乙的墓葬竟是如此奢华。不由人不脑洞大开。一个征服了、吞并了、收纳了、消化了若干个曾国的楚大王墓，能给我们多少想象呢？这恐怕是总统与郡（州）长的比较，国家博物馆与省市级博物馆的藏品比较。

至于近年来在文旅市场上播云弄雨、闹得沸沸扬扬的南昌汉代海昏侯墓葬，若与武王墩比较，也不在一个档次。楚汉一体。那海昏侯尽管当过几天皇帝，但给他天大胆子，其葬仪也不敢以皇帝身份、而只能与曾乙侯相类似，以"侯"的身份埋葬吧。

三

在武王墩发掘现场的简易工棚里，陈列着在武王墩封土堆中发掘的部分文物。如铁锸、铁夯头、筒瓦之类。但更值得看的出土文物保存在洞山中路的淮南市博物馆。

这武王墩的保护性发掘，缘起于武王墩被盗。后有关部门深挖严打，破获了此案，追回了被盗文物。这批追缴的被盗掘文物，包括漆木虎座凤鸟鼓架、铜编钟、鎏金虎首铜构件等。数量不多，但都是珍品，经鉴定，其中国家一级二级文物占总量的三分之二强，可见武王墩墓埋藏的极高品质和价值。虎座凤鸟鼓架甚至近高 2 米，是个巨型架构，远超湖北那些公侯墓葬出土文物的规格。部分文物正在修复。

除了众多的乐器外，最令我震撼的是其漆器。它们被浸泡在防腐溶液中。这些漆器，完全崭新，如同昨天才完成制作。色彩细腻，但鲜艳亮丽。色块繁多，但绝不混杂。图案古拙，大气。隔着溶液不能去触摸，但那种深幽幽的、丝绸般绢滑的感觉，仍能沁进你的手指。特别是黑色漆，如一汪碧水凝成的无底深渊，深沉到极致，安静到窒息。

忽然想到与武王墩隔着淮河相望的蒙城庄子。他曾担任过宋国的"漆园吏"。《史记》记载有楚威王派使者厚币聘庄子一事。庄子一生著书十余万言，文学造诣极高。其行文汪洋恣肆，瑰丽奇幻，仪态万方，莫知所以。秦汉以降，一部中国文学史，差不多大半是在他的影响之下发展的（郭沫若语）。但似乎没有人研究庄子如此瑰丽的文风是从哪里来的。综其一生，庄子大半时光都在淮上度过，难道他只是看平原景色、涡河春水，便写出那么漂亮的文章吗？看了漆器后，我懵懂觉得，这个"漆园吏"的工作或许对他写文章有帮助。楚国的漆器太能刺激人的想象力啦！

制作漆器工序极其烦琐复杂。往往一件漆器，需要成年累月的工夫。不仅需要大量的金钱和时间，还需要很高的组织管理水平，因为涉及大量人工。在春秋战国时，漆器是重要的生产行业，某种程度上也代表了各国的社会生产力发展水平。战国时代的王家制作漆器，通常是由世代相袭的工匠，不计成本、不计工力去干，故其技艺极高。其所凝结的巨大劳动，完全不是后代中世纪的官营或家庭手工作坊所能达到或仿效。只是由于过于糜费，后世才将漆器剔除出皇家藏品序列，用其他更经济、更实用的器物取代。大量漆器的出土，充分说明武王墩的价值不菲。

我打电话询问在黄山的国家工艺美术大师甘而可，问楚漆的特色与工艺水平。他说楚漆工艺成就极高，其制作工艺水平，两千多年后的今天，我们还未必能够达到。今湖北等地民间仍有楚漆工艺传承，国家有"出土木漆器保护重点科研基地"，就设在湖北省博物馆。他说他得找时间来淮南，亲眼看看武王墩里"王"的埋藏。

是啊，楚都东迁，楚王一定带着楚国几乎全部的金银财宝，以及王室所需要的顶级工匠艺人，特别是与战争、祭祀有关的工匠艺人。"国之大事，在祀与戎"。能工巧匠，事关国体、国用、国运，一定要跟着御驾走。当然，随楚王驾的还有妇人子女。我开玩笑说，今天淮南仍然在批量"生产"帅哥美女，也许都是那时留下的"种"呢。

四

"别管什么经济，这里是文化"。这是上世纪西方文化地理学中常被引用的一句话。我则喜欢引用联合国教科文组织的另外一段话：发展最终以文化概念来定义，文化的繁荣是发展的最高目标。文化不是经济的包装或饰品，经济并不能脱离文化而单独突进。文化与经济，是"既"与"又"的问题，不是"一方面""另一方面"或"另外"的问题。

武王墩的封土堆被削平了，没有了制高点。但站在平地上，任和煦的初夏微风吹过脸颊，仍有独立高台、衣袂飘飘的感觉。武王墩背倚舜耕山，处在一条隐隐隆起的岗坡上；岗坡平稳伸向前方，左右坡势缓缓下降，直至护城围壕，并不凹陷。整个陵园四至边界清晰。更奇绝的是，市文旅局同志说，武王墩2000多年了，都没有被历朝历代的战火、天灾、建设等等外部因素侵扰。我感叹，这武王墩选址在遥远的战国，至今不为道路、不为城郭、不为沟池、不为宅地、不为贵势所夺，虽然耕犁所及，实际却收到了养护之功。其中玄妙，真不是后世一般堪舆地理书籍所能指示。我建议，将来条件许可，应搭个观景台，让游客在参观游览楚王墓的地下埋藏之后，有个地方能够俯视陵园的全貌，体会楚汉历史的春风秋月、江淮大地的风生云起和芸芸众生的耕读渔樵。

古人说，"观其器，诵其言，形容仿佛，以追三代之遗风，如见其人矣"（宋·吕大临）。洋人说，"历史研究的真正兴趣与最高任务不能只停留于恢复过去的原貌，而在于理解历史事件的意义"（德·伽达默尔）。嘿，也别管许多了，且把眼睛盯紧脚下。

这武王墩里，到底有什么呢？

真的是考烈王吗，还是武王，抑或五个王？真是一个问题。

武王墩的神秘面纱正在被一点一点地掀开。这个"探宝"过程，可能正是其最迷人的时光。让我们期待。慢慢挖呀！

　　如果把中国比作一只雄鸡，淮河相当于其充满血液和
神经网络的腹部，起着上下左右连通的作用，在中华文明
的形成和发展过程中起着无可替代的作用。

游 清 淮 记

一

　　岁末，应约和几位新安朋友到淮南。并有机会下到淮河，乘船在淮河中
走了一趟。

　　冬天的太阳当头高照。风软波平，水色澄碧。我们从田家庵码头上船，
然后溯流而上。船儿缓缓驰向河流中央，船首犁开水面，翻开的浪花雪白雪
亮；船尾则拖曳着两道长长的燕翼般的水流，涌动着透明晶莹的绿色。一些
船体被漆成绿色的拖船，沿着岸边上下行驰。既听不到马达声音，也看不到
油烟，直让人疑惑它们是停泊还是在航行。只是它们在镜面般的河水上划出
的一道道波纹，显露着它们的行动。

　　我生长在长江之滨，特别在意江河的水质。因为年轻时有过一次经历，
使我多年都认定，只要是大江大河，浑浊是题中应有之义。那是在上世纪70
年代末，上大学放暑假，我们几个同学去羊山矶，即今天铜陵长江公路大桥
旁，下到长江里游泳。那里水漩涡极多，非常危险。我只下去游了十来分钟，
便赶紧上岸。现在回想起来，除了心惊胆战的感觉之外，就是浑身上下覆盖
了一层厚厚的黄色泥浆；用手轻轻一将，那些泥浆就成卷儿地掉下来。当然
那只是泥浆，并无什么化学有害品混在里边。

　　后来我到淮南市工作，一年四季下来，见过淮河水清，也见过淮河水浊。
自己去查资料，知道淮河的清浊与季节密切相关：枯水季节清冽，丰水季节

浑浊；也与时代相关，古时淮河水清冽，现代淮河水变得浑浊。古时淮河清冽到什么程度，古人甚至创造了一个词，清淮。我觉得这个词很传神，是淮河水之清冽的明确表达，而且能使人逸兴遄飞，浮想联翩，神往淮河的风貌风神。现在有人把"清淮"解释为地名，是不知道谁在攀附谁，完全是无脑的望文生义。

晚泊投楚乡，明月清淮里（唐·宋之问）；八公山下清淮水，千骑尘中白面人（唐·刘禹锡）。其他意思相近的：人心莫厌如弦直，淮水长怜似镜清（唐·李绅）；白鸟一行天在水，绿芜千阵野平云（宋·林逋）；君不见淮之水，春风吹，春雨洗。青薰衣，绿染指。鱼不来，鸥不起……（宋·徐积）；长淮之水青如苔，行人但觉心眼开……长淮之水绕楚流，先生家住淮上头。黄金万斛浴明月，碧玉一片含清秋……（宋·马存）；长淮绿如苔，飞下桐柏山（元·陈孚）；等等。表达的才是"清淮"的原初意义。不论怎样，宋元以前，直到远古，淮河水一定是清的、绿的，甚至是碧的，如"苔"。

梁朝人吴均，对新安江有过描述："风烟俱净，天山共色。从流飘荡，任意东西……水皆缥碧，千丈见底。游鱼细石，直视无碍……"至今还常被新安江上下游人引用。值得提及的是，吴均也曾到过淮南，也写过相应诗歌："浮溺逐波影，飘扬恣风力"；"露繁秋色慢，气怆蟪声煎"。笔下未直接描绘风景，更侧重人文；但也能看出他那个时代淮河生态特好，别具风情，甚至还多了层开化开明、多情重情的调性。只是很遗憾，历朝历代描写清淮的诗词歌赋都被人忘记得差不多了。

在淮河流域迈向工业化的过程中，曾发生过几起震动全国、与太湖污染相类似的水污染事件。最严重的一次，据说污泥浊水形成的污染泡沫带在淮河上浩浩荡荡，蜿蜒流淌了100多公里。所到之处，鱼虾绝迹，臭气熏天，甚至闹到淮南、蚌埠城市居民没有水喝的程度。这引起了社会各界的强烈反响，然后便是中央政府强烈的措施应对；特别是新时代生态文明建设思想指引下，更是以空前的力度加大了淮河治污进程。但要彻底改变烙印在人们心上的坏印象，还需要一代人甚至几代人的努力。

二

淮河两岸滩地广阔，并不像有的地方，城市建筑都逼近到水边了。估计这得益于淮河时不时泛滥，遇有洪水时，河道要远宽于平时，不预留足够空间不行。两岸河滩地上，在碧水蓝天间，一蓬蓬的芦苇蒿草，显出特别的苍黄。苇草后面是一排排直立的白杨树，再后面是城市一排排如树般杵立的楼房。淮南特别的一道"风景线"，横七竖八的高压线，把天空切割得七零八落。远方电厂红白相间的烟突，耸立在蓝天下，冒着轻轻的白烟，很快就融进白云里，看不见痕迹了。

"一条大河波浪宽，风吹稻花香两岸……"每每听到这首歌曲，我就揣测歌词中写的那条大河，她到底是哪条河呢？长江雄伟，有平野无边，水光潋滟，碧海潮生，直挂云帆的苍茫；黄河豪迈，有穿云裂谷，坚忍执着，石破天惊，酣畅爆发的粗犷；漓江、新安江裹在一屋薄薄的绿色之中，有山水相映，曲折纡徐，船歌和合，触手可感的娴雅；珠江、海河则是流光溢彩的。而淮河空阔明通，是一派天高地厚、高远寥廓气象。我在黄河入海口山东东营坐过气垫船。那里是河水冲积形成的三角洲平原，也是天低地广，无遮无拦，却没有淮河的这种空阔明通感觉。那里有一种海水像要倾覆的逼迫感，这里却有大陆腹心地带才有的高天厚土的安定感。细细揣摩，我觉得淮河饱经沧桑，却仍青春飞扬，深行土藏，却又空阔高远，可能更具备"一条大河波浪宽"歌曲的全部意象。

淮河的位置独特，处在中国的南北轴心线上，既是自然地理的分界线，也是人文风俗差别的分界线。如果把中国比作一只雄鸡，淮河相当于其充满血液和神经网络的腹部，起着上下左右连通的作用，在中华文明的形成和发展过程中起着无可替代的作用。虽然与长江黄河相比，淮河的流程不算长，穿越的地形也比较单一，但这丝毫不影响其在历史和地理上的地位。淮河东向直面大海，西部深入到中原腹地，南北方向，自古就连通长江、黄河、济水及京杭运河，发挥着连接东西、沟通南北的桥梁和纽带作用。她浑身是满满的多元性、过渡性和交融性，几乎是以弱弱的一肩，一下挑起了构成中华传统文化骨架的中原、齐鲁、吴越、荆楚几大文化圈。

淮南则一直处在淮河的节点上。从空间看，千里淮河，淮南处在淮河中游的中心地段，战略位置的节点意味非常浓厚。从时间轴来看，淮南也站在安徽从农耕文明到现代文明古今汇通的节点上。淮南虽有寿春这个千年古城，但与安庆、芜湖等城市的发展历史完全不同，它不是脱胎于寿春古城，而是肇始于现代工业，肇始于现代工业中的核心采掘业和制造业。淮南是安徽当之无愧的现代工业出发之地，完全是现代文明孕育出来的新生城市。

三

　　河面上有零星水葫芦,绿茵茵的,在随波荡漾。同行的水利部门同志说,前几天上游下了场雨,这些水葫芦是从上游冲下来的,并无大碍,也不影响观瞻。淮河水质现在很稳定,常年都达到了三类水质的标准。

　　同行的人指点江山,给我们介绍淮河北岸目前淮南最大的工业项目煤制气工程;又遥望淮河南岸边的一大片厂房,说那是淮南化工厂,曾创造出淮南的辉煌,现因应环保要求,也因应城市转型发展要求,马上就要被拆除了。我看着那片厂房和土地,更感到淮河的空阔和辽远了。

　　同行的年纪稍长者,说这淮河与印象中的淮河不一样。数千年来、特别是上世纪末本世纪初,淮河给人最深切、最突出的印象,是多灾。自北宋后期,黄河夺淮后,淮河是灾害频仍,水灾与旱灾交替发生,而且频率越来越高,有所谓"三年一小灾、五年一大灾"之说。后有专家统计,后期这说法还是留有余地,实际是不到两年就有一灾。特别是1991、1998两年大水,因为有现代传媒技术的支持,淮河水灾画面,包括大水围城(寿县)的画面传遍全世界。

　　走千走万,不如淮河两岸。这句民谣,曾广为流传,被认为是最直接体现和高度概括了淮河流域曾经的繁华富庶,当然也包括了淮河两岸所发生的历朝历代、数不胜数的故事、传奇,甚至神话。在当代的很多文艺节目中,这句民谣也被反复提及。但在域外人来看,这句评价,总给人不搭调的感觉。现在情况正在改变。最近十多年来,只闻淮河发大水,不再有闻淮河闹大灾了。沿淮河修筑的行蓄洪设施及大量庄台,可能是地球表面淮河平原这块土地上,人工痕迹堪比长城的伟大工程了。今天,淮河已远离战争威胁,水灾虽然还不能断绝,污染事件也还有可能再发生,但已没有人怀疑,曾经的那一幕幕已离我们远去。水灾即使发生,也不会再酿成过去那么大的灾祸。

　　同行的年轻者,却对曾经发生的一切根本无感。他们意气风发,只对眼前的景象抱着浓浓的兴趣:一切都应当是这样,仿佛眼前的一切从来就是这样,淮南就应该幸福地窝在雄鸡温暖的下腹部,面对这崭新美好的江山,谋划新的工程。谈笑之间,"大千起灭一尘里,未觉杭颖谁雌雄"。

我觉得这是好事。这不是忘记历史，而是放下了江淮地区看不见、摸不着，却四处弥漫的苦情、悲情、哀情包袱。立足新时代新基础，自信勇毅作为，可能是地区真正"复兴"的瑞祥之兆。一代人有一代人的使命。上一代就是应当为下一代打下一个基础，然后让他们在一个新的起点上，再出发，去认识世界、改造世界，去创造属于他们的更加美好的生活。过去，只当历史故事听或教科书看，汲取智慧和理性好了。

四

《诗经·小雅》云："鼓钟将将，淮水汤汤……鼓钟喈喈，淮水湝湝……"（《鼓钟》）；"泛泛杨舟，载沉载浮。既见君子，我心则休"（《菁菁者莪》）。对着淮河吟读上古的诗篇，竟有种薄酒微醺的感觉。

淮河大堤宽大牢固，依托大堤，修了沿淮公路。堤内是零乱的房舍，还能依稀辨认出曾经的春燕化工厂及集市等，堤外则是利用滩涂地修了游园。我的注意力被游园中的雕塑所吸引。这是一尊花岗岩雕塑，雕塑取名"安澜牛"，应该是哪一年抗洪过后修的纪念物。

安定安澜，是历朝历代对淮河的祈求、希望。在国家等级的祭祀献祭物中，牛是必备的。淮河自古就与黄河、长江、济水并称为四渎，享有国家最高等级祭祀。《史记·封禅书第六》：（秦）"于是自淆以东，名山五，大川祠二。曰太室，太室，嵩高也。恒山，泰山，会稽，湘山。水曰济，曰淮。春以脯酒为岁祠，因泮冻，秋涸冻，冬塞祷祠。其牲用牛犊各一，牢具珪币各异。"后来隋制，"岳渎以太牢，山川以少牢。"太牢，即以牛羊豕三种祭品祭祀；少牢，即以羊豕两种，或只有羊一种祭品。淮河如同其他岳渎，也有封号，淮河封"长源"公，号为"通佑"。谓长淮为川泽之灵。灵渎安澜，是清朝乾隆皇帝给淮河源头"淮渎庙"的匾额题词。

"安澜牛"重塑新意，三足落实踏地，一足凌虚迈步。这把过去用以祭祀的牛改变成了抗天逆命、努力奋斗的牛。水在变，地在变；而人，才是淮河最大的古今之变吧。

回来翻阅《淮南日报》，我看到一则新闻，省政府授予淮南11人为安徽省特级教师；便想教书育人的道理实际与理水用水的道理差不多。出生在淮河边的管仲曾说："水者何也？万物之本原也，诸生之宗室也，美恶、贤不肖、愚俊之所产也……是以圣人之化世也，其解在水。故水一则人心正，水

清则民心易，一则欲不污，民心易则行无邪。是以圣人之治于世也，不人告也，不户说也，其枢在水。"（《管子·水地》）

枢在水！所以淮河流域向来出产像管仲那样一等一级棒的英雄豪杰。淮河之上千帆竞发，淮河之上万鸟齐飞。淮南人民一定会在新时代展现独特魅力。是为浮游清淮的一点感悟和愿心。

　　思来想去，芍陂给人以宏阔广大的想象，包括所谓的
"楚天空阔"，都分明有着土地的分量，与俯仰天地、贯通
古今积淀而来的厚重江淮文化有关。

美　美　芍　陂

一

　　近日，我到新疆吐鲁番坎儿井。走进坎儿井，便可看到迎门照壁上的广
告语："中国古代三项伟大工程之一"，把它与长城、京杭大运河并论。我不
知道这个说法是从哪儿来的，把这个古老的水利工程，炒成了热门旅游景点。

　　这使我想到了芍陂。

　　芍陂是一个留存了2000多年的水利工程。它位于安徽省淮南的寿县。距
离楚王陵—武王墩约30公里。它并不像坎儿井，是一个隐藏在地下的水利工
程。它整个袒露在江淮大地上，是一片白色透明、且似含绿的无涯水波。风
轻云淡的日子，从辽远阔大的天宇降下来若有若无的风，在堤下行走时，人
并无特别感觉；但站在庆丰亭时，却发现它卷起的水波，竟然是哗哗的，声
势并不弱。淡而透明的水波，像海潮似的，一层层从远处涌来，推到眼前，
撞在岸坡上，然后哗地散开。芍陂的中央，有个小岛，但视线并无阻隔，反
而扩大了人们对芍陂的面积想象，让人不自禁地把它与巢湖、滇池、太湖、
太平湖作比较，甚至与"大雨落幽燕"的渤海湾，与东海、南海比较。

　　芍陂现在的名字叫安丰塘。东晋时，因为侨置安丰县，因而芍陂也顺便
改了名。芍陂是古称，却不能说是曾用名，因为今天也还有人在用，算是安
丰塘的另一个名称。尽管安丰塘有"天下第一塘"的称呼。但把它与上面提

到的这些大湖，甚至海来作比较，无论从哪个角度看，都是一件叫人哑然失笑、甚至啼笑皆非的事。然而，很多到过芍陂的人，都这么比较。

我算是见过世面的人，但看过芍陂，也不自禁地作此比较。显然，芍陂面积广大，不是主要原因。思来想去，芍陂给人以宏阔广大的想象，包括所谓的"楚天空阔"，都分明有着土地的分量，与俯仰天地、贯通古今积淀而来的厚重江淮文化有关。

"芍陂"的名字解释，都以《水经注》为本。"肥水东北迳白芍亭东，积而为湖，谓之芍陂，周百二十里，在寿春县南八十里"。这白芍亭，今已不可觅。近年来，很多地方依托古籍，恢复的一些古建，不看比去看的好。倒是"芍陂"两字读法很有趣。古意盎然。芍读"què"，陂读"bēi"。"芍"就是芍药的意思，不知为什么在这里读 què。"陂"是池塘与山坡的意思，在湖北，读"pí"，如黄陂。但不知为何在这里读 bēi，读音差别这么大。找了一些人询问，我听来听去还是一头雾水，不甚了了。

二

自古以今，中国人对水利都特别看重。一般认为，大一统中国的形成，即与治水有关。各地的地方志，大都专门辟出章节，来记录当地的水利修建情况。

"夫芍陂，淮南田赋之本也"（清顾祖禹《读史方舆纪要》）。在淮南人民的心目中，芍陂是于社稷、于百姓有大功的水利工程，地位十分重要。说芍陂奠定了寿春的经济基础，这话并不为过。没有芍陂，很难想象楚王国最后迁都能选择寿春，也很难想象今天的寿县和淮南是个什么样子。

芍陂是春秋时楚相孙叔敖主持修建的水利工程，迄今有 2600 多年历史。这与一般认为的坎儿井起源时间差不多。今天从事水利和水利史研究工作的人，都把它与都江堰、漳河渠、郑国渠并称，为中国古代四大水利工程之一。这应是历史定论。芍陂历史上多次修复，屡废屡兴。1949 年后进行了综合整治，现蓄水约 7300 万立方米，灌溉面积 4.2 万公顷，并成为淠史杭灌区的重要组成部分，兼有防洪、除涝、水产、航运等综合效益。1988 年，被国务院确定为全国重点文物保护单位。2015 年，成功入选世界灌溉工程遗产名单。

清·光绪《寿州志》中用大篇幅详细介绍了芍陂的来龙去脉。上世纪 80 年代出版的中国水利史研究会所编《芍陂水利史论文集》也收集了不少专论。

但我感兴趣的是，在悠久、复杂的社会和工程史解读中芍陂透露出的文化信息。从文化的角度解读芍陂，或可大为复兴中华优秀传统文化、小为重铸再塑地方文化贡献一份力量。

一是完全适合江淮丘陵地理特殊要求的科学水利设施。芍陂位于大别山的北麓余脉，东南西三面地势较高，北面地势低洼，向淮河倾斜，夏秋季山洪易成涝灾，雨少时易成旱灾。它因地因势，将三面来水汇于芍陂这一低洼之地。这需要一个广阔的视野。春秋战国低水平的社会发展阶段，简陋的科技装备条件下，在一个广大的空间里，这一切是如何做到的？这是长期观察得出的科学结论，还是因应工程而专门的勘探结果，不得而知。但可以肯定，这里一定有非常科学的方法和技术。过去涉及地理舆地志这一块，人们多以中国人富有聪明才智一语带过，至于到底怎么个聪明才智法，却语焉不详。或简单以风水堪舆概括之，然后便有另一批人以"封建迷信"之名把它们扫到一边，甚至再踏上一只脚，不再探究。

二是历代有为君臣合作为民谋利的典范。"留得一塘千古利，寿阳黎庶不忘君"（清·魏芳田）。这"君"指的是孙叔敖。孙叔敖大有来头，司马迁将孙叔敖浓浓地、重重地记在《史记》上了，真正叫载入史册。但讲孙叔敖，不能不讲站在他背后的楚庄王。他是楚国一代雄主，楚国在楚庄王领导下，可是最强大的时期之一。可以说没有楚庄王，也很难说有孙叔敖，最起码不会有孙的业绩。楚庄王历史故事不少，其中"灭烛摘缨"的故事，耐人寻味。楚考烈王将楚都搬迁到寿春，不能不说这得益于楚庄王，庇荫于楚庄王。而近代叙事，常以封建独裁为名，一边抹杀君的作用，一边抹杀臣的作用，然后整体称之为"酱缸文化"，把整个中国历史都说成是漆黑一团了。楚庄王、孙叔敖、芍陂，以及历朝历代有为无为的君臣们，他们共同构成了淮南文化的重要内容：君臣协力，共创辉煌；君臣构陷，同堕地狱。

三是"先作之，后述之"的传世工程，超越了朝代更替。"子曰：武王周公，其达孝矣乎！夫孝者，善继人之志，善述人之事者也。"这曾被认为是世间人伦的最高理想，是一个不可能达到的目标。在江山如走马灯一样换主的时间长河里，芍陂却跨越了时代、种族、技术等等限制，实现了赓续。自汉朝以后，历朝历代，不论起因是什么，或军备，或固边，或安民，或取赋，但基本上每个朝代，统治者对芍陂都进行过或大或小的工程修缮。如《魏志》："建安十四年，曹操军谯，引水军自涡入淮，出肥水，军合肥，开芍陂屯田，盖自芍陂上施水则至合肥也。"清朝时，也因抚民取赋，数次对芍陂进行相当规模的修缮。当然，最伟大的工程出现在当代。所以我们才能看到芍陂今天的模样。"后述之"的工程，随着时代发展，也是越来越抵近基层、抵近民众，体现"以民为本"的理念了。

四是芍陂的几兴几废，也是社会关系的集成综合反映。因为水源地和上下游的关系，区域内构成了极其复杂的社会关系。地理变迁，气候变化；河流变易，水量大小；人口众寡，战争和平；世态民心，官场百态；绵长而完整的时间链条上，所缝合的治水理政教训和经验，构成一部丰富多彩的社会发展史与文化进化史。这并不能简单地用合久必分、分久必合的套话概括。

三

《易经》说，六爻之动，三极之道也。说是天地人"三极"之道，其实最看重的无疑是人。谈芍陂，历朝历代，林林总总的人物，我觉得除了孙叔敖，应给予特别关注的人是颜伯珣。我觉得他颠覆了人们对中国"儒生"的想象。

《寿州志》上有其传略：颜伯珣，字季相，山东曲阜人，贡生，康熙二十九年任寿州同知。洁清自好，听断如神。修街道，建二里坝。三十七年，奉檄督修芍陂，询其利弊，区画尽善，寒暑不避，阅四载乃竣，乡民感悦，立祠以祀，著有《安丰塘志》。

从这里可以看出，颜伯珣是贡生出生，书生一枚，只是本人官做的并不大。同知（丞），相当于专职某项业务的地方副官，如水利河防边防等。其次是他姓颜，老家是孔子故里曲阜人。中国有四大家族，孔子一支，孟子一支，颜回一支，曾参一支。千百年来，这四大家族世代谱系严整，丝毫不紊。可以说他是正儿八经的中国传统的、典型的、最具代表性的、名门正宗的儒家文人。

中国历史上的儒生（我觉得也可以叫文人、书生），或通过八股文，科举考试，进入官场；或挤在社会阶层缝隙中，当个塾师师爷；或落魄民间，混个看相看风水什么的职业。但不管是在官方，还是在民间，这个群体都掌握着社会主流话语权。他们闲时，都喜欢搔首作态，吟诗作赋，附会风雅。所以各地的地方志，都有有名或无名的文人过往留下的应景之作。章太炎在《国学概论》中说：诗关于情更深，因为诗专以写情为主的。若过一处风景，即写一诗，诗如何能佳？宋代苏黄的诗，就犯此病。苏境遇不佳，诗中写抑郁不平的还多，而随便应酬的诗也很多，就损失他的价值了。他说的还算客气，其实那些文人诗赋，大都是酸掉牙的东西，说是垃圾也不为过。

在近代西方文化进入中国后，许多人喜欢拿儒生与西方文化培养的工程师、会计师、建筑师、医师、律师等比较，觉得在经世致用上，以儒生为代表的中国文人根本不值一提，甚至"文人"两字都变成了贬义词，指斥为一个不学无术、一无是处的群体，变成社会诟病对象。所有"臭老九"的称呼由来有自。更有文人自残：百无一用是书生。

这个颜伯珣，作为有家学渊源的儒生，当然会写诗，《寿州志》就收录了他十数首写芍陂的诗词。"丈夫不封万户侯，便应一耒老田畴"。情怀是老情怀，文字也是佶屈聱牙，题材却多是芍陂的实景小景，对芍陂的大堤、庙、堰、皂口、植柳等多有题咏。他甚至有心作"汉南吟"。这题材上的选择，就使他与一般文人有所区别。

我感兴趣的是《重修芍陂碑记》。这是颜伯珣专门记述其重修芍陂事迹的，套路仍是老套路。与其他写赋作碑的人想法差不多，有为自己评功摆好、树碑立传意思，但碑文透露出许多不一样的信息。"明年春，征徒千人，誓于孙叔敖庙，经始焉。陂分二路，路有长；注水三十六门，门有长，其吐纳四闸未及焉。路长职籍徒廪饩，门长司鼓旗，锹者、箕者、版者、杵者，一视旗为向为域，听鼓声与邪许声相和答，取进止，朝赴而暮归，就绳束。重作三十六门、南北堤堰三十里，陂水成泓矣。"

这是我看过的文人士大夫撰写的古文中，非常罕见的关于工程组织管理的文字。我对中国古代如何组织大型水利工程不懂，比如隋炀帝修大运河，如此巨大工程，从策划到竣工，不过数年时间。他执政时间极短，这运河还载着他几下江南。这其中体现的高超规划设计水平和工程组织能力，让人觉得不可思议。搁在今天，一定会有数不清的规划师、设计师、工程师参与，搭建起无数机构，如指挥部、工程部、后勤部、法律顾问、秘书班子等，花费数不清的经费银子，再花费若干年时间。我觉得怎么摆弄，现在要花的时间、经费、人力等，都会比过去要多，甚至要多得多。数万人甚至数十万人上工，如果没有科学管理手段，别说开工干活了，连吃喝拉撒睡都会成大问题。

但现在我们学习所谓现代经济管理，基本都是外国的东西。很少有中国自己的案例，更不要说古代的案例了。就是有，也是大而化之，尽是高大上的概括，很少站在专业角度，进行详细分析。以至于我们很多人以为中国古代根本就没有科学管理。

《重修芍陂碑记》给我们勾勒了中国古人如何组织实施大型水利工程的图案。颜伯珣无疑丰富了我们对中国文人的想象,让我们看到了中国文人的另外一面。从实践结果看,中国组织大型复杂工程,毕竟大多是像颜伯珣这样的文人们策划和组织实施的,并且确实能够真正做到多快好省。站在文化自信角度,据此也可推定,并不是所有文人"格物致知",都把"物"抛到一边,不管物理,只管事理,全部去"格"社会关系、道德伦理了。可以确定,我们具有自己的科学文化传统。草蛇灰线,伏脉千里。比如说芍陂修建过程中出现的塘长、路长、门长,今天人们还能在河长、林长身上看到它的投影。

这是历史"书写"问题。让今人觉得中国古代没有科学技术的印象,中国文人本身难辞其咎。这个庞大群体,确实太少人研究具体技术了,甚至记录功夫都不做,或不屑去做。以至于我们一些了不起的工艺技术管理技能,只能在底层民间流传,而得不到文人、特别是高阶文人士大夫们的关注,得不到他们的研究、总结和理论提炼,以致弱化了中国人的科技进步,阻挡了社会的发展,让社会失去了应对世事变化、不断提高治理效率的能力。

应当把颜伯珣这样的人挖掘出来,给世人作榜样。毕竟中国"儒"生,代表的是中国精神文化传统。盯着儒生的末流,穷追猛打,进而把整个儒生群体都看成是孔乙己、范进、吴用之流,全盘否定,摧毁的其实就是深层次的文化自信。推及开去,千万个孙叔敖、颜伯珣这样的人构成的官场史,也是值得研究的。过去讲"打倒孔家店,救出孔夫子",我觉得仍是文化要做的事。不能一讲继承弘扬优秀传统文化,都是在那里整天诗词歌赋。

四

脚踏实地干活的人,老百姓总是记着的。淮南人为孙叔敖建了庙,为颜伯珣建了生祠。但从市场经济角度看,遗憾的是他们还没有变成一个地域文化符号。孙叔敖还没有走出淮南,颜伯珣甚至还没有走出故纸堆。芍陂的市场知名度,与坎儿井相比如何,我手边没有具体指标来对比,但从游客的构成看,显然坎儿井的外地游客比重较大。

这几年,寿县努力发展旅游业,初步实现了芍陂从场景到风景的转变。芍陂现在已经成为国家4A级旅游风景区。更重要的,是为我们拓展了一个更为广阔的空间。芍陂的旅游开发,尽可以放开手脚。它在水利上做的每一件事，客观上都会起到展示国家农耕历史、保存区域文化记忆、支撑地方文化存在和发展的作用。反之亦然，所有的旅游开发，也都是广义上的保护，而且还是大保护。进一步提高，把风景的文化，做成文化的符号，并捅破文化与经济中间隔着的那张纸，着实可期。

芍陂有中国 5000 年未中断文明的密钥。当然，这种意义需要被人挖掘出来，需要设计和赋予，需要凝结成特定的、易于被现代人理解的宣示符号。人生代代无穷已，踏实苦干，绵绵用功，勤劳奋斗，勇于创新，或是淮南城市更新、乡村振兴中的新人设。

我们现在讲南北地理分界线，在意的并不是昔日的争战杀伐，而是关注广袤国土的丰富性和多元性，以及自然与人文在区域上的差别。

走　正　阳

一

正阳关今属淮南市寿县。

春天时，我便动心要去正阳关看看。转眼秋天了，朋友说正阳关城门楼的修缮工程已告一段落，可以去了。正是深秋，杨叶飘零，收割后的稻田里，满是长长的稻茬子，是秋收的另一番景色。我们从寿县县城出发，沿 328 国道，往西南方向行走，约 40 分钟车程。刚按路边指示的"正阳街道"牌子拐进镇子，便看到一个镌刻"正阳关"三个大字的青石牌楼，再仔细看，落款居然是大名鼎鼎的董其昌。

我被正阳关吸引，主要是它的名字响亮。日为众阳之宗，正阳，日中之象，充满了朝气大气，光明阳刚，如同"紫阳"这个仙气飘飘的称谓一样，最具中国意象。屈原《远游》：餐六气而饮沆瀣兮，漱正阳而含朝霞。其次是它的历史名气，正阳关是淮河上的著名关隘。正阳关在明清两朝，舟楫四达，物盛人众，市廛栉比，商贾沓来，设关所，征税赋，长期经济文化繁荣，是赫赫有名的地方。董其昌是明朝万历时人，著名书法家，还是朝廷重臣。现在正阳街头牌坊上的"正阳"二字，据说是从他的某封书信上撷取的。正阳关被大人物日常书信提及，说明正阳关那时的名气有足够大，也是正阳关影响力的一个侧面佐证。

若要了解淮河，无论如何，正阳关都是绕不开的地方。

近几年，在市场力量的推动下，各地对挖掘古镇资源，发展特色旅游争先恐后，重新发现和更新整治了不少古镇，甚至还新建了一些伪古镇，搞得市场反了胃。

但对正阳关，我并不担心自己会扑空。一方面是因为它并没处在经济发展的风暴眼上，相对还比较边缘；另一方面还是因为其历史文化底蕴深厚，有些东西并不是你想改就能改得动的。祸福总是相倚相存。

二

从历史遗存角度，正阳关最值得看的首推城楼。正阳关的城楼是清同治和光绪年间修建的。我们先上了北门城楼。城楼孤立，城楼之间连接的城墙早已拆毁。城楼并不高大，有两到三层楼高。北门城楼理应与南门城楼遥遥相对，但站在北城楼垛口，却看不见南门城楼。环顾四周，满满的都是各个年代积累下来的各式各样、新旧交错、参差不齐的建筑。这是人口增加、城镇发展的结果，也反映了过去城镇长期失管，如今想要纠正，代价将会十分巨大。

原在正阳小学工作的退休老师王老师给我们介绍。正阳关城楼，面向城内和面向城外的两面分别有题字。一般而言，内额题字就是城门的名字。

正阳关的北门，内额题字为"拱辰"，所以也称为拱辰门。外额题字为"凤城首镇"。拱辰，出自《论语·为政》。子曰：为政以德，譬如北辰，居其所而众星拱之。这是说做官，要立身周正，为民表率。凤城指的是凤阳府，不是今天的凤阳县或某个地级市，更不是指凤台县。凤阳是明太祖朱元璋的老家，明朝凤阳府或许是仅次于北京的大府，凤阳府的级别与京城的级别一样高。而正阳则是凤阳府的头牌镇，可以想见当时正阳关的分量。

东门内额是"朝阳"，外额是"熙宇春台"。东门对东方，取名朝阳，景义一致，遗憾的是朝阳两字今已不见。熙宇春台，这是说的欣欣向上的一种心情。老子《道德经》："众人熙熙，如享太牢，如春登台。"雕有这几个字的石匾额还镶嵌在城门上方，只是字迹已在糊糊一片。要仔细分辨，才可隐约看到底字。这次修复城楼，有人建议恢复，但大多数人意见，这是那个特殊时代的印迹，也是一段历史，应该保持原样。我觉得有这种认识，本身就证明了正阳关的文化底蕴。东门旁边是一座百年清真寺，其"无像宝殿"前门柱的楹联是：望空非是空，雷雨风云孰执掌；无象真有象，乾坤日月大经纶。满是儒释道兼有的味道，仿佛正好作东门城楼现状的注解。

南门外额题字"淮南古镇"，内额题字"解阜"。淮南古镇的淮南，指淮河以南的广大地区，范围要比今天的淮南市大得多。正阳关还有"淮南第一镇"之称。这镇也不是今天正阳关行政镇，而是镇守一方的节点城市的意思。解阜，意思是解民之忧，阜民之财。"昔者舜作五弦之琴，以歌《南风》"（《史记》）。"南风之薰兮，可以解吾民之愠兮；南风之时兮，可以阜吾民之财兮。"我笑道，这与北门一样，是写给当官的人看的，当官的人要知道自己如何当官、怎样当官，但把这几个字高悬在城楼门上，广而告之，则是让老百姓来监督的。开南门迎的是南风，南风温暖熏人，带来的是播种季节，是财源的象征。天地无私，春天时，这风并不会顺着曲曲折折的街巷吹，而一定是漫天过来，覆盖住每家每户、每一寸土地都不会遗忘的。

正阳关的西门已不存在了。在镇边的玄帝庙公园内，现有个缩小版的正阳关东西南北四门造型。在仿制的西门上，内额题字"西映长庚"，外额题字为"淮流管钥"。长庚语出《诗经·小雅·大东》："东有启明，西有长庚。有捄天毕，载施之行。"不知何时、何人和为何依此篇诗歌为西门取名，仿佛一语成谶。西门城楼境遇充满悲怆，当年是日本人开着炮艇，从淮河上开炮将其轰炸掉的。城墙也是被国民党部队于1940年拆掉用来作战的。追究起来，罪魁祸首还是日本帝国主义。正阳关再也没有人动议重修西门。

值得指出的是，各门题额都是名家题写，称得上是书法珍品。

三

因没有城墙相连，我们必须反复穿过城内一条一条逼仄的街道和巷子，去看城楼。这样无意中，迫使我们更近距离体验了正阳关的集市风貌。

是个平常的日子，不是过节，也不逢集，又是上午，集市刚刚苏醒，各商家正陆续开门和出摊子，正好给我们看了个本色的正阳关。

可能是因为城楼的存在，将城镇的四面方位固定下来，所以正阳关街道肌理完好，基本保留了原有格局。给我的印象是，一是建筑多，其密度之大，令人咋舌。单体规模都不是很大，大多用作商铺。建筑多为后来建设的，说不上什么风格式样或流派。真正的古建很少了。经指点，偶尔能见到保存较为完好的四合院、青砖墙、黛瓦、马头墙等明清古建。二是色彩鲜艳，层次丰富。首先是店招，大红色居多，各个浓抹重彩。官方似乎对店招专门整治过，上过一些底色较为素淡的店招，但似经不起风雨驳蚀，看上去显得陈旧，毫无精气神，反不如那些看似大俗的店招，来得直接有氛围。其次是五颜六色、琳琅满目的商品，每家商铺都门大开，让人一眼洞穿，甚至将商品直接陈列在街道上。三是屋瓦栉比，电线纵横。街道狭窄，建筑老旧，但老百姓争取改善生活的愿望从未停歇，电线、摩托及其他现代生活的用品用具自然深入进每个角落，将天空和街道都切割得破碎。上午开始时行人并不多，接近中午，街上行人才逐渐多起来，人声笛声乐声也逐步喧哗起来。凌乱嘈杂的同时，也给人以有生气的印象。现在很多农村乡镇，市面上很少见人，正阳关还有如此人气与商气，确属难得景象。

我问镇里的领导，这正阳关镇多少人口，他说前些年并过来一个乡，加在一起有五六万人。我感到有些诧异，五六万人，支撑起这么规模的市场，真是个奇迹了。镇领导说，现在电商冲击很大，一般人现在都学会了电商采购物品。维持市场的基本运转，现在主要凭借正阳关人习惯上街的老传统。为支持这些小商铺，它们基本上不纳各种税，实际也难以收到税。细心观察，可以看到有些店铺歇业了。如何保护这些小商户的利益，国家宏观政策层面上应多加关注关心。

街上的商业业态主要是餐馆、百货店、特产店，理发铺子不少，也保留了些过去的行当。过去街上有个造船厂，后来改成维修厂，是专门给淮河上的轮船提供服务的，为船上打些锚钉、钯钉、锚链、钎头之类。正阳关靠淮河吃饭的人不少。我们从开着大门的一些人家，可以窥见大堂里摆放着锻铁的工具，甚至有一户人家还摆有车床之类机械。但它们看上去都很长时间没有使用了。现在淮河上行驶的船基本变成钢驳船，传统木质船只极少，相应的活计自然用不着了。我们走进一家铁匠铺，炉火正旺，两个师傅正乒乒乓乓打铁。这家铺子专打各类刀具。师傅说要锤打几万下，才能打成一把菜刀。两个人，一天下来也就四五把刀，一把刀卖140元。他伸出手来，骨节都有些变形了。他说这门手艺祖上传下来已三代了，现在舍不得丢，也丢不得。说正申报非物质文化遗产，希望能得点支持。镇领导说，这些传统行当都面临淘汰，相关手工艺需要保护。镇里现在的支柱产业早已转型，有几家大点的企业在做木材等加工业，支撑着镇财政，但都仍然十分困难。

他带我去看一幢清朝末年的老房子。房子正在维修，说要当镇史陈列室和节假日进行文艺演出的地方。正阳关历史长，又长期充任商贸枢纽角色，也遗留不少活文化资产。如抬阁肘阁表演，有"空中芭蕾"之称，舞台是被抬着，在人的胳膊肘上进行的，表演难度相当大，现已作为国家级非物质遗产被政府保护。难得的是，这些传统手工艺都还有一定的群众基础。本地百姓觉得打出的菜刀就是好使；每次肘阁演出，都会吸引相当多的百姓来观看。这些仍然活着的遗产，当然更珍贵。

最能体现一个地方文化文脉的是学校。路上几次看到正阳中学的牌子，我很想进去看看，但考虑疫情防范要求，便放弃了这个想法。正阳中学据说教学质量很高，还有县城的孩子被送到这里来读书的。学校教学楼是上世纪50年代的苏式建筑，保存完好，非常漂亮。

正阳关作为传统重镇，崇文重教，也是有传统的。史上记载，正阳关曾有书院两座，一是安丰书院，一是寿阳书院，而过去一般县城都很少有两座书院。有个故事很可让人琢磨，说道光年庐凤道札饬知州整顿寿阳书院，存银五千两，发商生息，以供师生膏火，修葺赡给。太平天国运动时，知州金光箭打仗缺钱，算计到寿阳书院，便提取了寿阳书院的银两充作军需。学院屋宇旋以燹废。据志载，这个金光箭提取了书院的银子，也没能救得了自己，最后他和捻军作战，在正阳关下溺水而毙。我想起徽州歙县紫阳书院也有类似遭遇。太平天国间，清兵也去"借"紫阳书院银两充作军需，却遇到紫阳书院师生的强烈反对，一直闹到两江总督那里，后在曾国藩的干涉下，才终于要回了书院的银两。看来，各自遇到的战时境况大不一样，北方的战事更残酷。

四

从解阜门下走出城门不远，就是淮河大堤了。我有些疑惑，按理淮河在正阳关的北面，应是北门对应淮河，现在却是出南门外是淮河。

站在淮河大堤上方明白，淮河本是东西走向，到正阳关转折为北上，河道便变为南北走向。这样正阳关便处在淮河的偏东方向。河对面是阜阳颍上县的赛涧民族乡。依托渡河的码头，两边分别形成了两个集市，称为东正阳、西正阳。对面的西正阳规模和影响要比东正阳小得多，所以现在讲正阳关，都是指寿县的东正阳。

淮河在正阳关这里拐弯北上，所形成的湾渚，正适宜泊船。河滩面积也足够大和平整，作为港口，无论是给船提供维修服务，还是堆放物资，条件都极好。翻过堤坝就是正阳关，这对船员的生活和补给以及物资的转运和流通，都十分方便。

但时事流转，今天正阳港已停用。我们站在码头上，看着眼前的一湾清流。一些船只抛在岸上，还有一些泊在水里。河滩上芦苇花起了，有秋风萧瑟之感。民间有"七十二水归正阳"之说，指的是淮河上游的水都是在正阳关这里汇集。这种说法并不精准。当地人喜说七十二，不仅有七十二条水，也有七十二条巷，还有七十二座庙。用这种大概数字说事，可能显得有气势，说起来铿锵有力吧。

曾有人认真去核数字，统计竟有 160 多条河流，在正阳关注入淮河。但我觉得这数字也有问题。淮河发源于桐柏山，跌宕在高山峻岭和丘陵岗谷之间，待到了中游，坡降骤减，河道平缓，落差仅 16 米，并开始密集纳入南北两岸的各路细小河流。平原上的河流大多是为雨源型河流，流短而急，它们先注入淮河一级支流，如颍河、涡河、史河、汲河等，然后再从正阳关汇入淮河。这几条河流，纳入众水后，水量就比较充沛，能够通航了。这使得正阳关上通汝颍，下通洪泽湖，还深入大别山腹地，包括了皖西六安、霍邱及河南固始、商城和潢川等大片深山峻岭地区。在水运为王的时代，正阳关自然成为淮河中上游的枢纽、大别山的东方门户。所谓"淮流管钥"，说的应是这个意思。

正阳港虽废，但还保留着汽车轮渡码头。也许是秋天枯水季节，远远看去，那里河道很窄，横跨过去并不是很难。跨过河去，对岸就是平平展展的淮北大平原了。

可以想象，古时，为什么正阳叫"羊市"，那是以物易物形成的市场意识。两岸居民并不需要特别的舟楫之便，就可以跨过这细细的、浅浅的仿佛一抬脚就能过的河流，在河滩上交易。

但很难想象，这细细的、浅浅的仿佛一抬脚就能过的河流，竟是划分中国南北的地理分界线。中国地理有所谓"江、河、淮、济"四渎之说。淮河虽无长江黄河长阔，但它与秦岭共同构成了中国的南北地理分界线。淮河—秦岭一线，大体与 1 月份的 0 摄氏度等温线、年 800MM 等量降水线等值线吻合。确切地说，这条线是区别亚热带与暖温带的自然地理分界线，是我国东部湿润地区与半湿润地区、水田农业区与旱作农业区的分界线。

纵看中国几千年的国土大格局演变，几乎大的历史转变都是围绕秦岭—淮河这条线来进行的。淮河流域的攻守易势，往往也决定着国家的统一和分裂。即使唐宋后，中国政治轴线由西向东开始转变为南北的地理空间，经济中心日渐向东南转移，无论怎样变化，秦岭—大别山—淮河都处于中心位置。历史学家冀朝鼎说，"淮河流域的地理位置，就命定它成了南北之间的要道和军屯与内战的中心"；"在自秦以后的整个中国历史上，淮河流域就成了南北之间的战场了，即使在各次战争的间隙之间，也是由屯田兵保卫着的。"

如果以淮河全长计算，正阳关正处在中游的中心位置。而且这里尽管汇集诸水，流量较大，但河道并不显得十分宽阔。过去用兵，多选择秋冬季，一则马肥膘壮，另外的原因可能就是秋冬水枯，易于渡河涉水作战。正阳关因为这样的地理条件，无论北伐还是南征，都必然成为争战的首选地，自然见证并承载着中国历史上众多的政治纷争和军事战争。秦汉以降，直至太平天国，这里都是血火战场。上面提到的知州金光筋溺毙，正是清军与农民军在这里反复拉锯作战的结果。一部《寿州志》（嘉庆），满是战殁者或因兵灾死亡者，不忍卒读。

我们现在讲南北地理分界线，在意的并不是昔日的争战杀伐，而是关注广袤国土的丰富性和多元性，以及自然与人文在区域上的差别。"橘生淮南则为橘，生于淮北则为枳，叶徒相似，其实味不同。所以然者何？水土异也。"中外实践都证明，人与自然的适应是发展生产力最重要的条件。逆天行事总是劳民伤财，不可能得到又好又快发展结果的。从精神文化层面，探讨不同地域丰富的人文精神、历史传统，探寻文化的根脉和基因，寻找的是地方振兴的准确方向和可靠路径。淮河一带，处于中华大帝国的核心或内圈的位置，是将中国的东南西北紧密联系在一起柔软的下腹部，无疑是解开中国农耕社会农业文明、中华传统文化的一把钥匙。

不由附和古人感叹："有客游濠梁，频酌淮河水。东南水多咸，不如此水美。春风吹绿波，郁郁中原气。莫向北岸汲，中有英雄泪。"（宋·戴复古）"美哉洋洋清颍尾，西通天邑无千里。舸舰大艑起危樯，淮颍耕田岁收米……河边古堤多老柳，去马来船一回首。百年去住不由人，岁暮天寒聊饮酒。"（宋·张耒）

五

淮河对岸颍上县赛涧乡有个村叫金垛子，是脱胎于西正阳，因为历史上西正阳没有东正阳豪奢气派，所以偏偏取名"金垛子"，有与"银正阳"相抗衡的心理诉求在里边。其实，这样连理同气的地理位置，时运好的，两岸共同发力,甚至能发展成为大的或较大的城市。

正阳关叫银正阳,原因在于它有钱,有钱是因为它有"关"。凡立乎此而交彼曰关。关是门闩,关节,关隘,是地理上的要津。关首先是战争的需要,过去中国有所谓的"八大关"之说,如韶关、嘉峪关、函谷关、山海关、宁武关、紫荆关、居庸关等,都在中原的边地,处在险峻山岭的要道要冲关隘上。其次才是今天海关的"关"意思,在交通要道上设立关卡,检查行人和货物,并征收税银。

耐人寻味的是,"八大关"中只有正阳关设在国家腹地的淮河上。朱元璋把正阳关纳入中央管理,看中的或许就是这里的银子多。正阳关曾设有凤阳钞关署、凤阳府督粮道通判署、中营正阳汛把总署等重要机构。明宪宗成化元年(1465),在此设卡征税,级别很高,为凤阳府通判管理。清康熙五十五年,归安庆巡抚监收;乾隆五年,钦差监督管理,实际仍归中央政府直接管理。清朝编写的《皖政辑要》对正阳关的沿革征税有清晰描述,可以参阅。

光绪《寿州志食货志关榷》载:正阳关额征税银六万二千四百四十六两三钱六毫五丝。

这些银两,若折算成今天的人民币,不知值多少钱。想来也是个天文数字。今天的人对银子价值没什么认识,枯燥数字读来令人无感。那时一亩田地实征银子是多少呢?按方志记载,每亩田征一分八厘四毫九忽七微二纤六沙二尘四埃九渺三漠七逡四须,每亩地征一分八厘五毫二丝四忽八微三纤四沙八尘六埃八渺三巡三清。

这些计量单位令人窒息,叫人晕菜。如以今天数字计算,是"两"后面再加 14 位数,差不多快赶上圆周率的计算位数了。许多人说中国人都是大数,马马虎虎,见到此等数字,谁还敢说中国人没有数字概念?只是此事很可疑,小数点后数字越多,对普通老百姓来说,越无意义。倒是偏好了算账的胥吏们,他们上下其手,上欺朝廷,下蒙百姓,借机揩油的可能就大多了。不知过去皇家的衮衮诸公可曾考虑过这一层因素,恐怕大多人可能还为自己的认真负责、精打细算得意呢。

当然,账再怎么算,也不能算出繁荣,繁荣还得靠实实在在的产业。正阳关征得的这些银两,反映了当时正阳关的进出货物量和流动的人口规模,它们足以支撑正阳关的社会地位,以及在正阳关生活的一众小民的生活了。

六

中午我们在一家名叫"良辰"的土菜馆吃饭。正阳关的文化底蕴，不经意地也体现在美食上。一道能博取一定知名度的菜肴，有时要数代厨师钻研，还要食客们长期品评鉴赏比较，积数十年或更长的时间沉淀。

中饭有两道稀罕菜肴。一是肉枣，与市面上说的肉枣并不是一回事，既不是植物，也不是皖北人家的腊肠肉枣。它是用面粉裹着肉，做成枣子形状，再用油炸成金黄，然后醮着红色的辣椒酱吃。一是鸡海，先剔去鸡骨鸡架，把鸡肉鸡皮分开，再像捶猪肉一样把鸡肉捶烂，一部分用蛋清调和做成肉片，另一小部分用蛋清作皮包上，然后蒸发出拳头大小的蛋包。上桌时，是一锅鸡肉汤，即所谓的鸡海，鸡肉片在下，汤面上飘浮的是像白雪一样的蛋包，形色味都有。剩下鸡骨鸡架之类，配上一些蔬菜，另外做成一个火锅。食材是一点也无浪费。

这道菜是工夫菜，需要花五六个小时方能完成。舍得在吃上花工夫，也许是正阳关的商埠特征之一。淮河两岸人家，做的菜很少舍得花时间，多为即做即吃，快做快吃型。王老师说，正阳关人就是讲究，过去人们还在穿土布褂子时，正阳街上已开办府绸一条街了；别地女人还在用红纸沾嘴唇，这里女人已用上正规口红了。因为有淮河码头啊，啥事都会领先一步。

美食菜肴，或也能提供一个正阳关历史文化的窗口。战争年代，"关"的军事地理位置重要性突显，关与"镇"的联系紧密。和平年代，关的交通枢纽要道位置的价值突显，关与"市"的联系紧密。因为有关的地方，处于中心位置，能给各方提供便于交易的场所，易于形成"市"。若在有关的时代，依托关形成稳定的市，关则很可能发展成为城市。所谓中华"八大"古关，现在基本都变成了正儿八经的"市"，只有正阳关，现在还是个建制镇。关，没有先变成市场的市，如果想要变成行政区划上的市，是几无可能的。

随着国家经济中心的进一步东移，正阳关的关权功能让位给了临淮关。到了近代，随着陆路交通运输方式的改进，淮河水路运输的重要性下降，正阳关的交通位置也变得无关紧要了。为此正阳关人也努力过，早在新中国成立前，就争取过从安庆经正阳关到淮北间，修建一条铁路。这是非常富于远见的想法，如果真正实行，将使安徽境内完全沟通一气，而不是仅仅承担"酒肉穿肠过"的过路责任。如果那时候铁路修通了，正阳关或许还是南北交通枢纽，还是皖西南的门户，面貌不会是今天的样子，只能通过吃几道传统菜肴，让我们品评回嚼过去繁荣的滋味。

我建议他们用美食作正阳关的营销招牌，可能比建造人工旅游景点更受欢迎。再编一本《正阳关志》，系统梳理下自己的历史文化资源。

如今国家经济地理已发生了天翻地覆的变化，特别是新时代提出振兴乡村战略，正阳关或可再次站到历史的风口。隔壁的临淮岗建有超大的国家大型水利枢纽工程，临淮岗洪水控制工程已全部竣工。前年，淮河干流正阳关到峡山口段行洪区调整和建设工程开工，项目总投资 62 亿元。投资近 1000 亿元的引江济淮工程也正在如火如荼进行，它将让正阳关进入长江时代。寿县高速、高铁都已通车。甚至重提安庆经正阳关到淮北铁路概念，也可再次激发想象力。人口资源、水资源加上能源资源和文化资源，也可以说是"四美具，二难并"了。用省第十一次党代会报告语言，江淮间的这片热土，美好前景可期。

七

正阳关的东面，是镇上的玄帝庙公园。

公园规划设计建设很用心，小径曲折，廊榭错落，叠石成景，有着江南园林的格局和风味。特别是密密的竹林长势茂盛，风从林间吹过，沙沙声响，鸟雀叽喳，更显清净幽雅。一个小镇有如此幽景，可是过去许多县城百姓也难得享受的生活福利。这也是正阳关生活品位和文化生态的一个方面。

进公园大门处，有一祭台模样的高台。在写着满满"紫气东来"的围栏里，树着一尊龟和蛇相互缠绕的石雕像。公园幽深，我以为玄帝庙并不存在，但它实际还在公园深部。玄帝庙前二棵银杏树叶黄了，闪耀着金灿灿的光泽。这里看不到游客，只有几个道友，维持着香火不绝。玄帝庙供奉的当然是玄武大帝。中国民间玄武信仰源远流长，明朝尤盛，武当山、齐云山等供奉的都是他。玄武帝是北方之神。根据阴阳五行学说，北方属水，所以玄武大帝也是水神。正阳关在淮河边上，淮河是个不够安分的河流，老百姓供奉玄武大帝的原因，并不难以理解。蛇与龟，都是玄武大帝手下的大将。对这二位大神，各地民俗都有解释，但正阳关的解释，是它们由玄武的肚子和肠子转化，听上去让人十分迷惑。

淮河两岸的民间信仰向来丰富，道教的俗神崇拜更是与当地老百姓的日常生活和文娱活动紧密相关。但深入观察，老百姓虽然求仙拜佛，念兹在兹，但在实际生活中，他们依靠的还是自己，从来就没有把身家性命完全寄于神仙佛道等虚无。相反，这些神仙佛道要为俗世的人们站台助阵，要为平凡世界的平凡人提供支持。

人民对美好生活的向往和追求，永远是促进发展的真正不竭动力。

恍惚仍在八公山上，漫山漫坡、齐齐密密的桃林，经剪枝后更显其虬曲苍劲，根根如骨，枝枝如铁。没有绿叶，没有鲜花，但暗红色的纵横交错的枝条，已氤氲成蓬勃的紫意。远胜花团锦簇时。真的是一幅很好的摄影题材。

八公山记游

我第一次上八公山，是 2014 年元旦后。那时我已到淮南工作半年多，想一偿多年的愿望，游游八公山。

风者，气也；俗者，习也。土地水泉，气有缓急，声有高下，谓之风焉；人居此地，习以成性，谓之俗焉。汉代应劭有言：为政之要，辨风正俗最其上也。所以古之采风，是颇受孔老夫子重视的。今天人们说调查研究、接地气，我以为多半是一个意思，只是显得更严肃正规。

深冬，气温甚低。早晨起来，人瑟缩的。天气预报是晴到多云，但日头并不明亮，一出宿舍便被薄雾罩着。其中具有的味道提醒这是薄雾也是薄霾。上午九时许，我们一行三个人进了八公山景区，先到了石林。七亿年前的石块杂物凝结，看去仿佛今日的混凝土，天然生成，不加雕饰，且横竖有型，占了大半个山坡，从品质上讲，我感觉不比云南、湖北（恩施）石林差。循阶而上，便是汉淮南王宫，据介绍建筑风格有汉魏遗风。二进院落后有门有道，可登思仙台。整齐的台阶两侧却是漫山野生的植物，其中尤其以青桐触目，其青春、挺直、优雅，在一片片杂树中卓尔不群。我以为是外来物种，以人力间种；却被告知是本土树种，绝对自然生长。颇感惊异。仿佛因为那个孤独的刘安王，要封山清场般，全山游人寂落。上得峰顶，有一牌楼，及一人工高台，即是所谓登高台。原取名是升仙台，因山南面四顶山建了升仙台，便主动改成现名。有人间气，与刘安炼丹、得到八公指点过程的传说，搞得与周公纳贤、刘邦招士的传说情节基本一模一样，似乎稍胜一筹。高台上，但见光雾弥漫。左翼白鹗山，为八公山主峰，右下是白塔寺所在。回望，应是遥想的淮河和淮北平原。尽在烟雾弥漫中，渺茫不可见。淮河之北这大平原，是战国时南楚、东楚交错地。后来大汉一统天下，这里都封给了汉王。想来刘家皇帝还是把此地当作自己的江山根基所在的。一极目，眼角便生痛起来，竟渗出几滴干涩的泪。俯瞰脚下的阴阳乾坤图，还真晕眩。真是风轻光和望不到，呆人久立烟苍茫。

下得峰来，寻觅名震淮上的孙家花园，又称青琅玕馆。停脚地是一片枫杨林，间杂着其他树木。树叶尽落，很是静默，透着寒意。青琅玕馆总体格局似不可考。右手一铁门，里面便是以前的皖淮机械厂。铁门左边有一建筑，上有八公山风景区项目部字样，因是周六休息，无人办公。一条有年代的水泥路在谷底曲折前伸，透过高大的树木间隙，隐约可见这山谷连着的是思仙台。正是青琅玕馆的下花园。这也可能是淮南最具有原始风貌的一片林子了。青桐、桉、栎、松、藤、竹……还有法梧，种类繁多的树木层层叠叠向里、向两边自然延伸。路右侧有几簇丛生的青竹，拨开可见在一片石林中，有一块上有行书"玉笋"二字，且红色迹尚深。据说是乾隆的字。乾隆到处留字，谁也不清楚到底有多少，真假也不值去考究了。颇值玩味的倒是这"玉笋"旁，是一工厂遗下的厕所和沿路连续的厂房、浴室等设施，有的还标识有内存炸药、拆迁小心字样。无门破窗的厂房里边，还有些宫灯及部分像是地雷盖子的东西。废弃时间屈指可数，但在这荒谷里，让人相信要不了多长时间，当湮灭得无迹可寻。看着自由生长的各色树木，尤其是那些藤萝，尽管是深冬，其茁壮不屈、拼命拼搏攀缘、无死无休的状况仍然让人心惊，挺拔的钵子般粗壮的青桐也被硬拖弯了腰。想当年，这里也是一片热火朝天景象。

感慨普希金真的伟大，敢言在我建造的纪念碑前，青草将不再生长！如今这江山变易，肉眼都能见到。

继续往前，最里边是当年工厂圈出的围墙。却突突地现出个工地，左看右看不明所以。询问这个园的主人，是寿洲人孙蟠，曾官至浙江按察史，后来失意官场，归隐田园，仿江南名士在此营造了青琅玕馆，用于读书习画修学。其名声大振，成为江淮名园，则得益于清咸丰年间的状元孙家鼐，他幼年曾在此花园中读书学习。有清一朝，《清代通史》中所列学者无一是凤颍泗人。平地春雷出了这样一个人，岂不瞬间名满江淮。据说孙家鼐脑筋并不死旧，陈独秀等还专程来听过他维新的课。这不知是不是今人与时俱进的想象与附会，但从大的方面讲，新的事物一定是在旧的事物中生长的，掘墓人大多是自己亲自培养，也符合规律。只是此时此地景象，如此这般彻底不留一点痕迹的，如同谷底泉流干涸消失，仍然让人怅然若失。

桂树丛生兮山之幽/偃蹇连蜷兮枝相缭/山气茏葼兮石嵯峨/溪谷嶄岩兮水曾波/猿狖群啸兮虎豹嗥/攀缘桂枝兮聊淹留/王子游兮不归/春草生兮萋萋/岁暮兮不自聊/蟪蛄鸣兮啾啾……

踏着小山的余韵，出铁门右转至忘情谷。落地黄叶还有秋的气息。有人工挖掘石材和树根痕迹，便嘱请转告管理者，一定不得任意采挖砍伐这里的一石一木。

从两山间的垭口出淮南界，转瞬到了珍珠泉。这是八公山及八公山豆腐的标志之一。在一简陋的停车场下，有一道严严实实的围墙，包裹在里边的想是泉眼所在了。无任何游人迹。见我们要进门，便有一洗菜大妈跟上来要收费，每人30元。进园门有一小池，围以石栏，上有一石雕龙头，有水清冽涌出。再往里，有一大井，方是真正珍珠泉所在。俯身往下看，真正的一汪好水，所有石、砂、苔，一一可辨。水中有细微气泡不断上涌，当是泉水上涌带出。奇妙的是你大声呼喝，则气泡密集出现。一串串出现、上浮，一颗颗、一粒粒晶莹剔透，活似珍珠。寂静中，甚至可听到气泡破碎的声音。如此清纯的景观、如此自然让人呼喊的真趣，在今天可实在不多见了。泉边围墙上嵌着一块石碑，刻有《珍珠泉修复记》，上有一段记录了清孙家正的话，说吴中丞同治年命以石为池，并于池上建屋数椽，为游人憩息。不禁莞尔。今日一无游人打扰，二泉水任喝，三围墙制止了此泉的被滥用，收门票与之可否收异曲同工之效？只是远处隆隆的水泥厂的碎石声音让人心情觉得烦躁沉重。

午餐。白菜萝卜保平安，再加本地特产豆腐，不是神仙也是小康之民了。

合阜公路旁边，赫然便是汉淮南王墓。以为进深很大，但进门（是景总是有围墙有门的）就是。刘安墓格局不大，因而有人曾置疑。沿植有柏树的神道上行，便是覆斗状的墓园。墓周遭青石围护，再往外，围绕的则是平展土地上撒播的已出青的麦苗，异常宁静。一代王公归葬于此，是否算是得其所不得而知；但其名下的《淮南子》传播千年，泽被华夏，却是不争事实。豆腐始祖的名声也很了不得，甚至不比其编纂的书逊色，在精神与生活两方面都留有遗产，比单纯的什么劳什子皇帝大王厉害多了。后人为之演义的多种宫斗，真真假假不可辨且失趣。游伴们说起钱钟书梳理出来的古代文人文过饰非事，像老农闻着麦苗香与土粪味拉扯年景。

刘安墓后是四顶山。山峦气象，蔚有大观。缓坡而上，站在山顶东岳祠前，看淮南大地，自有庄严大势。正南是寿县县城。可惜雾大了，指点几个来回，也难寻具体确切的标志建筑，比散落千年的历史传说还难寻找。《淮南子·原道训》谓：鲧筑城以卫君，造郭以居人，此城郭之始也。卫君已无从谈起，但居人的功能在这样一片迷雾之中如何去探寻，倒变成一道现实题目了。这里不似皖南，山的坡度不大，在冷兵器时代可适宜摆兵布陈的地方。种植的侧柏已蔚然成林，且清且爽，没有江南那种黏滞粘湿的感觉。环顾，有老子像、八公像、通信塔，或许有一天也会被拆迁吧。东面八公山山峦蜿蜒山势，横亘有一长溜的采石场，峭楞楞的，如同在人脸上生生切出的一个疤。从风水上讲，也是直直地拦腰切断了山势。仿佛这里帝王将相或不能再出，也许时代本不要求出了。

从山脚顺凤寿路往凤台方向，十多分钟车程，拐入小道，穿过一个略显凌乱的村庄，进入一条甚为干燥的砾石小路，在一片桃树林中有一黑色碑。标识廉颇墓到了。下车后，可发现在密密的桃林后，有一土山，其实不是山而是封土堆，那就是真正的廉颇墓。土山背靠的是一座更大的山，却与他处不同，林木稀稀，甚至可称是光秃。《水经注·肥水》所谓"（湖北）对八公山，山无树木，惟童阜耳"，唯此山相肖。廉颇墓从外观上看，形制阔大，有帝王相，不像一个"一为楚将，无功……"而卒于他乡寿春的将军。

桃林间不好走，除去遗弃的枝枝丫丫外，还丛生着山枣。它个头不高，但枝刺坚硬，在枯黄的土地上矗立，令人感到凛然，想到西北黄土高原植物。封土堆那儿传来音乐声，说是四句推子；从未听过，唱词断断续续，什么别说我脾气坏之类，在旷野上听来却是古风悠然，端是天籁之音。循着这声音，我们沿着砾石小道，继续上行。不久，见路边林中又有一石碑，上有"赵大将军廉颇墓"，已到封土堆脚下了。

封土堆上，是一片梨树和桃树。顶部有一坑，一看便是盗坑。挖断自家风水的事看来有传承。有一农民在做农活，给桃树剪枝。其约 50 来岁，姓纪，壮实健谈。一手撮烟一手出剪，剪出的树型有模有样，我身边的一株桃树被剪的形状竟很像黄山迎客松，暗红色的枝条仿佛在等待春天，散发出莫名的暖意。他说这是引进品种大白桃，盛果期约 20 年，个大汁多，如天气好一株可得几百斤果，卖到 1000 多块钱。全家约 30 株果树，细算收入应该可观。问及今年年成预期如何，他脱口说，期盼无雾霾。我以为是说笑，他认真地补充道，桃花开的时候，最怕被瘴气罩上，被罩上一周或几天就完蛋。

封土堆往东北方向，砾石小道蜿蜒如蛇行，再过去就是毛冲、闪冲村了。顺路下山，发现路边间或有一个水宕，里边是一汪汪幽幽的存水。尽管水面上有些漂浮物，周边也是干燥的坡积土壤，但依然遮不住那清冽沁人之气。这唤起了我们上半程游历的记忆，经历的沟沟壑壑都是干涸，包括一些原本应是百草丰茂、泉水潺潺的地方。一个八公山，两边却有许多落差，想应是地下水流失之故。

与廉颇墓相对不远处是茅仙洞。经过管委会的人工小园林，我们被引入一人工洞穴。洞内道路平缓上行。快出洞口时，有自然光照进，方见一斜伸向下的洞穴，与我们来时洞接，甚是促狭，应是人兽都不能行。此为天然洞，不知通向何处，大自然神工鬼斧，不可妄断。出得洞来，已在三峰山腰。

面前正是淮河，此处淮河如歌般委婉，如练般丝滑，从东而西，沿山脚袅然淌过。河南岸是董峰湖，土地平旷，垄亩俨然，其地应原是湖圩。类似的圩地，沿淮比比皆是。什么是沧海桑田，这是个活色生趣的案例。随河水流逝方向，向前再向前，应是淮河第一峡硖石了。在无处不在的雾气中，"硖石晴岚"的岚气已黯然。从白鹗山逶迤到此的三峰山，已是八公山之杪。可这杪却着实硬得很，硬是让淮河在此折了个弯。也是，淮河成形才100万年历史，而八公山则寿更长，无论如何算也300万岁以上了。八公山是含饴弄孙，淮河是儿孙绕膝。空间距离看不远，时间距离更长，无端心底空落便少了许多游兴。返身三仙阁。洞内供奉茅氏三兄弟。这三兄弟看来修行地方甚多，真正成名是在江苏句容，直把那里的山让后人直呼茅山了。茅山今日香火之盛，已非茅仙洞可以想象。天井中有一株梅花开得正艳，疏影横斜，暗香浮动，直入人心。小石碑上称之为和靖梅，说是北宋那位鹤子梅妻的林和靖所手植。这我倒宁信其有，梅花那声息仪容，恐只有他能写出了。山崖上还有一假洞，发力上去，洞不深，有一坐团，并一些烟灰。不知在此面壁心可能静。说是假洞，倒真是名副其实。出来，有道人问政府何时来开发。静看淮水及淮水上唯一的小船，飞花落叶、云渡尘扬，碎片散乱，不知应想什么。喝粥、打扫、捡拾、读书，俱是修行。暮霭在山谷中起来，寒意渐重。

煮一壶花雕酒，梅子生姜。归读清寿州凤台李兆洛知县："私幸山水之美，游览之胜，足以发思古之壮意……知往事留遗，即一树一石，皆当贵重，保护如子孙之宝，其世守法物然者，庶几敬恭桑梓，慎守丘墓，革嚣凌之气，

255

致于厚重……"

电脑上背景音乐是《追梦人》，"让青春吹动了你的长发让它牵引你的梦/不知不觉这城市的历史已记取了你的笑容/红红心中蓝蓝的天是个生命的开始/春雨不眠隔夜的你曾空独眠的日子……秋来春去红尘中谁在宿命中安排/冰雪不语寒夜的你那难隐藏的光彩……前尘后世轮回中谁在声音里徘徊/痴情笑我凡俗的人世终难解的关怀……"

恍惚仍在八公山上，漫山漫坡、齐齐密密的桃林，经剪枝后更显其虬曲苍劲，根根如骨，枝枝如铁。没有绿叶，没有鲜花，但暗红色的纵横交错的枝条，已氤氲成蓬勃的紫意。远胜花团锦簇时。真的是一幅很好的摄影题材。

恐记忆日久漶漫，记以志行。

The
Smile
of
City

肆

铜陵\徽州\淮南\合肥

合肥应是指四条淝水英华荟萃、精气聚集的风水和合之地，亦即整个江淮大地的结穴之地。并不是指简单的自然河流会合。

合 肥 之 约

国家环巢湖旅游休闲区，经过这几年打造，已颇有些形状。100 多公里的环湖路已贯通，环湖村镇进行了整体规划，大多数村镇面貌进行了整理，沿湖的一些观光旅游设施也予以生态化改造，自然成了民众行走与休闲的好去处。

从合肥渡江战役纪念馆顺环湖路往东走，约摸 10 分钟，过滨湖湿地公园，就能见到两拱漆成红色的上跨南淝河的斜拉桥。其实，在过高耸漂亮的斜拉桥之前，我们还过了一个没有明显标识的小桥，也是南淝河桥。因为南淝河在进入巢湖之前分了叉，逸出一条细水，与主流同步入湖。所以在巢湖与南淝河交口，形成了一个小三角洲。小三角洲现为海事部门的一个停泊地。河道上舟楫繁忙，多为货船。可以看出，这里是合肥物资的重要出入通道。除了沿河修建有简易的轮船停靠与旅游设施之外，呈现出的是荒芜的原生景象。似乎有一点田地，耕作并不精细。多是湿地，零星散布着高高矮矮的一些杨树柳树，触目多的倒是疯长的芦苇，成片成片，劲拔直挺，棵棵苗壮，绿意盎然。察看这里的地形与风物，不由人想起"肥美"二字。

肥，多肉也。自古以来，都是褒义成分多点，今人所谓富饶实指肥饶，"不爱珍器重宝肥饶之地"（贾谊《过秦论》）。若是肥字叠加，更是好上加好，肥硕壮美，丰腴多汁，天造地设。合肥地名，古史注释相互打架，捉襟见肘，屡理不清。引用最多的《水经注》和《尔雅》，也解释牵强。"归异出同为肥"，我总以为有讹，常理应是"出异归同为肥"才是，自古以来，中国人没有人认为"归异"，同意分家为肥的。就是勉强同意此说，它也涵盖不了全部。安徽"多肥"（肥通淝），竟有四条淝水，要合也得四条，断无只合两条之理。但从地理空间看，四条淝水，淮北两条，淮南两条。在淮北两条，分别发源于河南的商丘和太康，出不同，却归于一，它们出口都在淮河上，一个在凤台的硖山口，一个在怀远的四方湖。它们的流域均在安徽，都在淮河流域。淮河是中华文明曙光初照之地，在黄河夺淮之前，淮河可是丰饶肥美之地。但地理空间似与合肥不搭，相去甚远。在淮南两条，东淝河和西淝河都发源于将军岭，一条北注淮河，一条即南淝河进巢湖后注长江。这两条淝水，其流域实际涵盖了江淮之间的中部地区。再细看，合肥实际地理只占有一条南淝河，南淝河从起源地算起，至此进入巢湖，全长也不过70余公里。

但合肥为什么叫合肥呢？

南淝河还有一个社会知晓度不高，却非常古老的名字，叫施水。施，是上古之大姓，也是旗帜也，延展也，给也，予也，卓然有领导、领袖的寓意。南淝水是四条淝水中最短的，何来称旗帜？

《三国志》说，曹操在亳州"作轻舟，治水军"，"自涡入淮，出肥水，军合肥。"而南方孙吴北攻，是自裕溪河，经巢湖，来战合肥的。说明古时江淮相通，合肥是北上南下的咽喉之地。江淮相通，四条淝水的连接在合肥就有了说法，它归集的是四条淝水的地望。合肥应是指四条淝水英华荟萃、精气聚集的风水和合之地，亦即整个江淮大地的结穴之地。并不是指简单的自然河流会合。"四个胖子"（肥）而不是"两个胖子"（肥）的集合，当然是膏腴丰美、宜于养人的地方，才扛得起合肥名头。天地初开之时，人更近自然，也许初始之人与天地是相通的。他们通过地名、遗址等物件遗漏的些许天意机关，是我们难以猜测度量的。

从发展旅游角度，环顾这一小块三角地，我觉得若勉强找一处比较，可能就是欧洲的德意志之角。德意志之角在莱茵河与摩泽尔河交汇处，那里经常举办音乐会、露天节日、烟花表演等，是著名的旅游景点，每年吸引大量的游客。我以为，我们这三角洲将来规划建设得好，一定是个生态文旅大发之地。想象一下，这南淝河贯穿全市，如果南淝河里将来都停满了合肥市民拟游巢湖的游船游艇，这三角洲会变成什么情景。问南淝河的分叉细流可有名字，众人只说这也是南淝河。我笑道，南淝河另一个名字施水，不如给它，给世人一点追想。南淝河出口处原来就叫施口，可以让它再具体化一点，给这小三角洲冠上名。且"施"字本还有扬旌之意，甚美甚好，扬帆上湖、旗帜招展、意气风发、万舸南指。状物形神贴切，将来作为旅游地名解释，相信不失野游趣味。

经南淝河大桥，继续前行。

在绿树繁荫之中，远远地就看到中庙寺。过去合肥人下长江，多从南淝河进巢湖，出湖后经裕溪河达长江，再下芜湖与南京出海。中庙在合肥与巢湖之中，是稍停留脚的适宜去处。中庙有名的建筑是中庙寺，它坐落在延伸湖面百米的巨大石矶上。矶呈朱砂色，深入湖中，形似飞凤，通称凤凰台。赵朴初书"湖天第一胜境"，被镌在中庙大街的牌楼上。

中庙寺坐北朝南，又称中杰阁、圣姥庙。是庙非庙，是寺非寺，即庙即寺，寺庙一体。它坐落在红色矶岩上，凌空映波，更显高大巍峨。进得大门，庙前有一对头杆，头杆是道教标志，是道士作法悬挂咒符用的。一进大殿，却是佛教供奉的弥勒佛，开口常开笑世间可笑之人，大肚能容容天下难容之事。进入二殿，是大雄宝殿，院落中有坛，种植着当地名产牡丹；并有口深井，探头看去，发现它是凿开岩层，直接连通着巢湖，井下湖水激荡，不断拍打岩壁，溅出浪花。方丈室是个幽静去处，面湖临崖而建，还带有一个小阳台。崖壁上生有一株巨大的朴树，洒下浓浓的荫。崖壁上凿有石阶，可以走到湖边，湖水伸手可掬。三进为后殿，是藏经阁三层，窗开八面，四角飞檐，角角系铃。除却观音等西天诸神佛之外，巢湖老姥也供奉在这里。乍看是道教序列中的神仙，细看却是地方神，"丹脸桃红，双眉柳绿"，充满了乡村气，是没有经过修饰的原生信仰。一个庙里祭这么多不同体系里不同的神，可能会让单一信教者抓狂，但在这里他们却相安无事，是近于完美的和谐。实际上，走出中庙，旁边的昭忠祠是为纪念清末卫国战争中阵亡的淮军将领而建的。不远处还有一个懒王庙，供奉着一对懒王夫妻。不知其来头，估计是世界上唯一供奉懒人的寺庙，不知符合不符合现代休闲精神。更远一点，还有人祭祀大禹。仿佛这里有神就敬，有仙就求，充满实用的混搭风格。

站在藏经楼上，向内看，屋瓦栉比，林木郁秀，精致而和谐。经楼殿阁由于历代不断修缮，建筑风格多有差异，但不同年代、不同地区的建筑风格，与里面供奉着的诸神一样，也是完美地叠加在一起，毫无冲突、毫无不和谐感，不能不说是个奇迹。

完全不相干，忽然想到南淝河上游、大蜀山脚下的董铺岛。因中国科学院合肥物质科学研究院坐落在此，所以董铺岛有科学岛之称。它名声显赫，现在是国家十个科学研学旅游基地之一。那里大片大片人工种植的树木，业已成林，使得散落在林中的各个科研大楼，更显得安静，庄重，也透着点神秘。那里集聚了一些国家最前沿的科研装置，特别有两个国家级"大科学装置"。一个叫全超导托卡马克装置，是一种磁约束受控核聚变环性实验装置，所谓人造小太阳；一个叫稳态强磁场实验装置，是在极高磁场条件下观察研究物质的现象、变化、特性，涉及生命科学、药物学、化学等，都是今天人们膜拜礼敬的方物。中庙与董铺岛遥遥相对，分别代表了不同的时代和事物，但都构成了城市的 DNA。

往外看，可俯察巢湖。近处是姥山岛，远处是姑山岛，它们中间隔着万顷湖波，遥相顾望。我曾想捕捉杭州西湖的湖光山色，但只捕捉到了山岚与山的倒影，山色有，湖光却出不来。细思，应该是湖面小了。哪有这巢湖长阔，长湖三百里，四望豁江天；日气来残雨，风樯落晓烟。湖水浩荡，青山逶迤；云烟缥缈，天光入怀。不经意间，湖光山色都齐备了。巢湖形成年代晚，是个非常年轻的湖泊。"陷巢州"故事一直在民间流传，本身就说明这事并非完全是神话，是有民间记忆的。《淮南子》："历阳之都一夕反而为湖。"地质学考证说是古生代褶皱层交汇地带，属断裂下陷而成。湖不深，也许湖里各种物质折射出水面成湖光了。书上说之所以名巢湖，是其呈鸟巢状。真不知从哪儿看巢湖是鸟巢状，莫不是从太空中往下看所得出的结论。我宁愿相信，是因有巢氏居住在此地，方叫巢湖。下者为巢，古者禽兽多而人民少，于是民皆巢居以避之。巢，窝也，家也，给人以卫养衍生之地也。

看着姥山上的文峰塔，忽然醒悟，偌大巢湖就是合肥的"水口"。我曾拿着世界地图比划，巢湖与合肥合并为一个行政区划后，巢湖就成了合肥的内湖。一城抱一大湖，如此大格局，全球独一无二。经天纬地，契合天地之心，方可造就风水宝地、光明未来。

中庙街上整齐地排列着若干餐馆。李鸿章大杂烩，是纯粹的合肥菜，以鸡肉为主料，佐以海参、鱼肚、鱿鱼等辅料，还有其他多种食料，如鸡杂、火腿、香菇、山笋、面筋、鸽蛋、净鱼肉等，本具有多种不搭甚至相冲的味道，但合配烧烩后，却自成一味，且醇香不腻，咸鲜可口，补虚填精、健脾胃、活血脉、强筋骨；最有趣的它有个英文名字——lihongzhang assorted dish。据说合肥话"好吃多吃"，译成 hotchpotch，再翻译回来的，即大杂烩。土生土长，出口，加工，再转内销，一个流程下来，却已不是原来模样，早脱胎换骨成混搭升级版了。

吃着吃着，念头就如杂烩般混沌，这南淝河、中庙、科学岛，加上这李鸿章大杂烩，它们之间一定有什么共通的东西，有一条隐秘的通道在连接它们。

合肥如今仍在攀登途中，正是鱼龙混杂、鱼儿化龙的渊薮。个体的命运能否被历史时代、先进科技与区域风情相中，需要很多很多平台提供机会。

合 肥 相 约

合肥形胜，以巢湖、南淝河和大蜀山为特征。巢湖可视为合肥的水口，南淝河当为合肥的母亲河，而大蜀山则为合肥的镇山。

很惭愧，我在合肥上了四年大学，之后还读过研究生课程，经常公差来合肥，后来更是调入合肥工作，匆匆几十年下来，蓦然回首，发觉自己竟然连合肥的镇山大蜀山还未上过。

近日得机会，趁天朗气清，约了几人，去登大蜀山。

车在大蜀山北门停下。山脚这一带，似曾来过几次，但都无印象。进得山门，四时花卉整饬有序。观察游人装束举止，可知多是本地人。从山脚到山顶，有公路盘旋而上。盘山道路面整洁，又无深谷耸峰，正适宜膝关节不好的我，缓步上山。"几双学语迎人雁，大半无名夹路花"。初夏时节，漫山新叶勃发，岚翠千层，冠盖如云，浓荫匝地，到处弥漫着初夏特有的树脂香和花香，让人心怡脚轻。"春花喧鸟语，一路到禅关"（左辅）。不过半小时多点时间，我们便到了山顶。山顶似没做过景观设计，除了电视发射塔，一些简易的凉亭、茶水点心的小卖部外，没有一般景区常见的石碑题额、名人题咏之类，却是无甚可看。据说五代十国时，吴太祖杨行密曾在大蜀山上兴建行宫，后世还有些宫殿寺庙，都无从寻觅，早已荡然无存。

但这里是观察合肥的好地方。登临眺望，平原广衍，孤山突起，城郭空阔。过去大蜀山在合肥城外，周二百里都能看到它。如今变成城内之山，它俯视合肥，百万参差人家，围在周围，一览无余，卓为雄郡。天风扫过，衣袂飘飘，胸臆扩开，顿感合肥居南北之冲，殷盛阔大，湖山环汇，地势壮而金斗高，人心刚而土风劲。

大蜀山屹然孤特，并不高耸，海拔只有 284 米。虽说不上高大，然而它来头很大。此山独起，看似无冈阜连属，但不难感受其山脉隐隐西来，又隆隆东去。孤独只是表象，根脉仍为一体。拉开一点距离看，蜀山的东部还有不能成"山"的"冈"。《尔雅·释山》：蜀者，独也。虫之孤独者蜀，是以山之孤独者为蜀山，冈之孤独者为蜀冈也。同在江淮之间，江苏扬州有蜀冈，"蜀冈诸山，西接庐滁。"著名的平山堂就在蜀冈之上。从蜀冈到蜀山，再往西连接着大别山，这一条脉线逶迤而来，忽隐忽显，横跨江淮流域，构成了江淮丘陵的脊骨。若从大别山再往西看，则接上伏牛山、秦岭和昆仑山了。昆仑山脉为中华祖山，它延伸到哪里，大海就从哪里退去，大地就在哪里生长。这一条中华大地的横轴线，挑起了中国正东部的广袤土地。这个"蜀"字，过去人总按字面解释为"四川"，其实应解作"昆仑"，因为一切都源出昆仑。扬州的蜀冈，一名昆冈，亦可印证。直接直白地说，大蜀山是中华祖山昆仑山的延伸，是昆仑山在东南大地的地表突起部，既可以视之为昆仑山挺进大海的樯桅，也可以视为东南大地之锚。

太阳西斜，光线柔和下来。游人们兴致勃勃，纷纷选择角度，在摇曳的树枝空阔处，用手机给城市拍照。整个城市掩映在薄薄的霭气中，变得色彩绚烂起来。晚明合肥人黄道日写过一篇文章《山水城池议》，说他在大蜀山寺读书，每登山，与山上老僧论道。老僧云："方此山竹木蓊郁时，见城中五色气，亘天如幕，横张相前。"并不需要特别注意，就能发现这是一个正在迅速成长的城市。如今大蜀山上竹木蓊郁，山下林立的高楼，也如森林般铺向远方，充满着粗糙的、洪荒的原始力量。游目极骋，楼宇高耸结聚处，是合肥经济技术开发区、高新技术产业区、大学城和科学岛。绿色葱茏蜿蜒处，是南淝河，虽不见其绿波荡漾，其生气神气却如游走在城市里的生命脉动。西南渺远处，白光微茫，想来是巢湖了。山、水、城相依相存，自有其甚当不易之理在。这些都是新合肥的象征，代表着山川之胜，生齿之繁，风俗之盛，学校之美。不由人想到近年在合肥流行的一个词，霸都。不知道是谁发明的词，在经过一系列褒贬莫辨的激烈争吵后，已然被大多数合肥人接受。主要原因可能是"霸"字已剔除其字面上的强横霸道占有之义，而是赋予合肥大建设、大发展、大环境的气势，更是为合肥人"舍我其谁"、力争上游撑劲、张目吧。

"蜀山回出千螺秀，淝水长萦一带回"（宋·郭祥正）。风景并不在自然中存在，而是在人的视角中产生的。站在大蜀山上看合肥，与在保俶山上看杭州和在紫金山上看南京相比，总觉得缺少点什么，又多了点什么。与宁杭比，合肥"旧为紧望"，为南北所必争，所谓"腹巢湖，控涡颍，膺濡须，枕潜皖"，讲的都是用兵打仗、争战杀伐。但军事战争和商业竞争二者理解的意义是不一样的，犹如武夫悍卒的皮囊里，里边不一定装的是剑胆琴心。军事"战争无虚日"的结果，是古钟碑碣，残毁无遗，城池庄园，屡遭蹂躏，合肥到新中国成立前甚至只能维持一个小县城的规模，经济上就是一个孤独的存在。从现代经济地理看，这种军事战略之要冲地位并不是十分紧要，而在空间地理位置的邻居守望变得更为重要。工业发展需要垂直分工的企业之间有较低的交换和贸易成本。今天这世界上经济发达区域，如硅谷，东京—大阪，米兰—都灵，巴登—符腾堡，香港—深圳，城池都是连片接壤的。在长江三角洲区域，历史上有"江南"的概念，后来概念内涵逐渐由大变小，"江南"缩小成沪宁杭金三角，也是与域内城市之间愈来愈紧密的经济联系形成的共同体有关。从东、南、西、北各个方向看，合肥周边缺少城市，距离最近的大城市只有东部的南京，却因长江的阻隔，长期被富庶得流油、充满文章宝学之士的小江南核心区视为边城，给世人的印象就是南北两端。

人说"产业现状实际上是产业历史的体现"（美国经济学家沃克）。但今天的合肥突破了这种认知，它一觉醒来，仅用几十年的时间，就把自己送进了长三角，拉近了与江南核心区的距离，并为长三角扩大了战略腹地。更为重要的，是在这一过程中，合肥给自己植入的发展基因，开始嬗变，并成功建立起一系列特定的生产活动范式和路径，为持续发展提供了更大的机会，达成了良性循环、报酬递增的效果。昔太史公谓合肥"受南北潮"者早已不见，"皮、革、鲍、木"更以"芯、屏、器、合"取代。合肥从军事上的必战之地，蝶变为商业的必争之地，争战杀伐、暴戾屠戮之气顺利转化成智慧激荡、财富争出之气，不能不说是一个奇迹。要琢磨这一切是如何发生的，除了现代交通和现代通信发展提供的历史机遇外，还应该研究区域文化中南北兼容的品格，和文化传承中"张辽大战逍遥津"的精神气质。

新中国决定在合肥重新"开府建衙"，毛主席写了封信："沿途一望，生气蓬勃，肯定是有希望的，有大希望的。但不要骄傲，以为如何？合肥不错，为皖之中。是否要搬芜湖呢？从长考虑，比较适宜，以为如何？毛泽东。"如今不过才六十年过去，回看一下合肥形势，这点穴之作、点睛之笔，是不是如神一样，洞穿天地古今？

遥望"城中五色气，亘天如幕"，聆听城市傍晚时特有的喧嚣声音，我想，弥散在城市空气和声浪中的，就是这样一种"生气"吧。当然，也可以称为"脉气"。大蜀山为昆仑山中支脉在东部大陆的突出部，而南京紫金山则为昆仑山南支脉的突出部，这两座山千万年来隔长江相望，是否脉动勃发、脉息舒张之时，就意味着两条山脉间地老天荒的约定重光呢？长江三角，潜龙在渊，鸿渐于陆，飞龙在天……想想，都令人激动。

太阳慢慢坠入西天，山上觅巢晚归的鸟儿鸣叫起来，幽幽的树脂香、花香又浓起来。鸟儿不知名，但山上杂生的林木却模糊认得，也是南北兼有。樟树、栎树、椿树、朴树、松树、桧树、桐树、檀树等，恣意生长，随意攀缘，它们多半是近几十年人工种植的，但茂密得类似于原始次森林了，若里面蹦个半裸的林妖出来，也不会让人怪异。

登眺之兴，可以触目兴怀，却也抵不得口腹之需。

山脚下笔直的黄山路有不少高校，我的母校安徽大学就在这条路北。当年我们读书的时候，黄山路大多还是一片田地。据说几十年下来，从路打通到一再的拓宽改造已进行好几轮了。现在的大道上车水马龙，似乎仍然嫌窄。因应大学生众多，这里新建了一批服务设施，如美食一条街之类。作为一个城市，实在是不能小看茶馆、酒馆、饭馆、咖啡馆的。这些地方对年轻人来说更具人文情怀，可以培养个人对城市的感情，可以在这里找到个人的缘分、归属甚至归宿。比较起城市，金陵有烟水气，余杭有脂粉气，庐州却还是霸气。候菜的空档，依合肥惯例"掼蛋"，待菜肴上来，也不独徽菜味道，亦是东西南北兼备。一位年轻作家梗着脖子说，我们大合肥有人工智造、量子卫星、科大迅飞，但更有李鸿章大杂烩、宁国路小龙虾和城郊大蜀山。另一位则轻渺地说，看这餐厅装潢不错，但不知在哪里可以看见大蜀山的岚气，把酒吟唱时，闻到巢湖和南淝河的水味。把这些看似风马牛不相干的东西连接在一起，是年轻一代的取舍标准，也是时代给以他们的特权。细想他们蛮有道理，城市再大，个人都是在一个非常小的空间里找自己感觉的，并非宏大叙事。如同英雄形象不是被公域、高度概括的抽象概念所塑造，而是靠经典的动作和话语等具体的细节做支撑。吸引现代年轻人或现代人才的，城市需要提供配得上他们野心与才华的工作，也需要有容纳下他们的闲情逸致与灵魂任性的私享空间。现代创意创新城市品评，就分为文学、电影、音乐、手工艺与民间艺术、设计、媒体艺术和美食七大门类。西方传统上就有小酒馆、咖啡馆，中国古代则有画院、书院，茶楼、酒馆、画舫，这些地方吸引文人墨客、学士智者集聚，孕育包容兼蓄学术氛围，可以激发个性自由，催生创意和创造力。很多新经济的源头——创意，是在这馆那馆的闲聊、谈话、传闻和相互的观察评论中起航的，而并不在实验室、会议室。我们一行大多不是合肥本土人，有的在合肥工作有好几年了，但仍未下决心安家，既说明这个城市移民的速度与质量，也可以看出新都市中文化与自然、城市与乡村、南方与北方、社区与旷野产生的二元张力。

合肥如今仍在攀登途中，正是鱼龙混杂、鱼儿化龙的渊薮。个体的命运能否被历史时代、先进科技与区域风情相中，需要很多平台提供机会。杭州有西湖、钱塘江、保俶山，南京有玄武湖、秦淮河、紫金山，合肥有巢湖、南淝河、大蜀山，"四美具""二难并"，来来来，共赴瀛寰之约啊。

酒罢，已是满城灯光，烟火万家。回望，大蜀山黑黝黝的轮廓上，矗立着的信号塔，放射出锐利的光芒。

从铜陵来的现代诗人李云以诗志行：

> 我只知道
> 这小小的心苞里藏着大大的雄心
> 谁能告诉淮水和长江
> 倒扣的青印图章里镌刻的是怎样的铭文
> 法螺的梵音却以电波从高塔上传播最新的目语
> 很小的棋子散落在中国大地棋盘上
> 古往今来总发挥车卒相士的作用
> 这只绿色之耳聆听散漶着久远记忆
> 此时，柏油铺就的盘山道是被削的长长果皮
> 永远不会变红的草莓上是籽状的上山下山
> 健身的人群
> 我只知道
> 这只萌萌的卧狮是诸神和众人最离不开的
> 宠爱

大家相顾一望，还约不约？又相视一笑，约啊。

合肥汲取了南淝河全部的精血，是南淝河养育的独子，是南淝河的全部。南淝河是专门为合肥生、并为合肥死的。这在全国的各条河流中，倒是不多见的。

合 肥 乡 约

在 5 月末明亮的阳光下，我们出城到乡下小岭南游览。

江淮丘陵地区，岗冲起伏。车子在起伏的丘陵间行驶，如同乘坐小船荡漾在湖面上。道路全部进行了黑色化改造，并做了红黄蓝色彩鲜明的路线标识，间或还有用来测量选手心率血压和补充水分等用品的驿站，可供骑行或长跑锻炼使用。最令人赏心悦目的是进行了大田改造后的田野。完全没有了传统江淮地区垄畈相间，田地被小块分割，耕地与荒丘同在，稻菽与杂草共生的印象。麦子和油菜还未收，成片成片的焦黄色，被初夏葱茏的翠绿色林木间隔，尽显丘陵优美的地势地貌，坦然呈露。清爽大气，大块铺陈，曲线玲珑，而富于韵律感。加上重新组织的草地、灌木、树篱、石墙、矮林和星零的农家建筑，令人想起欧美那些如同油画般的乡村景色。这种经过劳作，利用现代机械和篱笆给大地进行修复、整理并加以框定的景色，引导着并赋予人以全新的体验。纯粹自然淳朴、野味十足的村姑，焕然变成了身材凹凸有形、浑身上下收拾干净的淑女了。这种对田野大地的改造，既是经济发展、人民生活水平提高的结果，也是社会加速转型，人们审美能力迅速提升的外在表现。

所谓"小岭南"指的是将军岭的南部小村庄。我们站立的地方名凤凰墩，则是将军岭的岭脊。我这才知道，自己一不小心，一脚踏实，到了江淮分水岭上。

将军岭作为分水岭，虽不高大，却是观察"吴楚接脉之地"地形地势的绝佳场地。目光所及，方圆数十里尽收眼底。滁河干渠、大蜀山干渠隐伏在起伏的冲地里，而远处的大蜀山、小蜀山和鸡鸣山，则一字排开，各个屹然孤特。冈阜连绵，如大海波涛，隐隐隆起的地脉，则似波涛下潜藏着一头巨兽，而大小蜀山则是露出地表的尖角。不由人不想起《江南通志》所言："自昆仑中干，以河为限，其岐分中支，自河南之桐柏山，东南为大蜀、小蜀，为天柱，而诸山在江南北者，又从条支缕析，翔伏蜿蟺，大抵复峰抱流，双渠环阜，而人文物产之兴，此其脉络也。"

在将军岭下的丘壑地里，看到一个新建的地标构筑物，构筑物故意做得粗糙素简，似仿原始生民祭祀自然之神的神龛。下面用石块垒起石室，上面竖立若干根原木，聚拢搭成向天伸手祈求的样子。石龛横额上写有"南淝河之源"几字。南淝河为合肥的母亲河。看着浅浅的一汪水，很难想象这是南淝河的源头。然而，事物都是从微小开始萌芽生长壮大的。这一汪水，不仅是南淝河的源头，甚至可以说是合肥这一都会的源头。

南淝河从这里发源，经鸡鸣山，进入董铺水库，穿过整个合肥城区，最后在施口注入巢湖。全长不过 70 公里，下游的河床宽度也不超过百米。但它沿途纳入大小河流十数条。明嘉靖《合肥县志》记载，纳取的大小河流有 19 条之多。尽管每条汇水的来水面积都有限，小而分散、短而流急。甚至一些汇水，今天已对不上号，恐早已湮灭，但不妨碍想象其之多之细，如血管甚至毛细血管一样，深植在起伏的山峦田野中。正是这些小而众多的细河微水，最后成就了南淝河，成就了合肥。不论怎么说，南淝河源出合肥，也终于合肥。合肥汲取了南淝河全部的精血，是南淝河养育的独子，是南淝河的全部。南淝河是专门为合肥生、并为合肥死的。这在全国的各条河流中，倒是不多见的。

然而，我们应该还有一个更大的视角。《尔雅》释水云：归异出同，肥。这十几条小河沟集中，尚不足以叫"肥"。

将军岭为江淮分水岭，岭南为长江水系，岭北为淮河水系。它是南淝河的发源地，同时也是东淝河的发源地。若从两条淝水的角度看，却是出同归异。《史记》说，合肥受南北潮，皮革鲍木输会也。这潮字，或可解释为潮流、风气、风尚，两地交互影响，或可解释为湖，南是巢湖，北是芍陂，两地相互沟通。合肥居中，连结了南江北河，方能变"肥"、成为"一都会"。集十数条水的南淝河，能养育一个小县城，集两淝之力，则能养育较大城市。再放大角度看，安徽还有西淝水、北淝水，更在淮河以北了。乍看上去，更是出不同、归也不同了。我们必须突破单纯地理观点，从更广大意义看，方可察觉合肥实乃整个江淮的结穴之地。集四条淝水，当然可以养育特大城市了。而这既是天所注定，更是后天人工努力的结果。

将军岭腰际，有一段若断若续的河道。这些断续分开的河段，宽不过百米，两岸依托山势，但护坡显然是人工痕迹。眼下正是初夏时节，里边蓄有清碧积水。介绍说，这就是古籍中载有的曹操运河。因其在岭上，民间称之为十里旱河。曹操运河虽不长宽，却是合肥地区人民生生不息、世代长期不懈奋斗精神的证明。建安著名文人王粲有《随军浮淮作赋并序》：建安十四年春三月，王师自谯东征，大兴水军，浮舟万艘。秋七月，始自涡入淮口，将出淝水，经合肥。旌帆之盛，诚孝武盛唐之狩。舳舻千里，不是过也。从王粲文章看，似乎那时东淝河、南淝河是相通的，并再连通淮河和巢湖长江。传说中的曹操到军中宴饮将士，也是在南淝河筝笛浦的大白船上，不在军帐中或马背上。而筝笛浦，在今天合肥杏花村公园一带，这是侧面的一个证明。

沟通江淮，是江淮人民的亘古之梦。《史记·河渠书》：于楚，西方则通渠汉水云梦之野，东方则通鸿沟江淮之间；于吴，则通渠三江五湖。沟及渠是人工河流的泛称。《史记》的记载应是可信的，例如这几大工程都与孙叔敖与伍子胥有关。孙叔敖遗留的最大水利工程淮南的芍陂，至今仍在发挥作用。东淝河就是先注入芍陂再进入淮河的。这曹操运河，或是鸿沟的一部分，亦未可知。但这一段河道，却赫然凸显出古人打通将军岭、沟通江淮的努力与梦想。甚至战国和晋唐宋等，也都开展过疏浚，并留下众多水利工程遗迹。只是不知从何时起，连通江淮的通道湮害了。或是江淮河道的水位下降，或是江淮分水岭位置抬高。但将军岭的民间传说耐人寻味。清嘉庆《合肥县志》载，将军岭在城西四十五里，一名分水岭。岭下有田，名分水田。一源二流，即肥源分流之处。土人相传宋有将军欲开分水田，使二水相合，引淮入肥。募万夫挑之，工不成，后将军与工人约至鸡鸣时乃稍憩。忽山上鸡鸣而群鸡尽鸣，工人息，挑处复合，将军遂自刎。将军名亦无考。或又云隋炀帝时人。只是可惜，这位不知名的将军，奉命来此打通分水岭、贯通长江与淮河，出师未捷身先死。没有完成任务，最后以自杀谢罪。因为他的时代不对。

天际线上，是一片密密的楼房。显然它们还在生长中。今天的合肥人民意气风发，要实现数千年的江淮儿女梦想。引江济淮工程，是连接江淮两大水系，以调水为主、兼顾航运、进而改善水环境等综合效益的大型跨流域调水工程。它从长江起，经巢湖派河口，再经过将军岭，通过东淝河、瓦埠河进淮河。届时长江淮河航道将由平行的"二"字形变为有连结的"工"字形，成为纵横相连的航道网。远景将形成一条平行于京杭大运河的中国第二条长度超过千公里的南北水运优质航道，它将开辟新的经济、人文、景观通道。虽然它的身上似乎在赓续千年前开凿运河的故事，却完全是属于当代的、属于新时代的新故事。有了当代意气风发的新合肥人，才能构成一个完整的合肥故事。

南淝河上发生的合肥故事，最著名的莫过于"三国"。但里边的大部分故事需要作新的解读。张辽大战逍遥津，这个故事的看点，不在张辽杀得江南人人害怕：闻张辽大名，小儿也不敢夜啼；而素与张辽不睦的李典，"岂敢以私憾而忘公事乎"？是他们的通力合作，才取得战役胜利。再者是筝笛浦宴饮，曹操乘坐大白船与众将士对酒当歌，这个故事的看点，不在众将士高潮处，举杯欢呼，致使船覆人翻，歌伎香消玉殒，而在曹操的乐府常常会比本调高半个音，即清音。曹操是"清商乐"的发明人，宫商角徵羽，加个"清"字就高出半个音。这半个音顶上去，才情豪情方能一起迸发。在面对寿有长短，命有好坏，无常人生的大悲伤情境中，不由得生出对酒当歌，人生几何的感慨，但曹操作"清"唱，山不厌高，海不厌深，周公吐哺，天下归心，就是完全不同的内涵与意境了。人生痛彻心扉之外，则多了壮阔与豪迈。

上下同心，左右同欲，承东接西，融汇南北，力争上游，以高半音唱响时代之歌，或许这才是南淝河的蕴藉，合肥人的底色。

小岭南农家院子里，我们围合在一起，品尝乡土菜肴，不经意间有了"乡飨向卿"的意思。窗外，5月的石榴花，三枝二枝开得血色鲜艳。忽然想到合肥的市花是桂花和石榴花两种。石榴来自波斯，本土种植地方多偏于北方，安徽最出名的当是淮河岸边的怀远。而桂子，令人思念起的基本是江南的风色。印象中的桂花是温润的白色或微黄色。石榴与桂花，都是中国经典传统的花卉品种。但对合肥来说，却难以分辨它们都是本地品种，还都是外地引进品种。

"领略那晃荡着蔷薇色的历史的秦淮河的滋味"（朱自清语）。南淝河与引江济淮运河通道，会让我们领略什么呢？

宁静致远，渊停岳峙，今天的哥们姐们、才子佳人们可看得到那春水方生、春潮涌动、春意盎然，那是一个应该去、必须去的地方，那是一个北方的彪悍与强大，与南方的儒雅与精致融为一体的地方哟。

合 肥 有 约

早春，滨湖旁边还很有些寒意。

环巢湖风景道宽阔平坦，修剪齐整的绿化道绵延铺排向远方。立定处，左手前行是滨湖森林公园和南淝河，右手方向远远可以看那高耸的渡江战役纪念碑。正前方则是巢湖。昨天夜里下了雨，天空静远，湖水澄碧。扑入眼帘的首先是沿着湖岸丛生的芦苇。经过了一冬，都枯黄衰败，苇叶多已倒伏，但芦秆根根直立，芦苇花也未散开，一根一根如红缨枪般矗立着。枯黄的叶丛中，新窜出的新芦嫩绿已掩不住了。然后就是柳树，它们三三两两，不成群、不搭调地插在芦苇丛中，已然是一蓬一蓬地柳绿，在苇丛中一簇簇的，如同绿花一般开放着。一片片的枯黄萎凋，一蓬蓬的嫩绿青葱，共同构成了水天与大地之间的天际线，让人不禁怦然心动，大自然的生命更替竟是如此的和谐悦目，让人忘怀还没有过去的"新冠"疫情。

往南淝河方向走，可以看到巢湖边还有一些地方，那里成片植柳，已是绿柳成荫景象，完全是一片春色了。看得人满心欢喜，情不自禁想起江南水乡的柳。然而，"江南柳"很可能是个错误的概念，它差不多就是江南文人赋予的。《诗经·小雅·采薇》："昔我往矣，杨柳依依。今我来思，雨雪霏霏。"柳树在北方种植历史悠久，且面积广大，它喜光、喜湿、耐寒，对环境要求不高，生态条件恶劣的地方也可以活，只是更喜平原沃野湿地罢了。它好像随着国家经济文化中心的转移一样，是慢慢地向南方转移的。合肥城里原来也植柳，有所谓"合肥巷陌皆种柳，唯柳色夹道，西风门巷柳萧萧"的意境，并不独巢湖边才有。但今天合肥柳已式微了，退出了城市主要景观树行列。城内多换植成樟树、法梧、桂花、梅花、楠树、紫薇等。如同柳树一样，只从某一个方面来判断，难以分辨合肥是北方城市还是南方城市，北方刚性的东西多点还是江南温软的东西多点。不南不北，即南即北，对城市的特性区别和认证，很大程度上要看个人的兴趣取舍了。

合肥，就凭这地名两千年未改，在全国就已不多见。《史记·货殖列传》称为南楚都会，《太平寰宇记》称为淮南重镇，《读史方舆纪要》称庐州"淮右襟喉，江南唇齿"。自大江而北进者，得合肥则可西向申、蔡，北向徐、寿，而争胜于中原。中原得合肥，则扼江南之吭而拊其背矣。因此，历来淮西有事，必争合肥，而合肥之争，又大多在巢湖流域。此等兵家必争战略位置，在三国时表现最为充分。曹操至濡须口，孙权遣操书曰：春水方生，公宜速去。曹操也是得趣之人，谓孙权不欺孤，乃撤军还。那时巢湖肯定能直通逍遥津的，所以有张辽大战逍遥津的故事。后世的重大生死之战，也多演绎在巢湖边上，如"三河大捷"，太平天国军重挫曾国藩，为南京的"天朝"延续了几年性命。所以在大合肥的棋盘中，巢湖具有上下其手、左右格局的作用；然后才有所谓"春水方生，必有司之者，故其归功于姥云"。

过去是军事战争，现在是商业竞争。战场变商场，演绎着的依然是战国风云，依稀听到的还是金戈铁马声音。今天合肥已焕然出彩，按徽州人的"水口"观念，把巢湖抱在自己怀里，为自己营造了一个藏风聚气的水口，可能是一个点睛之笔。北向争胜于中原自不待说，拊江南之背也不再有隔离层，而直接抚上了江南的肌肤，南北特点兼容并包的城市特征跃然。现在合肥迅猛崛起，已不再是名义上的长三角世界级城市副中心。合肥十多年的经济增幅位列全国第一，GDP 在全国省会城市排行榜中排名直向前蹿，已力压济南、西安。合肥处在商战必争的位置上，当然会吸引四方豪杰。这些年合肥凝聚了一大批各行各业的人才，甚至被外商评为最具吸引力的城市，而人才在最终的意义上，"司"于竞争，左右成败，已是天下公论。

我读过一本介绍长江的书，书中写道："今天合肥城市特征并不明显，文化色彩也不如皖南的徽州，也不如皖西的安庆重要。作为一个省会，合肥只是一个政治和交通中心而已。"作者还"而已"，真的让我很生气。为推广合肥旅游，我曾写过一篇《合肥之约》，认为合肥应是四条淝水英华荟萃、精气聚集的风水和合之地，亦即整个江淮大地的结穴之地。说实话，本意也是与他们打嘴仗的。我说"归异出同为肥"不准，应为"出异归同为肥"。近日读《容斋随笔》之《渊有九名》，又得到半个佐证，"肥水之潴为渊"，有"肥水（同出异归或异出同归之水）的回流为渊"的说法。"肥"就是池、渊、湖、海。这样的藏风聚气之所，并不只是鱼虾，还有鲲龙，不只是聚财，更是聚才啊。今天的合肥已经改写了历史，为"公宜速去"的"去"字，还原了其字义中本有的"往"，即离开此地至于彼地的意思。偌大巢湖就是合肥的"水口"。一城抱一湖，如此大格局，全球独一无二，经天纬地，契合天地之心。不是吗？

李白游踪，遍及安徽。合肥也曾留有他的足迹。他主要是来拜访吴王李祗。有《寄上吴王三首》，云："淮王爱八公，携手绿云中。小子忝枝叶，亦攀丹桂丛……""英明庐江守，声誉广平籍。洒扫黄金台，招邀青云客……"期盼合肥人都做淮南王刘安、燕昭王，筑好黄金台，广招天下英才，爱惜人才，激励后进。他的梦想在 1000 多年后终于实现了。如今合肥正是人才高地，成为中国乃至世界人才青睐之地。但很遗憾，李白没有在合肥留下如他在皖南那样多、那样美的山水诗篇，被后人传诵。"秀才何翩翩，王许回也贤。暂别庐江守，将游京兆天。秋山宜落日，秀水出寒烟。欲折一枝桂，还来雁沼前。"宁静致远，渊停岳峙，今天的哥们姐们、才子佳人们可看得到那春水方生、春潮涌动、春意盎然，那是一个应该去、必须去的地方，那是一个北方的彪悍与强大，与南方的儒雅与精致融为一体的地方哟。天下英才，快去啊！

任正非说过一句话：所有的生意终将死亡，唯有文化生生不息。但他讲的文化到底指的是什么呢？我觉得历史传承与地域特色应是题中应有之义。2016 年 G20 峰会时，杭州滨江楼宇 LED 字幕打上了柳永的《望海潮》："东南形胜，三吴都会，钱塘自古繁华。烟柳画桥，风帘翠幕，参差十万人家……有三秋桂子，十里荷花……"并滚动播出。比柳永稍晚一点的姜夔，当时公认是数一数二的词曲音律家。据说他给合肥留下了几十首词，其中一首《满江红》："仙姥来时，正一望、千顷翠澜，旌旗共、乱云俱下，依约前山。命驾群龙金作轭，相从诸娣玉为冠，向夜深、风定悄无人，闻佩环。神奇处，君试看，奠淮右，阻江南，遣六丁雷电，别守东关。却笑英雄无好手，一篙春水走曹瞒。又怎知、人在小红楼，帘影间。"更别具一番春色。铺陈委婉之外，更有侠骨深情，森秀邈远之处。其实姜夔在合肥的故事也很有味道的，曾被才子佳人、良辰美景洇染。看鹅黄嫩绿，都是江南旧相识。燕燕飞来，问春何在，唯有池塘自碧。所有的物质，包括商品技术，都承载着无形的文化属性。差别只在我们的认知、界定与选择。当然在现代社会，还有揄扬。

沿着滨湖景观道，且行且看。道边的紫薇还未开放，但树干日益显得饱满，枝干上有些突起的苞突，让人很期待，它会在某个早晨突然绽开吧。似刚开放的海棠花，就遇到昨夜的一场雨，除却枝头还未开放的，也是一地花瓣。忽然想到一个好玩的问题，合肥到底属于哪个文化圈。过去地理上是皖中偏淮右，大体上是属于淮河圈，但同时皖西文化底色也有，近当代则更多被长江文化浸润。我曾和钱念孙先生说，有没有自成一格、块然独立的环巢湖文化呢。把一块泥，捻一个你，塑一个我，将两个都打破，用水调和，再捏一个你，再塑一个我。或东一砖、西一瓦，堆捏在一起，靠时间、靠众多文人去发酵，最后融铸成一个新的生命体。

极目远望，淡淡的巢湖水与淡淡的远天连在一起了，已是充满雨意。

又想起三国孙权的那句话：春水方生。

　　安徽三大块地理上连成一体，更易于形成相同的生活
方式、协调的生产方式和和谐的生存方式，会催生和形成
诸多共同的文化要素，进而唤醒和形成共同的文化心态，
形成安徽人对安徽文化的新认同。

江 淮 之 梦

一

　　省政协民宗委组织委员去参观引江济淮工程。

　　我们从巢湖岸边派河口出发，顺着新开的引江济淮水道，车行约50公
里，到了将军岭。

　　远远看去，小曹坊桥像细细的一条线，高高挑挑的，横跨在新开挖的河道
上。在引江济淮工程全线130座桥梁中，它不过是其中的一座，论建设规模和
复杂性，似排不上位次，但它因将军岭而处在全线最高处。这是工程全线切岭
最深、挖土最多的地方，它下切46.4米，口宽357米，在天地间形成了个豁然
大口。介绍说，它也是目前国内挖深最大、等级最高的人工内河航道，两岸设
计了7级平台和8级边坡。2级平台及坡顶还设计了6米宽的管护道路。

　　这将军岭其实是一条长溜的土岗，其最高处在凤凰墩，一点也不高峻，
名副其实是个土墩子。它一路逶迤下来，呈现着的是典型的江淮丘陵地貌。

　　但山不在高，有仙则名。将军岭是南淝河、东淝河的发源地，也是它们
的分水岭，南淝河自此发源，然后过鸡鸣山、经董家埠、会大蜀山水，绕经
合肥城，出施口，入巢湖。东淝河则自将军岭，在鸡鸣山与南淝水分行，折
北而去，经廖家桥，过瓦埠、马蓝渡、东津湖等，绕经寿县城，至两河口入

淮。秦晋"淝水之战"，即发生在东淝河上。

最重要的，将军岭还是江淮分水岭。之所以称为将军岭，据说是三国时吴魏战争，此地必驻重师，将军之称，由此起也。民间亦有将军岭上将军开运河的传说，清嘉庆《合肥县志》载，将军岭在城西四十五里。土人相传宋有将军欲开分水田，使二水相合，引淮入肥。募万夫挑之，工不成，后将军与工人约至鸡鸣时乃稍憩。忽山上鸡鸣而群鸡尽鸣，工人息，挑处复合，将军遂自刎。将军名亦无考，或又云隋炀帝时人。

这个传说何时开始流传已不可考。这位不知名的将军，奉命来此打通分水岭，使合肥接入东淝河，进而连通淮河。只是可惜，他出师未捷身先死，没有完成任务，最后只能以自杀谢罪。然而，这个传说也透露出一些信息。它反映了宋时甚至隋时南淝河、东淝河已互不相通的状况，也反映了江淮地区老百姓的渴望，即打通分水岭，将南淝河与东淝河连接起来，实现长江与淮河的联通！

站上桥来，俯视下去，人微微有些眩晕的感觉。而走下去，顺河道往前看，则楚天空阔，豁然开朗。

前方，引江济淮将接入东淝河，进入淮南（寿县）了。

二

我寻思，将军岭这个切口，为什么给人以豁然开朗的感觉，主要是因为它打通了淤塞，给我们展示了一个非同一般的前景。

合肥与淮南（寿春），都属于江淮"棋眼"位置。《史记·货殖列传》称合肥"郢之后徙寿春，亦一都会也。而合肥受南北潮，皮、革、鲍、木输会也"。这"潮"字，或可解释为潮流、风气、风尚，两地交互影响，或可解释为湖，潮水，南是巢湖，北是芍陂，两地水系相连相通。这里的"都会"，应是说政治与经济中心，尤其是指经济较为发达之意。在战国及秦汉时代，同在江淮之间的合肥与淮南（寿县），可以说是一对"双子星城"，并且不仅在江淮，当时在"国际上"也颇有影响力。但这两个城市之间有没有联系呢？有多大联系呢？

合肥距离长江不远，有南淝河接巢湖，通过裕溪口到长江。淮南（寿县）则有淮河之利。合肥距离淮南（寿县）虽近，若无水路接洽，全靠陆路车拉人拖"皮、革、鲍、木"，尤其是大宗物资如木材等，其难度真是难以想象。

三国时曹操在江淮用兵颇多。其中较大的一次，《三国志·魏书·武帝纪》这么记载：建安十四年（209），曹操在亳州作轻舟，治水军，自涡入淮，出肥水，军合肥。建安著名文人王粲有《随军浮淮作赋并序》：建安十四年春三月，王师自谯东征，大兴水军，浮舟万艘。秋七月，始自涡入淮口，将出淝水，经合肥。旌帆之盛，诚孝武盛唐之狩。舳舻千里，不是过也。从王粲文章看，似乎那时东淝河、南淝河是相通的。而同时呢，吴国孙权水师则从濡须水北上，经巢湖，循南肥河攻合肥。曹操"出肥水"，这"肥水"应指东淝河，"出"是上岸骑马乘轿还是乘船继续前行呢？现在看，两种可能都有。他后来不在军帐中或马背上，而是在筝笛浦（今合肥杏花公园）的船上宴饮众将士，那已在南淝河上了。将军岭之东北方向至今仍有十里旱河，已经专家考证确认，那是"曹操运河"的遗迹。

由此可以想见，那时确实有可能江淮相通，合肥与淮南（寿县）承担了长江、淮河双枢纽的集散中心作用，才成就了他们各自的"都会"地位。

但岁月变迁，沧海桑田，江山已失旧貌。清人顾祖禹《读史方舆纪要》："今水陆变迁，肥水故道，几不可问"。自唐以后，东淝河与南淝河隔绝，不再会合。东淝河下游不畅，中游壅潴，形成瓦埠湖。也不难猜想，随着国家经济中心的进一步向东南方向迁移，政治中心东移，输粮通道，转以京杭大运河为主。沟通江淮，唐宋期间尚有人提及，以后就再也没有人关心了，彻底被废弃。从此，此地被东南经济中心边缘化，南北相争时期，此地又多为战场，或沦为战略缓冲区带。

而沟通江淮，是江淮人民的亘古之梦。《史记·河渠书》：于楚，西方则通渠汉水云梦之野，东方则通鸿沟江淮之间；于吴，则通渠三江五湖。沟及渠，都是人工河流的泛称。鸿沟为战国时魏惠王十年（前361）开挖。把黄河与淮河之间的济、濮、汴、睢、颍、涡、汝、泗、菏等主要河道连接起来，构成鸿沟体系。这做了中游上半段的工作。这个体系，后来因为黄河夺淮受到破坏。邗沟，为公元前486年吴王夫差开凿。他利用长江与淮河之间湖泊密布的自然条件，就地度量，局部开挖，把几个湖泊连接起来，让淮河与长江在下游贯通。公元605年，隋炀帝疏通扩大了邗沟旧道以便通船，成为隋唐大运河的重要组成部分。这是做了下游下半段的工作。而江淮地区，将军岭将南淝河与东淝河之间隔绝，其实也就是隔断了安徽南北之间的联系。

这一阻滞，带来一个显而易见的结果，是合肥与淮南（寿县）的命运基本被圈定。在自然经济时代，水运无疑是保证繁荣的基本条件。大城市基本都诞生在大江大河沿岸，而有河流交汇的地方更受青睐，如武汉、南京及九江、芜湖等。在中部广袤的江淮土地上，包括大别山以东直至邗沟，一直没有什么大城市出现，构成了江淮中部凹陷的一个特征。合肥解放时，只是一个5平方公里面积，人口不过5万的小小县城，远离了繁荣富庶，就是证明。不论在政治或经济版图上，"双子星城"不再存在，地位显著下降，被边缘化的命运似不可逆转，甚至军事地位也有所下降。除太平天国时，在江淮地区尚有几场知名战斗，其他朝代基本是一带而过。解放战争中，解放军淮海战役胜利后，很顺利地就解放了淮南（寿县）与合肥，并把渡江战役的前指设在了合肥，并没有在江淮地区发生特别著名的战斗。

地理并不能决定一切，但其影响确实显著。相互阻断的影响在皖南也能看到。在明以前，皖南条件并不比苏南浙东差，甚至比苏南条件还要好。但后来清朝时为保太湖流域，堵塞了芜申运河，切断了皖南与太湖流域经济发达地区的联系。这是长江之外、之南的另一条东西大通道，经年日久，本是人为的隔断已像是"天然"的隔绝。只不过，因为有长江，皖南的变化相对缓慢一点，不那么引人注目罢了。

三

沟通江淮，在新中国开始谋划，在新时代正式启航。

引江济淮工程，南起铜陵的菜子湖、西兆河双线引江，经芜湖、合肥、淮南、阜阳等地，直达河南，实现南水北调。其在安徽境内涉及13个市46个县，覆盖范围5.85万平方公里。

在沟通淮河和长江的同时，它继续两头延长，与正在建设的合裕线、沙颍河、芜申运河航道相连。这意味着，它不仅改善安徽水运交通，构造立体运输网络、区域运输网络，也将根本改变原有的道路、水系，打破原有的社会生态生活格局，改变江淮地区人们生产生活的环境。在安徽的纵轴线上，将形成中国第二条南北向的长达1000公里的水道，与大运河平行。

我觉得，引江济淮工程，可以考虑以"江淮大运河"来最后命名。

这是一幅无比壮丽的画景：安徽原来的皖北、皖中、皖南三大块分隔的格局，现由一根粗长的金色脊线串联，安徽版图将从看不到"硬核"的枣状图，改为以引江济淮为经，长江、淮河及众水系为纬的骨架俨然、经络分明的金（寿）龟图。

也可以将它看作是镌刻在江淮大地上的一个写意的人民币"￥"符号。

引江济淮作为水资源配置重大工程,并不单纯等同铁路公路运输,而是将生产资料与生活资料、生命需求完美融合在一起,极大地释放和增强江淮地区发展的内生动力。

引江济淮全线贯通后,南淝河、东淝河、巢湖与江淮大运河将形成一个圆环,像绿色项链一样围绕在合肥的颈脖上。从此,合肥坐拥巢湖和瓦埠湖两大淡水湖泊,一是中国的五大淡水湖之一,一是安徽省的五大淡水湖之一。按徽州人的说法,巢湖与瓦埠湖自然成为合肥的"水口"。当然,更重要的是长江与淮河,这历史上一直享受帝王祭祀的"四渎"之二,变成了合肥的左右川流。"合肥"的意思也将得到充实,或将真正名至实归,它将汇长江、淮河、巢湖、瓦埠湖之利,并借助淮河和引江济淮工程,"合"东淝河、南淝河、西淝河、北淝河四条淝水之"淝",真正成为"合肥"。肥,多肉也。今人谓富饶,古人谓肥饶。如此之多"肥"组合,想不肥美也不行啊。《尔雅》释"肥"之义,应当给予重新解释。

古人讲,"四美具,二难并"。当今世界最紧缺的三大战略资源,即人口、水和能源(煤电),将在江淮地区叠加在一起。其地缘,在做好生态保护前提下,将是各类项目进入的最好场域,是布局重大项目的绝佳之地。举目看去,不仅在中国,就是在全世界也很难找到"如此美好"的地方。这将使江淮地区成为长三角的坚强后背,而不是拖累,成为祖国雄鸡"有温度的"温暖腹部,而且是有坚韧腹肌的腹部。

当然,还有文化。安徽三大块地理上连成一体,更易于形成相同的生活方式、协调的生产方式和和谐的生存方式,会催生和形成诸多共同的文化要素,进而唤醒和形成共同的文化心态,形成安徽人对安徽文化的新认同。这不是什么不能承受之重。引江济淮终将成为历史,我相信它会演变成一种文化符号、精神象征、时代烙印与历史记忆。

所谓经天纬地,莫不过如此吧。

四

随后,我们来到引江济淮淠河总干渠渡槽。

这渡槽主跨110米,是世界上主跨最大的钢结构通航渡槽。渡槽总用钢量高达2.04万吨,上跨江淮沟通段河道,连通被引江济淮河道分开的淠河总干渠，两航道高差约 30 米，上下均可通水、通航，是名副其实的"水上立交桥"。

我觉得这"立交桥"充满象征和隐喻。淮上与江南，水上与陆上，经济与民生，现在和将来，现代与古代，等等。不妨在小曹坊桥和渡槽选择好位置，设立个观景台，将来让游客各自去补充。

省政协常委、合肥开福寺方丈圆藏连说"震撼"，回去后他写了一首诗，兹录于后：

大禹治水万古传
引江济淮功盖天
车船齐驱非梦幻
福泽群生谱新篇

附录

爬山记：城市生命史与山水文化情

许　辉

　　以学先生又要出散文随笔集啦，可喜可贺呀！

　　《城市的笑容》按内容分成四大部分。第一部分为"铜陵篇"，写铜陵这座工矿城市的时貌及细节；第二部分为"徽州篇"，写徽州文化的里里外外；第三部分为"淮南篇"，写淮南与寿春的前世今生；第四部分为"合肥篇"，写合肥这座古老新都市的人前人后。作者著写的这四地，与作者皆有关系：铜陵为作者出生、成长、工作地，黄山和淮南为作者工作地，合肥为作者求学、工作和生活地。以学先生出身矿区，视角平民，吃苦耐劳；又为大学中文系的高材生，扎实深读，聪慧善思；且曾在铜陵市、黄山市、淮南市做过领导工作，还多年担任省旅游部门主官，因而有砺炼、有见识、有定力、有现场、有主见；反映在文章和笔锋上，则显见出作者散文随笔的定力、大气、通透和厚且实来。因而作者这本以皖地山、水、地理、民风、历史、文化为主色调的散文随笔集，从表面上看，大别于一般的地域文化散文，对深度了解、认识皖山、皖水及皖地文化，颇具一种特别的视野、视角和深度，具有独到的认识价值；从内蕴里看，作者将个人的人生融入城市及地方的岁月和历史，是个人和城市与地方两相融合的爬山记与生命史。

　　具体而言，以学先生的散文既贴近生活，贴近现实，贴近人的真情实感，也贴近优秀的传统文化，更贴近人生，贴近生命的酸甜苦辣。以学先生出生、成长于长江边的资源型工矿城市铜陵，对矿区的基层生活冷暖自知、体会深切，我们从《爬山记》《家在铜官山》《回望铜官山》等作者着力颇深的篇什中，看得十分真切。"一栋10户人家，每家前后是漆成红色的木门，另加一扇窗子。每户正房 24 平方米，隔成为一前一后两小间。前面是会客吃饭学习等做一切事情的地方，后面是卧室。每栋房的正屋前，再盖一溜'披厦'，一家一个，用作厨房。"《回望铜官山》"挖树桩子，就是挖树根，当然不是挖树根做根雕盆景，而是山上柴草都被砍完了，只得把埋在土里的野树灌木的根挖出来，它们比野草，甚至比树棍子都耐烧、好烧。"（《爬山记》）这是铜陵上世纪七八十年代普通工人生活的现实描写，其实也是当年中国城市生活的真实写照。作者在资源型城市的工矿区长大，随着经济资源的枯竭，城市的转型，经济的发展，以及作者人生的爬山、岁月的流逝，再来回望城市的旧貌、新颜，不由对时代的变迁产生良久的感慨。作者对新生的、历史并不久远的工矿城市的回望，与传统农业城市有着根本的区别：既没有对土地的那种发自骨髓的依恋，不多的传统农耕习惯也是在工业文化中打了折或受过冲击的；工矿城市的生产方式及生活方式与传统农业区有着鲜明的不同，连回忆的内容都沾染着机器的轰鸣声以及低矮拥挤毫无隐私的家属区的特殊味道。作者既从底层视角、矿区视角，也从上层视角，用一种相对立体的视角看城市、工业和国土环境的变化，看新中国一种新型城市过去和现时的生态，这是作者人生独具的视角，也是一种有选择的文化视角。它们带有鲜明的城市的胎记，烙印着一个时代的色彩。因而"铜陵篇"为这个时代留下了资源型工矿城市的过去和今天：那些深入肌髓及内腔的画面，鲜灵活现，甚至看得到细胞的生成、消散，血液的泵出和流淌，以及脉搏有规律的跳动。在安徽，这种题材、内容和深度是独一份的，是极其可贵的留存；放大到国内散文随笔界，则也是难得一见的。

以学先生的散文大都墩厚，实在，大气，结构完整，内容扎实，信息量大，没有轻飘、浮浪、慵懒的。例如《爬山记》描述、叙论资源型城市如何转型、发展，引发读者对社会现实问题的思考；《铜官红素手》，写铜陵特产白姜，由前往白姜产地所见写起，写到白姜的种植方法，又写到当地白姜的历史，再写到生姜的源流和人文，向读者立体地展示了生姜文化的丰富多彩，引发读者对地域人文的悠思；《梦黄山之上》，先从知性黄山等多个角度透写黄山，进而延展到徽州文化，内蕴愈益丰厚，引发人们对山水文化的思考和想象；《山与云齐人为峰》则慨叹"山水有真言，这齐云山之行，既是游山玩水，也是修行悟道，是从人间到仙山，再到天界的路引"，引发读者对人生和传统文化的无尽感慨；《春到淮南》写沿淮的春与江南的春的不同："我在江南待的时间长，过去一直以为江南的春天才是春天。江南绿色葱茏，一打春，更有一种浓得化不开的感觉。但淮南的春天清丽明净，就近观察并体验，那种春风带着节奏，催生万物勃发的滋味，却是江南没有的。春天仿佛从大地的每个角落、每个旮旯奔跑出来，甚至喷涌出来。"真个是体味细腻，把握恰切，描述到位的。

以学先生的游记别出一格，立体丰满，有整体观，从自然地理，到地利、人便、交通、经济、物产、历史、地域文化、民风乡俗，都实地细察，都作深入思考，都辨明方位，都构造紧密、层次分明，叙述则不紧不慢、均衡有致。譬如《大通观澜》，不但写了大通，还写了和悦洲；不但写了大通的长江，还写了青通河；不但写了长江的中游，还写了长江的下游；不但写了大通的交通，还写了大通的物产；不但写了大通的繁华，还写了大通的衰落；不但写了大通的中土，还写了大通的西化；不但写了大通的水，更写了大通的人；等等。真可谓丰富多彩、多元多面。又譬如《山与云齐人为峰》，作者写休宁齐云山，间行间思，间文间史，间雅间俚；如层层剥笋，从起点始，至终点止；从听说始，至实观息；从传闻始，至引据终；从碎片始，至整体止；从局部起，至全域讫；各层皆有特色、轻重，最终闭环完成、丰满而立体。再譬如《寻找"弦歌里"》，作者描写徽州这一处地方道："田地主要集中在冲畈里，村落和民居也主要集中在田畈里，还有少数在山坡地上顺势而建。徽派建筑特有的粉墙黛瓦，像从天外飘落，镶嵌在青山绿水中，不论任何角度，看上去都是一幅画。当然，它们看似天然，其实都不是自然而然。我们的视线所及，不论是旷野平畴，还是村居建筑，都是数百上千年来，生活在这里的住民，综合了经济，还有文化、传统、社会等各种元素，世代劳力、辛苦作业的结果。"可谓由表及里，由外入内，生动而深刻。

以学先生学识广泛，钻研深入，又能恰切地引入文章，因而常常让读者得获很好的阅读效果。例如作者写寿县淮南，便引"寿近江淮，素称水乡"来描绘；写黟县陶氏族谱，就引"上溯其源，而源有本；下穷其流，而流不紊"来介绍；写祁门，且引"大抵山峭而石多，土隘而田少，凿山削平，叠石为级，而树艺焉"来铺陈；写徽商，则引"贾而好儒"来归纳；写歙县，率引"歙者翕也，谓山水翕聚也"来释解；写合肥大蜀山，直引"蜀山回出千螺秀，淝水长萦一带回"来概括；写合肥，恰引"淮右襟喉，江南唇齿"来描绘。作者在引用介绍文字时，又多方注意，细加揣摩，因而能理解到位，释义精准。例如《无梦到徽州》里介绍汤显祖名诗"一生痴绝处，无梦到徽州"时，作者说："最能体现文化特质的当然是文学作品。'一生痴绝处，无梦到徽州'（汤显祖）。词华典丽，意义多重多解，早已超出作者初心，成为徽州不计其数、文字曼妙的山水诗文代表。"这里说"多重多解"，是说后人对这两句诗多元释解的状况，说"超出作者初心"，是说文艺学理论形象大于思想的规律；没有对汤诗深入地学习和研读，没有对文艺学规律的研学功底，没有对文字的精准把握，是无法做出这样的归纳、概括和表述的。

以学先生散文随笔的文字一直好，言简义赅，理解到位，释义精准，有时候看上去似乎平白，其实内里多见人生的回顾、思考、归纳和省悟。比如（《爬山记》）："我习惯叫爬山，不叫登山。像笔架山这样的山头并不十分高峻，也没什么名气，说登字总觉太庄重；再说我小时候这山上没有道路，手脚并用的时候常有。此外，爬既有上的意思，也有下的意思，还有在山上横着走的意思。用爬字虽然俗，但贴切。"短短百多字，把人生、爬山、雅俗、价值和观念，一股脑儿都融汇在一起了。比如《那年接待李讷王景清》，接待近尾声时，打电话给相关领导，"你们在接待李讷吗？你们是如何安排的？我简单地汇报了接待情况，他沉默了好一会，没有再吱声。后来才知道，他们觉得我不懂接待规矩，有点胆大"。接待李讷，虽然是工作，但有许多人生的况味，虽然按接待标准来看可能有不合规矩之处，但恰恰如此，才别有了一番生活的鲜活、认可和效果。比如《山与云齐人为峰》："从屯溪进入休宁境后，横江一直在左右视线中，齐云山则顺江逶迤而来，悬崖绝壁，俨若画屏，山上粉墙黛瓦，若隐若现，生人遐想。"这里的一个"生"字，真用得好，既可按现代汉语理解成"催生人的遐想"，又可按古代汉语理解成使动用法，意为"使人生出遐想"。"人在山下，看云在天上；人至山中，人则在云海中，如同沐浴般；人在山上，则脚踩瑞云，如神仙般凌空蹈虚了。"

每每品读以学先生的散文和随笔，总是获益匪浅、收成满满的。记得4年前以学先生的散文随笔集《如此美好》面世，相关单位约他在安徽合肥最大的图书城做新书分享和研讨，吸引了众多读者，大厅里坐得满满的，反响可谓热烈而广泛。4年时间，说长不长，说短也不短。4年过去了，对不少散文作者来说，写出来的文章，大约够出不止一本书了；但对业余写作，且写作前功课须做得足、写作后又要严格筛汰的以学先生而言，4年时间，从遴选后的字数上来说，也刚刚够出一本书。或许应该这么说吧，《城市的笑容》这本集子里的文字，大多是以学先生工作之余的精神凝聚，都是他见心血、现心性之作。从这个角度看，以学先生这本《城市的笑容》，无疑是结实且厚重的。

再次祝贺以学先生新作的出生呀！

2022 年 12 月 17 日于合肥南艳湖竹柏簃

（作者为中国作家协会全国委员会委员、中国作家协会全国散文委员会委员、安徽省作家协会第五届主席团主席）

后　　记

　　《城市的笑容》里的大部分内容，都来自我曾生活和工作过的城市，铜陵、黄山、淮南与合肥等。我的整个生命，都是在这几个城市度过的。它们都是我的家乡。

　　在此，唯一能说的话就是感恩，因为我的所有一切都是这几个城市给予和框定的。

　　书中大部分文章的初心是为家乡做形象推销，后来才补充了些其他方面的内容，再后来，受到朋友鼓励，才有了结集成书的念头。

　　我的家乡、我的城市如此美好，他们赋予了文章的温度和深度。如同老牛反刍，我是将过去的受益，再一点一点吐出来。虽万不及一，但我努力把自己感恩、情感、阅读、经历、思考、期望、建言等，写在文字里。将来如有可能还会写，不在这里啰唆。

　　距离真的产生美，甚至更好、更美。年龄似乎也有这个功效。

　　真的希望这世界上的人，对我的家乡有更多的了解和欣赏。当然，我更希望家乡变得更加美好！

　　本书里的文章，主要是近几年陆续写就的，都在不同层级报刊上发表过。

　　特别感谢这几个城市中的各位领导和朋友，他们对我的写作给予了极大的帮助，特别是难能可贵的鼓励，这使我能够不揣粗陋，坚定与大家分享个人感觉感受感情的信心。他们中的许多人，还给予了十分中肯的建议，甚至具体文字校正，使文章不出现或少出现错误。

　　最后，感谢合肥工业大学出版社和朱移山先生，他们为此书的出版付出了辛勤的努力，他们的细心谋划，使本书呈现出如此这般精美的模样。

万以学

图书在版编目（CIP）数据

城市的笑容/万以学著 . —合肥：合肥工业大学出版社，2023.3
ISBN 978－7－5650－6270－4

Ⅰ.①城…　Ⅱ.①万…　Ⅲ.①游记—作品集—中国—当代　Ⅳ.①I267.4

中国国家版本馆 CIP 数据核字（2023）第 030214 号

城 市 的 笑 容
CHENGSHI DE XIAORONG

万以学　著 　　　　　　　　　　　　　　责任编辑　孙南洋

出　版	合肥工业大学出版社		版　次	2023 年 3 月第 1 版	
地　址	合肥市屯溪路 193 号		印　次	2023 年 3 月第 1 次印刷	
邮　编	230009		开　本	710 毫米×1010 毫米　1/16	
电　话	人文社科出版中心：0551－62903200		印　张	18.5	
	营销与储运管理中心：0551－62903198		字　数	313 千字	
网　址	www.hfutpress.com.cn		印　刷	安徽联众印刷有限公司	
E-mail	hfutpress@163.com		发　行	全国新华书店	

ISBN 978－7－5650－6270－4　　　　　　　　　　　　　定价：49.80 元

如果有影响阅读的印装质量问题，请与出版社营销与储运管理中心联系调换。